La ciudad de los ángeles caídos

Literatura Mondadori, 301

John Berendt nació en Nueva York en 1939 y se graduó en la Universidad de Harvard. De 1961 a 1969 fue editor en la revista *Esquire*, y años más tarde realizó este mismo trabajo en la publicación *New York*. Su primer libro, *Medianoche en el jardín del bien y del mal* (Literatura Mondadori, 1998) fue nominado para el premio Pulitzer en 1994, y adaptado al cine por el director y actor Clint Eastwood, que se sintió profundamente atraído por el mito de este libro.

De su nueva novela, *La ciudad de los ángeles caídos*, la crítica ha afirmado:

«*La ciudad de los ángeles caídos* es un libro espléndido. Entregado a su hechizo, Berendt comparte la magia de Venecia con el lector.»

USA Today

«El elenco de personajes es perfectamente pintoresco, la prosa de Berendt es precisa, evocadora e ingeniosa, y la trama de misterio nos aferra a la lectura.»

The Washington Post

La ciudad de los ángeles caídos

JOHN BERENDT

Traducción de Cruz Rodríguez Juiz

MONDADORI

Barcelona, 2006

Agradecemos el permiso para reproducir los siguientes fragmentos: «Fragment (1966)» de los *Cantos*, de Ezra Pound, © Ezra Pound, 1934, 1937, 1940, 1948, 1956, 1959, 1962, 1963, 1966, 1968. Reproducido con permiso de New Directions Publishing Corp. «Ciao cara» de *Ezra Pound, Father and Teacher: Discretions*, de Mary de Rachewiltz. © 1971, 1975 de Mary de Rachewiltz. Reproducido con permiso de New Directions Publishing Corp. Fragmentos del diario de Daniel Sargent Curtis. Reproducidos con permiso de Marciana Library. «Dear [Sir]», carta de Olga Rudge a su abogado, 24 de abril de 1988. Reproducida con permiso de Mary de Rachewiltz. «Dearest Mother», carta de Mary de Rachewiltz a su madre, Olga Rudge, 24 de febrero de 1988. Reproducida con permiso de Mary de Rachelwitz.

Título original: *The City of Falling Angels*
© 2005, High Water, Incorporated.
© 2006, de la edición en castellano para todo el mundo:
    Random House Mondadori, S. A.
    Travessera de Gràcia, 47-49. 08021 Barcelona
© 2006, Cruz Rodríguez Juiz, por la traducción
Primera edición en U.S.A.: mayo de 2006
Printed in Spain – Impreso en España
ISBN-13: 978-0-307-3766-02
ISBN-10: 0-307-3766-05
Fotocomposición: Fotocomp/4, S. A.

Distributed by Random House, Inc.

Para Harold Hayes y Clay Felker

ÍNDICE

CUIDADO: CAEN ÁNGELES

(Cartel colocado frente a la iglesia de Santa Maria della Salute a principios de la década de 1970, antes de la restauración de sus ornamentos de mármol.)

NOTA DEL AUTOR

Esta es una obra de no ficción. Todas las personas que en ella aparecen son reales y se identifican mediante sus nombres verdaderos. No se incluyen personajes compuestos. Para comodidad del lector, al final del libro se adjunta una lista parcial de personas y lugares que aparecen con frecuencia en el texto.

PRÓLOGO

EL EFECTO VENECIA

—En Venecia todo el mundo actúa —me dijo el conde Girolamo Marcello—. Todo el mundo interpreta un papel, y el papel va cambiando. La clave para entender a los venecianos es el ritmo: el ritmo de la laguna, el ritmo del agua, las mareas, las olas…

Paseaba por la *calle* della Mandola cuando me encontré con el conde Marcello. El conde pertenecía a una vieja familia veneciana y estaba considerado toda una autoridad en la historia, la estructura social y en especial las sutilezas de Venecia. Dado que ambos llevábamos idéntica dirección, me uní a él.

—El ritmo de Venecia es como la respiración —dijo—. Marea alta, presión alta: tensión. Marea baja, presión baja: relajación. Los venecianos no giran en absoluto al ritmo de las ruedas. Eso queda para otros lugares, para lugares con vehículos motorizados. El nuestro es el ritmo del Adriático. El ritmo del mar. En Venecia el ritmo fluye con la marea, y la marea cambia cada seis horas. —El conde Marcello respiró hondo—. ¿Cómo considera un puente?

—¿Perdone? —pregunté—. ¿Un puente?

—¿Considera que un puente es un obstáculo o simplemente un tramo más de escalones que deber subir para cruzar de un lado al otro del canal? Nosotros, los venecianos, no vemos los puentes como obstáculos. Para nosotros los puentes son transiciones. Los cruzamos muy despacio. Forman parte del ritmo. Son el enlace entre dos partes de un teatro, como los cambios de decorado o como la progresión del primer acto de una obra al segundo. Nuestro papel cambia mientras cruzamos los puentes. Pasamos de una realidad… a otra realidad. De una calle… a otra calle. De un escenario… a otro escenario.

Nos acercábamos a un puente sobre el *rio* di San Luca que daba a *campo* Manin.

—Un cuadro en *trompe-l'oeil* —continuó el conde— es una pintura tan real que no parece un cuadro en absoluto. Parece vida real, pero, claro, no lo es. Es realidad suprimida. Luego, ¿qué es un *trompe-l'oeil* reflejado en un espejo? ¿Realidad doblemente suprimida?

»La luz del sol en un canal se refleja en el techo a través de una ventana, luego del techo a un jarrón y del jarrón a una copa o un cuenco de plata. ¿Cuál es la luz real? ¿Cuál es el reflejo real?

»¿Qué es verdad? ¿Qué no lo es? La respuesta no es sencilla, porque la verdad puede cambiar. Yo puedo cambiar. Usted puede cambiar. He aquí el efecto Venecia.

Descendimos del puente a *campo* Manin. Aparte de haber emergido de la profunda oscuridad de la *calle* della Mandola a la brillante luz de la plaza, no noté ningún otro cambio. Mi papel, cualquiera que fuera, siguió siendo el mismo que antes del puente. Por supuesto, esto no lo admití ante el conde Marcello. Pero le miré para comprobar si él había experimentado algún cambio.

El conde respiró hondo al entrar en *campo* Manin. Luego, en tono tajante, añadió:

—Los venecianos nunca decimos la verdad. Queremos decir exactamente lo contrario de lo que decimos.

1

UN ANOCHECER EN VENECIA

El aire todavía olía a carbón cuando llegué a Venecia tres días después del incendio. Llegué entonces por casualidad, la fecha de mi visita fue mera coincidencia. Había planeado meses antes pasar unas semanas en Venecia fuera de temporada para disfrutar de la ciudad sin aglomeraciones de turistas.

—Si la noche del lunes hubiera soplado viento —me explicó el taxista mientras cruzábamos la laguna procedentes del aeropuerto—, ahora no quedaría Venecia que visitar.

—¿Cómo ocurrió? —pregunté.

El taxista se encogió de hombros.

—¿Cómo ocurren estas cosas?

Estábamos a primeros de febrero, en mitad de la calma pacífica que se apodera de Venecia todos los años entre el Año Nuevo y el Carnaval. Los turistas se habían marchado y, en su ausencia, la Venecia que ellos habitaban casi había cerrado. Los vestíbulos de los hoteles y las tiendas de recuerdos estaban prácticamente vacíos. Las góndolas descansaban amarradas a sus postes bajo lonas azules. Los ejemplares por vender del *International Herald Tribune* permanecían todo el día en los estantes de los quioscos y las palomas abandonaban las escasas sobras de la plaza San Marcos para hurgar en busca de migas en otras zonas de la ciudad.

Mientras tanto la otra Venecia, la habitada por venecianos, seguía más ocupada que nunca: los colmados de barrio, los puestos de verduras, los mercados de pescado, los bares. Durante unas pocas semanas los venecianos podían pasear por su ciudad sin necesidad de apretujarse entre lentos grupos de turistas. La ciudad respiraba, se le aceleraba el pulso. Los venecianos tenían Venecia para ellos solos.

Pero reinaba un ambiente apagado. La gente hablaba en susurros aturdidos del tipo que se escuchan cuando se sufre una muerte repentina en la familia. El tema estaba en boca de todos. En cuestión de días lo había oído contar con tal detalle que tenía la impresión de haberlo presenciado.

Ocurrió la noche del lunes 29 de enero de 1996.

Poco antes de las nueve, Archimede Seguso se sentó a la mesa y desplegó la servilleta. Antes de sumarse a él, su esposa entró en el salón a bajar las cortinas, según un antiguo ritual. La señora Seguso sabía muy bien que nadie podía verles por las ventanas, pero aquel era su modo de envolver a su familia en un abrazo doméstico. Los Seguso vivían en la segunda planta de Ca' Capello, un edificio del siglo XVI en pleno corazón de Venecia. Un estrecho canal rodeaba dos laterales de la casa antes de desembocar en el Gran Canal, a escasa distancia.

El señor Seguso esperó pacientemente a la mesa. Tenía ochenta y seis años, era alto, delgado y de porte todavía erguido. Un flequillo de ralo pelo canoso y sus cejas hirsutas le daban aire de hechicero amable, fuente de maravillas y sorpresas. Tenía una expresión animada y unos ojos centelleantes que cautivaban a todo el que lo conocía. Sin embargo, si se daba el caso de que permanecieras largo tiempo en su presencia, al final la vista se te iba a sus manos.

Eran grandes, musculosas, las manos de un artesano cuya tarea exigía fuerza física. A lo largo de setenta y cinco años el señor Seguso había aguantado de pie frente a un abrasador horno vidriero durante diez, doce o dieciocho horas al día sosteniendo con las manos una pesada caña de acero, girándola para evitar que el cristal fundido del otro extremo goteara a un lado u otro, deteniéndose para soplar por la caña e inflar el cristal y depositándola luego sobre la mesa de trabajo sin dejar de girarla con la mano izquierda mientras con las tenacillas de la derecha estiraba, pinchaba y forzaba el cristal hasta darle la forma de graciosos jarrones, cuencos y copas.

Después de tantos años girando el tubo de acero hora tras hora, la mano izquierda del señor Seguso se había amoldado al contorno del mismo hasta quedar permanentemente ahuecada, como si siempre lo sostuviera. Su mano ahuecada era la seña orgullosa de su oficio, razón por la cual el artista que pintó su retrato hacía unos años se había cuidado especialmente de mostrar la curvatura de su mano izquierda.

Los hombres de la familia Seguso habían sido cristaleros desde el siglo XIV. Archimede representaba la vigésimo primera generación de cristaleros y una de las mejores. Era capaz de esculpir pesadas piezas a partir de cristal sólido y soplar jarrones tan finos y frágiles que apenas resistían el roce. Era el primer cristalero que veía reconocido su trabajo con una exposición en el palacio Ducal de la plaza San Marcos. Tiffany vendía sus piezas en la tienda de la Quinta avenida.

Archimede Seguso llevaba trabajando el cristal desde los once años y para cuando cumplió los veinte se había ganado el sobrenombre del Mago del Fuoco. Ya no tenía la resistencia necesaria para aguantar frente a un horno caliente e inhóspito dieciocho horas diarias, pero no obstante seguía trabajando todos los días y con idéntico placer. De hecho, este día en particular, se había levantado a la hora habitual en él, las cuatro y media de la madrugada, convencido como siempre de que las piezas que estaba a punto de fabricar serían las más bellas que jamás hubiese realizado.

La señora Seguso se detuvo a mirar por la ventana del salón antes de bajar las cortinas. Se fijó en que el aire estaba brumoso y musitó en voz alta que se había levantado una niebla invernal. El señor Seguso le respondió desde la otra habitación que esta debía de haberse levantado muy rápido, porque hacía solo unos minutos que había contemplado la luna creciente sobre un cielo despejado.

La ventana del salón daba a un pequeño canal situado detrás del Gran Teatro de La Fenice, a poco más de nueve metros. Arriba en la distancia, quizá a unos cien metros, la gran ala de entrada a la ópera aparecía envuelta en niebla. Justo cuando empezaba a bajar la cortina, la señora Seguso distinguió un destello. Supuso que sería el alumbrado. Luego vio otro destello y esa vez supo que se trataba de un incendio.

—¡Papá! —gritó—. ¡La Fenice está ardiendo!

El señor Seguso se acercó a toda prisa a la ventana. Las llamas parpadeaban en la parte delantera del teatro, iluminando lo que su esposa había tomado por niebla pero en realidad era humo. La señora Seguso corrió al teléfono y marcó el número de los bomberos. El señor Seguso entró en su cuarto y se plantó frente a la ventana de la esquina, que quedaba todavía más próxima a La Fenice que la del salón.

Entre el incendio y el hogar de los Seguso se erguía el revoltijo de edificios que constituían La Fenice. La zona incendiada era la más alejada, la sobria ala neoclásica de entrada con sus formales salas de recepción conocidas por el nombre conjunto de Apolonias. Seguía a continuación el cuerpo principal del teatro con su recargado auditorio rococó y, por último, la vasta zona de bastidores. A ambos lados del auditorio y los bastidores surgían varios grupos de edificaciones interconectadas de menor tamaño, como la que acogía el taller de escenografías al lado del estrecho canal, justo enfrente de los Seguso.

La señora Seguso no pudo contactar con los bomberos, de modo que telefoneó a la policía.

La enormidad de lo que estaba ocurriendo frente a su ventana tenía anonadado al señor Seguso. El Gran Teatro de La Fenice era una de las maravillas de Venecia; podría decirse que se trataba de una de las óperas más bellas del mundo y una de las más importantes. La Fenice había encargado docenas de óperas que se habían estrenado en su escenario: *La Traviata* y *Rigoletto* de Verdi, *La carrera del libertino* de Igor Stravinsky, *Otra vuelta de tuerca* de Benjamin Britten. Durante doscientos años, el público se había deleitado en la suntuosa claridad acústica de La Fenice, la magnificencia de sus cinco gradas de palcos de incrustaciones doradas y la barroca fantasía del conjunto. El señor y la señora Seguso siempre habían reservado un palco para la temporada y con el transcurso de los años habían ido consiguiendo mejores localidades hasta que por fin se habían situado junto al palco real.

La señora Seguso tampoco había tenido suerte al intentar contactar con la policía y empezaba a desesperarse. Llamó al piso de arriba, al apartamento donde su hijo Gino vivía con su esposa y su hijo Antonio. Gino seguía en la fábrica de cristal que los Seguso poseían en Murano. Antonio estaba de visita en casa de un amigo cerca de Rialto.

El señor Seguso, de pie y en silencio junto a la ventana del dormitorio, contemplaba la carrera ascendente de las llamas hacia la planta superior del ala de entrada. Sabía que, pese a su encanto legendario, en ese momento La Fenice era una pila enorme de astillas exquisitas. Dentro de un grueso cascarón de piedra istria forrada de ladrillos, la estructura se componía por entero de madera —vigas de madera, suelos de madera, paredes de madera— ricamente embellecida con grabados, estuco esculpido y papel maché, todo ello cubierto con capa sobre capa de laca y dorado. El señor Seguso era consciente también de que el taller de decorados separado de su casa por el canal estaba atiborrado de disolventes y, lo más preocupante, de las bombonas de gas propano que se empleaban para soldar.

La señora Seguso regresó al dormitorio para anunciar que por fin había hablado con la policía.

—Ya sabían lo del fuego —dijo la mujer—. Me han dicho que deberíamos salir inmediatamente de casa.

Miró por encima de los hombros de su marido y ahogó un grito; las llamas se habían acercado en el escaso tiempo que había permanecido alejada de la ventana. Ahora avanzaban por los cuatro vestíbulos menores hacia el cuerpo principal del teatro, en dirección a su casa.

Archimede Seguso escudriñaba el incendio con ojo clínico. Abrió la ventana y dejó entrar una ráfaga de aire glacial. El viento soplaba en dirección sudoeste. Los Seguso estaban justo al oeste del teatro; sin embargo, el señor Seguso calculaba que si el viento no cambiaba de dirección ni ganaba más fuerza, el incendio avanzaría hacia el otro lado de La Fenice en lugar de hacia ellos.

—Vamos, Nandina —le dijo a su mujer con dulzura—, tranquilízate. No corremos peligro.

La casa de los Seguso era solo uno de los muchos edificios próximos a La Fenice. Salvo por *campo* San Fantin, una pequeña plaza frente al teatro, La Fenice quedaba totalmente rodeada de construcciones igualmente viejas e inflamables, muchas de ellas pegadas a la ópera o separadas solo por metro o metro y medio. Nada extraordinario en Venecia, donde siempre había escaseado el terreno edificable. Vista desde el cielo, la ciudad recordaba a un rompecabezas de tejados de terracota. Los callejones entre algunos de los edificios eran tan estrechos que no era posible caminar por ellos con un paraguas abierto. Escapar de la escena de un crimen saltando de tejado en tejado se había convertido en una especialidad de los ladrones en Venecia. Si el incendio de La Fenice conseguía dar un salto así, casi con toda certeza destruiría una parte considerable de Venecia.

La Fenice estaba a oscuras. Llevaba cinco meses cerrada por obras de renovación y debía abrir dentro de un mes. El canal de la fachada posterior también estaba cerrado —vacío—, lo habían sellado y drenado para que los obreros dragaran el limo y el fango y repararan sus paredes por primera vez en cuarenta años. El canal entre el edificio de los Seguso y la parte trasera de La Fenice era ahora un barranco hondo y embarrado con una maraña de tuberías desnudas y algunos ejemplos de maquinaria pesada aposentados en los charcos del lecho. El canal vacío imposibilitaría que las lanchas de los bomberos alcanzaran La Fenice y, peor todavía, las privaría de una fuente de agua. Los bomberos venecianos dependían del agua bombeada directamente de los canales para extinguir los incendios. La ciudad carecía de un sistema de bocas de riego.

Un tumulto de gritos y pasos apresurados rodeaba ahora La Fenice. Los inquilinos, obligados a desalojar las casas por la policía, se cruzaban con los caseros que salían del Ristorante Antico Martini. Una docena de huéspedes desconcertados arrastraban sus maletas fuera del hotel La Fenice preguntando el camino hacia el hotel Saturnia, adonde los habían mandado. Una mujer en camisón y de mirada aterrada emergió a trompicones de su casa a *campo* San Fantin gritando como una histérica. Se lanzó al suelo frente al teatro, agitando los brazos y rodando sobre el pavimento. Varios camareros del Antico Martini la metieron dentro del local.

Dos lanchas antiincendios consiguieron navegar hasta un canal lleno a poca distancia de La Fenice. Sin embargo las mangueras no eran lo bastante largas para alcanzar los edificios afectados, de modo que los bomberos las arrastraron a través de la ventana de la cocina del Antico Martini y por todo el comedor hasta *campo* San Fantin. Apuntaron las bocas a las llamas que ardían con furia en la planta alta del teatro, pero la presión del agua era demasiado escasa. El arco de agua apenas rozaba el alféizar de las ventanas. El fuego continuaba saltando, hostigando y succionando grandes corrientes de aire turbulento que hacían chasquear las llamas como brillantes velas rojas sacudidas por un vendaval.

Diversos policías se peleaban en vano con la inmensa puerta principal de La Fenice. Uno de ellos desenfundó la pistola y disparó tres tiros a la cerradura. La puerta se abrió. Dos bomberos se apresuraron a entrar y desaparecieron en una densa pared de humo blanco. Momentos después salieron corriendo. «Demasiado tarde —sentenció uno—. Arde como la paja.»

El ulular de las sirenas inundaba el ambiente mientras policías y bomberos se apresuraban arriba y abajo por el Gran Canal a bordo de las motoras, levantando grandes salpicaduras como alas de mariposa cuando cruzaban botando las estelas de otros barcos. Más o menos una hora después de la primera voz de alarma, la gran lancha antiincendios de la ciudad se detuvo en el embarcadero de detrás del Haig's Bar. Su potente equipo por fin sería capaz de bombear el agua los casi doscientos metros que separaban el Gran Canal de La Fenice. Docenas de bomberos desplegaron mangueras desde la lancha hasta *campo* Santa Maria del Giglio, conectando frenéticamente las diferentes secciones, aunque de inmediato quedó patente que las mangueras tenían calibres distintos. Las juntas perdían agua, pero de todos modos los bomberos cargaron las mangueras conectadas tal como estaban hasta los tejados de alrededor de La Fenice. Dirigieron la mitad del agua hacia el teatro en un intento de contener el fuego y el resto hacia los edificios adyacentes. Alfio Pini, el jefe de bomberos, había tomado ya una decisión estratégica trascendental: La Fenice estaba perdida; había que salvar la ciudad.

Cuando se apagaron las luces, el conde Girolamo Marcello estaba a media frase de una conversación con su hijo mientras cenaban en la planta alta del palacio, a menos de un minuto a pie de la fachada principal de La Fenice. Ese mismo día, el conde se había enterado de que Joseph Brodsky, el poeta ruso exiliado y laureado con el Nobel, había fallecido repentinamente en Nueva York de un ataque al corazón, a los cincuenta y cinco años. Brodsky había sido un apasionado de Venecia además de amigo e invitado de la familia Marcello. De hecho, fue durante una estancia en el palacio de los Marcello cuando Brodsky escribió su último libro, *Marca de agua*, una reflexión lírica sobre Venecia. Esa tarde Marcello había hablado por teléfono con la viuda de Brodsky, Maria, y había debatido la posibilidad de enterrar al poeta en Venecia. Marcello sabía que no sería fácil. Hasta la última parcela disponible en la isla funeraria de San Michele estaba apalabrada desde hacía años. Se daba por supuesto que cualquier nuevo ingreso, incluso de un veneciano nativo, sería desenterrado al cabo de diez años y trasladado a una fosa común de una zona alejada de la laguna. Pero para un ateo de origen judío que no había nacido en Venecia conseguir permiso para un sepelio temporal constituiría una hazaña plagada de obstáculos. Con todo, se habían hecho algunas excepciones notables. Igor Stravinsky había sido enterrado en San Michele, así como Sergei Diaghilev y Ezra Pound. Todos ellos yacían en la sección anglicana o griega ortodoxa y allí se les permitiría reposar a perpetuidad. Por tanto había razones para confiar en que Brodsky también pudiera recibir sepultura en San Michele y en ello pensaba Marcello cuando se fue la luz.

Padre e hijo permanecieron sentados a oscuras un rato, confiando en que volviera la luz. Habían oído las sirenas, montones de sirenas, muchas más de lo normal.

—Vayamos a ver qué ha pasado —propuso Marcello.

Subieron por las escaleras a la terraza de madera del tejado, la *altana*, y en cuanto abrieron la puerta vieron el fuego embravecido.

Marcello decidió que debían abandonar la casa de inmediato. Bajaron las escaleras a tientas mientras el conde se preguntaba si el palacio de seiscientos años de antigüedad estaba sentenciado. En tal caso, la biblioteca privada más impresionante de toda Venecia desaparecería con él. La biblioteca de Marcello ocupaba la mayor parte de la primera planta. Era una delicia arquitectónica, un espacio de techos altos rodeado por una galería a la que solo podía accederse por una escalera secreta oculta tras un panel de la pared. Las estanterías, que llegaban del suelo hasta el techo, cobijaban cuarenta mil volúmenes de documentos privados y públicos, algunos con más de mil años de antigüedad. La colección constituía un tesoro sobre la historia de Venecia que Marcello ponía regularmente a disposición de los estudiosos. Él mismo pasaba horas sentado en una butaca de cuero negro parecida a un trono examinando los archivos, en especial los documentos de la familia Marcello, una de las más antiguas de Venecia. Entre los ancestros de Marcello se contaba un dux o jefe de Estado del siglo xv. De hecho los Marcello eran una de las familias que habían construido La Fenice y que habían sido dueñas del teatro hasta justo antes de que estallara la Segunda Guerra Mundial, cuando la ópera pasó a manos de la municipalidad.

Marcello caminó hasta el borde de *campo* San Fantin y se encontró en mitad de una muchedumbre en la que se agolpaba el consistorio en pleno, que había salido en masa de Ca' Farsetti, sede de la alcaldía, donde estaban reunidos en una sesión. Marcello, con su calva y su barba gris al rape, era una figura conocida en toda la ciudad. La prensa le pedía opinión con frecuencia, consciente de que podía contar con una o dos citas francas y a menudo provocativas. En cierta ocasión el conde se había descrito ante un entrevistador como «curioso, inquieto, ecléctico, impulsivo y caprichoso». Fueron estas dos últimas peculiaridades de su carácter las que se impusieron mientras contemplaba arder el teatro lírico.

—Qué pena —dijo—. Se acabó. Supongo que nunca volverá a ser lo mismo. La reconstrucción llevará mucho tiempo, estoy seguro de que ya no viviré para verla terminada.

En principio el comentario iba dirigido a la persona que tenía al lado, pero en realidad buscaba llegar a oídos de un atractivo cincuentón de barba negra situado a pocos metros: el alcalde de Venecia, Massimo Cacciari. El alcalde Cacciari era un ex comunista catedrático de filosofía y arquitectura en la Universidad de Venecia y uno de los filósofos contemporáneos más reconocidos de Italia. Alcanzar la alcaldía le había convertido de forma automática en director general de La Fenice, lo cual significaba que ostentaba también la responsabilidad de la seguridad del teatro y ahora estaría a cargo de la reconstrucción. El comentario de Marcello, en opinión del propio conde, implicaba claramente que ni Cacciari ni su gobierno de izquierdas estaban capacitados para llevarla a cabo. El alcalde miraba el incendio con profunda desesperación, inmutable en todos los sentidos al insulto indirecto de Marcello.

—No obstante —continuó el conde—, yo sugeriría que si se pretende reconstruir el teatro en todo su apogeo, y con ello me refiero a su carácter de sede social, de lugar de encuentro, deberían levantar una gran discoteca para los jóvenes.

Un anciano delante de Marcello se giró horrorizado, las lágrimas le rodaban por las mejillas.

—¡Girolamo! ¿Cómo puedes decir eso? Y de todos modos, ¿quién diantre sabe lo que querrán los jóvenes dentro de cinco años?

Un estrépito ensordecedor retumbó en las profundidades de La Fenice. La gran araña de cristal había caído al suelo.

—No te falta razón —repuso Marcello—, pero todo el mundo sabe que ir a la ópera ha sido siempre un acto social. Se nota incluso en la arquitectura. Solo un tercio de las localidades ofrecen una buena visión del escenario. El resto, en particular los palcos, van mucho mejor para observar al público. Es una disposición puramente social.

El tono de Marcello transmitía un desconcierto educado sin el menor rasgo de cinismo. Por lo visto le hacía gracia que alguien pudiera pensar que generaciones de asiduos a la ópera, como los

Marcello, habían acudido al teatro atraídos por razones tan elevadas como la música o la cultura (pese al caso de su antepasado Benedetto Marcello, el compositor dieciochesco). A lo largo de toda su existencia, La Fenice había constituido terreno sagrado para el paisaje social de Venecia y Girolamo Marcello conocía en profundidad la historia de la ciudad. De hecho, se le consideraba una autoridad en la materia.

—En los viejos tiempos —prosiguió el conde—, los palcos privados disponían de cortinas que podían cerrarse incluso durante la representación. A mi abuelo le encantaba ir a la ópera, pero no le importaba un pito la música. Solo abría las cortinas cuando llegaba el plato fuerte. Solía decir «¡Silencio! ¡Ahora toca el aria!», y entonces descorría las cortinas y aplaudía: «¡Bien! ¡Encantador! ¡Bien hecho!». Luego volvía a correr las cortinas y un sirviente traía de casa una cesta con pollo y algo de vino. La ópera no era más que una forma de relajarse y en cualquier caso resultaba más barato un palco en la ópera que calentar un palacio entero para pasar la velada.

De pronto otro estruendo enorme sacudió el suelo. Los pisos del ala de entrada se habían desplomado unos encima de otros. La gente reunida al borde del *campo* retrocedió de un salto justo cuando cayó el tejado de la entrada disparando al cielo llamas y escombros candentes. Marcello volvió a subir a su *altana*, esta vez fortificado con una botella de *grappa*, una cámara de vídeo y un cubo de agua por si a alguna de las ascuas aerotransportadas le daba por aterrizar en su tejado.

Al cabo de unos minutos —mientras la cámara de Girolamo Marcello runruneaba y chasqueaba, mientras Archimede Seguso observaba en silencio desde la ventana del dormitorio, mientras centenares de venecianos contemplaban el incendio desde los tejados y otros miles de personas en toda Italia seguían el acontecimiento por televisión— el tejado del auditorio se desplomó con un estrépito atronador y una erupción volcánica que disparó fragmentos incandescentes a cincuenta metros de altura. Una poderosa corriente ascendente lanzó por encima de Venecia ascuas encendidas como cometas, algunas del tamaño de una caja de zapatos.

Poco después de las once, un helicóptero sobrevoló la plaza San Marcos, descendió hacia la boca del Gran Canal y recogió un tanque de agua. Luego volvió a remontar el vuelo, se situó sobre La Fenice y, entre los vítores procedentes de las azoteas, soltó el agua. Una sibilante columna de vapor y humo se alzó en espiral desde el teatro, pero el incendio continuó ardiendo con idéntica virulencia. El helicóptero giró y regresó a cargar de nuevo al Gran Canal.

De repente Girolamo Marcello cayó en la cuenta de que Lesa, su esposa, estaba fuera de la ciudad y quizá se enterara del incendio antes de que él pudiera asegurarle que la familia y la casa estaban a salvo. Bajó de la azotea para telefonearla.

La condesa Marcello trabajaba para Save Venice, una organización estadounidense sin ánimo de lucro dedicada a recaudar fondos para restaurar el arte y la arquitectura venecianas. La sede central estaba en Nueva York. Lesa Marcello dirigía la sede veneciana de la organización. En el transcurso de los últimos treinta años, Save Venice había restaurado montones de cuadros, frescos, mosaicos, estatuas, techos y fachadas. Recientemente, habían restaurado el telón pintado de La Fenice por un coste de cien mil dólares.

Save Venice se había convertido en una organización benéfica muy popular en Estados Unidos en gran medida porque, hasta cierto punto, estaba pensada en términos participativos. A finales de verano Save Venice organizaba galas de cuatro días cargados de actividades por toda Venecia durante los cuales los suscriptores, a tres mil dólares por persona, podían asistir a elegantes almuerzos, cenas y bailes en villas y palacios privados que no permitían las visitas públicas.

En invierno Save Venice mantenía viva la llama organizando un baile benéfico en Nueva York. Lesa Marcello había volado esa misma semana a Nueva York para asistir al baile de invierno. Este año sería un baile de máscaras basado en el tema del Carnaval que se celebraría en el Rainbow Room de la planta sesenta y cinco del Rockefeller Center. Al descolgar el teléfono para llamar a su mujer, Girolamo Marcello recordó de pronto que el baile estaba previsto para esa misma noche.

Las torres de Manhattan destellaban al sol de última hora de la tarde mientras Lesa Marcello se abría camino hacia el teléfono entre una confusión de gente que se apresuraba en terminar la decoración del Rainbow Room. El interiorista John Saladino echaba chispas. Los sindicatos le habían concedido solo tres horas para instalar la decoración, de modo que se había visto forzado a utilizar a todo el personal doméstico de su casa de veintitrés habitaciones de Connecticut, además de a una docena de empleados de la oficina. Pretendía transformar el salón de baile estilo art déco del Rainbow Room en una versión de la laguna veneciana al anochecer.

—Una conspiración de gente vestida de sindicalista domina el Rainbow Room —dijo, lo bastante alto para que algunas de dichas personas lo oyeran—. Su función en la vida es amargar a quienes les rodean. —Lanzó una mirada a un grupo de cuatro electricistas de gestos lentos—. Estoy decorando ochenta y ocho mesas para que cada una de ellas represente una isla de la laguna. Sobre cada mesa colgaremos un racimo de globos plateados de helio que reflejarán la luz de las velas creando así el efecto de un *baldacchino* reluciente. —El señor Saladino miró alrededor con aire imperioso—. Me pregunto si en lo que abarca mi voz alguien sabe lo que es un *baldacchino*.

Desde luego, no esperaba que ninguno de los que estaban hinchado globos o colocando los centros de mesa le contestara, ni los técnicos que comprobaban ruidosamente los niveles de volumen del quiosco de música de Peter Duchin o los dos malabaristas que ensayaban su actuación paseándose en zancos, lanzando pelotas al aire y haciendo girar platos en la punta de los dedos.

—¡Un *baldacchino*! —exclamó un hombre fornido situado frente a un caballete al lado del quiosco de música. Lucía una larga melena blanca, nariz aguileña y bufanda de seda alrededor del cuello—. *Baldacchino* es como nosotros llamamos a un baldaquín. —Luego se encogió de hombros y continuó instalando el caballete.

Se trataba de Ludovico de Luigi, uno de los artistas venecianos contemporáneos más célebres. Save Venice lo había traído a Nueva York para que ayudara a recaudar fondos en el baile de esa noche. A lo largo de la velada, De Luigi pintaría una acuarela que luego se subastaría en beneficio de la organización.

Ludovico de Luigi era hombre de una gran confianza en sí mismo y modales teatrales. Sus pinturas futuristas y algo dalinianas tendían hacia el surrealismo metafísico. Acostumbraban a tratarse de paisajes espectrales de edificios venecianos conocidos yuxtapuestos de manera sorprendente: la abovedada iglesia de Santa Maria della Salute ejerciendo de plataforma petrolífera en mitad del océano o la plaza San Marcos representada como cuerpo acuoso del que emergía un gran submarino Polaris que avanzaba inquietantemente hacia la basílica. Aunque rozaba el kitsch, la obra de De Luigi era técnicamente brillante y siempre vistosa.

En Venecia se le conocía tanto por sus payasadas públicas como por su arte. En cierta ocasión se le había concedido permiso para exponer una escultura ecuestre en la plaza San Marcos y, sin avisar a las autoridades, invitó a un famoso miembro del Parlamento italiano: Ilona Staller, diputada por Roma del Partido Radical y más conocida entre los aficionados a las películas porno como Cicciolina. La diputada llegó a San Marcos en góndola, con los pechos al descubierto, y se subió al caballo proclamándose obra de arte viva que coronaba a otra inanimada. La inmunidad parlamentaria protegía a Cicciolina de cargos por obscenidad pública, de modo que en su defecto se acusó a De Luigi. El artista le aseguró al juez del caso, que resultó ser una mujer, que no esperaba que Cicciolina se desnudara.

—Pero, señor De Luigi —repuso la juez—, conociendo el historial de la señorita Staller, ¿no podía imaginarse que se desnudaría?

—Señoría, soy artista. Tengo una imaginación muy viva. Puedo incluso imaginármela a usted desnudándose aquí mismo. Pero no espero que lo haga.

—Señor De Luigi, también yo tengo una imaginación muy viva y puedo imaginarme enviándolo cinco años a prisión por desacato al tribunal.

Al final la juez lo sentenció a cinco meses de prisión que se anularon al poco tiempo gracias a una amnistía general. En cualquier caso, esa noche en el Rainbow Room, Ludovico de Luigi pensaba pintar un cuadro de la iglesia dei Miracoli en honor al proyecto de restauración más ambicioso que en ese momento ocupaba a Save Venice. Mientras el pintor retomaba la operación de mezclar colores en la paleta, Lesa Marcello contestó al teléfono girándose hacia las ventanas con vistas a Manhattan.

La condesa Marcello era una mujer de pelo oscuro, modales pausados y expresión de paciencia infinita. Se tapó la oreja con la mano libre para aislarse del jaleo y escuchar a Girolamo Marcello contarle que La Fenice ardía víctima de un incendio incontrolado.

—Se acabó —dijo el conde—. No hay nada que hacer. Pero al menos estamos todos a salvo y de momento el incendio no se ha extendido.

Lesa, aturdida, se desplomó en una silla junto a la ventana. Las lágrimas le anegaron los ojos mientras trataba de asimilar la noticia. Durante generaciones su familia había representado un papel destacado en los asuntos venecianos. Su abuelo había sido alcalde en el período de entreguerras. Lesa miraba por la ventana sin ver nada. La puesta de sol arrancaba destellos rojos y naranjas de los rascacielos vítreos de Wall Street creando, a ojos de la condesa, el efecto de una ciudad en llamas. Dio media vuelta.

—¡Dios mío, no! —exclamó Bea Guthrie cuando Lesa le contó lo sucedido.

La señora Guthrie era la directora ejecutiva de Save Venice. Soltó el centro de mesa en el que estaba trabajando y una expresión de pánico se apoderó de su rostro. En un instante, el baile de máscaras había quedado reducido a una frivolidad terriblemente inapropiada pero era demasiado tarde para cancelarla. Seiscientos juerguistas disfrazados llegarían al Rainbow Room en cuestión de horas vestidos de gondoleros, papas, dux, cortesanos, Marco Polo, Shylock, Casanova y Tadzio, y nadie podía hacer nada para evitarlo. Por supuesto la invitada de honor, la señora de Lamberto Dini, esposa del primer ministro italiano, tendría que excusarse, cosa que solo serviría para enfatizar lo inapropiado de la celebración. Estaba claro que la fiesta se convertiría en un velatorio. Había que hacer algo. Pero ¿qué?

Bea Guthrie telefoneó a su marido, Bob Guthrie, director general de Save Venice y jefe del departamento de cirugía plástica y reconstructiva del Dowtown Hospital de Nueva York. El doctor Guthrie estaba en el quirófano. La señora Guthrie llamó entonces a Larry Lovett, presidente de Save Venice. Lovett había presidido también el Metropolitan Opera Guild y la Sociedad de Música de Cámara del Lincoln Center. Hacía pocos años había comprado un palacio en el Gran Canal y fijado en él su residencia principal. Lovett reaccionó a la noticia con rabia y tristeza a partes iguales. Conocedor del modo en que funcionaban las cosas en Venecia, tenía la certeza de que cualquiera que hubiera sido la causa del incendio, la negligencia también había contribuido. El doctor Guthrie se enteró de lo ocurrido al salir de la sala de operaciones. Un arranque de pragmatismo ayudó a atemperar la impresión. «Bueno, adiós al telón que acabamos de restaurar por cien mil dólares.»

Ni Larry Lovett ni Bob Guthrie encontraron una solución rápida para el problema de la fiesta. Tendrían que seguir según lo previsto. Por un instante fugaz todos ellos se plantearon no comentar nada del incendio, suponiendo que pocas personas conocerían la noticia antes de llegar al baile. Pero al final decidieron que el silencio solo empeoraría las cosas.

Bea Guthrie volvió a concentrarse en el centro de mesa inacabado al tiempo que un hombre de rostro rubicundo y sonriente y pelo rizado y oscuro entró en el Rainbow Room y la saludó. El recién llegado se llamaba Emilio Paties, un restaurador veneciano que Save Venice había traído a Nueva York para que cocinara la cena para los seiscientos invitados. En ese instante medía los pasos que separaban las cocinas del piso sesenta y cuatro de las mesas del sesenta y cinco. Mientras caminaba se miraba sin cesar el reloj. Su principal preocupación era el *risotto* de trufa blanca y setas *porcini*.

—Los dos últimos minutos de cocción se realizan una vez retirado el *risotto* del fuego —le estaba comentando al jefe de los camareros que caminaba a su lado—. En cuanto se retira del fuego, absorbe el agua muy rápido y termina de hacerse en dos minutos exactos. Hay que servir el plato de inmediato, ¡o será una pasta! Tenemos dos minutos para bajarlo desde las cocinas a las mesas. Dos minutos. ¡Ni uno más! —Cuando el señor Paties alcanzó el fondo del salón, consultó el reloj y luego miró exultante a Bea

Guthrie–: ¡Un minuto y cuarenta y cinco segundos! *Va bene!* ¡Bien!

Más entrada la tarde, con la decoración terminada, Bea Guthrie se marchó a casa a cambiarse, deprimida, temiéndose las horas que le quedaban por delante. Pero entonces la invitada de honor, la señora Dini, tuvo una idea.

–Creo que ya sé lo que podríamos hacer, si les parece bien. Acudiré al baile de esta noche. Una vez que hayan llegado los invitados y se haya comunicado la noticia del incendio hablaré públicamente para, en nombre de todos los italianos, agradecer al consejo de administración de Save Venice que se haya avenido a dedicar todos los fondos recaudados en la velada para ayudar a la reconstrucción de La Fenice.

Así se le daría un giro positivo a la velada. Se podía sondear rápidamente la opinión del consejo de Save Venice y seguro que se mostrarían todos de acuerdo. La señora Guthrie, sintiéndose de pronto mucho mejor, subió a la planta alta y preparó el disfraz de arlequín para el baile.

La señora Seguso casi rompió a llorar de alegría cuando su hijo Gino y su nieto Antonio regresaron a casa. Al irse la electricidad, la luz titilante del incendio había invadido la casa y sus reflejos bailaban y saltaban por las paredes y los muebles como si también el hogar de los Seguso estuviera ardiendo. El teléfono no había parado de sonar, los amigos querían saber si estaban bien. Algunos incluso habían acudido a la puerta con extintores. Gino y Antonio estaban en la planta baja hablando con los bomberos, que presionaban a los Seguso para que desalojaran la casa tal como ya había hecho el resto del vecindario. Los agentes hablaban en voz baja y con más deferencia de la habitual porque sabían que el anciano de la ventana superior era el gran Archimede Seguso.

Y Archimede Seguso no pensaba salir de su casa.

Ninguno de los Seguso se plantearía siquiera marcharse mientras él siguiera dentro. De manera que Gino y Antonio se dedicaron a retirar los muebles próximos a las ventanas, descolgar cortinas, enrollar alfombras y entrar maceteros. Antonio subió a la terraza, arrancó el toldo de las barras y mojó las tejas, tan recalentadas que despidieron espirales de vapor. Entretanto la señora Seguso y su nuera hicieron las maletas para que todo estuviera preparado en el caso de que Archimede cambiara de opinión. Gino, al descubrir la maleta de su mujer en el vestíbulo, la abrió para ver qué objetos valiosos había decidido salvar. La maleta estaba llena de fotografías familiares enmarcadas.

—El resto podemos reemplazarlo —explicó la mujer—. Pero los recuerdos, no.

Gino la besó.

De pronto, otro estruendo sacudió el suelo. Se había hundido el techo de detrás del escenario.

Un capitán de bomberos subió las escaleras para informar a los Seguso en tono casi de disculpa de que sus hombres tendrían que pasar una manguera por el salón hasta la ventana que daba a La Fenice por si el fuego alcanzaba la pared del otro lado del canal. Con un mimo que bordeaba la reverencia, apartaron las obras de arte de cristal de Archimede Seguso: las piezas modernistas abstractas que había realizado en las décadas de 1920 y 1930 cuando la mayoría de vidrieros venecianos seguían produciendo floreados diseños del siglo xviii. Una vez instalada la manguera contra incendios, esta quedó flanqueada por una guardia de honor compuesta de objetos de cristal tocados por el genio de Seguso: cuencos y jarrones con incrustaciones de finas hebras de vidrios de colores que parecían encaje u ondulantes y coloridos lazos o minúsculas burbujitas suspendidas en filas o espirales. Destacaban algunas pesadas esculturas de personas y animales realizadas en una única pieza de vidrio fundido, una proeza aparentemente imposible que solo Seguso había alcanzado a conseguir.

Gino se dirigió al dormitorio de su padre acompañado por el capitán de los bomberos. Este, sin atreverse a hablar directamente con el anciano, se dirigió a Gino:

—Estamos muy preocupados por la seguridad del maestro.

El señor Seguso continuó en silencio, con la vista fija en la ventana.

—Papá —suplicó Gino en voz baja—, el fuego se está acercando. Creo que deberíamos marcharnos.

El padre de Gino siguió con la vista clavada en La Fenice, observando las explosiones de llamas verdes, moradas, negras y azules que salpicaban fuego. Veía las llamas por entre las rendijas de los postigos de lamas de la parte de atrás de La Fenice y sus reflejos en los charcos temblorosos del fondo del canal. Veía grandes, largas lenguas de fuego asomando por las ventanas y géiseres de cenizas elevarse por los agujeros del tejado. El viento invernal del otro lado de la ventana era ahora de un calor abrasador. La Fenice se había convertido en un horno.

—Me quedo —dijo en voz baja Archimede Seguso.

En las conversaciones del Haig's Bar ciertas palabras se repetían una y otra vez, palabras que parecían no tener nada que ver con La Fenice ni entre ellas: Bari... Petruzzelli... San Giovanni in Laterno... Uffizi... Milán... Palermo. Pero había otra palabra, pronunciada también con frecuencia, que las unía a todas: mafia.

En los últimos tiempos la mafia se había visto involucrada en incendios provocados y atentados con bomba. El incidente más preocupante, visto lo que estaba ocurriendo en La Fenice esa noche, era el incendio que en 1991 había destruido la ópera Petruzzelli de Bari. Las investigaciones habían descubierto que el jefe de la mafia de Bari había ordenado provocar el incendio tras sobornar al director para que le adjudicara los lucrativos contratos de la reconstrucción. Más de uno entre los que contemplaban arder La Fenice creía estar presenciando una repetición de la jugada. También se sospechaba que la mafia estaba detrás de los ataques con coche-bomba que habían destruido partes de la iglesia de San Giovanni in Laterno de Roma, la galería Uffizi de Florencia y la Galería de Arte Moderno de Milán. Los atentados se habían interpretado como un aviso al papa Juan Pablo II por sus repetidas críticas a la mafia y al gobierno italiano por su agresiva ofensiva judicial contra el crimen organizado. Incluso ahora, en Mestre, en la orilla continental de la laguna veneciana, se estaba juzgando a un *don* siciliano por el asesinato con coche-bomba de un duro juez antimafia, su esposa y sus guardaespaldas en Palermo. El incendio de La Fenice podría responder a un torpe aviso para detener el juicio.

—¡La mafia! —exclamó Girolamo Marcello, hablando con los amigos que se habían reunido con él en su *altana*—. Si la mafia ha iniciado el incendio, se podía haber ahorrado tanta molestia. La Fenice habría ardido sola sin necesidad de que la ayudaran. Ahí dentro hacía meses que reinaba el caos.

»En cuanto empezaron las obras de renovación, el director de La Fenice me pidió que pasara a visitarlo. Save Venice acababa de restaurar el telón y ahora el hombre quería que yo, en calidad de miembro del consejo de Save Venice, le pidiera a la organización que restaurara los frescos de la *Divina comedia* de Dante que hay en el bar. Me invitó a que fuera a echarles un vistazo: no podía creerme lo que estaba viendo. Aquel lugar era un desastre. Dondequiera que mirases, descubrías materiales inflamables. No sé cuántos botes de barniz, aguarrás y disolventes había: abiertos, cerrados, volcados por el suelo... trozos de parquet amontonados, rollos de alfombrado plástico apilados, basura y más basura por todas partes. ¡Y en medio de todo eso, hombres trabajando con sopletes! ¡Os lo imagináis! ¡Soldadores! ¿Vigilancia? Ninguna, como de costumbre. ¿Responsabilidad? Ninguna. Pensé que estaban todos locos. De modo que si la mafia quería que ardiera La Fenice, le bastaba con esperar.

A las dos de la madrugada, pese a que oficialmente el incendio seguía fuera de control, Archimede Seguso notó que se había alcanzado un equilibrio entre las llamas y los bomberos. Se asomó al umbral del dormitorio; era la primera vez desde hacía horas que se alejaba de la ventana.

—Ya estamos fuera de peligro —anunció. Besó a su mujer—. Te dije que no te preocuparas, Nandina.

Luego abrazó a su hijo, su nuera y su nieto. Tras lo cual, y sin mediar palabra, se fue a la cama.

Mientras el señor Seguso conciliaba el sueño, en Nueva York un desfile de generales prusianos, bufones de la corte y princesas de cuento de hadas empezaba a salir del ascensor en dirección al

Rainbow Room iluminado por las velas. Un obispo en traje de ceremonia le pasó una copa a una bailarina del vientre. Un verdugo encapuchado charlaba con María Antonieta. Un puñado de personas se había agrupado alrededor del pintor Ludovico de Luigi, que había esbozado el contorno de la iglesia Miracoli y comenzaba a aplicar color en la fachada de mármol esculpido. Los animadores contratados –juglares en zancos, acróbatas, tragafuegos y mimos con trajes de la *commedia dell'arte*– paseaban entre los invitados, la mayoría de los cuales no tenían la menor idea de que La Fenice se había incendiado. Hasta el momento la cobertura de la televisión estadounidense se había limitado a una mención de once segundos, sin imágenes, en el noticiario nocturno de la CBS.

Peter Duchin estaba sentado al piano, posando cual ave exótica con el plumaje negro y blanco irguiéndose desde lo alto de su máscara negra. Cuando vio a Bob Guthrie acercarse al micrófono, interrumpió la música con un ademán.

Guthrie, envuelta su enorme figura en caftán rojo y blanco, dio la bienvenida a los invitados y a continuación anunció que lamentaba ser el portador de una mala noticia.

–La Fenice está ardiendo. No tiene salvación.

Una exclamación de sorpresa colectiva y varios «¡No!» resonaron por todo el salón. Luego se impuso el silencio. Guthrie presentó a la invitada de honor, la señora Dini, que se aproximó al micrófono con lágrimas rodándole por las mejillas. Con voz temblorosa, agradeció a la junta de Save Venice por haber votado esa misma tarde a favor de dedicar la velada benéfica a la reconstrucción de La Fenice. Algunos aplausos dispersos rompieron el silencio; los aplausos crecieron hasta la ovación y la ovación culminó en un estallido de vítores y silbidos.

Ludovico de Luigi, lívido, retiró el cuadro de la iglesia Miracoli del caballete y lo reemplazó por un lienzo en blanco. Rápidamente esbozó La Fenice en lápiz. La situó en medio de la laguna veneciana, por el toque irónico, y envuelta en llamas.

Varias personas se dirigieron a los ascensores para volver a casa a vestirse con indumentaria de noche tradicional, ya no estaban de humor para disfraces. La señora Dini se apartó del micrófono y se embadurnó los ojos con el pañuelo. Bob Guthrie se quedó cerca, charlando con un grupo de personas a pocos metros del micrófono todavía abierto, que captó parte de la conversación:

—Esta noche es probable que recaudemos cerca de un millón de dólares para La Fenice —comentó, refiriéndose al precio de admisión de mil dólares por persona, la subasta del cuadro de De Luigi y las donaciones espontáneas. En respuesta a una pregunta sobre dinero, se oyó a Guthrie replicar—: ¡No, no! No, desde luego. No entregaremos el dinero a Venecia hasta que se inicie la restauración. ¿Bromean? No somos tontos. Lo mantendremos en depósito hasta entonces. De otro modo sería imposible predecir a qué bolsillo iría a parar.

A las tres de la madrugada por fin el incendio se declaró controlado. A pesar de los numerosos proyectiles de escombros no habían prendido focos secundarios y nadie había sufrido heridas de gravedad. Las gruesas paredes de La Fenice habían contenido las llamaradas, impidiendo que el fuego se extendiera al tiempo que incineraba todo el interior del teatro. En cierto sentido La Fenice, para no destruir Venecia, se había suicidado.

A las cuatro de la madrugada el helicóptero sobrevoló por última vez el incendio. El triste destino de La Fenice estaba escrito en las mangueras mojadas que cruzaban en zigzag *campo* Santa Maria del Giglio desde el Gran Canal hasta el teatro.

El alcalde Massimo Cacciari permanecía todavía en *campo* San Fantin frente a La Fenice, contemplando con tristeza lo que quedaba del teatro de la ópera. Un cartel en perfecto estado de conservación, encerrado en una vitrina colgada de una pared junto a la entrada, anunciaba que la ópera renovada reabriría sus puertas a final de mes con un concierto de jazz de Woody Allen.

A las cinco de la madrugada Archimede Seguso abrió los ojos y se sentó en la cama, repuesto pese a haber dormido solo tres horas. Se dirigió a la ventana y abrió los postigos. Los bomberos habían instalado reflectores y enfocaban las mangueras al interior destrozado. Nubes de humo se elevaban desde el cascarón de La Fenice.

El señor Seguso se vistió al reflejo de las paredes iluminadas de La Fenice. El aire estaba cargado de olor a madera carbonizada, pero aun así distinguió el aroma del café que su mujer estaba preparándole. Como siempre, su mujer le esperaba junto a la puerta con una taza humeante y, como siempre, él se lo bebió de pie a su lado. Luego la besó en las mejillas, se calzó su fedora gris en la cabeza y descendió a la planta baja. Se detuvo un momento delante de la casa para contemplar La Fenice. Las ventanas eran agujeros abiertos que enmarcaban una fracción del cielo oscuro previo al amanecer. Un fuerte viento azotaba el funesto caparazón. Se trataba de un viento frío del norte, un bora. De haber soplado ocho horas antes, sin duda el incendio se habría expandido.

Un joven bombero descansaba, exhausto, contra la pared. Saludó con la cabeza al señor Seguso.

–La hemos perdido –dijo el bombero.

–Han hecho cuanto han podido –repuso con amabilidad el señor Seguso–. No había esperanza.

El bombero sacudió la cabeza y alzó la vista hacia el teatro.

–Cada vez que se hundía un trozo de ese techo, una parte de mi corazón desaparecía con él.

–Y del mío –aseguró el anciano–, pero no se culpe.

–Siempre me perseguirá la pena de no haber podido salvarla.

–Mire a su alrededor. Han salvado Venecia.

Y dicho esto el anciano dio media vuelta y, despacio, se encaminó por la *calle* Caotorta hacia Fondamente Nuove, donde cogería el *vaporetto* hasta la fábrica de cristal en Murano. Cuando era más joven, el paseo de kilómetro y medio hasta el *vaporetto* le llevaba doce minutos. Ahora tardaba una hora.

En *campo* Sant'Angelo, se volvió y miró atrás. Una columna de humo ancha y retorcida, iluminada desde abajo, se elevaba cual morboso espectro hacia el cielo.

Del otro lado del *campo*, el anciano se adentró en una calle comercial, la *calle* della Mandola, donde se encontró con un trabajador en mono azul limpiando las ventanas de la pastelería. Los limpiacristales eran los únicos que trabajaban tan temprano, y siempre lo saludaban al pasar.

—¡Ah, maestro! —saludó el hombre de azul—. Anoche nos tuvo preocupados, como vive tan cerca de La Fenice.

—Es usted muy amable —contestó el señor Seguso, inclinándose levemente y tocándose el borde del sombrero—, pero gracias a Dios no corrimos ningún peligro. Aunque, eso sí, hemos perdido nuestro teatro…

El anciano ni se detuvo ni aminoró la marcha. Poco después de las seis, llegó a la fábrica y entró en la cavernosa sala de fundición. Seis grandes hornos revestidos con bloques de cerámica se alineaban en la sala a distancia prudencial, todos ellos encendidos e inundando constantemente el ambiente con un rugido atroz. Seguso trató con un ayudante la cuestión de los colores que quería preparar ese día. Unos serían transparentes y otros opacos. Trabajaría el amarillo, el naranja, el rojo, el púrpura, el gris, el cobalto, el dorado, el blanco y el negro: más de los que solía utilizar, pero el ayudante no preguntó por qué y el maestro tampoco lo explicó.

Cuando el cristal estuvo listo, Seguso se plantó frente al horno abierto con la caña de acero en la mano y la mirada serena clavada en las profundidades del fuego. Luego, con un movimiento grácil y fluido, hundió la punta de la caña en el tanque de cristal fundido del horno y la giró despacio una y otra vez retirándola del fuego cuando el reluciente bulto en forma de pera de la punta alcanzaba el tamaño apropiado para empezar a realizar el jarrón que tenía en mente.

El primero del más de centenar de jarrones que terminaría por hacer no se parecía a nada que hubiera fabricado antes. Contra un fondo opaco negro como la noche, había aplicado un conjunto de lazos ondulantes de sinuosas formas diamantinas superpuestas en rojo, verde, blanco y oro que subían en espiral alrededor del jarrón. No explicó lo que estaba haciendo, pero para cuando empezó el segundo, todos lo sabían. Fabricaba un recordatorio en cristal del incendio —las llamas, las chispas, las brasas y el humo— tal como lo había presenciado desde la ventana, destellando entre las lamas de madera, reflejado en el agua del fondo del canal y alzándose a lo lejos en plena noche.

Durante los días siguientes el ayuntamiento de Venecia pondría en marcha una investigación para descubrir qué había ocurrido la noche del 29 de enero de 1996. Pero la mañana del día 30, mientras los rescoldos de La Fenice todavía ardían, un veneciano preeminente ya había empezado a componer su propio testimonio en cristal al tiempo que creaba una obra de terrible belleza.

2

POLVO Y CENIZAS

Había visitado Venecia como mínimo una docena de veces después de quedar hechizado por su encanto la primera vez que la vi hacía veinte años: una ciudad de cúpulas y campanarios flotando en la bruma de la distancia y coronada a cada trecho por un santo de mármol o un ángel dorado.

En mi último viaje había llegado, como siempre, en taxi acuático. La barca aminoró la velocidad al acercarnos a la ciudad, luego se deslizó por la umbría estrechez de un pequeño canal. A ritmo casi majestuoso, pasamos frente a balcones colgantes y estatuas de piedra gastada por los elementos incrustadas en ladrillo y estuco a medio desmoronarse. Atisbé por ventanas abiertas y entreví techos pintados y lámparas de cristal. Oí fragmentos fugaces de música y conversaciones, pero ni bocinazos, ni frenazos ni más motor que el zumbido apagado de nuestra embarcación. La gente cruzaba por los puentes bajo los que pasábamos y la estela de nuestra barca rompía en escalones cubiertos de musgo que descendían hasta el canal. El trayecto de veinte minutos se había convertido en un anhelado *rite de passage* que me transportaba apenas cinco kilómetros laguna a través y entre quinientos y mil años atrás en el tiempo.

Para mí Venecia no solo era bella; era bella por todas partes. En una ocasión decidí retar esta idea de belleza total inventando un juego que llamé «la ruleta fotográfica» y que consistía en pasear por la ciudad sacando fotografías no planeadas —cada vez que tañía la campana de una iglesia o que veía un perro o un gato—

para comprobar con qué frecuencia, situado en un punto arbitrario, me encontraba ante una vista de belleza excepcional. La respuesta: casi siempre.

Pero con una frecuencia irritante, antes de sacar la fotografía, debía esperar a que una marabunta de turistas saliera del encuadre incluso en los barrios periféricos a los que se suponía que no iban nunca. Por eso decidí visitar Venecia en pleno invierno: la contemplaría sin la sombra de otros turistas. Por una vez disfrutaría de una visión clara de Venecia como ciudad viva. La gente que veía en las calles sería gente que vivía en ellas, que acudía resueltamente a sus negocios y dirigía miradas de reconocimiento a lugares que a mí todavía tenían el poder de obligarme a parar en seco. Pero esa mañana de primeros de febrero de 1996, mientras cruzaba la laguna noté la primera vaharada a carbón y comprendí que había llegado a Venecia en un momento extraordinario.

Una impresionante fotografía aérea de Venecia a color dominaba la portada de la edición matutina de *Il Gazzettino.* Ofrecía una vista panorámica de la ciudad tomada el día después del incendio con La Fenice quemada en el centro, de cuyo cráter ennegrecido emergía una columna de humo como de un volcán dormido. El periódico prometía a sus lectores: «¡Nunca más! ¡No más fotografías como esta!».

Se había generado una ola de solidaridad con Venecia. El cantante de ópera Luciano Pavarotti había anunciado que daría un concierto a fin de recaudar fondos para reconstruir La Fenice. Plácido Domingo, para no ser menos, había asegurado que él también daría un concierto, pero el suyo tendría lugar en la basílica de San Marcos. Pavarotti contraatacó diciendo que también él cantaría en San Marcos y que cantaría solo. Woody Allen, cuya banda de jazz debería haber inaugurado la renovación de La Fenice con un concierto a finales de mes, bromeó con un periodista diciéndole que el incendio debía de ser obra de un «amante de la buena música» antes de añadir: «Si no querían que tocara, bastaba con decirlo».

La destrucción de La Fenice representaba una pérdida particularmente brutal para Venecia. La ópera había sido una de las escasas atracciones culturales que no se había cedido a los foráneos. En La Fenice los venecianos siempre superaban en número a los turistas y por tanto todos los lugareños, incluidos los que jamás habían puesto un pie en la ópera, le profesaban un cariño especial. Las prostitutas de la ciudad organizaron una colecta y entregaron al alcalde Cacciari un cheque de mil quinientos dólares.

El *Gazzettino* revelaba una serie de informaciones sobre el incendio que habían salido a la luz durante los dos últimos días. Incluso los que de habitual reaccionaban con escepticismo a las teorías de la conspiración destacaban varias coincidencias sospechosas.

Se descubrió, por ejemplo, que dos días antes del incendio alguien había desconectado tanto el detector de humos como el sensor térmico. En teoría se había dado la orden porque los humos y el calor procedentes de las obras de renovación habían disparado las alarmas varias veces y molestaban a los trabajadores.

Se había desmontado el sistema viejo de aspersores de La Fenice antes de activar el nuevo.

El único guardia de seguridad de La Fenice no había acudido al lugar del incendio hasta las nueve y veinte, al menos veinte minutos después de que sonara la primera alarma. El vigilante había declarado que pasó los veinte minutos vagando por el edificio en busca del origen del humo.

También había salido a relucir que quince días antes se había declarado un incendio menor provocado por un soplete, posiblemente a propósito, pero se había silenciado el incidente.

Con conspiración o sin ella, existían pruebas de sobra de negligencia, empezando por el canal vacío. El alcalde Cacciari había iniciado un encomiable plan de drenaje y limpieza de los canales más pequeños de la ciudad que se necesitaba desde hacía tiempo. Sin embargo, un año antes del incendio, el prefecto de la ciudad, o administrador en jefe, había advertido por carta al alcalde de que no debía secarse ningún canal de la ciudad hasta no haber garantizado antes una fuente alternativa de agua en caso de incendio. La carta no había recibido respuesta. Seis meses después, el prefecto había enviado una segunda misiva. La respuesta que obtuvo fue el propio fuego.

El canal seco era solo un elemento más de una larga historia de corrupción y negligencia. Quienes habían participado en la renovación de La Fenice describían el lugar de trabajo como un caos. Las salidas de emergencia se cerraban sin llave o se dejaban abiertas de par en par; la gente entraba y salía a placer, con autorización o sin ella; las copias de las llaves de la puerta principal se repartían al azar y existían juegos no justificados.

También circulaba un extraño cuento acerca de la cafetería del teatro. Se había ordenado el cierre de la misma mientras duraran las obras, pero la encargada, la señora Annamaria Rosato, había suplicado a sus jefes que la mantuvieran abierta como cantina para los obreros. Los jefes habían transigido recomendándole tan solo que tuviera cuidado. La señora Rosato instaló una cafetera y un hornillo eléctrico para preparar pasta. Trasladaba esta cocina provisional de sala en sala tratando de mantenerse alejada de la zona en obras. Pero puesto que el fuego había empezado en las salas Apolonias, muy cerca de su centro de operaciones en ese momento, la señora Rosato y su cafetera se convirtieron en estrellas mediáticas. La policía la interrogó en calidad de sospechosa. La dejaron marchar sin cargos, pero no antes de que su inesperada notoriedad le despertara tal resentimiento que empezó a apuntar nombres de personas que en su opinión valía la pena considerar posibles sospechosos: los obreros que habían utilizado su cocina la tarde del incendio, por ejemplo, y los restauradores que habían dejado encendidos potentes calentadores enfocados a las zonas de estuco húmedo del techo para que se secaran por la noche. Todos a los que señaló fueron interrogados y puestos en libertad.

La fiscalía admitía en el *Gazzettino* que, pese a haber interrogado a docenas de testigos, por el momento no se sabía cómo se había iniciado el incendio. El fiscal Felice Casson nombró una comisión de cuatro expertos para que investigaran el suceso y empezaran a trabajar de inmediato.

No obstante, una cosa quedaba dolorosamente patente: ninguno de los dos grandes males que acechaban a Venecia tenían la culpa del incendio, ni el nivel creciente del mar que amenazaba con inundar la ciudad en algún momento desconocido del futuro ni la sobreabundancia de turistas que expulsaba la vida fuera de la ciudad. La noche que ardió La Fenice no había marea alta ni casi turistas. Esta vez Venecia solo podía culparse a sí misma.

Según el *Gazzettino*, a última hora del día se convocaría un pleno municipal para tratar el tema de La Fenice. La reunión tendría lugar en el Ateneo Veneto, un palacio monumental del siglo XVI situado frente a La Fenice, del otro lado de *campo* San Fantin. En origen el Ateneo Veneto había sido sede de una fraternidad de encapuchados dedicados a escoltar a los condenados a la horca y procurarles un entierro digno. Sin embargo, en el último par de siglos había acogido la Academia de Ciencias y Letras, el Parnaso cultural de Venecia. En el ornamentadísimo Gran Salón de su planta baja se organizaban conferencias y asambleas de la más alta relevancia literaria y artística. Simplemente el mero hecho de que un evento se celebrara en el Ateneo Veneto significaba que la élite cultural veneciana lo consideraba importante.

Me dirigí a *campo* San Fantin media hora antes de la asamblea y me encontré con una sombría reunión de venecianos desfilando frente a La Fenice en silencioso duelo. Dos *carabinieri* hacían guardia a la entrada elegantemente ataviados con uniformes azul marino decorados con desenfadadas listas rojas en la costura de los pantalones. Fumaban. A primera vista La Fenice parecía la de siempre: el pórtico formal, las columnas corintias, las verjas de hierro forjado, las ventanas y balaustradas, todo permanecía intacto. Pero, por supuesto, se trataba solo de la fachada, puesto que la fachada era lo único que quedaba. La Fenice se había convertido en una máscara de sí misma. Tras la máscara, el interior había quedado reducido a un montón de escombros.

La muchedumbre reunida frente al teatro avanzaba por el *campo* hacia el Ateneo Veneto para presenciar la asamblea municipal. El Gran Salón estaba lleno a rebosar. La gente de pie ocupaba el fondo y los laterales de la sala mientras los oradores paseaban nerviosos por el frente. El público era un hervidero de conversaciones y conjeturas.

Una mujer sentada junto a la puerta se volvió hacia otra asistente: «Los accidentes no existen. Tú espera. Ya verás». La otra mujer le dio la razón con un gesto de la cabeza. Dos hombres discutían la escasa calidad de la compañía residente de La Fenice durante los últimos años, en especial de la orquesta. «Es una lástima que tenga que arder La Fenice. Que no haya ardido la orquesta.» Una joven llegó al salón sin aliento y se abrió paso hasta un joven que le había guardado un sitio. «No te he contado dónde estuve la noche del incendio –dijo la joven al sentarse–. Estaba en el cine. ¿Te puedes creer que en la Accademia pasaban *Senso*? La única película que contiene una escena filmada dentro de La Fenice. Visconti quiso que pareciera la década de mil ochocientos sesenta y para eso la iluminaron con lámparas de gas. ¡De gas! ¡Un montón de pequeños incendios dentro de La Fenice! Luego salgo a la calle y me encuentro a la gente corriendo y gritando "¡La Fenice! ¡La Fenice!". Los seguí hasta el puente de la Academia y entonces vi el fuego. Me pareció que soñaba.»

Varios vecinos del teatro habían acudido a la reunión y se amoldaban como podían a la idea de vivir a la sombra de un fantasma. Gino Seguso contó que desde el incendio su padre pasaba la mayor parte del tiempo en la fundición, moldeando jarros y cuencos que conmemoraran aquella noche funesta. «Ya lleva más de veinte y continúa preparando más pasta vítrea. Lo único que ha dicho es que tiene que hacerlo, y no tenemos ni idea de cuánto tardará su pasión en seguir su curso. Pero las piezas son bonitas, todas.»

Emilio Baldi, propietario del restaurante Antico Martini, calculaba apesadumbrado las pérdidas que sufriría durante meses, si no años, mientras la vista desde su local consistiera en una ruidosa obra en construcción en lugar de una plaza con encanto. «Aunque hay un pequeño motivo para la esperanza –comentó esbozando una débil sonrisa–. Teníamos ocho mesas con cenas cuando empezó el incendio y, como es natural, todo el mundo cogió el abrigo y salió corriendo. Desde entonces siete de las ocho han vuelto para pagar la cuenta. Quizá sea una señal de que todo acabará bien.»

Me senté junto a una anciana dama inglesa ocupada en mostrar a la pareja que tenía delante un pequeño óleo del tamaño de un sello de correos. Los bordes estaban chamuscados.

–Es un trozo del decorado –explicó la dama–. ¿No les parece triste?

—Lo encontramos en nuestra *altana* —apuntó el marido—. Vivimos en el *palazzo* Cini y estábamos cenando en el Monaco. De pronto los camareros se distrajeron y salieron del comedor. Preguntamos qué ocurría y nos informaron de que por lo visto se había declarado un incendio cerca de La Fenice. Subimos al tejado del hotel Saturnia, que tiene unas vistas espléndidas de La Fenice. Teníamos el fuego justo delante, tan cerca que chamuscó el abrigo de pieles de Marguerite. Un poco más tarde, volvimos a casa bajo una nube de chispas.

—Aterrador —intervino la esposa—. A la mañana siguiente teníamos la *altana* cubierta de cenizas. Christopher encontró este cuadradito de lienzo quemado. Había llegado volando desde el otro lado del Gran Canal. —Envolvió la reliquia chamuscada y la guardó en el bolso—. Supongo que nunca sabremos de qué ópera procede.

Abrió la reunión el administrador general de La Fenice, Gianfranco Pontel, que lloriqueó y juró que no dormiría tranquilo hasta que el teatro volviera a levantarse y ponerse en funcionamiento. Pontel, un cargo político sin formación musical, aseguró no ver razón alguna para su dimisión, algo que varias personas le habían exigido públicamente.

Después de Pontel, un funcionario tras otro se aprestó a lamentar el destino de La Fenice, rogar por su resurrección y eximirse de toda culpa. Mientras hablaban, por encima de ellos, en el techo hundido, legiones de almas atormentadas languidecían en *Los ciclos del Purgatorio* de Palma Giovane burlándose en silencio de las palabras de los funcionarios.

El alcalde Cacciari, con su negro pelo alborotado, se acercó al micrófono. El día después del incendio había anunciado que la ciudad reconstruiría La Fenice en dos años y como era antes, no como un teatro moderno. Revivió el viejo lema *Com'era, dov'era* («Como era, donde estaba»), invocado por primera vez en la campaña para reconstruir una réplica exacta de la torre del campanario de la plaza San Marcos, el Campanile, tras el derrumbe de 1902. El consistorio ratificó la decisión de Cacciari al instante.

El alcalde repitió su promesa. Expuso con franqueza las ideas que no paraban de rondarle por la cabeza. «Después inventas diez mil excusas. Te dices a ti mismo que no puedes controlar al mismo tiempo La Fenice, la policía, los servicios públicos, el departamento de bomberos. Que no se puede esperar de ti que vigiles la ciudad casa por casa, iglesia por iglesia, museo por museo. Te puedes decir todas estas cosas, pero sigues pensando que no, que no es posible, que no puede ser. No, no ha ocurrido. La Fenice no puede arder...»

Pese al evidente descontento de los asistentes, el augusto marco del Ateneo Veneto sirvió para imponer, si no el habitual silencio donde alcanzaba a oírse caer una aguja, sí cierta urbanidad. El público expresó la contrariedad general mediante un murmullo constante cuyo volumen subía y bajaba en respuesta a los comentarios del orador. No obstante llegó un punto en que empezaron a destacar algunas palabras, palabras perfectamente audibles, palabras de enojo, pronunciadas con acritud y procedentes de los que escuchaban de pie en el lateral izquierdo del salón.

—Cuando le elegimos —gritó la voz a Cacciari— le entregamos el teatro más bello del mundo ¡intacto! ¡Y usted nos lo devuelve convertido en cenizas! —La voz pertenecía al pintor Ludovico de Luigi, recién llegado de Nueva York, donde su retrato espontáneo de La Fenice en llamas se había subastado para que Save Venice colaborara en la reconstrucción. De Luigi, con el rostro enrojecido y su blanca melena al viento, señaló al alcalde con un dedo amenazador—. ¡Es una vergüenza! —gritó—. ¡Alguien tiene que asumir la responsabilidad! Si usted no lo hace, entonces, ¿quién?

El murmullo creció hasta convertirse en rumor, un rumor puntuado por las sílabas del nombre de De Luigi: «Ludovico, -vico, -vico, -vico».

Varios asistentes estiraron el cuello tímidamente, expectantes. ¿El arrebato dejaría paso a uno de los numeritos de Ludovico? ¿Habría modelos desnudas esperando en los pasillos? ¿Sacaría el pintor otra versión de su escultura en bronce de una viola, aquella de la que sobresalía un gran falo? ¿Soltaría ratas enjauladas como había hecho una vez en la plaza San Marcos? Parecía ser que no. De Luigi no había tenido tiempo de traerse a la reunión nada más aparte de su persona.

El alcalde lo miró con aire cansino.

—Venecia es única. No se parece a ningún otro lugar del mundo. Nadie puede esperar de mí ni de ningún otro cargo electo que asumamos responsabilidades más allá de lo normal y razonable.

—Pero para eso le elegimos —repuso De Luigi—. Lo acepte o no, le pusimos al mando. ¡Y usted! —bramó, apuntando ahora su dedo hacia el asustado administrador general, Pontel—. ¡Por amor de Dios, deje de lloriquear! Parece un niño al que le hayan quitado los juguetes. Hagan lo que les corresponde. ¡Dimitan!

Satisfecho de haber expuesto su opinión, De Luigi se calmó y un superintendente se adelantó para anunciar que las tareas de reconstrucción ayudarían a recuperar viejos oficios que prácticamente habían desaparecido de la ciudad. Se necesitarían artesanos capaces de reproducir a mano los grabados en madera y piedra, el estuco esculpido y el papel maché, los suelos de parquet, los lienzos, los frescos, los dorados y las ricas y elaboradas telas de cortinas, tapices y tapicerías. La pérdida de La Fenice era una tragedia, pero su reconstrucción generaría el renacimiento de todos los viejos oficios. El coste del proyecto superaría los sesenta millones de dólares, pero el dinero no sería problema porque Roma admitía que La Fenice constituía un tesoro nacional. Obtendrían el dinero.

La mujer de la puerta dio un codazo a su amiga.

—¿Qué te había dicho? Los accidentes no existen.

El último en hablar fue un teniente de alcalde.

—Venecia es una ciudad de madera y terciopelo. Los daños podrían haber sido mucho peores…

Los asistentes desfilaron de nuevo hacia el sol de *campo* San Fantin, donde los dos policías fumadores se dedicaban ahora a bromear con un trío de atractivas jovencitas. Estaban contándoles que las acompañarían encantados a echar un vistazo a los restos del siniestro pero que el teatro estaba precintado y nadie podía entrar. La voz de Ludovico de Luigi resonó mientras se alejaba en compañía de unos amigos:

—¡Mi intención ha sido insultarles! Que se enfaden si quieren. —Señaló a La Fenice al pasar por delante—. Hubo un tiempo en que Venecia tenía doce teatros líricos. Ahora no tenemos ninguno. Otro paso más hacia la derrota final. ¡Mírala! Un cascarón vacío. Igual que Venecia.

La muerte de Venecia se había predicho, declarado y lamentado durante doscientos años, desde que en 1797 Napoleón puso de rodillas a la otrora poderosa República Veneciana. En el apogeo de su gloria, Venecia había sido la máxima potencia marítima del mundo. Sus dominios se extendían desde los Alpes a Constantinopla y su riqueza no conocía parangón. La variedad arquitectónica de sus palacios —bizantinos, góticos, renacentistas, barrocos, neoclásicos— reflejaba una estética en constante desarrollo moldeada por un millón de conquistas y la acumulación de sus respectivos botines.

Pero en el siglo XVIII Venecia se había entregado al hedonismo y la disipación: bailes de máscaras, mesas de juego, prostitución y corrupción. La clase gobernante abandonó sus responsabilidades y el Estado se debilitó, impotente para resistir el acecho del ejército napoleónico. El Gran Consejo de la República Veneciana votó su propia disolución el 12 de mayo de 1797 y el último en la línea de ciento veinte dux dimitió. Desde entonces no ha habido dux en el palacio Ducal, ni Consejo de los Diez en la Cámara del Gran Consejo, ni constructores navales que fabricaran buques de guerra en el Arsenal ni prisioneros que arrastraran los pies por el puente de los Suspiros de camino a las mazmorras.

«¡Seré un Atila para el Estado veneciano!», había bramado Napoleón en italiano para que no cupieran malentendidos. Cumplió su palabra. Sus hombres saquearon el tesoro veneciano, destruyeron montones de edificios, arrancaron piedras preciosas de sus nichos, fundieron objetos de oro y plata y se llevaron cuadros de primerísimo orden para exponerlos en el Louvre y el Museo Brera de Milán.

Venecia emergió de aquella derrota como un empobrecido pueblecito de provincias, capaz de poco más que acomodarse en un lánguido y pintoresco declive. Esta es la Venecia que nosotros hemos conocido, no la conquistadora triunfante y arrogante, sino la modesta ruina a medio desmoronarse.

Pero la Venecia derrotada devino símbolo de la grandeza perdida, lugar de melancolía, nostalgia, romance, misterio y belleza. Como tal, ejercía un poder irresistible en pintores y escritores. Lord Byron, que vivió dos años en un palacio del Gran Canal, casi parecía preferir la Venecia en decadencia: «Por ventura más querida todavía en sus días de aflicción / que cuando era alarde, maravilla y espectáculo». Henry James consideraba Venecia una atracción turística demasiado explotada, «un maltrecho cosmorama y bazar». John Ruskin, centrándose en las riquezas arquitectónicas de la ciudad, aclamó Venecia como «el paraíso de las ciudades». Para Charles Dickens, Venecia era «una ciudad fantasma» y para Thomas Mann una curiosidad de oscuro atractivo, «mitad cuento de hadas, mitad trampa».

Por mi parte, comprendía por qué tantas historias ambientadas en Venecia eran de misterio. Umbríos canales traseros y laberínticos pasajes donde incluso los iniciados se perdían alguna vez conjuraban con facilidad las atmósferas más siniestras. Reflejos, espejos y máscaras sugerían que las cosas no eran lo que aparentaban. Jardines escondidos, ventanas cerradas y voces invisibles hablaban de secretos y posiblemente de lo oculto. Arcos de estilo morisco recordaban que, al fin y al cabo, la insondable mente oriental había tomado parte en todo esto.

En el período de introspección que siguió al incendio de La Fenice, los venecianos parecían plantearse las mismas preguntas que también yo me había hecho, en concreto, lo que significaba vivir en un entorno tan enrarecido y poco natural. ¿Quedaba en Venecia algo de lo que Virginia Woolf había descrito como «el patio de recreo de todo lo que era alegre, misterioso e irresponsable»?

Lo que yo sabía era que la población de Venecia había disminuido de manera constante desde hacía cuarenta y cinco años: de 174.000 habitantes en 1951 había pasado a 70.000 en el momento del incendio de La Fenice. El coste creciente de la vida y la escasez de trabajo habían provocado la emigración hacia el continente. Sin embargo, Venecia ya no era pobre. Al contrario, en la actualidad el norte de Italia disfrutaba de una de las rentas per cápita más altas de Europa.

Gracias a los dos siglos de pobreza, la herencia arquitectónica de la ciudad se había mantenido sorprendentemente a salvo de intrusiones modernas. Los siglos XIX y XX apenas habían dejado huella en Venecia. Al pasear por sus calles, el visitante actual todavía disfrutaba de una sucesión de vistas muy similares a como las pintó Canaletto en el siglo XVIII.

A los pocos días de mi llegada, empecé a considerar la idea de alargar mi estancia y vivir una temporada en Venecia. Había aprendido la gramática italiana básica a los dieciséis años, cuando pasé el verano en Turín como estudiante de intercambio y todavía recordaba lo esencial. Leía la prensa sin problemas, mi comprensión oral era pasable y hablaba lo bastante bien para hacerme entender.

Decidí que viviría en un apartamento en lugar de un hotel. Pasearía por la ciudad con una libreta y, de vez en cuando, con una pequeña grabadora. No seguiría ningún plan, pero me fijaría más en la gente que vivía en Venecia que en los once millones de turistas que cada año desfilaban por sus calles.

Me preparé para mi tarea releyendo los textos clásicos. No resultaron nada alentadores. Mary McCarthy declaraba sin rodeos en *Venice Observed*: «Nada puede decirse [sobre Venecia] (incluido este mismo comentario) que no se haya dicho ya». La acotación parentética de McCarthy, «incluido este mismo comentario», aludía a Henry James, quien en un ensayo de 1882 titulado «Venecia» había escrito: «Es notorio que no hay nada más que decir sobre la cuestión. [...] En verdad será un día muy triste aquel en el que haya algo nuevo que decir. [...] No estoy seguro de que pretender añadir algo más no implique cierto descaro».

Estas afirmaciones no eran tan severas como parecían. Mary McCarthy se refería sobre todo a las observaciones estereotipadas que la gente, equivocadamente, cree haber originado: por ejemplo, que la plaza San Marcos es como un salón al aire libre, que Venecia por la noche parece un decorado y que todas las góndolas están pintadas de negro fúnebre y parecen carrozas funerarias. Henry James estaba reaccionando a la sobreabundancia de documentales de viajes y reminiscencias personales sobre Venecia, uno de los destinos turísticos más modernos de su época.

En mi caso, mi interés no era Venecia *per se* sino la gente que la habitaba, que no es lo mismo. Por lo visto tampoco había sido un enfoque habitual entre los libros que trataban de la ciudad. Las novelas y películas más conocidas ambientadas en Venecia tendían a hablar de personas que estaban de paso: *Muerte en Venecia*, *Las alas de la paloma*, *Los papeles de Aspern*, *Amenaza en la sombra*, *Locura de verano*, *Al otro lado del río y entre los árboles*, *Juego veneciano*. Los protagonistas de todas estas historias y muchas más no eran ni venecianos ni expatriados residentes. Eran personajes de paso. Yo me centraría en gente que, mayoritariamente, vivía en Venecia.

¿Por qué Venecia?

Porque, a mi parecer, Venecia era una ciudad de una belleza única, aislada e introvertida y un poderoso estimulante de los sentidos, el intelecto y la imaginación.

Porque, pese a los kilómetros de calles y canales enmarañados, Venecia era mucho más pequeña y manejable de lo que aparentaba a primera vista. De hecho, con sus setecientas treinta hectáreas, apenas alcanza a duplicar el tamaño de Central Park.

Porque el tañido de las campanas de las iglesias cada cuarto de hora —cerca y lejos, en solos o en conciertos, cada una en su estilo propio— siempre me había parecido un tónico para los oídos y los nervios.

Porque no lograba imaginar nada más apetecible a lo que dedicarme por un período de tiempo indefinido.

Y porque, si había que creer en las peores previsiones sobre el nivel del agua, tal vez Venecia no subsistiera mucho tiempo.

3

A NIVEL DEL AGUA

Alquilé un piso en Cannaregio, un barrio residencial bastante apartado de las rutas turísticas que todavía conservaba su atmósfera de viejo vecindario: amas de casa que compraban en el mercado callejero, niños que jugaban en las plazas y el dialecto veneciano convirtiendo la palabra hablada en un sonsonete cantarín. De hecho, en Venecia pasos y voces se erigían en los sonidos dominantes de la ciudad puesto que no había coches que circularan por sus calles y muy poca vegetación para absorberlos. Las voces viajaban con una claridad pasmosa por las plazas y los callejones de piedra. Unas palabras pronunciadas en la casa del otro lado de la *calle* sonaban sorprendentemente cercanas, como si hubieran sido proferidas por alguien de la misma estancia. A primera hora de la tarde la gente se reunía en grupitos a cotillear en la Strada Nuova, la calle principal de Cannaregio, y el sonido de sus conversaciones entremezcladas se elevaba en el aire como el murmullo de una fiesta en un gran salón.

Mi piso ocupaba parte de la planta baja del *palazzo* da Silva, que había albergado la embajada británica en el siglo XVII. Se encontraba a las afueras del Gueto, el barrio judío de más de quinientos años de antigüedad y que, como primer gueto del mundo, dio nombre a todos los posteriores. Mi nuevo hogar constaba de tres habitaciones de suelo de mármol, techo de vigas descubiertas y vistas al canal Misericordia, que reseguía el lateral del edificio como un foso cuyas aguas lamían las piedras a escasos tres metros de mi ventana.

En el extremo opuesto del canal, el tráfico pedestre del paseo que limitaba una fila de tienditas avanzaba tan pausado como por un sendero rural. El canal en sí era estrecho y lo surcaba una corriente escasa de aguas negras. Las barcas circulaban con la frecuencia justa para que el agua se arremolinara y chapoteara de manera atractiva. Con la marea alta, las veía circular por encima de la repisa de la ventana y las voces de los barqueros resonaban claras y próximas. A medida que bajaba la marea, los hombres y sus barcas desaparecían de mi vista, como limpiaventanas en un andamio descendente. Sus voces se alejaban e iban ganando eco mientras el canal se convertía en una zanja cada vez más profunda. Luego volvía a subir la marea y alzaba a hombres y barcas de regreso a mi campo de visión.

Mis caseros, Peter y Rose Lauritzen, vivían dos pisos más arriba, en la planta principal del palacio, el *piano nobile*. Peter era estadounidense y Rose, inglesa; residían en Venecia desde hacía casi treinta años. Los telefoneé por sugerencia de unos amigos que me los describieron como gente agradable y con unos conocimientos extraordinarios sobre Venecia que quizá tuvieran disponible un pequeño apartamento para invitados en su edificio.

Peter Lauritzen había escrito cuatro libros muy bien considerados sobre la ciudad, su historia, arte, arquitectura y esfuerzos de preservación. Su historia de Venecia, publicada en 1978, era una de las pocas escritas en inglés desde que Horatio Brown escribió la primera en 1893. En cuanto sus libros le otorgaron prestigio como historiador cultural, Peter empezó a ganarse la vida como conferenciante para viajes de alto nivel por Italia y Europa del Este. Su lista de selectos clientes incluía administradores de museos, grupos de académicos e individuos adinerados en busca de un guía experto. Según me dijeron, Peter era hombre de modales algo formales pero dinámico.

Había sido Rose la que había contestado al teléfono cuando meses atrás llamé preguntando por el apartamento. Hablaba con un acento británico brusco y gutural que con bastante frecuencia degeneraba en un farfulleo incomprensible antes de remontar el vuelo y recuperar claridad. Esta notable voz se materializó a mi llegada en la forma de una mujer de belleza despampanante, entrada ya en la cuarentena y con un par de enormes ojos azul grisáceo, una amplia sonrisa y una esponjosa melena castaña hasta los hombros. Era alta, vestía de negro y lucía una delgadez peligrosa pero a la moda. Mientras me mostraba el apartamento descubrí que poseía un encanto extravagante que se expresaba en comentarios enfáticos, levemente absurdos y a menudo autoparódicos. «En Venecia —me dijo— da igual lo que digas, todos darán por sentado que mientes. Los venecianos siempre adornan las cosas y presuponen que uno también lo hará. Así que tanto da. Porque, por curioso que parezca, si descubren que dices la verdad todo el tiempo, te tacharán de pelmazo.»

Rose me explicó que en origen el apartamento había sido un almacén con suelo de tierra o *magazzino*. «Estábamos orgullosísimos de haberlo reformado hasta que la Comuna de Venecia, el gobierno municipal, nos envió una carta declarando las obras ¡ilegales! O sea, ¡completa y totalmente ilegales! Porque no habíamos pedido permiso. Te recuerdo que el lugar no había sido más que un basurero durante cuatrocientos años, o sea, literalmente un basurero. No tenía el menor valor arquitectónico. Ni tallas, ni grabados, ni frescos, ni dorados, ¡ni nada! Supongo que deberíamos haber sabido que necesitábamos un permiso, pero entonces lo más probable es que hubiéramos abandonado el proyecto porque habría implicado enfrentarse a la burocracia veneciana que es una absoluta pesadilla, peesadilla, ¡peeeesadilla!»

En la cocina, Rose me mostró cómo poner la lavadora sin provocar una inundación y cómo encender el horno sin desencadenar un incendio.

«En cualquier caso —continuó—, cuando llegó la notificación de la Comuna, a Peter le dio el megaataque y yo me puse frenética porque significaba que tendría que ir a la Comuna a solucionarlo. ¡Una pesadilla! Pero todas las amistades nos dijeron que no fuéramos tontos, que nadie se molesta nunca en pedir permisos. Sencillamente haces las reformas que quieres. Luego… ¡acudes a los funcionarios municipales y confiesas! Pagas la multa. Te dan un papelito llamado *condono* y ya todo vuelve a ser legal.»

Rose me acompañó al salón, acogedoramente amueblado con butacones, lámparas de lectura, una mesa de comedor y estanterías hasta el techo cargadas de libros de historia, arte y viajes, biografías y novelas variadas, desde clásicos hasta literatura barata. Eran los excedentes de la biblioteca de arriba de los Lauritzen.

«De modo que me planté en la Comuna y, con el corazón en un puño, aseguré que lo sentía terriblemente: "¡No teníamos ni idea! *Non lo sapevamo!*". El hombre no se creyó una palabra de lo que le dije, por supuesto, pero se apiadó de mí, ¿cómo no iba a apiadarse de mí viendo mi cara descompuesta por la preocupación, mi pelo enmarañado y el patético hilillo de voz con el que hablaba? En fin, gracias a Dios me entregó un *condono*, pues nos podría haber obligado a destrozar la reforma y a convertir el apartamento en almacén. O sea, ¡qué tortura! ¡Tortura, tortura, tortura!»

Rose estaba de pie junto a la ventana. Señaló las tiendas del otro lado del canal: la carnicería, la ferretería, la sede local del Partido Comunista y una tienda de fotografía con desvaídos retratos de boda en el aparador. En el centro destacaba una *trattoria* pintoresca llamada Antica Mola con varias mesas en la acera pese al frío gélido que reinaba ese día. «En cuanto hayas comido unas cuantas veces en la Antica Mola —apuntó Rose—, Giorgio sabrá que no eres un turista y te hará descuento. Y ese es uno de los grandes secretos de Venecia, el descuento: *lo sconto!* Los turistas se enfurecerían si supieran que los venecianos pagamos entre el treinta y el cuarenta por ciento menos que ellos.»

Y por lo visto, no solo en los restaurantes. Según me aconsejó Rose valía la pena que me diera a conocer entre los tenderos, en especial los vendedores de frutas y verduras. «Estás a su merced —me aseguró—. Seleccionan por ti los tomates o lo que sea. No hay autoservicio. Y si te conocen, y les caes bien, no te colarán las piezas demasiado maduras.

»Y recuerda: en Venecia todo es negociable. Me refiero a todo: los precios, los alquileres, la tarifa del médico, los honorarios de los abogados, los impuestos, las multas, incluso las penas de prisión. ¡Todo! Deberías conocer incluso a los taxistas, porque de lo contrario la tarifa puede ser carísima. Ese taxi acuático blanco aparcado allí es el de mi taxista preferido, Pino Panatta, que es amabilísimo. El taxi está siempre inmaculado y además resulta de lo más práctico porque el hombre vive al otro lado del canal, justo encima de los comunistas.»

Tras enseñarme todo lo que había que ver, Rose me invitó a tomar una copa con Peter y ella en la planta noble. Acepté. Mientras me alejaba de la ventana me pregunté por qué, además de rejas de hierro, las ventanas tenían pantallas de malla metálica. El tamaño de la malla impedía el paso de abejas y moscas pero dejaba entrar sin problemas a los mosquitos.

«¡Oh, las pantallas! —exclamó Rose mientras salíamos del apartamento—. No son para los mosquitos. Son para… *i ratti!*» Jamás había oído aludir a la proximidad de las ratas con tal despreocupación. La risa de Rose rebotó en el vestíbulo de altos techos mientras me guiaba hacia la planta superior por una larga y amplia escalera de piedra.

Los Lauritzen utilizaban su espacioso pasillo central de techos altos, el *portego*, como salón. En un extremo, una cristalera de altas ventanas arqueadas en saliente daba paso a un balcón con vistas al mismo tramo del canal Misericordia que yo veía a nivel del agua dos pisos más abajo. Una luz clara del norte se colaba en el salón, arrebolando las paredes amarillo crema. Diversas puertas conectaban con las habitaciones de ambos lados del salón siguiendo la distribución simétrica clásica de los palacios venecianos, tal como la describía Peter Lauritzen en su libro *Los palacios de Venecia*.

El propio Lauritzen emergió de su estudio con una calurosa bienvenida y una botella de *prosecco* helado, el vino blanco espumoso típico de la región del Véneto. Vestía una chaqueta de esmoquin de terciopelo negro guateado sobre una camisa blanca y una corbata estampada y llevaba el pelo peinado hacia atrás. Un bigote primorosamente recortado y una barba puntiaguda enmarcaban sus palabras, que, pese a proceder de un oriundo del Medio Oeste americano, eran pronunciadas con el acento seco de un director de colegio inglés. Los modales de Lauritzen eran, en todo caso, todavía más enérgicos que los de su mujer.

—¡Bien! —dijo—. ¡Desde luego has elegido un momento de lo más dramático para llegar a Venecia!

—Pura coincidencia —respondí—. ¿Qué has oído comentar sobre La Fenice?

—Los rumores de costumbre. El más común, como siempre, relacionado con la mafia. —Me tendió una copa de *prosecco*—. Pero con independencia de las conclusiones de la investigación, la opinión generalizada es que nunca conoceremos de verdad lo ocurrido. Y al final, tampoco importa demasiado. Lo que importa es la tragedia de haber perdido La Fenice. Diría que la pregunta clave es si alguna vez llegará a reconstruirse y no quién lo hizo. Tal vez te sorprenda tanto comentario acerca de la reconstrucción. Pero en Venecia, si uno quiere tapar una grieta en la pared, tiene que conseguir veintisiete firmas de veinticuatro oficinas y tarda seis años en arreglarla. No exagero. ¿Cómo podría nadie construir un teatro lírico con tanta tontería? No, no, el verdadero talón de Aquiles de Venecia no está en el fuego ni en el nivel del agua. ¡Es la burocracia! Aunque admito que la burocracia ha evitado un sinfín de desastres en Venecia, como el plan de derribar los edificios que bordean el Gran Canal cerca de la *piazza* San Marco para levantar una especie de palacio de cristal. Con todo, la burocracia resulta de lo más irritante.

—Es una locura —intervino Rose—. De locos.

—Y ahora nos salen con retóricas vacías —prosiguió Peter—. Con todo este *Com'era, dov'era*, este como era y donde estaba. Es imposible reconstruir La Fenice exactamente como era porque la estructura antigua era de madera, algo esencial para la acústica, y la nueva tendrá que construirse con hormigón. ¿Se imagina cómo sonaría un Stradivarius si la edifican con hormigón?

—Espantoso —comentó Rose—. O sea, ¡espantoso de verdad!

—¿Y qué significa en realidad «como era»? —continuó Peter—. ¿Significa como era en mil setecientos noventa y dos, cuando se inauguró La Fenice original de Giannantonio Selva?

»¿O como era en mil ochocientos ocho, cuando Selva remodeló el interior y construyó un palco imperial para Napoleón?

»¿O como era en mil ochocientos treinta y siete, cuando un incendio destruyó La Fenice por primera vez y los hermanos Meduna la reconstruyeron incorporando cambios significativos porque los planos originales de Selva se habían perdido?

»¿O como en mil ochocientos cincuenta y cuatro… o en mil novecientos treinta y siete…?

A cada nuevo nombre y fecha, el tono de Peter se tornaba más apremiante, a la manera en que un fiscal enumera una serie de cargos cada vez más graves. Peter se plantó en el centro de la habitación, estrujándose una solapa con una mano y gesticulando vigorosamente con la otra. La perilla apuntaba al hablar como si subrayara la certeza de sus declaraciones.

—En doscientos años han existido al menos cinco Fenice, eso sin contar las docenas de modificaciones menores.

Mientras Peter hablaba, Rose intercalaba sus propios comentarios. «Instalación eléctrica defectuosa. Es la causa más probable. En Venecia la corriente eléctrica circula por cables hundidos en el barro del lecho de los canales, unos cables gastados, pelados y corroídos. Luego serpentean por edificios antiguos que no están diseñados para disponer de electricidad y vuelven al agua en forma de tomas de tierra. Total, que si tienes un cortocircuito en la tostadora, lo más probable es que electrocutes al vecino.»

Pero Peter llevaba el peso de la conversación.

—No hay que olvidar —me dijo— que Venecia es una ciudad muy bizantina. Lo cual explica muchas cosas. Por ejemplo: el propietario de un inmueble es responsable de ciertas reparaciones. Pero antes de acometerlas, debe obtener un permiso y los permisos son muy difíciles de conseguir. Tendrá que sobornar a los funcionarios municipales con objeto de que le concedan los permisos para realizar las reparaciones por las que, en caso de no hacerlas o de hacerlas sin permiso, esos mismos oficiales le multarían.

—En Venecia el soborno es un estilo de vida —apuntó su mujer—. Pero en realidad no se le puede llamar soborno. Está aceptado como un elemento legítimo de la economía veneciana.

—Simplemente en Venecia no existe la mentalidad anglosajona. Por ejemplo, el concepto veneciano del derecho no tiene nada que ver con el anglosajón. Hace unos años, doscientas cuarenta y siete personas fueron acusadas de cometer diversos delitos en la laguna. ¿Qué ocurrió? Pues que fueron absueltas las doscientas cuarenta y siete. El código penal sigue siendo el que impuso Mussolini. Desde la Segunda Guerra Mundial se han sucedido cincuenta o sesenta gobiernos en Italia y ninguno ha aguantado lo bastante en el poder para cambiarlo.

—Hay leyes que llevan siglos —añadió Rose—. Si sumaras todos los impuestos y cuotas que se supone que debes pagar, equivaldrían a algo así como el cuarenta por ciento de tus ingresos.

Peter cayó en la cuenta de que yo casi había vaciado mi copa y se apresuró a rellenarla.

—Confío —dijo, haciendo una pausa para que las burbujas se aposentaran— en no estar dándote la impresión equivocada de que no nos gusta Venecia.

—Adoramos Venecia —aseguró Rose.

—No viviríamos en ningún otro lugar. Además de por los atractivos evidentes, vivimos en Venecia porque tiene el aire más limpio de cualquier ciudad del mundo. No solo no tiene coches (y te sorprenderá cuánta gente ni siquiera se fija) sino que no se quema ningún tipo de combustible fósil porque la ciudad prohibió la calefacción de aceite en mil novecientos setenta y tres y la sustituyeron por gas metano, que tiene una combustión más limpia.

No pude dejar pasar el comentario en silencio.

—Pero ¿y las chimeneas industriales que escupen humo justo al otro lado de la laguna, en Marghera y Mestre?

—¿Qué pasa con ellas? —repitió Peter ensanchando la sonrisa en previsión del tanto que iba a apuntarse—. Los vientos dominantes soplan hacia el continente, igual que en todas las ciudades portuarias. De modo que la contaminación procedente de las chimeneas de la costa se aleja de nosotros.

Para mí tenía sentido que la gente que vivía en Venecia hablara mucho de su ciudad, al fin y al cabo lo importante en Venecia era la ciudad en sí. Pero dudaba bastante que muchos venecianos fueran tan vociferantes sobre la cuestión como los Lauritzen. Peter pontificaba más según las formas de la oratoria que las de la conversación: informado, didáctico, exaltado y polémico, salpicaba su discurso con palabras propias del registro más elevado. Rose, siempre entre admiraciones, evocaba una Venecia de grandes extremos: horrorosa y gozosa, repugnante y exquisita, odiosa y encantadora. Fueran o no conscientes de ello, los dos Lauritzen se presentaban tan sitiados como la propia ciudad aunque de un modo animoso y casi orgulloso y enamorados de Venecia pese a sus deficiencias. En sus prisas por explicarme Venecia, de vez en cuando se interrumpían y hablaban los dos al mismo tiempo sin parecer darse cuenta. En tales momentos, yo miraba a uno y otro, asintiendo y girando la cabeza como si tratara de evitar la desconsideración de escuchar a uno y obviar al otro.

Por ejemplo, Peter estaba diciendo:

—Venecia no es para todo el mundo. Para vivir en Venecia en primer lugar tiene que gustarte vivir en una isla y tiene que gustarte vivir cerca del agua...

Y Rose, al mismo tiempo, comentaba:

—Es igual que un pueblito irlandés en el que todo el mundo se conoce...

Haciendo caso omiso, Peter seguía adelante:

—Y para vivir en Venecia, tienes que ser capaz de pasar sin vegetación y no importarte caminar mucho.

Comentario que escuché solapado con la siguiente afirmación de Rose:

—No paras de encontrarte con conocidos porque el único modo de moverse por Venecia, seas condesa o tendera, es a pie y en *vaporetto*. No puedes circular por ahí de incógnito en un coche privado, y en ese particular Venecia es terriblemente democrática.

Seguir el hilo de los Lauritzen en esos momentos era como escuchar un aparato estéreo que emitiera músicas distintas por cada altavoz. Por un oído escuchaba a Peter decir:

—En fin, se trata de condiciones muy poco normales y muchos de los que dicen estar encantados con Venecia acaban descubriendo que no lo están tanto.

Por el otro oído, si no entendí mal, oí a Rose comentar:

—Cuando regreso de hacer la compra, Peter no me pregunta qué he comprado. Me pregunta a quién he visto.

—La palabra clave es «claustrofóbica» —dijo Peter—. La espero. Porque en cuanto escucho pronunciar «claustrofóbica» en relación con Venecia, sé que la persona que lo ha dicho nunca será feliz viviendo aquí.

–Por extraño que parezca, ¡me gusta que Venecia sea un pueblo! –dijo simultáneamente Rose.

Los Lauritzen manifestaban el fervor de los conversos. Venecia era el hogar que habían elegido. No habían nacido allí y, simplemente, se habían quedado. A mi modo de ver su vehemente defensa de la ciudad era, en parte, una defensa de su decisión de vivir en Venecia, de su exilio autoimpuesto.

Peter había nacido en Oak Park, Illinois. Había llegado a Venecia gracias a la Lawrenceville School de Princeton y una beca Fulbright para ir a Florencia, donde estudió el idioma provenzal en la poesía de Dante. Su padre habría querido que su hijo se convirtiera en jugador de béisbol y entrara en el mundo de los negocios, pero Peter nunca regresó a Estados Unidos. En lugar de volver a su país se hizo acólito del párroco anglicano que se ocupaba de la iglesia americana de Florencia y cuando este fue enviado a Venecia para fundar una iglesia inglesa, Peter se trasladó con él, conoció a Rose, se enamoró y se casó.

Para cuando llegó a Venecia, Peter conservaba muy poco del chico oriundo de Oak Park, Illinois. Se había reinventado, cambio que explicaba con una sinceridad que desarmaba a cualquiera. «Mi padre nunca entendió por qué alguien escogería mudarse a Italia. Sobre todo a Italia. Le gustaba venir a visitarnos, pero jamás pudo tomarse en serio la idea de vivir aquí. Le parecía una broma simpática. Cuando nació nuestro hijo Frederick mi padre se ofreció a costear su educación universitaria con la condición de que estudiara en Estados Unidos. Tenía miedo de que convirtiéramos a Frederick en inglés. Algo de razón tenía, desde luego, por mi modo de hablar y porque me he casado con una inglesa. Sin embargo, me complace poder afirmar que toda la educación que Frederick ha recibido hasta la fecha ha sido veneciana: mi hijo es veneciano, no inglés. Pronto irá a la universidad, pero no será ni en Oxford ni en Estados Unidos. Y en cuanto al hecho de instalarme en Italia, es la mejor decisión de mi vida. Disfruto muchísimo de este mundo que me he inventado.»

En cuanto a Rose, instalarse en Venecia fue algo natural. Formaba parte de la aristocracia británica. Durante siglos su familia había vivido en grandes casas solariegas y sus miembros masculinos habían heredado títulos como barón de Ashford, lord Bury y conde de Albemarle. Su árbol genealógico también incluía ciertos elementos extravagantes: Alice Keppel, madre de la tía abuela de Rose, fue amante públicamente reconocida de Eduardo VII. La hija de la señora Keppel, Violet Trefusis –la tía Violet para Rose–, se había hecho famosa por ser la excéntrica e indomable amante de Vita Sackville-West. De adolescente, Rose visitó a su anciana tía Violet, que vivía expatriada en Florencia. Violet la aconsejó en cuestiones de estilo y sociedad, contribuyendo de forma determinante al porte teatral y mundano de Rose. Pese a que Rose tenía derecho al trato de lady, el origen de su familia parecía resultarle indiferente. En parte se había instalado en Venecia para escapar de ese trasfondo. Y como había pasado casi toda la infancia en Mount Stewart, una finca de la familia en Irlanda del Norte, a menudo contestaba a las preguntas relativas a sus orígenes con un sencillo: «Soy una irlandesa típica».

Rose había visitado Venecia desde los dieciséis años, normalmente en compañía de su madre, quien compró la casita de un viejo gondolero para pasar las vacaciones de verano. Ezra Pound vivía en la puerta de al lado en otra casita idéntica que compartía con su amante, Olga Rudge, desde la década de 1920.

–Pound acababa de salir del hospital psiquiátrico Saint Elizabeth –recordó Rose–. Cuando lo vi por primera vez, a principios de la década de los sesenta, era un viejo con pinta de ermitaño. Había hecho ya su famoso voto de silencio.

»Solíamos verlos a los dos, a Ezra y a Olga, paseando en silencio por el barrio y tomando un café en alguna de las cafeterías del Zattere. Olga era diminuta y muy guapa. Él era alto y digno, siempre elegante: llevaba un sombrero de ala ancha, un abrigo de lana, una chaqueta de tweed y una corbata larga. Tenía la cara curtida y los ojos inmensamente tristes. Cuando la gente se paraba a saludarlos, Ezra esperaba pacientemente en silencio mientras Olga intercambiaba las cortesías de rigor. Nunca le vimos hablar en público, pero en casa le oíamos leer en alto sus poemas con su voz fuerte y rítmica. A mi madre le gustaba su poesía, de modo que un día llamó a la puerta y pidió visitarlo. Olga le rogó muy educadamente que se marchara porque no valía la pena, el poeta no hablaba con nadie. Al final descubrimos que lo que oíamos eran grabaciones de Pound leyendo sus poemas. Pound se sentaba al otro lado de la pared común que compartíamos a escuchar en silencio igual que nosotros. Pound murió hace siglos, pero Olga sigue viva. Ya tiene más de cien años.

El círculo de amistades de los Lauritzen abarcaba tanto venecianos como expatriados, entre ellos la coleccionista Peggy Guggenheim. A menudo Peter acompañaba a Peggy en sus paseos vespertinos en góndola, la última góndola privada de la ciudad. «Peggy se conocía hasta el último centímetro de canal –me contó Peter–. Se sentaba en su sillita con sus Lhasa apsos repantigados debajo y su gondolero detrás, de pie en la cubierta de popa, remando. La mujer le daba instrucciones con las manos, como si condujera un coche y sin pronunciar una sola palabra ni volverse a mirarlo. Peggy tenía fama de tacaña. Contrató de gondolero al encargado de recoger los cadáveres de la ciudad porque le salía más barato. No parecía importarle que el hombre le tarareara cantos fúnebres ni que casi siempre estuviera borracho.

»Visité a Peggy durante la enfermedad que la mató. Releía a Henry James. Me contó que había dejado instrucciones de que la enterraran con sus perros en el jardín del palacio que poseía en el Gran Canal. Me hizo prometer que me encargaría de que se respetara su voluntad y así lo hice. De hecho, para cuando murió, catorce de sus perros la esperaban ya en el jardín. Peggy todavía vivía cuando al último de ellos le llegó el descanso definitivo. Durante la ceremonia de sepultura, mientras golpeaba el suelo con una pala en busca de un hueco disponible, el mayordomo desenterró un cráneo de Lhasa apso que rodó hasta los pies de Peggy. Esta estaba sonándose con el pañuelo y no se dio cuenta.»

En su estudio, Peter me enseñó una edición de 1922 de las obras de Henry James que Peggy le había legado. Cada volumen estaba firmado con el primero de sus tres nombres de casada: «Peggy Vail».

Peggy Guggenheim jamás fue aceptada por los miembros de la sociedad veneciana, quienes se manifestaban escandalizados por la promiscuidad sexual de la coleccionista. Pero los Lauritzen habían sido acogidos por los venecianos y acudían con frecuencia a sus fiestas. La noche que los conocí, Peter cogió una invitación del escritorio, la estudió un momento y luego miró a Rose como preguntándole su parecer. Rose dio su consentimiento con un gesto de la cabeza. Doce familias venecianas habían organizado un baile de Carnaval para dentro de quince días. Los Lauritzen estaban invitados y podían llevar a un acompañante. Cuando Peter me tendió la invitación, acepté al instante.

—Así verás a qué me refiero cuando digo que Venecia es solo un pueblito —dijo Rose.

—A propósito —le dije yo—, ¿cómo descubrió la Comuna las obras del apartamento?

Rose sonrió con aire de conspiración.

—Por lo visto alguien se chivó. No sabemos quién. Tal vez un vecino.

—Ah —dije—, de modo que Venecia es un pueblo para lo bueno… ¿y para lo malo?

—Uy, desde luego —convino con una amplia sonrisa—. Decididamente Venecia tiene sus cosas.

4

SONAMBULISMO

Bastante indiferente a los dos cambios de marea diarios del canal Misericordia, la vida al otro lado de mi ventana seguía su propio ritmo. Un día típico empezaba en la calma anterior al amanecer cuando un vendedor de frutas y verduras se subía a su barca, amarrada frente a mi ventana, arrancaba suavemente el motor y se alejaba resoplando despacio por el canal —en el equivalente para una motora de andar de puntillas—. Luego todo volvía a quedar en silencio salvo por el chapoteo del agua contra las piedras.

Hacia las ocho en punto la vida junto al canal despertaba de manera oficial a medida que los tenderos de ambas orillas empezaban a abrir las puertas y subir las persianas metálicas. Giorgio sacaba mesas y sillas frente a la *trattoria*. El carnicero repartía carne desde una gabarra en movimiento.

Los peatones empezaban a pasearse por mi campo de visión como actores cruzando un escenario: un peón arrastraba sin prisa los pies y un hombre trajeado caminaba con ritmo más decidido. Los clientes se detenían en la *trattoria* a tomar el café y echar un vistazo a la edición matutina del *Gazzettino*. En la puerta de al lado, en la oficina local de los comunistas con carteles que lucían la insignia de la hoz y el martillo, había por lo general un par de personas sentadas tras una mesa hablando por teléfono o leyendo el diario. La tiendita de al lado había sido el taller de Renato Bonà, uno de los últimos artesanos venecianos especializados en fabricar remos y postes para remos para las góndolas. El genio escultórico de Bonà —en particular su dominio de los postes curvados y retorcidos– le había elevado a la categoría de semidiós entre los gondoleros. Desde su muerte hacía dos años, su tienda se había convertido en una especie de santuario con una placa conmemorativa junto a la puerta. El canal Misericordia no aparecía en ninguna de las rutas habituales entre las góndolas, pero de vez en cuando una de ellas se deslizaba por sus aguas para rendir silencioso tributo a Bonà. No obstante, había una góndola con el amarre frente a la casa. Era una góndola nupcial y, por tanto, con elaborados grabados y ornamentos pero, eso sí, negra como todas las demás. En cualquier momento del día el gondolero la preparaba para una boda cubriendo los asientos y cojines con fundas blancas y doradas.

A la una en punto volvían a resonar las persianas metálicas cuando las tiendas cerraban para almorzar. Solo la *trattoria* permanecía abierta para servir las especialidades locales de marisco a una clientela compuesta predominantemente de vecinos. La vida aminoraba su ritmo hasta la tarde, cuando las tiendas abrían de nuevo y la gente avanzaba a buen paso: estudiantes recién salidos de clase o amas de casa que se apresuraban a comprar para la cena.

Al caer la noche las persianas metálicas volvían a bajar y se encendían las luces de la *trattoria*. La gente circulaba ahora a ritmo de paseo tranquilo y voces cordiales flotaban en el ambiente. Hacia la medianoche se apagaba el ruido de las barcas y sus estelas. Las voces se alejaban. Giorgio recogía las mesas y las sillas y apagaba las luces. Para entonces hacía mucho que el frutero había amarrado su barca y Pino, el propietario del taxi acuático blanco, había extendido una lona sobre la zona desprotegida de la cubierta antes de retirarse a su piso situado sobre el local de los comunistas.

Venecia podía desorientar, incluso a los que vivían en ella y creían conocerla bien. Las calles estrechas y laberínticas unidas al curso serpenteante del Gran Canal y la ausencia de referencias visibles desde lejos complicaban la orientación. Ernest Hemingway describió Venecia como «una ciudad extraña, engañosa» y pasear por ella como «mejor que hacer crucigramas». A mí en ocasiones me parecía estar en un túnel del terror, en especial cuando, tras veinte minutos caminando en lo que había supuesto línea recta, me descubría justo en el mismo sitio desde el que había partido. Pero me familiaricé con las calles y las plazas de Cannaregio antes de lo que esperaba, así como con algunos de sus personajes. Apenas llevaba una semana instalado en el barrio cuando conocí al Hombre Planta.

Al principio lo tomé por un arbusto andante. Era un oasis de ficus, brezos y hiedras que flotaba por la Strada Nuova vociferando en todas direcciones: «¡Ho–la! ¡Ho–la! ¿Tenéis casa? ¿Tenéis adónde ir?». Al aproximarse distinguí a un hombre bajito y robusto de pelo gris que trotaba medio oculto en el centro de una masa de vegetación que emergía de los diversos sacos que llevaba colgando de los hombros y aferrados en ambas manos. Se detuvo a charlar con una mujer corpulenta de pelo corto de color gris plomo.

—Esta cuesta ochenta mil liras —dijo él—, pero se la dejo por veinte mil. ¡Le durará años!

—No me engañe —replicó la mujer.

El hombre depositó los sacos en el suelo y emergió de su bosque particular. Apenas alcanzaba el metro y medio de altura y vestía chaqueta de color rojo chillón, camisa amarilla, una corbata excesivamente corta y zapatillas deportivas de caña alta.

—¡Le durará! —cacareó—. La conozco de toda la vida, hermana. ¡Vamos! Y a usted le encantan las plantas, las quiere de verdad. Tanto mejor, tanto mejor. ¡El hombre que se case con usted será muy afortunado!

—Ya está casada —apuntó un hombre que estaba cerca.

La mujer le entregó al Hombre Planta diez mil liras y aceptó la planta con aire algo dubitativo.

—Gracias, hermana. ¡Que Dios le conceda una larga vida! Dele infusión de manzanilla para las vitaminas, ¡pero no la riegue con agua del grifo si no filtra el cloro! El cloro es veneno.

Un adolescente que se acercaba en sentido contrario gritó:

—¡Eh, tío! ¿Tienes casa? ¿Tienes a donde ir?

El Hombre Planta me miró.

—¿Lo ve? Me conocen. ¡Oye, chaval! ¿A que me conoces de toda la vida?

—Claro, siempre vas cantando —contestó el chico.

—¿Ve? Me inventé la canción cuando estaba en el estadio Zamperini, donde juega el equipo veneciano de fútbol. Se la cantaba al equipo que iba perdiendo. «¿Tenéis casa?» significa «¿Qué hacéis aquí? ¿Para qué seguís aquí? ¿Tenéis casa? Pues mejor iros a casa». Y ahora todos los chavales la cantan. Hasta la han puesto en las banderas que agitan durante los partidos. Sí, me la inventé yo.

—¿De dónde son las plantas? —pregunté.

—Mi mujer y yo tenemos una granja a media hora de Venecia. Las cultivamos nosotros. Está cerca de Padua. Hace veintiocho años que vengo a Venecia a diario. Solo a Venecia, no voy a ningún otro sitio, porque Venecia es la única ciudad que llevo en el corazón. Los venecianos son los mejores, son gente amable, cortés. El lunes le preparé un bancal a un médico cerca del mercado de pescado de Rialto. Le llevé verónicas. Voy a todas las iglesias y parroquias. Las preparo todas, desde Santa'Elena a San Giobbe. Soy el único que se encarga de las flores. También tengo pollos. —Hundió la mano en uno de los sacos y sacó un pollo. El animal estaba decapitado, vacío y desplumado, pero conservaba las patas—. Acabo de servirle uno al farmacéutico de *campo* San Pantalon y ahora tengo que entregar este a Luigi Candiani, el notario.

—¿Todavía estará fresco cuando llegue? —pregunté.

—¿Fresco? ¡Va-mos! Sí, hombre, sí, ¡estará fresco! ¡No olerá! Esto no es comida comercial. Criamos los pollos con grano, hierba y verduras, todo de nuestros campos. Se lo puede comer ahora o dentro de un par de días, o si lo guarda en el congelador, hasta de aquí a tres meses… Oye, hermano —llamó a un anciano que pasaba por allí—. ¿Tienes casa?

—No, no tengo casa —contestó el hombre con una sonrisa.

—¿Quieres un pollo vivo?

—No.

—¿Quieres medio pollo vivo? ¿No? Bueno, por preguntar que no quede. —Luego, volviéndose hacia mí, preguntó—: ¿Y usted? ¿Quiere algo?

Señalé una maceta de brezo.

—¡Muy buena elección! —aseguró—. Echa unas bonitas flores rosas y cuando se canse de regarlo puede dejarlo secar. Así lo tendrá para siempre.

Me dio unas palmaditas en el hombro.

−Me llamo Adriano Delon. Vengo a Venecia todos los días menos el domingo. Los domingos salgo a bailar con mi mujer. En la tele. ¡Puede vernos en el canal nueve! Bailamos el vals, el tango y la samba. −Adriano alzó los brazos y balanceó las caderas−. ¡Vamos! Los bailes de salón jamás pasarán de moda. Bueno, será mejor que me vaya a servir el pollo de Candiani.

Y sin más, Adriano Delon se cargó los sacos. Luego, rodeado de nuevo de su matorral portátil y cantando a pleno pulmón, se alejó por la Strada Nuova, esta vez con un paso cadencioso que, a mis ojos inexpertos, recordaba a algo entre un vals y un tango.

Una mañana me levanté muy temprano con la intención de dar un paseo mientras las calles estuvieran casi vacías. Puse rumbo a la iglesia de Santa Maria della Salute y en cuanto entré en *campo* San Vio vi a cuatro hombres en ropa de trabajo junto al lateral de la iglesia inglesa. Dos de ellos estaban agachados a los pies de la pared, separados unos diez metros, cada uno en un extremo de una red tirada en el suelo. Cada trabajador pasó un clavo por su punta de la red y clavó un lado en el pavimento. Luego los dos cogieron la punta suelta y, todavía en cuclillas, miraron a un tercer hombre que transportaba un saco de lona. El hombre se situó en el centro del *campo*, buscó en el saco y empezó a lanzar migas de pan al suelo. En cuestión de minutos montones de palomas, unas cuarenta o cincuenta aves, acudieron a picotear las migas. Entonces el hombre empezó a lanzarles el pan algo más cerca de los que aguantaban la red. Y después más cerca todavía. Las palomas siguieron el festín andante, apelotonándose mientras picaban y brincaban. Cuando llegaron a escasos metros de la red, los dos hombres agachados lanzaron el extremo suelto por encima de las palomas y las atraparon. Un revoloteo y aleteo furioso hinchó la red al tiempo que con gran destreza los hombres tiraban de ella y la pasaban por debajo de las palomas encerrándolas por completo. Solo escaparon unas pocas. El cuarto trabajador se acercó entonces a toda prisa y tapó a las palomas con una gran tela negra. Los animales se calmaron al instante. Los hombres recogieron la red cargada de palomas y la transportaron a una barca que esperaba en el canal.

No era ningún secreto que la mayoría de los venecianos odiaba las palomas. El alcalde Cacciari las había llamado «ratas voladoras», pero sus propuestas para reducir el número de palomas habían chocado con las quejas de los defensores de los derechos de los animales. De todos modos parecía que se llevaba a cabo un programa de control secreto al resguardo de las primeras horas de la mañana.

Los trabajadores subieron a bordo y habían empezado ya a transferir las palomas de la red a varias jaulas cuando me acerqué a la barca. Uno de ellos me indicó que me marchara.

—¡Nada de Verdes! ¡Nada de Verdes! —dijo—. ¿Es del Partido Verde?

—No —contesté—. Solo un curioso.

—Bueno, pues verá que tratamos a los pájaros con suma delicadeza —repuso—. Los llevamos al veterinario. Los examinará y soltará a los que estén sanos. Los enfermos, a dormir.

Les pregunté cuántas palomas esperaban atrapar con ese sistema, pero la aceleración del motor apagó mi voz. Estaba claro que aquellos hombres no tenían el menor interés de charlar conmigo, pero mientras se alejaban el conductor me gritó el nombre de su jefe: doctor Scattolin.

—Él está al caso de todo.

Para mi sorpresa, cuando telefoneé al doctor Mario Scattolin, este me invitó a visitarlo esa misma tarde. El cargo correcto del doctor Scattolin era director de Asuntos Animales y trabajaba en un palacio del siglo XV junto al Gran Canal de propiedad municipal. Llegué a su despacho tras recorrer toda una serie de estrechos y serpenteantes pasillos.

—De ordinario no trataría con nadie la operación de la red —me explicó amistosamente el doctor mientras me invitaba a entrar—. Prefiero negar que lo hacemos. Pero puesto que lo ha visto con sus propios ojos… bueno. —Se encogió de hombros.

El doctor Scattolin tenía un pelo algo canoso y vestía un traje gris claro. Disponía de un despacho espacioso con la mesa y las estanterías repletas de pilas de papeles e informes. Unas ventanas altas daban a un estrecho y sombrío patio interior.

–Mire –me dijo–. En Venecia hay ciento veinte mil palomas. Son demasiadas. Cuando hay superpoblación las palomas se estresan y su sistema inmunitario se debilita, se vuelven más susceptibles a los parásitos que, transmitidos al ser humano, causan la neumonía, la clamidia, la toxoplasmosis y la salmonela. –Mientras hablaba, el doctor Scattolin esbozó el perfil de una paloma en un papel. Dibujó gotitas cayendo de debajo de las plumas de la cola del pájaro y una flecha que indicaba la presencia de parásitos bajo las alas–. Todos los turistas quieren fotografiarse dando de comer a las palomas en la plaza San Marcos. Compran una bolsa de maíz por cuatro mil liras, tiran unos cuantos granos al suelo y de inmediato los rodea un enjambre de palomas agradecidas.

Imitó el caminar de una paloma balanceando la cabeza hacia delante en síncopa con los hombros y agachándose después para picotear un grano de maíz. Inclinación y descenso, inclinación y descenso. Imitaba el pavoneo de las palomas a la perfección.

–Si consigue que una paloma se pose en su mano, estupendo –continuó–. E incluso mejor si tiene dos o tres más en el brazo o un par de ellas en el hombro. ¿Por qué no? He visto a personas completamente cubiertas de palomas.

»En las fotos no se ve, pero las palomas apestan. Ocurre lo mismo con los pingüinos. A la gente le encanta ver películas de pingüinos. –El doctor Scattolin imitó entonces el andar acartonado de los pingüinos–. Pero si tuviera que plantarse en medio de un grupo de pingüinos, descubriría que apestan. Y esto es así porque pingüinos y palomas comparten una rareza del comportamiento de lo más desagradable: ambos construyen los nidos con sus excrementos. –Hizo una mueca–. Las palomas colonizan lugares oscuros, en especial pasajes estrechos donde no penetra el sol. Es lo que ocurría en la *calle* que conduce a *campo* San Vio donde ha visto lanzar la red esta mañana. Las palomas la habían convertido en intransitable. Daba asco. Recibíamos montones de quejas y por tanto hemos salido a limpiarla. Los dos hombres que ha visto manejando la red son un equipo compuesto por padre e hijo. Llevan en esto veinte años. Han desarrollado una pericia muy poco común: conocen el momento exacto para lanzar la red. Si una sola paloma se asusta, sale volando. Lo cual manda instantáneamente una señal a las otras y en una fracción de segundo todas escapan.

—¿De verdad piensa soltar a las que estén sanas? —pregunté.

—No, examinaremos unas cuantas, pero todas recibirán cloroformo. Probablemente los trabajadores han intentado tranquilizarlo por si era usted del Partido Verde o *animalista*. Esa gente los trata bastante mal. Les gritan cosas como «¡Nazis asesinos! ¡Cámaras de gas!».

»En Venecia las palomas encuentran tanta comida que se reproducen todo el año, unas siete u ocho veces por año y un par de huevos por puesta. No es su ciclo natural. En Londres las palomas se reproducen solo una vez al año. De modo que Venecia tiene que llevar un control de las palomas todo el año.

»Queremos reducir la población de palomas en veinte mil ejemplares anuales hasta alcanzar un total de cuarenta mil aves. Lo hemos probado todo. Hemos mezclado comida con medicamentos anticonceptivos y la población de palomas no hizo más que incrementarse. Ahora estamos probando hormonas que estimulan el embarazo con la esperanza de eliminar la urgencia del celo en las hembras. Hace años llegamos incluso a importar halcones peregrinos para que las cazaran, pero cada halcón mataba solo una paloma diaria y sus excrementos eran aún peor que los de las palomas. Los *animalisti* han aportado sugerencias. En su opinión deberíamos atrapar a los machos y castrarlos. ¡Imagíneselo! Costaría cien mil liras por ave.

—Tengo una idea.

El doctor Scattolin enarcó las cejas.

—Me he fijado en que en San Marcos hay ocho puestos de venta de maíz. ¿Por qué no se deshacen de ellos?

—¡Ah! Porque eso sería lo más sensato.

—En serio, ¿por qué no lo hacen?

—Por dos razones. Una: porque Venecia quiere tener divertidos a los turistas y las palomas divierten a los turistas; y dos: porque, se lo crea o no, vender maíz a cuatro mil liras la bolsa resulta un negocio tan lucrativo que cada vendedor puede permitirse pagar a la ciudad trescientos millones de liras por la licencia. No obstante, sí que limitamos de manera estricta los lugares en que puede darse de comer a las palomas. Solo es legal en la plaza San Marcos, en ningún otro sitio. Si lo pillan dando de comer a las palomas ni que sea a tres metros de la plaza San Marcos, le caerá una multa de cien mil liras.

—Qué absurdo.

—Es peor que absurdo. Es contradictorio, hipócrita, irresponsable, peligroso, deshonesto, corrupto, injusto y una completa locura. —Se recostó en la silla—. Bienvenido a Venecia.

Dicen que el mapa de Venecia recuerda a un pez nadando de este a oeste. Las aletas de la cola son los barrios periféricos de Castello y Sant'Elena. El cuerpo es el abigarrado corazón de Venecia: San Marcos y Rialto. La cabeza es la estación de tren y el aparcamiento de la *piazzale* Roma, conectados por un largo puente con el continente. El puente en sí podría ser el sedal del anzuelo que ha mordido el pez. Podría llegarse incluso a comparar el Gran Canal, cuyo curso en forma de S atraviesa la ciudad, con el tubo digestivo del pez.

Al sur de Venecia, justo por debajo del pez, se extiende una isla alargada y esbelta que podría verse como la fuente en la que se sirve el pez: Giudecca.

Interpretaciones aparte, Giudecca es una bucólica lengua de tierra separada unos trescientos metros del corazón de Venecia por el canal Giudecca. Cuenta con una iglesia importante, pocas atracciones turísticas relevantes y ninguna tienda de recuerdos. Sirvió de emplazamiento a las últimas fábricas de verdad de la ciudad y por tanto se la ha asociado siempre con una clase trabajadora en cierto modo distinta y más ruda que la del resto de Venecia. La gente que vive en Giudecca se considera una especie aparte, igual que de uno u otro modo sienten los residentes de todas las islas de la laguna.

Durante mucho tiempo había cobijado la esperanza de contemplar un misterioso jardín amurallado de Giudecca sobre el que había leído bastante sin poder verlo. Diseñado y construido a finales del siglo XIX por Frederic Eden, tío abuelo del primer ministro británico Anthony Eden, recibía el lógico nombre de Jardín del Edén. Sus cuatro acres lo convertían en el jardín particular más grande de Venecia. No conocía a nadie que hubiera traspasado sus paredes.

Se tardaba solo tres minutos en llegar a Giudecca a bordo del *vaporetto*, ese quejumbroso y crujiente autobús acuático de techumbre plana sobre la cubierta de proa que guarda un extraño parecido con la embarcación fluvial de Humphrey Bogart en *La reina de África*. En esta ocasión, un revisor uniformado recibió a nuestro *vaporetto* en el embarcadero para guiarlo hasta el muelle con extravagantes aspavientos y vehementes instrucciones dirigidas al piloto: «¡Un poquito más adelante! ¡Ahora atrás! ¡Un poco más! ¡Más cerca, más cerca! Ahora recoge cabo. ¡Así!». El hombre me recordó a los policías de Milán que acostumbraban a dirigir el tráfico mediante un cómico ballet de brazos ondulantes y piruetas. El revisor –alto, delgado, de unos cuarenta y cinco años– desprendía una efervescencia angelical y parecía entusiasmado de ver llegar a los pasajeros.

Mientras desembarcábamos, se cuadró y saludó. Oí a alguien llamarle Capitano Mario. Yo estaba encantado, pero la escena me resultaba demasiado inusual, por no decir rara. Nunca había visto a un revisor guiar el amarre de un *vaporetto*. Los pilotos se las apañaban bien solos. Atracar un *vaporetto* no era más complicado que detenerse en una parada de autobús.

En cualquier caso esa tarde no tuve suerte en mi intento de entrar en el Jardín del Edén y hube de conformarme con una seductora vista de copas de magnolias, cipreses y sauces desmochados que asomaban por encima de las paredes de seis metros de alto. Cuando pregunté en uno de los bares del muelle, me informaron de que ahora el jardín pertenecía a un pintor austríaco llamado Hundertwasser que no vivía en la isla y que había permitido a propósito que el lugar recuperara su estado salvaje. No obstante, el antiguo cuidador acudía al bar a horas fijas y cuando regresé el viernes por la tarde pude conocerlo, aunque el hombre ya no mantenía contacto con el propietario y por lo que él sabía nadie había recibido permiso para entrar en el jardín desde hacía años.

Estaba a punto de marcharme cuando me fijé en un *carabiniere* que estaba tomándose una copa en la barra. Iba uniformado de la cabeza a los pies: camisa blanca, corbata azul y traje azul oscuro con llamativas cintas rojas en los laterales del pantalón. Unos días antes me había sorprendido ligeramente descubrir a dos *carabinieri* uniformados fumando tranquilamente mientras custodiaban La Fenice. Pero ¿bebiendo en un bar? Me pareció intolerable incluso para la fama de anárquicos de los italianos. Es decir, me lo pareció hasta que caí en la cuenta de que el *carabiniere* era el mismo individuo que había dirigido el atraque del *vaporetto* a principios de esa misma semana.

Al observarlo con más atención vi que llevaba la camisa arrugada, la corbata manchada y torcida y un traje que necesitaba algunos remiendos además de una buena visita a la tintorería. Si no me equivocaba, los zapatos gastados eran los mismos que lucía el día del *vaporetto*. Todo empezaba a aclararse y al cabo de una semana terminó de cobrar sentido cuando, de camino a una cita en Giudecca, le vi sentado a una mesa frente a un bar del muelle. En esta ocasión lucía galas blancas de marino y los mismos zapatos negros. Faltaba media hora para mi cita, de manera que me senté a una mesa cerca de él y pedí una cerveza. Cuando se giró en mi dirección, asentí y saludé:

—*Buon giorno, Capitano.*

Me saludó y me tendió la mano.

—¡Capitano Mario Moro!

—Encantando de conocerle —contesté—. ¿No le vi el otro día en la parada del *vaporetto*?

—¿En Palanca? Sí, ¡era yo! A veces estoy en la parada de Redentore o en la de Zitelle. —Señaló con el botellín de cerveza hacia la ubicación de las otras dos paradas del muelle.

—Y luego el viernes, si no me equivoco, le volví a ver aquí con el uniforme de *carabiniere*.

Volvió a cuadrarse en su silla y saludó.

—Deduzco que hoy —continué— es un hombre de la marina.

—¡Sí! Pero mañana… mañana…

—¿Qué pasa mañana?

Se inclinó hacia mí con los ojos muy abiertos.

—¡Guardia di Finanza! De la policía financiera.

—¡Espléndido! ¿Y esos de qué color van?

Se echó para atrás, sorprendido por mi ignorancia.

—Gris, por supuesto.

—Sí, claro. ¿Y después? Me refiero a cuántos uniformes tiene.

—Muchísimos. Muchos, muchos.

—¿De soldado?

—¡Pues claro!

—¿Aviador?

—Sí. Ese también.

—¿Y el de bombero?

De pronto se levantó de un brinco, dio media vuelta, echó a andar y se perdió por un pasaje entre dos edificios. Un hombre sentado a otra mesa había observado toda la escena.

—Tal vez no debería haber sido tan curioso —dije—. Espero no haberle ofendido.

—No creo —dijo el hombre—. Mario no se ofende tan fácilmente.

—¿Por qué se ha marchado de repente?

El hombre lanzó una mirada en la dirección que había tomado Mario.

—No lo sé. Mario vive en su mundo. Es electricista, ¿sabe?, y muy bueno. Hace chapucillas para la gente de Giudecca. Si lo viera trabajar, en especial antes de las diez de la mañana, antes de beberse una cerveza, no notaría nada peculiar… Aunque una vez vino a casa a reparar unos cables vestido de celador. Desde que yo le recuerdo, siempre ha llevado uniforme.

—¿De dónde saca los uniformes?

—La gente siempre le regala cosas. A veces un uniforme completo, otras solo algunas piezas como el sombrero y la chaqueta pero sin los pantalones. Tiene uniformes del ejército, la armada, la marina, los bomberos y, como acaba de decirle, la Guardia di Finanza. Últimamente le he visto con un mono naranja que debe de haberle regalado alguien de la compañía del gas.

—No es una afición de las más comunes —me arriesgué a comentar.

—No, tiene la cabeza en las nubes. Vive en un sueño. Como todos nosotros en algún momento.

—Solo que más a menudo.

—Cierto, pero como le digo, Mario no es el único. Nuestro camarero, por ejemplo. Sueña en convertirse en futbolista. Está obsesionado. No sabe hablar de otra cosa. Tiene las paredes del dormitorio cubiertas de banderines, pósters y fotografías de sus ídolos. De vez en cuando lo ves dar una patada al aire, como si fuera a marcar un gol, y luego levanta el puño. Si fuera Mario llevaría calcetines hasta las rodillas, pantalones cortos y una camiseta reglamentaria. Es la única diferencia.

Eché un vistazo al interior del restaurante. El televisor de encima de la barra emitía un partido de fútbol. El camarero lo miraba al pasar.

—Ocurre lo mismo con las familias que llevan generaciones viviendo en un palacio —prosiguió el hombre—. Se creen que estamos tres siglos atrás, cuando la nobleza significaba algo de verdad. Hasta el último artista que vea montando el caballete por aquí se tiene por el siguiente Tintoretto o De Chirico. Y créame, los pescadores que se pasan el día en la laguna no solo piensan en pescado. Pasa lo mismo con Mario.

El hombre bajó la voz como si se preparara para una confidencia importante.

—Y, como les ocurre a otros, Mario a veces se olvida de que solo es un sueño.

Mientras nos terminábamos las cervezas Mario reapareció junto a nuestra mesa con un taconazo seco y un saludo vigoroso. Se había puesto el uniforme de bombero: gorro y botas negras y largo abrigo también negro blasonado con llamativas franjas reflectantes de color amarillo.

—¡Bravo, Mario! —exclamó el hombre de la otra mesa.

Mario se giró para mostrarnos las palabras VIGILI DEL FUOCO inscritas en su espalda en letras reflectantes.

—Cuando hay un incendio —explicó, orgulloso— me llaman a mí.

—¿Y acudes a apagar el fuego? —pregunté.

—A veces.

—Dime, ¿qué hiciste la noche que ardió La Fenice? ¿Fuiste a ayudar?

—Estaba en Do Mori cuando me enteré —contestó señalando el restaurante—. Salimos todos a la calle, las llamas se veían desde aquí. —Recorrió con la mano adelantada todo el panorama de la orilla opuesta del canal Giudecca: el litoral de Zattere, Santa Maria della Salute, el campanario de San Marcos y la isla de San Giorgio Maggiore—. El cielo estaba rojo. Llegaban volando trozos de madera en llamas desde La Fenice. Inmediatamente me fui a casa a ponerme el uniforme.

—¿Y luego te dirigiste a La Fenice?

—No. Esa noche… fueron mis compañeros. Yo tuve que quedarme aquí para guiar al helicóptero.

Mario rebuscó en un voluminoso paquete y extrajo un par de auriculares de plástico naranja chillón. Se los colocó en la cabeza. En una mano sostenía un megáfono y en la otra unos prismáticos. Luego, alzando la vista hacia el cielo de la plaza San Marcos, agitó los brazos como un técnico de tierra haciendo señales desde la pista a un piloto de avión. Los gestos eran tan exagerados que lo mismo podrían tomarlo por un hombre abandonado en una isla desierta que tratara desesperadamente de atraer la atención de un avión.

—Cuando el helicóptero sobrevolaba el Gran Canal para cargar agua yo le daba luz verde.

Mario continuó agitando los brazos y mirando al cielo con una sonrisa beatífica en la cara.

La gente que pasaba por el muelle se detenía a mirar al cielo preguntándose a qué respondería tanto alboroto. Solo veían un plácido cielo diurno. ¿Cómo iban a saber que el Capitano Mario Moro estaba reviviendo sus heroicidades imaginadas en la noche que ardió La Fenice, mandando señales a un piloto de helicóptero que aceptaba sus órdenes con un saludo firme antes de descender en picado, rozar la superficie del Gran Canal y remontar con el tanque lleno de agua?

Mi encuentro fortuito con Mario Moro tuvo lugar cuando me dirigía a ver a un hombre que había despertado mi curiosidad a principios de semana al conceder una entrevista en la que arremetía contra los directores del Festival de Cine de Venecia por «funcionarillos corruptos que seleccionan pésimas películas del momento para la competición antes que películas de calidad más importantes».

No se le podía desestimar como a un simple cascarrabias puesto que se trataba del conde Giovanni Volpi, hijo del fundador del festival –el conde Giuseppe Volpi–, y además cada año aportaba las copas Volpi con que se premiaba al mejor actor y la mejor actriz. Resultó que el festival de cine era solo una de las numerosas dianas de la ira de Giovanni Volpi. El conde estaba enfadado con toda Venecia.

El principal motivo de queja de Volpi era la repulsa póstuma de su padre, que Giovanni consideraba de una injusticia flagrante. Pese a lo que la gente pensaba del difunto Giuseppe Volpi, en general se admitía que había sido el veneciano más prominente del siglo XX, para el que el festival de cine se reducía a un logro menor.

Giuseppe Volpi llevó la electricidad a Venecia, el nordeste de Italia y la mayor parte de los Balcanes en 1903. Concibió y construyó el puerto continental de Marghera. Ensanchó el puente ferroviario que conectaba con el continente posibilitando así la entrada de coches y camiones en la *piazzale* Roma de Venecia. Restauró un viejo palacio ruinoso del Gran Canal y lo convirtió en el mundialmente famoso hotel Gritti; después compró hoteles de cinco estrellas por toda Italia, creando un monopolio y fundando la cadena hotelera de lujo CIGA. Desempeñó un papel decisivo en la creación del Museo Correr de la plaza San Marcos. Negoció el tratado de paz turco-italiano de 1912, que entregaba Libia y la isla de Rodas a Italia, y posteriormente ejerció de gobernador en Libia. Medió en el pago de la deuda italiana a Estados Unidos y Gran Bretaña al final de la Primera Guerra Mundial en términos extremadamente favorables para su país. Asistió a la Conferencia de Paz de Versalles de 1919 como miembro de la delegación italiana y terminó convertido en ministro de Economía de Mussolini.

Durante la mayor parte de su carrera, a Giuseppe Volpi se le conoció popularmente, tanto en persona como en la prensa, por el sobrenombre del Último Dux de Venecia. Pero ahora, transcurridos cincuenta años, se le recordaba sobre todo como miembro de alto rango del régimen fascista. En el mejor de los casos, los venecianos lo consideraban con cierta ambivalencia y eso era lo que más enfurecía a su hijo.

Los comentarios de Giovanni Volpi acerca del festival de cine lo convirtieron en tema de conversación durante unos días y así aprendí, a grandes rasgos, su historia personal.

Había nacido en 1938 como hijo ilegítimo de Giuseppe Volpi y su amante Nathalie LaCloche, una francesa argelina, una *pied-noir* rubia, brillante y bella. Giuseppe, casado y padre de dos hijas ya mayores, legitimó el nacimiento de Giovanni encargándose de que el gobierno aprobara una ley que desapareció de los libros en cuanto cumplió su propósito. Al cabo de cuatro años, en 1942, la mujer del conde Volpi falleció y este se casó con Nathalie LaCloche. El matrimonio pasaba la mayor parte del tiempo en el inmenso palacio que Volpi tenía en Roma y los veranos en una villa en Giudecca.

Hacia el fin de la guerra, los alemanes capturaron a Volpi y le inyectaron potentes productos químicos para hacerle hablar, pero solo consiguieron arruinarle la salud. El conde murió en Roma en 1947 a la edad de setenta años dejando al niño Giovanni, de nueve años, una vasta heredad que incluía el *palazzo* Volpi de setenta y cinco habitaciones en el Gran Canal, un palacio de trescientas habitaciones en Roma y un rancho de cuatrocientos acres en Libia además de otras propiedades y participaciones que bastaban para mantener el alto nivel de vida de Giovanni en la villa de Giudecca, equipadísima y muy bien provista de personal. Volpi poseía asimismo una flotilla de tres lanchas a motor, entre ellas la más antigua de Venecia: la Celli artesana de 1928 de su padre, que hacía que todos se volvieran a mirarla allí por donde pasara. Giovanni Volpi nunca se mudó al palacio del Gran Canal y, de hecho, al morir su madre, el lugar quedó vacío. Con todo, lo mantenía bien amueblado y en perfecto estado.

«¡Ah, Giovanni! —me dijo una veneciana que lo conocía bien—. Puede ser muy ingenioso y divertido, pero la mayor parte del tiempo está muy descontento. En Venecia posee un estatus casi de príncipe, pero lo rechaza. Si lo invitas a una fiesta no dice ni que sí ni que no, pero tampoco se presenta. ¡Odia a los venecianos!»

Sin embargo, por alguna razón, Volpi se llevaba bien con los americanos. Cuando me enteré decidí pasar a visitarle convencido de que tal vez valiera la pena escuchar otro punto de vista sobre Venecia. «No hay ningún problema —me aseguró el conde en cuanto se lo pedí—. Pásese por aquí.»

La casa de Volpi en Giudecca, la villa Ca' Leone, descansaba tras una alta pared de ladrillos que corría paralela a un tranquilo canal justo enfrente del misterioso Jardín del Edén, escondido tras su propia muralla. El ama de llaves me abrió la puerta y me condujo por un sendero de aromáticas gardenias hasta el salón. Una cristalera dejaba ver una amplia vista de la laguna; estaba orientada al sur, es decir, lejos Venecia. La decoración de la sala no destacaba por ser particularmente veneciana, tal vez de manera intencionada. Se oía a Volpi en la habitación contigua concluyendo una conversación telefónica en francés. Se me unió en cuanto hubo terminado y, tras ofrecerme una copa, se sentó frente a mí. Vestía una camisa de lana oscura, pantalones sport de pana y zapatones para todos los climas. Lucía una expresión perturbadora que transformó en una breve mueca fugaz.

—Muy bien, ¡adelante! —dijo—. ¿Qué quiere saber?

—Disculpe la franqueza, pero ¿qué problema tiene con Venecia?

Se rió, pero en cuanto empezó a hablar me quedó claro que el tema no era cuestión de broma. Hablaba un inglés fluido con una voz grave, seria.

—Soy hijo de un hombre hecho a sí mismo que sin ayuda de nadie condujo a Venecia al siglo veinte y la mantuvo en perfecto orden hasta la guerra. Murió en mil novecientos cuarenta y siete, y desde entonces la ciudad ha ido de mal en peor.

—¿En qué sentido?

—Cuesta decidir por dónde empezar. Bien, veamos, el puerto industrial de Marghera. ¡Es el Gran Contaminador, el Destructor de la Ecología de la laguna! ¿No es cierto? Pues se supone que mi padre es un villano por haberlo construido. Cuando mi padre diseñó Marghera en mil novecientos diecisiete los venecianos se morían de hambre. Vestían harapos, vivían cinco en una habitación. Se necesitaban diez mil puestos de trabajo. De manera que levantó el puerto, rellenó algunas marismas, desarrolló la zona para el gobierno y vendió parcelas de tierra a diversas industrias: astilleros y manufacturas. Solo tras la guerra, con mi padre ya muerto, los que mandaban, unos idiotas, rellenaron otras dos grandes secciones de la laguna. Mi padre jamás tuvo intención de acometer algo semejante y ahora, claro, todo el mundo sabe que se cometió un error ecológico.

»Pero lo peor de todo, también tras la muerte de mi padre, es que construyeron refinerías de petróleo en Marghera que atrajeron a grandes petroleros a la laguna. Los petroleros son los barcos con mayor calado del mundo, así que tuvieron que excavarles un canal extremadamente profundo. La profundidad media de la laguna es de entre metro veinte y metro y medio, pero el canal de los petroleros supera los quince metros de hondo. Antes el agua entraba y salía suavemente de la laguna al ritmo de las mareas. Ahora entra y sale a chorros y remueve el lecho. Que es lo que está destruyendo la ecología. Mi padre jamás lo habría permitido. Y sin embargo, lo culpan a él.

»Si observa a los petroleros cruzar la laguna no parece que levanten olas, pero desplazan ochenta mil toneladas de agua al avanzar y el agua tiene que correr tras ellos para llenar el vacío que dejan. Hoy día los petroleros evitan Venecia, pero en los primeros años se acercaban tanto que a su paso succionaban el agua de los canales pequeños. Solía observarlo constantemente delante mismo de la puerta de mi casa. De pronto bajaba el nivel del agua, en picado, y luego subía de nuevo rápidamente. Esta clase de turbulencia desestabiliza los cimientos.

Volpi hablaba con energía, pero su voz escondía cierta desesperación. De vez en cuando, dejaba escapar un suspiro.

—Después de la guerra mi padre, como otras tantas personalidades italianas, fue investigado por posibles beneficios obtenidos durante el régimen y juzgado. Iba ganando todas las vistas cuando se declaró una amnistía y se suspendió el juicio. Mi padre tuvo mala suerte porque las dudas quedaron sin resolver. Y hoy la gente sigue diciendo que se enriqueció gracias al fascismo, pero es solo propaganda. Mussolini llegó al poder en mil novecientos veintidós. Mi padre fraguó su fortuna con la electricidad y la cadena de hoteles CIGA décadas antes. No era ni más ni menos fascista que el senador Agnelli, fundador de Fiat.

»La gente también dice que Mussolini le otorgó a mi padre el título de conde. Otra mentira malintencionada. Espere un minuto, enseguida vuelvo.

Volpi se levantó y se dirigió a la otra habitación. Regresó con una fotocopia de una carta del primer ministro Giovanni Giolitti en la que se declaraba que para Su Majestad el Rey era un gran placer otorgar el título hereditario de conde a Giuseppe Volpi. La carta estaba fechada el 23 de diciembre de 1920, antes de la era Mussolini.

—Debido a estas falsedades deliberadas —prosiguió Volpi— los venecianos reniegan del recuerdo de mi padre. Apenas pronuncian su nombre. Y cuando lo hacen, es solo porque no pueden evitarlo. Reconocerle su aportación equivale a admitir el fracaso de los venecianos, porque en esta ciudad nadie ha hecho nada tan positivo desde su muerte. Su único crimen fue ser profeta en su época y en su tierra.

—Pero —intervine— su padre está enterrado en la iglesia dei Frari, considerada el panteón de Venecia. Es un gran honor, ¿no?

—Por supuesto, pero no fue Venecia quien lo enterró ahí. Fue el papa Juan XXIII y nadie se atrevió a llevarle la contraria. El Papa conocía bien a mi padre y escribió el epitafio que hay grabado en su lápida: «INGENIO LABORE ET FIDE [INTELIGENCIA, TRABAJO Y FE] Johannes XXIII *per procurationem*». Hoy resultaría imposible enterrarlo en la Frari.

—¿Qué opina el resto de la familia?

—No existe el tal «resto de la familia». Es decir, existe pero no. —Volpi hizo una pausa y suspiró hondo. Luego reanudó la explicación—: Bueno, supongo que ahora tendré que contarle cómo o mejor por qué nací. En realidad, es una buena historia.

»En mil novecientos treinta y siete mi padre tenía cerca de sesenta años. Tenía dos hijas casadas, un nieto y dos nietas pero ningún hijo varón. De modo que fue a hablar con el padre de su nieto, su yerno, miembro de una importante familia milanesa, los Cicogna, y le dijo que estaba pensando en lo que ocurriría a su muerte. "He dedicado toda mi vida a construir lo que tengo y me falta un hijo a quien dejárselo. ¿Qué te parecería si adoptara a tu hijo? El niño tomaría el apellido Volpi y lo conservaría a mi muerte." El yerno decidió apostar a doble o nada y respondió indignado: "¿Tú? ¡Un Volpi quiere adoptar a un Cicogna! ¿Pretendes que mi hijo renuncie a un nombre familiar glorificado por siglos de historia? ¡Cómo se te ocurre!". El hombre esperaba que mi padre le ofreciera entonces una importante suma de dinero. Pero en lugar de eso le interrumpió: "¡Espera un momento! ¡Calla! ¿Sabes qué? Esta conversación nunca ha tenido lugar. Perdóname por mencionar algo así. En lo que a mí respecta, el tema jamás se ha tocado".

»De modo que Cicogna no ganó el doble porque no ganó nada y mi padre acudió a mi madre a preguntarle si le apetecía hacer un niño. Así fue como nací.

—Tiene mucho que agradecerles a los Cicogna.

—Hum, desde luego. De todos modos mi nacimiento arruinó las expectativas de heredar de mis hermanas, así que ya se puede imaginar. En fin, en mil novecientos cuarenta y seis, cuando mi padre estaba ya muy enfermo, los abogados, acompañados por los inútiles de los yernos de mi padre, le exigieron que pagara el equivalente a unos veinte millones de dólares actuales.

»Mi padre quiso saber la razón: "No paro de darles dinero a mis hijas. Pero jamás toco el capital". A lo que los abogados (y esto es fantástico) repusieron que esta vez tendría que echar mano del capital porque de lo contrario aplicarían las leyes raciales que todavía existían y se anularía el matrimonio de mis padres, ilegal puesto que mi madre nació judía. Y además amenazaron con anular mi reconocimiento como hijo legítimo.

—Creía que las leyes raciales se habían derogado al acabar la guerra.

—Sí, pero en Italia no ocurrió de inmediato. Esas leyes no se aplicaban pero en realidad todavía no se habían abolido. De modo que mi padre, que no perdía la calma, envió a un amigo a hablar con el secretario de estado del Vaticano, que le contestó lo siguiente: «Por absurdo que parezca, si yo fuera el conde Volpi, pagaría, porque el caso podría presentarse ante un juez antisemita, que legítimamente podría fallar contra él».

»Mi padre sabía que si perdía la resolución se anularía en cuanto se abolieran las leyes raciales, lo cual era solo cuestión de tiempo. Pero para entonces la cosa no tendría remedio, por así decirlo, y jamás recuperaría todo el dinero, ni siquiera la mayoría. Cuando ya había pagado tres cuartas partes de lo demandado, se abolió la legislación racial y dejó de pagar. Mis hermanastras siempre han jurado que jamás chantajearon a mi padre, pero cuando se les demuestra que existe constancia del dinero que les pagó entonces, replican que los chantajistas fueron sus maridos.

—¿Dónde están ahora sus hermanastras?

—Eran treinta años mayores que yo. Una ha muerto y la otra vive cerca de la Salute.

—¿Sufre igual que usted por la falta de respeto hacia la memoria de su padre?

—¡Sufrirlo! Al contrario, ¡si lo denunció! En las décadas de mil novecientos sesenta y mil novecientos setenta concedió varias entrevistas a la televisión estadounidense para afirmar que «desgraciadamente» mi padre había creado Marghera. Cuando oyes algo así de boca de una de sus hijas lo natural es asumir que Giuseppe Volpi sin duda fue un criminal.

—¿Ha hablado alguna vez con ella del tema?

—No nos hablamos desde mil novecientos cuarenta y siete.

—Es muy duro.

—Sí, ¡pero todo es tan injusto! Venecia era la pasión de mi padre. Lo único que le importaba era el bien de Venecia. Alguien (y no le diré quién) escribió una descripción maravillosa de mi padre. Se la leeré.

Volpi cogió un libro de la estantería y leyó un pasaje:

—«El conde Giuseppe Volpi es tal vez el único veneciano que ama de verdad su ciudad. Para él Venecia es la ciudad universal. Sería feliz si el mundo se convirtiera en una gran Venecia, lugar de los más importantes sentimientos humanos. Su melancolía nace de la conciencia de que su sueño jamás se hará realidad».

Volpi cerró el libro.

—De acuerdo —dije—. ¿Quién lo escribió?

—Mussolini.

—¿Algún día podrá usted amar Venecia?

—Ya amo Venecia. Son los venecianos los que me molestan. Les corroen la envidia y los celos… de todos y de todo. Son unos payasos.

—¿Qué necesitaría para liberar toda esa rabia?

Volpi lo pensó un momento, luego emitió uno de sus hondos suspiros.

—Las cuentas entre esta ciudad y mi padre todavía no están saldadas. Si Venecia le dedicara una calle o una plaza, y no una cualquiera, entonces, y solo entonces, tal vez considerara que le tributan el reconocimiento que merece.

5

A FUEGO LENTO

La misma tarde que Mario Moro revivía la noche del incendio de La Fenice enviando señales a su imaginario helicóptero cargado de agua, el grupo de expertos que investigaba lo sucedido entregó al juez encargado del caso su informe preliminar: no había sido un incendio provocado.

Los expertos afirmaban haber alcanzado dicha conclusión porque había quedado establecido que los últimos trabajadores en marcharse habían salido del teatro a las siete y media de la tarde y el incendio no se había iniciado hasta una hora más tarde. Según esta teoría los incendios provocados acostumbran a implicar el uso de sustancias altamente inflamables y arden con virulencia a los pocos minutos de iniciados. Los incendios accidentales tienden a arder lentamente un tiempo y todo parecía indicar que el fuego de La Fenice había ardido a fuego lento durante al menos dos horas. Las pesadas vigas de madera del suelo del vestíbulo de la planta segunda, el *ridotto del loggione*, donde se presumía que habían empezado las llamas, se habían consumido del todo, lo cual indicaba un inicio del incendio lento y penetrante. De acuerdo con el informe preliminar lo más probable era que el fuego hubiera empezado con una chispa, un cortocircuito, una colilla de cigarrillo o un cable eléctrico recalentado que de manera accidental inflamara las resinas que se estaban empleando para renovar el revestimiento de madera de los suelos. En el *ridotto* se habían almacenado más de mil kilos de resinas y algunos botes se dejaban abiertos. Los expertos también destacaban que las ocho personas que se encontraban en los alrededores de La Fenice la noche del siniestro habían acudido al teatro atraídas por el olor a quemado hacia las seis de la tarde. Lo temprano de la hora coincidía con la teoría del fuego lento.

Con los datos disponibles, los expertos estimaban que el incendio había ardido a fuego lento aproximadamente dos o tres horas, lo cual significaba que se había iniciado alrededor de las seis de la tarde.

En el informe inicial aludían a las condiciones caóticas que reinaban en La Fenice y que hacían casi inevitable que terminara por declararse un incendio accidental. El fiscal, Felice Casson, compiló una lista de personas a las que consideraba responsables de tales condiciones, la presentó a la oficina del juez de primera instancia e informó a los interesados que se les investigaba por un delito de negligencia. Se entendía que si las investigaciones conducían a la presentación formal de cargos, pediría pena de cárcel.

El alcalde Massimo Cacciari encabezaba la lista de posibles acusados. Como alcalde, Cacciari era de forma automática director general de La Fenice y por tanto responsable de la seguridad del teatro. Entre los otros investigados se contaban el administrador general de La Fenice, el secretario general, el jefe financiero, el conservador, el director de las obras de restauración y el ingeniero jefe de Venecia.

La mayoría de los sospechosos eran hombres influyentes y de inmediato contrataron a los abogados con mayor poder político disponibles. Sin embargo, y pese a los elementos del caso en su favor, un factor determinante trabajaba en su contra: Felice Casson, un fiscal implacable y valiente.

Casson, de cuarenta y dos años, no tenía el físico adecuado para el papel. Con gafas y menudo, tenía el pelo castaño y lacio y la piel pálida además de una cara juvenil cuyo rasgo más característico era, paradójicamente, el mentón huidizo. Felice Casson había nacido en Chioggia, un pueblecito pesquero en el extremo sur del Lido y carecía por completo de pretensiones o ambiciones sociales. Su única peculiaridad famosa consistía en que prefería las camisas informales sin cuello que vestía prácticamente todo el tiempo, incluso bajo la toga. Jugaba en un equipo de fútbol con otros magistrados, pero su verdadera pasión era el baloncesto americano. Cuando viajaba a Estados Unidos, incluso por razones de trabajo, siempre se las apañaba para ver al menos un partido de la NBA y todavía hablaba de un encuentro memorable entre los Chicago Bulls y los New York Knicks en el que Michael Jordan consiguió barrer a los defensas que debían marcarle durante todo el partido. Pero en conjunto Felice Casson era la clase de persona que pasaría desapercibida en una habitación llena de gente. Su presencia resultaba tan imperceptible que casi podía imaginársele atravesando paredes. No obstante, poseía una característica física que anunciaba la presencia de turbulencias internas, de fuegos acumulados esperando a inflamarse. Era la tendencia de su cara, cuando Casson se enfadaba, a volverse primero rosa, luego roja y después escarlata desde la frente hasta el borde de su camisa sin cuello. Ni su expresión ni su voz traicionaban la menor emoción, pero no había modo de ocultar el tornasol de su cara. Le había hecho famoso. Los acusados a los que interrogaba se preocupaban de observar el enrojecimiento de su piel y actuar en consecuencia.

Casson había ganado fama de investigador duro en los inicios de su carrera cuando en 1982 reabrió un caso pendiente de resolver sobre la muerte cerca de Trieste de tres policías por un ataque con bomba. Los policías, respondiendo a una llamada que los alertaba de un coche sospechoso, habían levantado el capó del vehículo y activado de este modo la bomba que los mató al instante. Las muertes se imputaron a las Brigadas Rojas y se interrogó a cientos de izquierdistas sin que llegara a acusarse formalmente a ninguno. Transcurridos diez años, se encomendó la tarea de revisar el caso a Felice Casson, por entonces un fiscal de veintiocho años, con la esperanza de que atara algunos cabos sueltos y cerrara el tema para siempre.

En cambio, pese a las informaciones intencionadamente engañosas de la policía y el servicio secreto, Casson consiguió darle la vuelta al caso. En primer lugar descubrió que la policía jamás había investigado el incidente. Cuando rastreó el origen de los explosivos averiguó que estos le conducían hacia un grupo de extrema derecha. Rápidamente arrestó a los inculpados y obtuvo una confesión que aportaba la sorprendente revelación de que la policía, el Ministerio del Interior, el servicio de aduanas y los servicios secretos civiles y militares ya sabían lo ocurrido a las tres semanas del atentado. Todos ellos habían conspirado en su encubrimiento por razones políticas. Casson metió entre rejas a los culpables pero no se conformó con eso.

Pidió y obtuvo permiso para investigar los archivos del servicio secreto italiano. Allí encontró documentos reveladores de la existencia de un ejército paramilitar encubierto de alto nivel que respondía al nombre en clave de Gladio y que había sido formado y financiado por la CIA en 1956 con el objeto de desencadenar una guerra de guerrillas en el caso de que la Unión Soviética invadiera Italia. Se proveyó al grupo con un campamento secreto de entrenamiento en Cerdeña y ciento treinta y nueve depósitos de armamento escondidos por todo el norte de Italia. Los seiscientos veintidós efectivos del Gladio recibieron entrenamiento para recabar información, para el sabotaje, las comunicaciones por radio y la creación de redes de huida.

Si bien la creación de una milicia de resistencia de retaguardia podría justificarse en unas circunstancias de guerra fría, Casson descubrió en los documentos del Gladio inquietantes referencias a la «subversión interna». Averiguó asimismo que la red derechista de la organización había utilizado los suministros y la infraestructura del Gladio para llevar a cabo ataques terroristas en Italia con la intención de implicar a los partidos de izquierdas del país.

Casson prosiguió su investigación silenciosa durante toda la década de 1980 y obtuvo pruebas que conectaban el Gladio con la ola de atentados mortales con bomba ocurridos en los años setenta y ochenta de la que se había responsabilizado a la izquierda italiana. La concatenación de pruebas sugería también que el Gladio había participado en al menos tres intentos frustrados de derrocar el gobierno legítimo de Italia: en 1964, 1969 y 1973.

Casson se dio a conocer públicamente cuando en el año 1990 insistió en interrogar al primer ministro italiano Giulio Andreotti. Felice Casson forzó a Andreotti a dar explicaciones en el Parlamento y entregar un informe detallado de las actividades del Gladio, cuya existencia había negado durante treinta años. Al mismo tiempo, citó al presidente Francesco Cossiga y le obligó a admitir bajo juramento que había ayudado a organizar el Gladio durante su etapa en el Ministerio de Defensa en los años sesenta. Andreotti mandó desmantelar el Gladio.

Como resultado directo de las revelaciones de Casson, empezaron a salir a la luz informaciones sobre la existencia de ejércitos secretos similares al Gladio y financiados por la CIA en Francia, España, Bélgica, Holanda, Grecia, Alemania, Suiza, Austria, Dinamarca, Suecia, Noruega, Finlandia y Turquía.

Pese al peligro evidente, Casson persiguió al Gladio con absoluta resolución. Como él mismo admitiría después: «La sensación de saberme la única persona que conocía la existencia del Gladio, a excepción de sus propios miembros, y de saber que podían asesinarme en cualquier momento era horrible».

De modo que al fiscal Casson la perspectiva de acusar a un grupo de refinados funcionarios por su mala actuación en la ópera de La Fenice, comparada con la angustiosa experiencia de acechar a una milicia clandestina asesina sin ayuda de nadie, debió de parecerle como deslizarse en góndola.

Los abogados de los inculpados, conscientes de la futilidad de cualquier intento de trato, optaron por atacar la credibilidad de la comisión de expertos de Casson. Francesco d'Elia, defensor del conservador de La Fenice, atacó la selección de dos expertos en particular: Alfio Pini, jefe del cuerpo de bomberos, y Leonardo Corbo, director nacional de protección civil.

«¿Han elegido al jefe de bomberos como experto? –exclamó D'Elia ante un reportero televisivo–. ¡Debería estar acusado! Estaba a cinco minutos de La Fenice cuando empezó el incendio y sin embargo tardó hora y media en llegar. ¿Qué le llevó tanto tiempo? Hasta yo llegué antes que él. Y su jefe en Roma, Corbo, también debería estar acusado porque el cuerpo de bomberos llevó fatal todo el asunto. ¿Emplearon los procedimientos adecuados? ¿Contaban con el equipamiento necesario? El jefe de bomberos y su jefe dicen que sí, pero ¿qué quiere que digan? Contar la verdad equivaldría a confesarse culpables.

»Los bomberos ignoraban que el canal de La Fenice estaba vacío y cerrado cuando deberían haberlo sabido. Tuvieron que dar media vuelta y entrar por otro canal, con lo cual malgastaron unos minutos preciosos.

»Solo llevaban con ellos viejas mangueras de lona, tres de las cuales tuvieron que reparar sobre el terreno porque se rompieron.

»Tenían escaleras viejas de madera, que además resultaron demasiado cortas para alcanzar las ventanas.

»No llevaban uniformes ignífugos.

»No tenían tampoco botes con productos químicos que absorben el oxígeno y, literalmente, sofocan el fuego. Hoy día constituyen un equipamiento estándar para enfrentarse al fuego en cualquier edificio vacío. Los bomberos no estaban suficientemente equipados y eso es culpa de Pini y de Corbo, los supuestos expertos.»

En respuesta a tales acusaciones, Casson explicó que el jefe de bomberos Alfio Pini había sido incluido en la comisión de expertos para garantizar el acceso seguro a La Fenice y ayudar a obtener cualquier cosa que pudiera considerarse una prueba. Leonardo Corbo, director de la protección civil italiana, contaba con una larga lista de credenciales como experto en incendios y su control, en especial en el tema de los incendios en teatros. Aunque Casson desestimó las objeciones de D'Elia sin perder la calma, quedó constancia de que el revelador rubor de su cara había alcanzado un peligroso tono rosa.

Casson estaba de guardia la noche del incendio, lo cual le convertía en el primer funcionario municipal con el que la policía y el departamento de bomberos debían haber contactado en caso de emergencia. Presas de la agitación, lo olvidaron. Sin embargo, Casson vivía con una periodista de la RAI y estaban juntos en su casa de Cannaregio cuando ella recibió una llamada de la televisión informándola del incendio. Subieron a la *altana* y vieron las llamas. A los cinco minutos Casson iba en una lancha patrulla en dirección a La Fenice. Llegó a la escena a tiempo de presenciar una disputa territorial entre la policía local y la nacional, los *carabinieri*. Unos y otros aseguraban haber acudido los primeros. Un agente de policía local le estaba diciendo a un *cara-*

biniere: «En cualquier caso, la ciudad queda dentro de nuestra jurisdicción, no de la vuestra» y el *carabiniere* le rebatía: «Pero nosotros estamos mejor equipados para realizar este tipo de investigación». Casson ejecutó su primer acto oficial de la noche interviniendo en la discusión para aclararles a ambas partes que la responsabilidad era de la fiscalía pública y que, por tanto, él decidiría quién se encargaba de qué.

Poco después de la medianoche, Casson acudió a la jefatura de policía, la Questura, y firmó una orden para precintar el teatro que convertía en delito entrar en el recinto sin autorización expresa. La intención de Casson era proteger la integridad de las pruebas, para lo cual estaba dispuesto a tener precintado el teatro durante meses si era necesario. No permitiría que los grupos de salvamento circularan por los escombros hasta que los investigadores concluyeran su trabajo. Rechazó incluso las peticiones del director, que luchaba por organizar un concierto benéfico en favor de La Fenice y quería recuperar los archivos de sus principales donantes de su despacho, ubicado en una zona del edificio que no había quedado destruida del todo.

Casson concedió sesenta días a la comisión de expertos para que completaran el análisis técnico de las pruebas y redactaran el informe final. Quería obtener respuesta a once preguntas: el lugar y la hora de inicio del incendio; si había sido provocado voluntariamente o por una negligencia; la hora de la «explosión», cuando se extendió el fuego a otras partes del teatro; las condiciones del teatro antes del incendio; el alcance de los sistemas de prevención de incendios dentro y fuera del teatro; el estado de los canales de alrededor de La Fenice; el estado de los detectores de humo y antiincendios antes del incendio; la naturaleza de las sustancias presentes en el teatro en el momento del incendio; un análisis de las cenizas del *ridotto*; una descripción de la instalación eléctrica del teatro; y, por último, una estimación de los daños y una identificación de los responsables de cualquier circunstancia peligrosa.

En general se daba por sentado que la conclusión final de la comisión confirmaría los hallazgos preliminares que, tal como informaba el *Gazzettino*, descartaban un incendio provocado «con certeza casi matemática».

Leonardo Corbo, el jefe de protección civil del gobierno central, había sido nombrado presidente de la comisión. Anunció que estudiarían los escombros del teatro con la precisión de un forense, como si La Fenice fuera un cadáver en una mesa de autopsias.

«Cada incendio tiene su ADN –explicó–, su caja negra. Los fuegos dejan huellas indelebles. Algunas son obvias y se identifican de un vistazo. Otras no se distinguen a simple vista pero pueden analizarse con la ayuda de sofisticados instrumentos y tecnologías de los que, por fortuna, disponemos.»

A las dos semanas del incendio empezaron a aparecer cortesanas y Casanovas por las calles de Venecia, las primeras con corpiños escotados y medias de seda y los últimos en calzones de media caña, pero todos con pelucas empolvadas. Gente con máscaras, capas, vestidos de fiesta, levitas, zapatos con hebilla y toda suerte de sombreros extravagantes inundaba las calles desde primera hora de la mañana hasta última hora de la noche para celebrar el Carnaval. Un mimo con la cara, las manos y el pelo pintados de plata a juego con sus ropas permanecía inmóvil a los pies del puente de la Accademia cual estatua monocroma. Le rodeaba un círculo de curiosos a la caza del menor parpadeo o temblor para asegurarse de que estaban contemplando a una persona viva. Otro mimo, este dorado, posaba en la plaza San Marcos; un tercero, de blanco inmaculado, se mantuvo inmóvil durante treinta minutos en *campo* San Bartolomeo, cerca de Rialto.

La colorida celebración que recorría las calles constituía en realidad un renacimiento reciente del centenario festival veneciano. Napoleón lo había finiquitado cuando derrotó a la República de Venecia. Para entonces el Carnaval había alcanzado la cima de su decadencia tras degenerar desde los iniciales quince días de festejos a los seis meses de fiestas, bailes, espectáculos, juegos y paseos de incógnito por Venecia ocultos tras las máscaras. No fue hasta finales de la década de 1970 cuando se produjo un verdadero renacer del Carnaval promovido en parte por la exótica y surrealista película de Federico Fellini de 1976, *Casanova*.

La reencarnación del Carnaval empezó de forma tímida en la isla de Burano y los barrios trabajadores con representaciones y fiestas de disfraces en las plazas públicas. En poco tiempo los festejos se ampliaron a toda la ciudad y los turistas empezaron a sumarse al Carnaval hasta que al final creció toda una industria a su alrededor cuyo elemento más llamativo eran las tiendas de máscaras que abrieron por toda Venecia. Eran pequeños rinconcitos de color y fantasía con ventanas que iluminaban las calles oscuras durante todo el año. Pronto las máscaras devinieron el recuerdo favorito de los turistas. Pero con la aparición de cada nueva tienda de máscaras parecía desaparecer otra verdulería, panadería o carnicería, para consternación de los venecianos que se descubrían teniendo que caminar el doble para comprar un tomate o una barra de pan. Las tiendas de máscaras se convirtieron en el símbolo aborrecido de la capitulación de la ciudad ante el turismo a expensas de su habitabilidad.

Sin embargo una tienda de máscaras se salvaba del oprobio general. Se trataba de Mondonovo y era el estudio de Guerrino Lovato, escultor y escenógrafo y pieza fundamental en la resurrección del Carnaval en los tiempos en los que solo participaban los venecianos. Lovato había empezado a fabricar máscaras en su estudio de escultura casi como un servicio público. Por entonces las máscaras eran una novedad apreciada y su estudio se convirtió en la primera tienda de máscaras de Venecia.

Mondonovo quedaba a pocos pasos del *ponte* dei Pugni, el puente de los Puños. La zona delantera de la tienda estaba atiborrada de esculturas amontonadas en estantes, colgadas de las paredes, suspendidas del techo, apoyadas, erguidas y apiladas en el suelo. Apenas quedaba sitio para los clientes. Además de máscaras, el señor Lovato y sus ayudantes también fabricaban estatuillas, bustos, querubines, blasones y diversas piezas de ornamentación arquitectónica de estilo barroco rococó. Pero predominaban las máscaras.

El señor Lovato era un hombre musculoso con una densa barba negra que empezaba a blanquear. El día que nos conocimos, Lovato lucía un grueso suéter gris y una gorra de lana. Mientras una joven asistente pintaba de dorado una máscara de papel maché sentada a una mesa de trabajo, Lovato me mostró las máscaras de Carnaval clásicas empezando por las más antiguas, que se inspiraban en los personajes de la *commedia dell'arte*: Polichinela, Pedrolino, Arlequín, el Doctor y Brighella. Un rasgo destacado singularizaba la máscara de cada personaje: una nariz ganchuda, una nariz larga o una verruga en la frente.

«Llegado el siglo dieciocho –me explicó Lovato–, en los lugares públicos la gente iba casi siempre con máscara por una sola razón: el anonimato. Las más populares eran las máscaras sencillas que cubrían todo el rostro y no representaban a ningún personaje. También se han convertido en clásicos.» Me mostró dos: una máscara negra para mujeres llamada *morello* y una blanca para hombres denominada *bauta*, que tenía una nariz prominente en forma de proa y una quijada marcada hasta el mentón. La *bauta* solía combinarse con un sombrero de tres picos.

Aunque la *bauta* carecía de expresión, su palidez fantasmagórica y sus rasgos afilados le conferían cierto aspecto malévolo. De modo que decidí comprarme una conservadora máscara de color morado al estilo Llanero Solitario para lucirla en el baile de Carnaval al que los Lauritzen me habían invitado.

Mientras pagaba a la joven ayudante, eché un vistazo por encima de ella al taller del señor Lovato. Distinguí grandes libros de fotografía desperdigados por todas partes y abiertos por páginas con ilustraciones de La Fenice: los pisos de palcos dorados, primeros planos de estatuas y ornamentos.

–Veo que está usted estudiando La Fenice –comenté.

–¡Menudo desastre! –exclamó Lovato.

–¿Confía en participar en la reconstrucción?

–¿Quién sabe? No quedamos muchos capacitados para esa clase de trabajo. –Me indicó que pasara al taller–. Tendremos que reconstruir una cantidad tremenda de detalles. Pero por desgracia no ha sobrevivido nada y los dibujos originales se han perdido. Prácticamente los únicos documentos que quedan son fotografías y viejos grabados. El problema es que son bidimensionales. Puede sacar mil fotografías de la misma figura y todas serán distintas dependiendo de la luz, la lente, la cámara, el ángulo y el color de la reproducción.

Recogió uno de los libros. Estaba abierto por una fotografía de una sirena de color blanco crema emergiendo de un remolino de olas y arabescos en pan de oro.

—Había veintidós ninfas como esta en los márgenes del techo. Alcanzaban casi tres cuartas partes del tamaño natural. Aunque solo hubiera sobrevivido una, incluso parcialmente, daría respuesta a un montón de preguntas, pero no queda ninguna. —Pasó a una fotografía de un querubín—. *Putti*. En el palco real había cuatro *putti* tocando instrumentos de viento y centenares más entrelazados con el follaje dorado por todo el teatro, algunos medio escondidos. Será cosa de detectives descubrirlos a todos y de mucha paciencia reproducirlos. Es decir… en caso de que vuelva a construirse La Fenice.

—¿Por qué no iban a reconstruirla?

—Todo el mundo quiere que la reconstruyan. Pero esto es Italia. La ópera de Génova, bombardeada durante la Segunda Guerra Mundial, no volvió a abrir sus puertas hasta mil novecientos noventa y dos, cuarenta y ocho años después. El Teatro Regio de Turín ardió en mil novecientos treinta y siete y tardaron treinta y siete años en reconstruirlo.

—Pero ¿La Fenice no es un símbolo mucho más importante para Venecia que esos teatros para Génova y Turín?

—Sí, debido a la función que ha desempeñado en la historia de la ópera. Y su diseño le otorga un simbolismo todavía más profundo de lo que la mayoría de la gente piensa. Le enseñaré lo que quiero decir.

Hojeó uno de los libros hasta que dio con un diagrama de La Fenice.

—El público entra por aquí, por el ala Apolonia, de estilo neoclásico. Apolo es el dios del sol, el dios del orden y la razón. Las salas son formales y simétricas y, aunque opulenta, la decoración, comedida. Luego, a medida que el público avanza desde el ala Apolonia hacia el auditorio, se encuentra en medio de un claro de un bosque fantástico con una decoración exuberante de flores, enredaderas, rostros, máscaras, sátiros, ninfas, querubines, grifos y otras criaturas míticas. Es el reino exuberante de Dioniso y Baco, los dioses del vino y la embriaguez.

»La dicotomía entre los dos cultos, la compostura apolonia y el abandono dionisíaco, son muy importantes en el teatro italiano en general y veneciano en particular. ¿Conoce la diferencia entre música apolonia y dionisíaca? La música apolonia es la música de la ciudad, es decir, abarca la ópera. Responde a una forma codificada y sigue unas normas estructurales aceptadas.

»La música de Dioniso es la música del campo. Es música improvisada, espontánea, sin estructura, informe. Hoy día la llamaríamos música pop. Evoca una sensación de puro placer. Es la música del abandono, el alcohol, el vino y la embriaguez… de Dioniso y Baco.

»El arquitecto Giovanni Battista Meduna comprendió que para los italianos la ópera es algo más que lo que ocurre en el escenario. La experiencia global de ir a la ópera despliega gradualmente un ritual que comienza con la anticipación, el vestirse para la velada, y continúa con el trayecto hasta el teatro y la entrada en el lugar donde transcurrirá el evento principal. Como en cualquier ritual, tenga lugar en un templo, circo o teatro, el entorno forma parte de la experiencia.

»Meduna planificó la decoración del auditorio para que siguiera un *crescendo*. El plan era el siguiente: desde el patio de butacas, la vista se dirigiría hacia arriba a través del follaje del jardín mágico hasta la maravilla del cielo, representado por las sombras azules del techo y la luz de la araña central, que es Apolo (ya le he dicho que Apolo es el dios del sol). El resto de las estatuillas del auditorio pertenecen al culto de Dioniso y Baco y al espíritu bucólico de la Arcadia, porque eso es lo que representan. Había incluso un sátiro sobre el escenario. El teatro era como un claro en el bosque, una enorme glorieta exterior bajo el cielo. El público quedaba rodeado de naturaleza, relajado, preparado para la representación, a la espera de la música de Apolo, la ópera, para observar y aprender. Tal era la iconografía de La Fenice y su lectura correcta.

—Imagino que se opone a la idea de construir un interior moderno dentro de la cáscara de La Fenice actual.

—Por supuesto, y no se trata de una cuestión estética. Se trata de preservar la experiencia dionisíaca que Meduna creó para el espectador. Las luces del teatro jamás se apagaban del todo, ni siquiera durante la representación. Se reducían a un tenue resplandor para que los espectadores pudieran seguir viendo esas imágenes. Las imágenes les hacían compañía. Podías ir solo al teatro, pero te sentías acompañado. El teatro moderno no tiene en cuenta estas relaciones. Hoy todo se centra en el escenario. El espectáculo es sagrado. Todo el mundo debe observar en silencio. Los teatros modernos son lugares estériles con una visibilidad y acústica estupendas pero sin decoración. Ya no tienes compañía.

»Una Fenice nueva debería contar con los últimos avances en aire acondicionado y equipamientos para la escenografía, pero conservar la sala dionisíaca.

—¿Porque Venecia es una ciudad dionisíaca?

Lovato se rió.

—¡Mire a su alrededor! Mire esta tienda. Mire a la gente que pasa por la calle. El Carnaval es la celebración de la magia, el misterio y la decadencia de Venecia. ¿Quién querría perder todo eso?

La breve calma veneciana había terminado. Había empezado el Carnaval. Las estrechas calles por las que se había transitado sin problemas durante las últimas semanas estaban ahora atestadas de turistas arrastrándose por ahí con sus máscaras y sus sombreros con campanillas. Los venecianos ya no tenían Venecia para ellos solos, pero al menos les salvaba el ambiente optimista y alegre. La fiesta de máscaras continua recorría todos los barrios de la ciudad. Se metía en tiendas, museos y restaurantes y flotaba por los canales en góndolas, taxis y *vaporetti*. Incluso las papilas gustativas se relamían con la reaparición de los pastelitos de Carnaval, los *frittelle*, buñuelitos dulces rellenos de pasas y piñones o, si se prefería, de *zabaglione* o crema de vainilla.

En esta loca visión de la Venecia del siglo XVIII se coló una figura modesta acompañada por el alcalde Cacciari y una nube de periodistas y fotógrafos. Woody Allen había viajado a Venecia para presentar sus respetos a la ciudad que tanto amaba y en la que él y su banda de jazz deberían haber inaugurado la recién renovada ópera de La Fenice hacía un par de semanas. Como no había sido posible, Woody Allen ofrecería un concierto en el teatro Goldoni en beneficio de La Fenice. El alcalde Cacciari acompañó al cineasta a contemplar las ruinas del teatro. Allen clavó la vista en el cascarón de ladrillos desnudos en forma de herradura. Lo único que quedaba del anfiteatro dorado eran cinco filas de huecos regulares en la pared donde antes estaban las vigas que sostenían los palcos.

—Es terrible —comentó el cineasta—. Aterrador. La devastación total. Parece irreal.

La sensación de irrealidad se reforzó cuando salieron del teatro y se encontraron con la muchedumbre de alegres disfraces. Nadie tenía la menor idea de a qué punto se volvería todo aún más irreal hasta que Felice Casson dictó una orden judicial contra Woody Allen por entrar sin autorización en el teatro.

6

EL HOMBRE RATA DE TREVISO

La luz de las velas iluminaba dos plantas de altas ventanas góticas cuando los Lauritzen se acercaron al amarre del *palazzo* Pisani-Moretta. El baile de Carnaval ya había comenzado. Hombres y mujeres disfrazados con las bebidas en la mano ocupaban los balcones por encima de nosotros para contemplar el Gran Canal y los rayos de las luces reflejadas en el agua oscurecida por la noche.

—La fachada es gótico de finales del siglo quince —dijo Peter—. Destacan los ejemplos particularmente logrados de cuatrifolio encima de las ventanas del primer *piano nobile*. Están inspirados, tal como sin duda ya habrás deducido, en el palacio Ducal.

Peter vestía capa larga y máscara, ambas negras.

—¡Violación de la propiedad privada! —exclamó Rose—. ¡Imagíneselo! Qué embarazoso para Woody Allen. Pero Casson tiene razón, ¿sabe?, si de verdad pretende descubrir lo que ocurrió en La Fenice tenía que hacerlo. —Rose llevaba un recogido alto entrelazado por un collar de perlas. Lucía además una máscara de satén negro enjoyado y un vestido de noche que parecía una columna de chiffón negro—. Es uno de los pocos fiscales honrados e incorruptibles que nos quedan. ¡Un caballero blanco! Solo rezo para que no se autodestruya como todos los demás.

—Luego, en el siglo dieciocho —continuó Peter—, la tenaz Chiara Pisani-Moretta se gastó una fortuna en redecorar el *palazzo* al tiempo que presionaba a los jueces para que declararan ilegítimo a su hermano y así poder gastarse también su patrimonio familiar en el edificio.

Rose se levantó un poco el vestido como preparación para bajar al muelle.

—O sea, lo siento por Woody Allen. Su primer concierto de jazz suspendido porque arde La Fenice; luego lo arrestan por pasarse por allí como muestra de solidaridad. —Un hombre de máscara verde que se apeaba de uno de los taxis que nos precedían distrajo la atención de Rose—. Vaya, mira, Peter. Francesco Smeraldi. —A continuación, dirigiéndose a mí, explicó—: Es un poeta al que no lee nadie porque en cuanto termina un poema lo encierra en una cámara de seguridad del banco. Solía dar clases de poesía y escritura a niños hasta que se descubrió que…

—No, Rose, te equivocas —interrumpió Peter—. Ese no es Francesco Smeraldi. Es…

—Bueno, ¡y quién iba a saberlo con esa máscara! Solo se le ven la boca y el mentón. En fin, lo sea o no, Francesco Smeraldi cayó en desgracia cuando se descubrió que había llevado a un grupo de niños de visita por los lavabos… ¡para leer las pintadas!

Al llegar a la entrada nos apeamos en una plataforma alfombrada y flanqueada por dos teas llameantes y nos adentramos en un cavernoso vestíbulo de cuyas oscuras vigas pendían grandes faroles dorados. Una escalera monumental al fondo del vestíbulo conducía al primer *piano nobile* y un vasto salón central de techos ricamente ornados con frescos estilo rococó. Nueve inmensas arañas de cristal y seis apliques, todos ellos con montones de velas blancas encendidas, iluminaban el lugar. Esa noche solo la luz de las velas iluminaba las habitaciones del palacio.

Se habían reunido varios cientos de personas. El barullo de sus voces poseía el sonido agudo y excitado propio de un montón de gente disfrutando de la relajación de las formas que condecían máscaras y disfraces incluso a pesar de que la mayoría seguían siendo reconocibles. La gente se besaba en las mejillas, se superponían fragmentos de conversaciones —«esquiando en Cortina», «desde Roma», *«bellissimo!»*— y se sucedían los saludos a amistades atisbadas en la otra punta del salón.

Nosotros nos colocamos en el centro, atendidos por camareros de americana blanca que circulaban con bandejas de vino y Bellini rosa. Los Bellini eran auténticos: esa noche servía la fiesta el Harry's Bar, el establecimiento que había inventado la bebida, un combinado de *prosecco* y zumo de melocotones blancos.

—Este palacio estuvo vacío más de un siglo —me informó Peter—. No tuvo calefacción central, agua corriente, gas ni electricidad hasta mil novecientos setenta y cuatro, cuando lo restauraron con mucho gusto. Lo más destacable es que los detalles no solo son los originales, sino que permanecen intactos: los frescos, las repisas de las chimeneas y la decoración de estuco. Tardaron tres meses solo en limpiar el suelo y lo que ha emergido de entre la mugre constituye un ejemplo brillante de terrazo dieciochesco en perfecto estado. Como siempre digo: Nada conserva mejor que la falta de cuidados.

—¡Alvise! —llamó Rose a un calvo bajito y rubicundo que se nos acercaba con paso majestuoso.

El hombre alzó la mano de Rose e inclinó la cabeza, luego estrechó la de Peter.

—¡Tienes que conocer a Alvise Loredan! —dijo Peter al presentarme—. El conde Loredan es la quintaesencia veneciana y miembro de una de las familias patricias más antiguas.

Alvise Loredan clavó la vista en mí y sonrió. Tenía una aristócrata nariz aguileña, papada, cuatro pelos y una mandíbula fuerte que me imaginaba de perfil en una moneda.

—En mi familia hemos tenido tres dux —dijo en inglés, levantando tres dedos—. ¡Tres!

—En efecto —confirmó Peter—, y como Alvise es demasiado modesto para contártelo, te lo contaré yo: uno de los dux Loredan fue Leonardo Loredan, el dux del siglo dieciséis cuyo magnífico cuadro obra de Giovanni Bellini se considera el mejor retrato veneciano jamás pintado. La pena es que cuelga en la National Gallery de Londres en lugar de estar en Venecia.

Loredan asintió.

—Mi familia se remonta al siglo diez. Los Loredan ganaron todas las guerras en que participaron, que no fueron pocas. ¡Es muy importante! Si los Loredan no hubieran derrotado a los turcos, primero en mil cuatrocientos y luego en Albania, los turcos habrían cruzado el Adriático, ocupado el Vaticano ¡y barrido la cristiandad!

Ahora el conde Loredan combinaba el inglés y el italiano.

—En los archivos estatales se guardan cartas entre los papas y los dux Loredan en las que se tutean con familiaridad. Estaban al mismo nivel, ambos eran príncipes. Tengo algunas copias. Se las puedo enseñar. Tengo una copia de una carta de Enrique VIII a Leonardo Loredan en la que le llama «nuestro queridísimo amigo». ¡Importantísimo!

—Y en cuanto a los palacios de los Loredan... —apuntó Peter.

—En Venecia tenemos varios —dijo con orgullo el conde—. El *palazzo* Loredan de *campo* Santo Stefano, donde Napoleón ubicó el Instituto Veneciano de la Ciencia, las Artes y las Letras. El Corner-Loredan, que forma parte del Ayuntamiento. El Loredan degli Ambasciatori, que el Sacro Imperio Romano alquiló a mi familia durante años como sede de su embajada en la República de Venecia. El Loredan-Cini de *campo* San Vio, hogar de Don Carlos, pretendiente al trono de España. Y... ¿he mencionado ya el *palazzo* Loredan de *campo* Santo Stefano? Sí, ese ya lo he dicho... Napoleón... el instituto... importantísimo. El más famoso es el *palazzo* Loredan-Vendramin-Calergi, donde Wagner compuso *Parsifal* y murió. Ahora es el Casino Municipal.

—Y además es una obra maestra de la arquitectura renacentista —intervino Peter—. Puedes pasarte a verlo y aprovechar para probar suerte en el juego. Pero legalmente no podemos acompañarte. Una vieja ley veneciana prohíbe a los residentes de la ciudad entrar en el Casino Municipal. Pero podemos pasar por el lado en el *vaporetto* y enseñarte la divisa de la familia Loredan grabada en piedra en la fachada ribereña: NON NOBIS DOMINE NON NOBIS: «No nos alabe el Señor». Una declaración de humildad por parte de una familia muy poderosa.

—El emblema de los Loredan —apuntó el conde— está inscrito por toda Venecia. Está en Rialto e incluso en la fachada de San Marcos. ¡Importantísimo! La basílica es un lugar de gran prestigio. Pero por la corrosión de los excrementos de las palomas, ¡no se ve la insignia de los Loredan! Menuda paradoja. ¡Las escuálidas palomas convertidas en heroínas simbólicas de la democracia! Son las heroicas luchadoras en la cruzada de la democracia por obliterar cualquier vestigio de la nobleza y la grandeza históricas.

Loredan levantó el dedo índice.

—He escrito un libro acerca de la democracia. Se titula *Democracia: ¿un fraude?* La democracia me asquea. ¡Me pone enfermo!

Se expresaba con energía pero sin perder afabilidad. A medida que se entusiasmaba con el tema, abandonó el inglés y pasó a hablar solo en italiano.

—¿Sabe en qué se basa la democracia? ¡En los números! Pero como es bien sabido cuando sube la cantidad baja la calidad. Las democracias se fundamentan en una base degradante porque la calidad no hace más que empeorar. Por eso las democracias tienen líderes ineptos, elegidos al azar. Sería mucho mejor dejar el gobierno en manos de una élite aristocrática, personas que han heredado de sus nobles ancestros una aptitud para la justicia y el buen gobierno. Es verdad. Los mejores gobiernos siempre han adoptado la forma de monarquías y élites aristocráticas. ¡Así lo confirman la historia, la genética y la biología!

—Entiendo —dije— que se refiere a gobiernos de élite como los de la vieja República Veneciana.

—*Ecco!* ¡Exactamente! El patriarcado. Quedamos muy pocos. La familia Barbarigo se ha extinguido. Igual que los Mocenigo. También los Pisani, que levantaron este palacio, han desaparecido. Los Gritti, los Dandolo, los Falier, los Sagredo y los Contarini... ocho de los ciento veinte dux fueron Contarini.

—¿Cuántas familias de los dux quedan?

—La familia Gradenigo sigue en pie: son una familia antigua pero no demasiado importante. Y, déjeme ver... los Vernier. Y los Marcello. Le interesará mi libro *Nobleza y gobierno.* Ahora estoy escribiendo un libro que demuestra la realidad. Ya llevo doscientas páginas.

Un libro sobre la existencia de la realidad escrito por un veneciano escondía interesantes posibilidades. Loredan parecía a punto de explicármelo, pero apareció su mujer y le tiró de la manga.

—Bueno... En otra ocasión —se disculpó el hombre—. Pero le enviaré un ejemplar del libro en el que explico que la democracia es un fraude. —Mientras se alejaba, con su mujer tirando de él y excusándose con una sonrisa, alzó la mano como para despedirse. En cambio, levantó tres dedos—. ¡Tres! ¡Tres dux!

Nos dirigimos a los altos ventanales con vistas al Gran Canal. Rose señaló a una pareja que miraba hacia nosotros. El hombre era corpulento y lucía una indómita melena rojiza y una amplia sonrisa desdentada. La mujer era morena, ágil y más joven.

–Esos son Alistair y Romilly McAlpine –dijo Rose–. Alistair es íntimo de Margaret Thatcher. Fue tesorero del Partido Conservador cuando ella era primer ministro. Colecciona cosas. Algunas serias, como cuadros de Jackson Pollock y Mark Rothko, y otras menos serias, como cayados de pastor, muñecas de trapo y porras de policía: de estas últimas creo que ya tiene unas novecientas. Romilly tiene un gusto exquisito y una colección inmensa de vestidos de Vivienne Westwood. En fin, los McAlpine más que vivir en Venecia se esconden aquí porque el IRA puso una bomba en su casa londinense y han tenido que… ¡Romilly! ¡Alistair!

Los McAlpine saludaron alegremente a los Lauritzen y se manifestaron encantados de conocerme.

–¿Qué tal va la colección? –preguntó Peter.

–¡Lo he vendido todo! –anunció a bombo y platillo lord McAlpine.

–Tiene que haber sido desgarrador –comentó Peter.

–Para nada. Tengo alma de nómada y le doy poco valor a las posesiones: las persigo con afán y me deshago de ellas con despreocupación. Pero admito cierta nostalgia por mi colección de complementos de jardín, en especial por la segadora tirada por caballos con sus herraduras de cuero para los cascos que no dañaban el césped. Lo pasé todo por el martillo.

–¿Por qué todo?

–¡Para no tener que elegir!

–Pero habrás dejado de coleccionar, ¿no? –quiso saber Rose.

–No, no. Siempre ando detrás de algo nuevo. Ahora me interesan las corbatas, aunque a pequeña escala. He reunido unas cuantas que no están mal.

–Por Dios, Alistair, díselo –intervino su mujer–. Debe de tener unas cuatro mil.

Los McAlpine me fascinaron, pero no pude evitar imaginar el ruido de las bombas y las sirenas como contrapunto a su charla inocua. El hecho de que llevaran máscara –la de él al estilo arlequín y la de ella una gran masa de lentejuelas rosas– añadía un toque de farsa a la idea de que estuvieran huyendo del IRA. En cuanto se alejaron, le pregunté a Rose a qué se refería con lo de «esconderse del IRA».

–Por eso están aquí. Cuando el IRA atentó contra su casa de Londres decidieron trasladarse a Australia, pero el Departamento de Investigaciones Criminales británico les dijo que no fueran tontos, que los peores asesinos del IRA se esconden en Australia. De modo que preguntaron por un lugar seguro para ellos y, por curioso que parezca, la policía los envió a ¡Venecia! Y es verdad. En Venecia es muy probable que te estafen o te roben la cartera, pero es prácticamente seguro que ni te secuestrarán ni te matarán.

–¿Qué le impide a nadie dispararte? –pregunté–. ¿O volarte la casa?

–Nada. Sería fácil. Lo complicado sería escapar porque la policía puede bloquear todas las salidas en cuestión de minutos. Pueden cerrar el puente que nos une con el continente y alertar a los taxis. Y por supuesto sería una locura que alguien intentara huir en lancha solo. Puede que la laguna parezca un estanque tranquilo, pero en realidad es muy traicionera. Tienes que saberlo todo sobre las corrientes, los canales, los bancos de arena, las mareas, los límites de velocidad y el significado de todas las boyas y señales luminosas. De todas maneras seguro que los barqueros de la laguna se fijarían en la lancha porque conocen hasta la última embarcación.

»Y cualquiera que quisiera secuestrarte tendría que arrastrarte fuera de casa de algún modo y llevarte por la *calle* o donde fuera hasta una barca sin ser visto. Cosa imposible porque en Venecia hay ojos vigilantes por todas partes. Y a menos que el secuestrador fuera un barquero veneciano experimentado, tendría que contratar a uno de cómplice y eso complicaría las cosas hasta el infinito, así que nadie se molesta en secuestrar a nadie. En fin, que la tasa de asesinatos en Venecia es prácticamente nula y por eso los italianos ricos alquilaron casas aquí durante los ataques de las Brigadas Rojas de la década de los ochenta.

–Rose ha leído demasiados relatos de misterio –dijo Peter.

Justo entonces el conde Girolamo Marcello pasó por el lado enfrascado en una conversación con otro hombre. «Una deshonra –iba diciendo con una extraña sonrisa–, ¡un desastre! Pero, en realidad, no todo ha sido malo. Antes de que ardiera La Fenice en mi casa se recibía muy mal la televisión. Ahora sintonizo todos los canales con total claridad.» Marcello había conseguido permiso para enterrar a su amigo el poeta ruso Joseph Brodsky en el cementerio de San Michele y eso también había contribuido a animarle.

Al cabo de media hora el gentío comenzó a subir al segundo *piano nobile*, donde camareros con túnica blanca esperaban tras dos largas mesas de bufet atestadas de comida: fuentes con finas lonchas de *prosciutto* y ternera seca, soperas con *risotto* de gambas y verduras, calabacines horneados y platos cargados con una amplia variedad de especialidades venecianas como el hígado de ternera con cebolla, calamares y polenta y un cremoso *baccalà mantecato*.

Encontramos sitio en una mesa redonda para diez y los Lauritzen se sentaron enfrente de mí. A mi izquierda, un hombre y una mujer hablaban de La Fenice.

–Es la única compañía de ópera del mundo que conservaba las partituras originales de las óperas que encargaba, firmadas por el compositor. Tenía cientos. *La Traviata, Rigoletto, Tancredi*. Hoy esas partituras valen millones… si es que todavía existen.

–¿Tú qué crees? –preguntó la mujer–. ¿Han quedado reducidas a cenizas?

–Como no se ha comentado nada, me temo lo peor.

Sentado al otro lado estaba un hombre cuyo pelo caoba tenía el aspecto demasiado sólido de un peluquín. El individuo irradiaba confianza y se presentó como Massimo Donadon.

–Soy chef –dijo, dirigiéndose a mí y a la mujer que estaba sentada entre los dos–. ¡Mi cocina se conoce en el mundo entero!

–¿De veras? –exclamó la mujer–. ¿Tiene alguna especialidad famosa?

–Sí. Veneno de rata.

La mujer se echó hacia atrás.

–Está de broma.

—No, es verdad. Fabrico el raticida más vendido del mundo. Se llama Bocaraton, como la ciudad de Florida. Nunca he entendido que alguien quiera vivir en una ciudad con semejante nombre. Pero le viene perfecto a mi especialidad, que vendo por todo el mundo: en Dubai, Nueva York, París, Tokio, Boston, Sudamérica, dondequiera que haya ratas. Controlo el treinta por ciento del mercado internacional de raticidas.

—¿Cuál es su secreto? —pregunté.

—Mis competidores enfocan mal el tema de los raticidas. Ellos estudian a las ratas. Yo estudio a las personas. —El señor Donadon señaló mi plato con el tenedor—. Las ratas comen lo que come la gente.

Bajé la vista a mi *fegato alla veneziana* y de pronto vi mi cena con otros ojos.

—A las ratas venecianas les encantaría comerse lo que tiene en el plato porque están acostumbradas a esa clase de comida. Pero a las ratas alemanas no les interesaría lo más mínimo. Prefieren la cocina alemana: *wurstel*, *Wiener schnitzel* y demás. Por tanto para Alemania fabrico raticida compuesto por un cuarenta y cinco por ciento de grasa de cerdo. El veneno para ratas francesas contiene mantequilla. Para Estados Unidos utilizo vainilla, cereales de avena, palomitas de maíz y un poco de margarina, porque los estadounidenses comen poquísima mantequilla. Mi raticida neoyorquino se basa en aceites vegetales y esenciales con aroma de naranja para que las ratas piensen en hamburguesas y zumos de naranja. Para Bombay añado curry. Para Chile, harina de pescado.

»Las ratas son muy adaptables. Si sus anfitriones se apuntan a una dieta pasajera, las ratas también. Mantengo treinta estaciones de investigación dispersas por el mundo para actualizar los gustos y aromas de los venenos de acuerdo con las últimas tendencias en la alimentación humana.

—¿Qué le pone al veneno italiano?

—Aceite de oliva, pasta, miel, expreso, zumo de manzana y Nutella. Sobre todo Nutella. La compro a toneladas. A las ratas les encanta. Les aseguré a los de la empresa Nutella que no me importaría promocionarlos por televisión y me pidieron por favor que no lo hiciera, me rogaron que no se lo contara a nadie.

La mujer sentada al otro lado del señor Donadon apoyó las dos manos en la mesa como para controlarse.

—¡No pienso escuchar hablar de ratas mientras como! —anunció, y luego, más por el aire a melodrama que por estar molesta, nos dio la espalda.

El señor Donadon prosiguió, imperturbable, con sus explicaciones.

—A todo el mundo le fascinan las ratas. Incluso a los que lo niegan. A esos les gustaría decir: «Qué asco, no lo soporto, ¡cuéntame más!».

Me fijé en que la pareja de mi izquierda había dejado de hablar de La Fenice para dedicar toda su atención a Donadon.

—Pero si una rata está hambrienta, ¿no come cualquier cosa? —pregunté.

—Por supuesto, pero las ratas jamás habían estado mejor alimentadas porque nunca había habido tanta basura. Así que se han vuelto quisquillosas con la comida. En la década de mil novecientos cincuenta la gente solo tiraba a la basura el cero coma cinco por ciento de la comida y las ratas tenían que comer lo que encontraran. Hoy día el siete por ciento de nuestra comida termina en la basura y las ratas disfrutan de un banquete sin fin. Por tanto, para mí el reto radica en fabricar un raticida más apetitoso que la basura. La verdadera competencia es la basura.

»Las ratas son más listas que el hombre y están mejor organizadas. Siguen rituales instintivos para garantizar la supervivencia de la especie. Por ejemplo, cuando encuentran algo que parece comestible, siempre lo catan primero las ratas más viejas. Otras marcas de raticida causan dolores inmediatos, quemazones o mareo. Si las ratas más viejas dan muestras de enfermedad las otra no probarán la comida. Pero Bocaraton es más listo que ellas porque no provoca ninguna molestia inmediata. Tarda cuatro días en surtir efecto y para entonces las ratas más jóvenes ya lo han ingerido.

—Dígame —intervino la mujer de mi izquierda—, ¿qué le empuja a uno a dedicar su vida a matar ratas?

—¡Ah, *signora*! Junto al lecho de muerte de mi abuela prometí que contribuiría al progreso de la humanidad. Desde niño ya me interesaban la química y la medicina. Así que decidí que encontraría una cura para el cáncer. Como sabía que el DDT causaba cáncer entré en varias carnicerías y me presenté como representante de una empresa americana llamada Max Don Brasileira (un nombre inventado) que fabricaba insecticidas sin DDT. Les aseguré que los libraría de las moscas.

»El primer carnicero me contestó que pagaría lo que fuera. Las moscas ponían huevos en la carne. Era un desastre. De modo que elegí una cantidad al azar y le ofrecí mis servicios por treinta mil liras. Aceptó. Al final del día tenía encargos por valor de ciento cincuenta mil liras, que por entonces era un montón de dinero.

»Estaba exultante. ¡Pero no tenía producto! Además estaba sin blanca. De modo que me pasé por un bar de Treviso, donde vivo, a unos treinta kilómetros al norte de Venecia, y convencí a un par de amigos para que se unieran al negocio. De inmediato me mudé al hotel Carlton de Treviso y con la ayuda de la telefonista y el portero del hotel hice creer a los clientes que allí había instalado la sede italiana de la empresa de insecticidas.

»¿Cómo matamos a las moscas? Con un compuesto fosforoso de Montedison. Si lo empleara hoy, probablemente acabaría en la cárcel. Es demasiado tóxico. Pero funcionó. El negocio prosperó. La gente nos conocía.

»Entonces recibí una llamada del conde Borletti, el rey de las máquina de coser, pidiéndome que acabara con las moscas de sus establos. Un día el conde me preguntó: "Massimo, ¿qué piensas hacer en invierno, cuando no haya moscas? Matar moscas es un negocio de temporada. Pero las ratas están todo el año. Deberías pensar en fabricar raticida".

»¡Qué idea! Esa misma noche empecé los experimentos en el lavabo de la habitación del hotel. Amasé diez libras de grasa de cerdo y cumarina con mis propias manos y a la mañana siguiente lo cambié todo: la empresa, su nombre y su objeto. Eso fue en mil novecientos setenta. Conseguimos un éxito inmediato y desde entonces no hemos parado de crecer. Admito que tal vez matar ratas no sea una profesión tan noble como buscar una cura para el cáncer, pero al menos contribuyo al progreso de la humanidad y mi abuela puede descansar en paz.

Donadon nos entregó a cada uno una tarjeta de visita. La empresa se llamaba Braün Mayer Deutschland.

—Creía que era italiano —comenté.

—Y lo soy, pero de haberle puesto un nombre italiano a la empresa la gente habría pensado que el producto se fabrica en Italia y que, en consecuencia, no es de fiar. La imagen de Italia se reduce a la mafia, los sastres y los zapateros. En cambio Alemania tiene una imagen de país sólido, científico y eficiente. Si hay que confiar en alguien para que mate una rata, que sea alemán. Así que elegí un nombre que sonara muy germánico. Mayer es el equivalente alemán de Smith. Braün recuerda a Wernher von Braun, el que diseñó los cohetes que llevaron al hombre a la Luna y que por tanto inspira confianza. La diéresis sobre la u no va, pero refuerza el carácter germánico del nombre. Y Deutschland, bueno, habla por sí solo.

—Muy astuto —convine.

—Mi pequeña empresa participó del famoso boom económico del norte de Italia. ¿Sabía que en el norte de Italia tenemos la mayor concentración de negocios del mundo? Es cierto: tenemos una empresa por cada ocho habitantes. La mayoría son empresas familiares, pequeñas. Como la mía o como Benetton, que dirige mi viejo amigo Luciano Benetton. Luciano ha nacido y se ha criado en Treviso como yo, y los dos mantenemos la oficina central en Treviso.

—Los dos Titanes de Treviso.

—Bueno… —El señor Donadon se ruborizó—. Luciano es un genio para hacer dinero y tampoco se le da mal conservarlo. Nos conocemos desde hace más de treinta años y le aprecio mucho. Pero con lo rico que es ¡jamás me ha invitado a almorzar! En cambio, le encanta cómo cocino y viene a menudo a casa a cenar. Yo cocino para las ratas y para Luciano Benetton.

—¿Han trabajado juntos alguna vez?

—No, pero contratamos al mismo fotógrafo para la publicidad: Oliviero Toscani, el tipo que creó la campaña «United Colors of Benetton» y la revista *Colors*. Le contraté para un anuncio de raticida. Estaba inspirado en *La última cena*. Todos los comensales, incluido Cristo, tenían cabeza de rata. Pero me convencieron para que renunciara a la campaña.

El señor Donadon empezó la cena al tiempo que estallaba un jaleo al fondo del pasillo. Un grupo de rezagados había protagonizado una entrada espectacular en la que participaron un pañuelo de seda blanca y gran cantidad de brillos. El pañuelo pertenecía a un hombre alto y desgarbado vestido de etiqueta y con gafas de concha estilo aviador. Estaba saludando a comensales de diversas mesas. Los brillos los ponían sus acompañantes: tres bellas mujeres, una de ellas vestida con un body de lentejuelas.

—Serán modelos o actrices —comentó la mujer de mi izquierda al darse cuenta de mi interés—. Es Vittorio Sgarbi, crítico de arte y, según él mismo, uno de los grandes conquistadores de Italia. Ya ha escrito su autobiografía y solo tiene cuarenta y cinco años: se tiene por un Casanova moderno. Es muy elegante y extremadamente insustancial. Tiene un espacio diario en televisión, de modo que es famoso en todo el país.

—Ah, Sgarbi es admirable —apuntó su acompañante—. Me pregunto si todavía le tienen prohibida la entrada en el Courtauld Institute de Londres. No hace mucho que lo pillaron tratando de sacar dos libros antiguos muy valiosos. El incidente despertó un gran interés en la prensa no solo por tratarse de un crítico de arte, sino porque Sgarbi es miembro del Parlamento italiano. Es diputado. Presidente de la Comisión de Cultura, ni más ni menos. Ese día había acudido al Courtauld a participar en un simposio sobre los pintores de la escuela de Ferrara. Cuando le cogieron afirmó que su intención era estudiar los libros y fotocopiarlos. En su autobiografía acusa a otro crítico de haberle tendido una trampa por celos.

Sgarbi pasó de largo peinándose su mata de pelo castaño con una mano mientras con la otra rodeaba la cintura de una de sus amigas.

El hombre sentando a mi lado continuó hablando sin quitarle ojo a Sgarbi.

—Luego pasó lo de Sgarbi y la vieja de la residencia de ancianos. Sgarbi convenció a la mujer para que vendiera un cuadro muy valioso a un marchante amigo suyo por solo ocho millones de liras. Al cabo de tres años, la pintura se subastó por setecientos millones de liras. Luego resultó que el cuadro había estado almacenado en un museo de Treviso que tenía opción de compra pactada con la anciana. Sgarbi, que por entonces trabajaba en la superintendencia de bellas artes, tenía obligación de informar al museo pero no lo hizo. Cuando se descubrió la venta, se le investigó por fraude y por actividades privadas incompatibles con el ejercicio de un cargo público. Por supuesto, se retiraron los cargos.

—Supongo que el daño a su carrera ya estaba hecho —apunté.

—En realidad, no. Ahora se comenta que podría ser el próximo ministro de Cultura.

A mi otra oreja llegó de nuevo la palabra «rata» o, para ser más preciso, su denominación en dialecto veneciano: *pantegana*.

—Las ratas no vomitan —explicaba el señor Donadon—. Son una de las pocas especies sobre la Tierra con la incapacidad física de vomitar. Así que una vez ingerido el veneno no pueden expulsarlo. Pero no es peligroso emplear el veneno porque si las personas, los gatos o los perros ingieren aunque solo sea un gramo lo vomitan al instante, antes de que pueda causar ningún daño.

La mujer que había jurado que no escucharía hablar de ratas mientras cenaba se había dado media vuelta y ahora miraba embelesada al señor Donadon.

—Pero si se murieran miles de ratas a la vez —le preguntó al experto—, ¿no provocarían una plaga al descomponerse?

—Mi veneno las deshidrata —explicó el señor Donadon, dándole unas tranquilizadoras palmaditas en la mano—, las seca, las momifica. Así que como no se pudren, no hay peligro.

—Pero muerden a la gente, ¿no? —insistió ella, arrugando la nariz—. Qué espanto.

—Si le muerde una rata es muy posible que ni lo note.

—Claro, de la impresión.

—No. No lo notaría porque la saliva de rata contiene un anestésico. Uno de los ministros del gabinete de gobierno, Riccardo Misasi, estaba una noche en la cama cuando le despertó un picor en el dedo gordo del pie. El picor aumentó y, al encender la luz… ¡descubrió que se lo había comido una rata!

El señor Donadon parecía dispuesto a explotar la misma veta durante un rato, pero los demás invitados empezaban a irse.

—Quisiera preguntarle una única cosa —le dije mientras me levantaba de la mesa—. Si su veneno es tan efectivo como dice, ¿cómo quedan tantas ratas en Venecia?

—¡Muy simple! Venecia no emplea mi veneno. El Ayuntamiento siempre contrata el más barato, así que yo ni me molesto en intentarlo. Estoy dispuesto a contribuir al progreso de la humanidad, pero —me guiñó un ojo— la humanidad debe estar dispuesta a contribuir al mío.

El café y el tiramisú nos brindaron la ocasión de cambiar de sitio, pasear por el lugar o bajar dos plantas hasta el vestíbulo donde la banda había empezado a dejar sentir su presencia. Mientras contemplaba al gentío me fijé en que no quedaba una sola máscara en su sitio. No era solo que se las hubieran quitado para comer. La gente se las había subido a la cabeza, las había guardado en los bolsos o las había hecho desaparecer mucho antes de la cena. También noté que, salvo por el ocasional galón decorativo o corbata atrevida, casi todos los hombres lucían la indumentaria formal tradicional en lugar de disfraces. También las mujeres se habían limitado a los complementos para decorar sus trajes: plumas de avestruz, joyas extravagantes, algún peinado novedoso o una pequeña floritura en el maquillaje. Nadie que llegara al baile en ese momento habría adivinado que se trataba de una fiesta de Carnaval, mucho menos un baile de máscaras o disfraces.

—¿Qué ha pasado con el espíritu del Carnaval? —le pregunté a Peter Lauritzen mientras descendíamos las escaleras.

—Bueno, jamás será como en la cima de la decadencia del siglo dieciocho. Por entonces el Carnaval era una institución poderosa. Cuando el dux Paolo Renier murió en pleno Carnaval de mil setecientos ochenta y nueve, se ocultó la noticia hasta que terminó la celebración para no estropear la diversión.

Por lo visto, cuando se reinventó el Carnaval en el siglo XX se optó por una versión mucho más domesticada. Carente del contexto dominante de decadencia, incluso de depravación, el Carnaval era poco más que una celebración bastante casta de un fenómeno histórico desparecido tiempo atrás.

—No todas las fiestas de Carnaval son tan correctas como esta —apuntó Rose—. O sea, incluso hoy día el Carnaval tiene un componente más primitivo.

—¿Y dónde podría encontrarlo?

—En el Festival de Poesía Erótica, por ejemplo. Suele celebrarse en *campo* San Maurizio, donde vivía el poeta dieciochesco Giorgio Baffo. La poesía de Baffo a menudo se califica de licenciosa. En realidad, ¡es directamente pornográfica!

La banda del piso inferior tocaba lo bastante alto para expulsar del lugar a todo el mundo salvo a los bailarines más aguerridos y pronto nos dirigimos a la plataforma a esperar un taxi.

Mientras aguardábamos se acercó una góndola. Avanzaba despacio en dirección a San Marcos cargada con dos pasajeros, ambos hombres. Uno lucía una voluminosa peluca negra muy tupida, abrigo de pieles negro, mallas negras y una máscara roja brillante con una larga nariz.

El otro llevaba un disfraz mucho más extraño. Vestía una peluca de goma roja reluciente, más bien un tocado en forma de cono suave y redondeado que se extendía desde lo alto de su cabeza hasta los hombros. Llevaba los brazos y el torso envueltos en un funda de elástico rosa arrugada y cada rodilla revestida de una esfera rosa del tamaño de un melón. El significado de su disfraz se hizo evidente cuando, muy despacio, se puso en pie. Cuando alcanzó la postura erecta la funda de elástico rosa se tensó. Una baba de plástico blanco colgaba de su boca cual perla alargada.

Una mujer a mi lado ahogó un grito y luego dejó escapar unas risitas. Un hombre detrás de mí exclamó: «*Fantastico!*».

A continuación, mientras la góndola se aproximaba, se levantó el otro hombre, el de las pieles negras y la peluca morena y peluda. Su mirada barrió la plataforma de atraque mientras nos contemplaba desde detrás de su máscara roja y brillante de prominente nariz. Luego abrió el abrigo a la manera de un exhibicionista y nos mostró unos brillantes pliegues labiales de un rosa sorprendentemente real.

—Ajá, esto sí que es el Carnaval —sentenció Rose.

7

LA GUERRA DEL CRISTAL

—Mi padre siempre ha sido hombre de pocas palabras —dijo Gino Seguso—, y últimamente todavía dice menos que de costumbre, incluso a nosotros.

Era junio. Archimede Seguso vivía absorbido por la fábrica de vidrio creando la serie de cuencos y jarros en recuerdo de la noche de hacía cuatro meses cuando vio arder La Fenice desde la ventana de su dormitorio. Gino me había invitado a visitar los talleres de los Seguso en Murano para echar un vistazo a la colección La Fenice, que para entonces ascendía ya a ochenta piezas. Se había convertido en la obsesión de Archimede Seguso.

Para entonces se había calmado bastante el frenesí que siguió al incendio. A finales de febrero el fiscal Felice Casson había retirado los cargos contra Woody Allen por violación de propiedad privada. (Meses después el alcalde Cacciari oficiaría la boda entre el cineasta y Soon-Yi en una ceremonia civil privada en el *palazzo* Cavalli, sede del ayuntamiento veneciano.) La orquesta residente de La Fenice había ofrecido su primer concierto tras el incendio en la basílica de San Marcos con un programa de pasión, fe y optimismo: la sinfonía *Resurrección* de Gustav Mahler. En cuanto a la reconstrucción del teatro, el alcalde Cacciari había decidido sacar el proyecto a concurso. Dicha opción tenía la ventaja de proteger a Cacciari de acusaciones de favoritismo o cohecho, pero también tenía sus inconvenientes: el proceso de solicitación, presentación y selección se alargaría como mínimo un año.

Entretanto la compañía operística había encontrado un hogar temporal a tiempo para inaugurar la temporada según lo previsto y evitar tener que devolver el dinero de miles de entradas ya vendidas. El nuevo teatro de la ópera ocupaba una carpa de circo gigantesca instalada en un aparcamiento de la isla Tronchetto, a los pies del puente que unía la ciudad con el continente. La tienda se conocía con el nombre de Palafenice y sus seis picos blancos se convirtieron en puntos de referencia del horizonte veneciano y recordatorio visible de que La Fenice yacía en ruinas.

Sin embargo, en la fábrica de Archimede Seguso el teatro lírico seguía en llamas. Titilaba y resplandecía, se retorcía y arremolinaba en las piezas que Seguso creaba. Gino me condujo por la sala de exposición y venta de camino a la planta de trabajo. Sus modales eran cálidos, alegres y correctos. Con casi sesenta años, era un hombre rechoncho, calvo excepto por un flequillo oscuro y vestido con traje. Se detuvo frente a un estante repleto de jarrones La Fenice.

—La gente se imagina las llamas de color naranja y amarillo brillante porque así se vieron en periódicos y revistas. No se dan cuenta de que hubo mucho más. Había llamas verdes y azules y púrpuras. Los colores no pararon de cambiar en toda la noche según lo que estuviera ardiendo en el interior del teatro. Mi padre estuvo más cerca que nadie y estas son sus instantáneas. Alcanzan una precisión que las fotografías no pudieron capturar.

»Mi padre nunca había hecho nada parecido. Verá a qué me refiero si echa un vistazo al resto de las piezas de la sala.

La sala era un museo de objetos de cristal fabricados por Archimede Seguso desde la década de 1930 hasta nuestros días, incluidos una mesa de cristal y varios ejemplos de su famosa serie de los años cincuenta titulada «Merletti» con filamentos de vidrio coloreado incrustados en cuencos y jarrones. Mientras paseaba por la sala mantuve las manos en los bolsillos y los brazos apretados contra los costados por miedo a golpear sin querer alguna pieza y tirarla al suelo.

Gino me contó que su padre era una persona bastante taciturna, probablemente para prepararme para el caso de que el maestro no me diera conversación. En la década de 1950, me dijo, un acaudalado príncipe siciliano le llevó al señor Seguso un toro de cristal que supuestamente había sido hallado en una tumba etrusca. El príncipe le pidió a Seguso que lo autentificara. El señor Seguso dejó el toro en una mesa junto a su banco de trabajo y se dispuso a elaborar una copia exacta, idéntica hasta en el menor detalle, incluida la pátina de la superficie, que avejentó mediante la aplicación de polvos, minerales, humo y arena. Al terminar, el príncipe fue incapaz de distinguir el toro viejo del nuevo. Fue la respuesta de Archimede Seguso. Había duplicado el toro con tal precisión que quedaba demostrado que el toro del príncipe podía ser falso. Habría que recurrir a pruebas científicas para asegurarlo, pero el señor Seguso solo podía responder de lo que él sabía. Por tanto su respuesta fue: No lo sé.

Le aseguré a Gino que no me ofendería si el maestro prefería seguir trabajando a hablar conmigo. Pero cuando abrimos la puerta de la sala de fundición el rugido de los hornos era tan fuerte que en cualquier caso habría resultado imposible charlar.

El anciano, con pantalones negros y camisa blanca, estaba sentado en el banco de trabajo frente al horno abrasador. Giraba una caña de acero cuyo extremo ocupaba un gran jarrón cilíndrico de colores azul y blanco que se alternaban para crear un vivo estampado de arlequín. Mientras giraba la caña moldeaba la boca del jarrón con unas tenacillas. Después entregó la caña a un ayudante, que la introdujo de nuevo en el horno para calentar el jarrón y ablandarlo un poco. Gino se acercó a su padre y le habló al oído. Archimede se volvió y miró en mi dirección. Sonrió y me indicó con la cabeza que me aproximara. Así lo hice. Saludé. Él me respondió en silencio. El ayudante extrajo el jarrón del fuego y apoyó la caña en el borde del banco de trabajo sin dejar de girarla. Archimede me miró otra vez y señaló el jarrón con las tenazas. «El amanecer —dijo—. Al amanecer». Luego retomó el trabajo, girando la caña y moldeando el jarrón.

Fueron las únicas palabras que me dedicó Archimede Seguso. Bastaron para hacerme entender que el jarrón que estaba moldeando representaba La Fenice tal como la había visto al despertarse a las cinco de la mañana del día después del incendio: una columna de humo blanco elevándose en un cielo medio azul justo antes del amanecer.

Le observamos trabajar durante unos diez minutos y luego fuimos al despacho de Gino a tomar un café. El hijo de Gino, Antonio, se asomó brevemente a la puerta. Rozaba los treinta años, era delgado y tímido. Se parecía a su abuelo más que a su padre y tenía los modales deferentes de un hijo y nieto aplicado. Gino me contó que su hijo Antonio trabajaba en la fábrica para conocer bien todos los departamentos. Con el tiempo heredaría de su padre el puesto de director. Su abuelo le había dado algunas clases de cómo soplar cristal.

—He estado preguntándome una cosa —le confesé a Gino—. Las generaciones pasadas de Seguso eran todos vidrieros pero el oficio requería empezar tan joven que no dejaba tiempo para una educación convencional. Ni usted ni su hijo soplan el vidrio. ¿Qué ocurrirá después de Archimede?

—Siempre habrá maestros vidrieros, sean o no Seguso. Pero también hacen falta artistas. Están los artistas y los maestros. El artista tiene la idea. El maestro la traslada al cristal. Muy pocos maestros son también artistas. Mi padre es una excepción. Cuando él muera nuestros vidrieros continuarán reproduciendo sus diseños más clásicos y nuevos artistas aportarán ideas frescas para que las ejecuten los maestros artesanos.

—De modo que usted y su hijo continuarán en el negocio familiar.

—Bueno, sí —respondió Gino. Después titubeó y se dedicó a juguetear con diversos objetos de la mesa—. Es más complicado. No soy hijo único. Tengo un hermano que se llama Giampaolo. Es cuatro años más joven. Trabajó durante treinta años con mi padre y conmigo. Nuestra familia era firme como una roca: mi padre, mi madre, mi hermano, yo… y Dios. Giampaolo y yo éramos uña y carne. Pero empezaron las diferencias. Luego, hace ya tres años, se marchó. Desde entonces no sabemos nada de él.

—¿No se hablan?

—Solo por mediación de los abogados.

—¿Y la noche que ardió La Fenice? ¿No tuvieron noticias de él?

—No. Ni telefoneó ni pasó por casa. Y sin embargo esa misma noche mi yerno recorrió cincuenta kilómetros con la barca llena de extintores industriales y luego los cargó desde *campo* Sant'Angelo hasta casa. Pero de mi hermano, ni una palabra.

—¿Cómo empezaron las discusiones?

—Mi hermano quería modernizar la empresa, cambiar cosas. Pero a mi parecer lo más importante fue el hecho de que los dos tenemos cuatro hijos ya crecidos. Yo tengo tres chicas y un chico; él, tres chicos y una chica. Los ocho estaban a punto de iniciar su vida adulta. Si querían entrar a trabajar en la empresa, a mí me parecía que debían ganarse el puesto por méritos propios. No quería que la empresa se convirtiera en un refugio para niños malcriados. Insistí en que fijáramos unas líneas de actuación estrictas, pero mi hermano no quiso saber nada de normas. Él confiaba en que los chicos se comportarían como es debido.

»Esa fue la primera dificultad. La segunda fue la relación entre mi hermano y mi padre. Mi hermano se quejaba a menudo de que la fuerte personalidad de nuestro padre nos había castrado. Giampaolo se sentía eclipsado. A mí nunca me ha pasado.

—¿Acaso a su hermano se le impidió dedicarse a algo en particular en la empresa?

—Tenía el trabajo que se le antojaba. Trabajó en producción, en ventas e incluso en las tiendas.

—¿Quería diseñar?

—También diseñó un tiempo. Y podría haber seguido de haber querido.

—Entonces, ¿por qué se marchó?

—Giampaolo dijo que quería dirigir su propia vida. En fin, hace tres años anunció de pronto que se marchaba y pidió una compensación por la parte que le correspondía del negocio familiar. Mi padre nos había cedido a cada uno el treinta por ciento de la empresa.

»Mi padre se indignó. Le dijo a mi hermano: "Te regalo parte del negocio, ¿y ahora quieres que te lo compre?". Se limitó a darle algo de dinero a mi hermano para ayudarlo a empezar por su cuenta. Giampaolo decía que quería escribir sobre la historia de la fabricación del cristal. Pero nos tenía reservada una sorpresa: fundó una empresa rival, aquí mismo, en Murano. La llamó Seguso Viro. Además se llevó a algunos de nuestros trabajadores clave: un diseñador, el encargado del almacén y el director de producción. Incluso intentó robarnos al que monta las arañas de cristal. También contrató a algunos ex empleados nuestros. Luego abrió tiendas al lado de las nuestras: una en San Marcos, una en la Frezzeria, otra en Milán.

—¿Seguso Viro fabrica los mismos diseños que ustedes?

—Sí, muchos… Solo los más bellos.

—Empiezo a comprender por qué no se hablan.

—Pues aún hay más —continuó Gino—. Después de dejar la empresa familiar mi hermano fue a juicio en calidad de integrante de la sociedad limitada, para declarar incapaz a mi padre… ¡y retirarle el control de la empresa!

—¿Qué?

—Es verdad. Le puedo mostrar los documentos. Luego me habría tocado a mí dirigir el negocio en su lugar. Pero el paso siguiente de Giampaolo consistió en llevarme a mí a juicio para echarme de la empresa con la excusa de que supuestamente habría suplantado a mi padre en algunos de sus deberes como escribir cartas, firmar papeles y demás. Por supuesto, presentamos batalla y ganamos.

—Pero ¿por qué hizo todo eso su hermano?

—No lo supimos hasta unos meses después de que se marchara, cuando descubrimos algo todavía más raro. Sin decírselo a nadie, Giampaolo había registrado la marca Archimede Seguso… ¡a su nombre!

—¿Y cómo reaccionó su padre al enterarse?

—Se golpeó el pecho exclamando: «¡Pero si es mi nombre! ¿Cómo puede ocurrir algo así? ¿Cómo puede ser legal?». Apelamos para bloquear la inscripción. Giampaolo alegó que había registrado el nombre para protegerlo y proteger así su treinta por ciento de la empresa.

—¿Cómo pensaba proteger el nombre de Archimede Seguso?

—En mi opinión mi hermano tenía un plan muy simple. De haber conseguido echarnos a mi padre y a mí, la empresa Vetreria Artistica Archimede Seguso se habría quedado sin cerebro rector. Habría ido debilitándose hasta morir y Giampaolo se habría encontrado en la posición perfecta para tomar el relevo. De hecho ya había montado una copia de nuestra empresa con algunos ex empleados. Conocía a todos nuestros clientes. Conocía al detalle todos los entresijos del negocio. Conocía incluso los secretos artesanos de mi padre. Al final no le habría hecho falta comprar el nombre porque ya sería suyo. Se habría convertido en Archimede Seguso sin gastarse un céntimo.

Para cuando subí al *vaporetto* listo para los diez minutos que tardaba en volver el barco de Murano a Venecia, me moría de ganas de conocer a Giampaolo Seguso. Cada nueva revelación había ido oscureciendo la imagen mental que me había formado de él. Lo único que sabía, por lo poco que Gino me había contado, era que tenía algo de sobrepeso, el pelo canoso y en retirada y cincuenta y cuatro años. Me preguntaba qué clase de persona declara a su padre senil sin que sea cierto y luego le roba la identidad, siempre, claro, que las cosas hubieran ocurrido como me las habían contado. ¿Tendría colmillos?

Telefoneé a Seguso Viro y enseguida me pusieron con Giampaolo. Me presenté y pedí concertar una visita. «Será un placer», me aseguró Giampaolo. Quedamos en vernos a la semana siguiente.

Entretanto investigué un poco y lo primero que descubrí fue que las familias muranesas tenían fama de pelearse. En Murano vivían vidrieros desde 1291, cuando el dux Pietro Gradenigo los obligó a dejar Venecia por el riesgo de incendios y para confinarlos en una especie de gueto protector donde los secretos del oficio quedarían a resguardo de los competidores del mundo exterior. Setecientos años de una convivencia tan estrecha habían fomentado la naturaleza peleona de las gentes de Murano.

«Los muraneses son listos, pero están un poco locos», me contó Anna Venini. La señora Venini hablaba con conocimiento de causa y cierto distanciamiento puesto que había trabajado en la fábrica de cristal Venini durante más de veinte años, había publicado libros sobre la historia del vidrio y era hija de Paolo Venini, uno de los grandes vidrieros del siglo XX y excepcional en el sentido de que no era natural de Murano y había empezado trabajando de abogado en Milán. «Pero son generosos. Cuando te aceptan, es de verdad.»

La hija de la señora Venini, Laura de Santillana, artista instalada en Venecia que trabajaba en Murano realizando esculturas modernistas de cristal, compartía la ambivalencia de su madre.

Así, me contó: «Las familias muranesas siempre se están peleando. ¡Son gente terrible! ¡Espantosa! Se han parapetado en su cultura isleña. Se consideran completamente independientes de Venecia. Tienen su propio Gran Canal, su basílica y su nobleza».

De acuerdo con la historiadora del vidrio Rosa Barovier, miembro de una antigua familia de vidrieros de Murano, la marcha de Giampaolo Seguso no había sido la primera ruptura ocurrida en la dinastía Seguso.

«El mismo Archimede rompió con sus hermanos —me informó—. También se enfrentó a su padre, quien, a su vez, se había peleado con el suyo. Para los Seguso el negocio es importantísimo, pasa por delante de la familia. Pero los muraneses llevan el vidrio en las venas. Es la pasión que los mantiene vivos. Se sabe por ejemplo que en agosto, cuando cierran las fábricas, muchos muraneses enferman.

»Gino y Giampaolo Seguso comparten la pasión por el vidrio, pero son polos opuestos. Gino es un tradicionalista que encuentra seguridad en los diseños clásicos. Giampaolo es más osado y creativo. Parte de los diseños de su padre para abrirse a nuevas direcciones.»

Cogí el *vaporetto* de vuelta a Murano. En esta ocasión, en lugar de dirigirme a la izquierda en cuanto descendí del barco, giré a la derecha. La fábrica de Giampaolo Seguso, Seguso Viro, estaba en el extremo opuesto de la isla que Vetreria Artistica Archimede Seguso.

Una recepcionista me condujo por un pasillo, un patio y varias plantas atestadas de objetos de cristal embalados hasta una sala de hornos moderna, espaciosa y bien iluminada. Dos tramos de escaleras de acero unían la planta de la fábrica con el despacho de Seguso. En su interior destacaban dos grandes mesas cubiertas de cuencos, botellas y jarros de cristal representativos de distintos modelos y técnicas de soplado.

Giampaolo Seguso, vestido con un cárdigan, me miró por encima de sus medias gafas y me invitó a sentarme frente a él, al lado de una ventana. Se señaló el pelo canoso.

—Por fuera parezco gris —anunció con una amplia sonrisa—, pero por dentro soy la oveja negra de la familia.

Me tomé este comentario inicial como un anuncio de que pensaba mostrarse franco conmigo. Y sin darme tiempo a contestar continuó hablando, despacio, eligiendo las palabras con sumo cuidado.

—Soy hijo de Archimede Seguso, el mejor vidriero del siglo pasado. Toda mi vida eso ha sido lo más difícil. Mi padre es un gran hombre. Un hombre silencioso. Nos enseñó a actuar en lugar de hablar. Ha vivido en una época que le ha impedido disfrutar de una buena educación. Creo que es una de las razones que nos ha impedido mantener una comunicación fluida. Yo no conseguía hacerle entender quién era y por tanto, llegado cierto momento de mi vida, decidí cortar el cordón umbilical.

—¿Cómo fue?

—Siempre había tenido diferencias profesionales con mi hermano. Luego, hace tres años, organicé una gran fiesta en el Lido, donde vivo, para celebrar que cumplía cincuenta años e invité a mis padres, los parientes y los amigos. A cada uno de ellos les regalé un pequeño huevo de cristal como símbolo de vida, del infinito, del renacer. El huevo también simboliza la sorpresa. Después me dirigí a mis padres y les dije: «Os he entregado mis primeros cincuenta años. Quiero empezar a ser dueño de mi propia vida». Desde luego no tuve demasiado tacto. Mis padres se ofendieron mucho.

—Me han contado que inscribió en el registro el nombre de su padre sin decírselo. ¿Es verdad?

Giampaolo asintió.

—Sí. Pero… aunque tuviera un cuchillo en las manos, eso no me convertiría en asesino. Registré el nombre para proteger el legado de mi padre. Me parecía que tras su muerte los únicos objetos que debían venderse con su nombre debían ser los suyos.

Yo ya había propuesto iniciar una línea de cristal nueva con otro nombre, algo así como Archimede Seguso II o Sucesores de Archimede Seguso o lo que fuera. Pero mi hermano quería que todo siguiera bajo del nombre de Archimede Seguso, incluso las obras diseñadas y elaboradas por otros una vez muerto mi padre. Lo cual habría convertido la firma de un gran artista en una marca comercial y habría diluido su importancia. Registré el nombre con la esperanza de evitar que ocurriera.

Lo expuesto no carecía de lógica, pero yo seguía impresionado por el hecho de que Giampaolo hubiera tratado de declarar incapaz a su padre y de retirarle el control de la empresa. Le pregunté al respecto.

—Fue solo una maniobra legal —contestó—. Cuando me marché de la empresa quería que me compensaran por los treinta años de dedicación. Quise comprarle mi parte a mi padre pero se negó. Entonces le pedí que me diera al menos un par de puntos de venta para poder ganar algo de dinero a fin de empezar una nueva vida. Mi intención era escribir libros sobre el cristal, pero para ello necesitaba algún medio de vida. Al ver que no nos poníamos de acuerdo en el tema de la compensación, comprendí que tendría que demandar a la empresa. Pero habría equivalido a demandar a mi padre y yo jamás lo habría hecho. Sin embargo, si conseguía que un juez lo declarara incapaz y designara a mi hermano para sustituirlo, entonces cuando demandara a la empresa estaría demandando a mi hermano.

No terminé de entender por qué declarar al padre de uno mentalmente incapaz de llevar su propio negocio podía considerarse preferible a demandarle por dinero, pero no pregunté.

—¿Ha intentado retomar el contacto con sus padres después de dejar la empresa familiar?

—El primer año envié a mi madre un ramo de flores con una tarjeta el día de su aniversario de boda. Mi madre me devolvió el ramo y al cabo de un par de días recibí una carta. El sobre contenía la tarjeta del ramo, sin leer. La acompañaba una nota: «Ya sabes el porqué».

—Sus hijos también se habrán visto afectados por la ruptura familiar.

—Sí, desde luego. Mis padres se niegan a verlos. Los rechazan de varios modos.

De manera que se trataba de una ruptura dinástica de amplias proporciones. Giampaolo la exponía sin emoción, pero la pesadez de sus palabras traslucía un profundo pesar.

—¿Dónde estaba el día que ardió La Fenice?

—En mi casa del Lido —respondió—. Mi hijo me telefoneó desde Nueva York para preguntarme lo que pasaba. Yo no lo sabía. Así que salí a la laguna y vi el cielo enrojecido. Luego entré en casa, encendí el televisor y rompí a llorar. No llamé a mis padres. Para entonces ya no teníamos relación.

—¿Qué ha sido de su proyecto de dedicarse a escribir sobre la historia del vidrio?

—Sin ingresos me resultó imposible. Decidí montar mi propio negocio y así nació Seguso Viro. Tuve que vender varias propiedades, para que vea hasta qué punto siento la pasión por el oficio. Tengo tres hijos. Todos trabajan conmigo. La empresa les pertenece. Dos trabajan aquí en Murano conmigo y el tercero dirige la sala de ventas y exposiciones de Nueva York.

»Hacía ya mucho que tenía la impresión de que el cristal de Murano se había anquilosado. Entre las décadas de mil novecientos treinta y mil novecientos cincuenta tuvimos grandes maestros muy innovadores como Ercole Barovier, Alfredo Barbini, Napoleone Martinuzzi, Paolo Venini o mi padre. Fue época de siembra, de plantar. Luego, entre los años sesenta y noventa llegó la estación de cosechar sin plantar nada nuevo. Y ahora Murano ve sus campos grises, oscuros, y se pregunta el porqué. El reto consiste en descubrir modos nuevos de aplicar las técnicas de siempre. Y en eso estamos.

—¿Podría mostrarme algunos ejemplos?

—Los objetos de esta mesa representan todas las técnicas que aprendí de mi padre, de mis tíos y yo solo. Recrea lo que la dinastía Seguso ha hecho a lo largo de los últimos cincuenta años. Hay ciento cincuenta diseños distintos, de todos los cuales he sacado al mercado ediciones limitadas de noventa y nueve piezas. Mi idea consiste en encontrar mecenas que compren los juegos enteros de ciento cincuenta piezas y las donen a museos como modo para investigar, preservar y fomentar el mito del cristal de Murano.

Me impresionó la paradoja.

—Pero resulta algo irónico —interrumpí—. Primero rompe de mala manera con su padre y luego dedica un gran esfuerzo a compilar este homenaje a su figura.

—Mi padre es un gran hombre. Le mostraré tres ejemplos que ilustran cómo documentamos su obra y a la vez avanzamos hacia el futuro.

Cogió un jarrón de cristal transparente en forma de lágrima de cuello largo y fino. Dentro, una membrana ligeramente retorcida lo dividía en dos. Una tela de araña compuesta por filamentos de cristal blanco decoraba la partición.

—He aquí un ejemplo de la técnica de la filigrana, inventada en Murano en mil quinientos veintisiete —explicó Giampaolo—. En la década de mil novecientos cincuenta mi padre creó nuevos efectos que los historiadores de la cristalería artística consideran la primera contribución original desde el Renacimiento. Por tanto este jarrón alude a nuestro pasado y no obstante incluye dos innovaciones. Una es la división en dos cámaras y la otra la aplicación de la filigrana en el interior en lugar de en la pared externa del jarrón. El jarrón lo ha diseñado mi hijo Gianluca. Ocupa el lugar vigésimo tercero en la dinastía de los Seguso.

A continuación Giampaolo cogió un cuenco redondo con una filigrana negra remolineando en torno a la mitad inferior y una blanca en la tapa.

—Esta técnica se denomina *incalmo* y consiste en unir dos hemisferios de cristal soplado del mismo diámetro. Se hace entre dos artesanos y mientras el cristal todavía está candente. A lo largo de la historia de la vidriería las dos partes del *incalmo* siempre se han unido en línea recta. Aquí la unión es irregular, con efecto ondulado. De modo que esta pieza tiene algo de antigua y algo de novedad.

»Y por último esta otra. —Me tendió un jarrón decorado con fina filigrana negra que recordaba a un pentagrama dispuesto en ondas y giros irregulares de sentido horizontal. Las líneas se mezclaban con ríos de telarañas de color naranja transparente. Era un diseño de Giampaolo, que lo había bautizado «Vivaldi» en honor al pelirrojo compositor veneciano—. Este jarrón es nuestro primer paso hacia el futuro. La filigrana naranja se compone de dieciséis sombras de rojo y naranja transparentes. Jamás se había elaborado filigrana transparente. El efecto es original. Muy contemporáneo.

El jarro era exquisito. La ligereza y gracia excepcionales de su filigrana daban impresión de movimiento. La serie de suaves bultos irregulares que recorría la pared exterior creaba texturas variadas y sensuales juegos de luz. Saltaba a la vista que Seguso se sentía muy orgullo de aquella pieza.

—¿Lo ha soplado usted? —pregunté.

—Soy muy mal solista —repuso con una sonrisa— pero un buen director. He hecho un trato con mis hijos. Si quieren que su padre trabaje con ellos tienen que concederle un día a la semana en el horno, para que pueda divertirse. De modo que cinco días a la semana ejerzo de encargado y uno a la semana me planto frente al horno, junto al maestro soplador, y dirijo.

Regresó al escritorio y se quedó de pie mirando por la ventana. Luego se volvió hacia mí con aparente expresión satisfecha.

—Tengo cuatro objetivos —confesó—. El primero, me gustaría que la gente reconociera nuestro cristal al primer vistazo. El segundo, quisiera que pudieran decir: «Ah, sí, este es un Seguso». En tercer lugar deberían identificar una obra de Seguso Viro. Y mi cuarto objetivo es que tal vez un día la gente sepa reconocer una obra de Giampaolo Seguso.

Tuve la impresión de que el cuarto era el objetivo con el que soñaba más a menudo.

—¿Desea convertirse en un diseñador famoso? —pregunté.

—Participo en una gran carrera de relevos de cristaleros de Murano. En mi opinión no existe el último corredor. La carrera que te toca correr forma parte de un esfuerzo de mayor alcance. El reto es ser reconocido como alguien que ha aportado algo a la tradición.

Giampaolo volvió a sentarse a su escritorio.

—Y eso —añadió— es una de las grandes diferencias entre mi padre y yo. Mi padre se tiene por el último participante de la carrera.

8

EXPATRIADOS: LA PRIMERA FAMILIA

Varias veces a la semana tenía ocasión de cruzar a pie el puente de la Accademia y, siempre que lo hacía, me giraba y contemplaba el Gran Canal hasta las imponentes cúpulas de Santa Maria della Salute, posiblemente una de las imágenes de postal más conocidas de Venecia.

Entrada ya una tarde mientras cruzaba el puente y miraba en dicha dirección me fijé en una elegante motora varada silenciosamente frente a un palacio gótico situado a unos sesenta metros de distancia, el segundo palacio en la orilla de San Marcos a partir del puente. La lancha era una venerable Riva, el dux de las motoras de lujo. Tendría unos cuarenta años, veinte pies de eslora y estaba fabricada en rica madera de caoba con acabados de cromo. Junto al timón, un hombre alto de pelo gris ofrecía su mano a una mujer que subía a la cubierta. La mujer iba de blanco de la cabeza a los pies, desde la cinta del pelo hasta los zapatos. Incluso las gafas eran de montura blanca y la cabellera del mismo color. En cuanto la mujer tomó asiento, el hombre adentró la lancha en el Gran Canal de popa, como quien saca un coche de un aparcamiento marcha atrás. Luego viró y puso rumbo a la iglesia della Salute y la plaza San Marcos.

Me impresionó pensar que para aquella pareja un paseo en aquella lancha por el Gran Canal, que para mí habría sido motivo de gran emoción, probablemente constituía una rutina diaria. Tal vez fueran de compras, a cenar o a visitar a los amigos. Se movían por Venecia a lo grande y pegados al agua, como habían hecho durante siglos los venecianos, mucho más próximos al nivel del agua de lo que habrían estado en la cubierta de un pesado *vaporetto*.

Al cabo de más o menos una semana volví a ver a la pareja en su lancha. Regresaban al palacio desde la zona de Rialto. Como en la ocasión anterior, la mujer vestía completamente de blanco, aunque esta vez llevaba pantalones en vez de falda y suéter en lugar de americana.

—Tenía que ser Patricia Curtis —me dijo después Rose Lauritzen—. Siempre viste de blanco.

—¿Siempre? —pregunté—. ¿Por qué?

—En realidad no lo sé. Desde que la conozco la he visto vestida de blanco. Peter, ¿por qué Patricia viste de blanco?

—No tengo ni idea —repuso Peter.

—Puede que el blanco sea su color —apuntó Rose—. Seguro que es así de simple.

—Pero ahora que la mencionas —comentó Peter, dirigiéndose a mí—, lo cierto es que Patricia Curtis es una mujer muy interesante por múltiples razones, de las cuales la menos importante es que viste siempre de blanco.

—El hombre que has visto con ella es su marido, Carlo Viganò —me informó Rose—. De lo más encantador. Los dos lo son. O sea, en serio… son gente… deliciosa.

—Patricia Curtis —prosiguió Peter— pertenece a la cuarta generación de una familia de expatriados estadounidenses. Sus bisabuelos, Daniel Sargent Curtis y Ariana Wormeley Curtis, llegaron a Venecia procedentes de Boston a principios de la década de mil ochocientos ochenta con su hijo Ralph, abuelo de Patricia.

—No solo son deliciosos —insistió Rose—, sino apreciados.

—Los Curtis eran una familia adinerada de la vieja guardia bostoniana cuyos ancestros se remontan a la llegaba del *Mayflower*. Compraron el *palazzo* Barbaro, donde han vivido desde entonces todos sus descendientes.

—Carlo tiene un negocio en Malaisia —continuó Rose—. Manufacturas. He olvidado de qué.

—En términos de antigüedad sacan varias cabezas de distancia a todos los demás expatriados angloparlantes de Venecia. Son una clase aparte.

—¡Manteles y servilletas! —recordó Rose—. Eso es lo que fabrica. La empresa de Carlo, me refiero.

—Pero ¿por qué un bostoniano prominente y rico iba a abandonar América para siempre con toda su familia? —pregunté.

—¡Ajá! —exclamó Peter—. Eso es lo curioso.

Peter me contó que Daniel Curtis viajaba en un tren de cercanías de Boston cuando discutió con otro hombre a propósito de un asiento reservado para un tercero. Se cruzaron comentarios. El otro hombre declaró que Daniel Curtis «no era un caballero» y el señor Curtis replicó retorciéndole la nariz. Resultó que la parte ofendida era juez y decidió demandar a Daniel Curtis por agresión. Se celebró el juicio y Daniel Curtis fue declarado culpable y sentenciado a dos meses de prisión. Se suponía que al salir en libertad había reunido a la familia e, indignado, había partido hacia Europa para no regresar jamás.

—Es justo señalar —dijo Peter— que durante todos los años que vivió en Venecia Daniel Curtis se comportó como un caballero consumado. En cuanto él y Ariana pusieron pie en el *palazzo* Barbaro, lo convirtieron en lugar de encuentro de los artistas, escritores y músicos más admirados y conocidos de su tiempo. Robert Browning recitaba poemas para los Curtis y sus invitados. Henry James, habitual de la casa, utilizó el Barbaro como modelo para el *palazzo* Leporelli de su gran obra maestra *Las alas de la paloma*. John Singer Sargent era un pariente lejano y cuando estaba de visita en el Barbaro pintaba en el estudio de la última planta de su primo Ralph Curtis, que también era un pintor de talento. Monet pintó las vistas de Santa Maria della Salute desde el embarque del Barbaro. Te haces una composición de lugar, ¿verdad?

—Desde luego —confirmé.

—La familia Curtis ocupa un lugar permanente en la historia cultural del siglo diecinueve veneciano. Su salón se conocía como «el Círculo Barbaro» y a él asistían James McNeill Whistler, William Merritt Chase, Edith Wharton y Bernard Berenson.

—Y esa loca de Boston —apuntó Rose—, la señora Gardner.

—Isabella Stewart Gardner, la excéntrica coleccionista bostoniana que alquiló el *piano nobile* de los Curtis varios veranos mientras adquiría importantes pinturas para el museo que tenía intención de construir en Boston.

—No solo alquiló el Barbaro —puntualizó Rose—: ¡lo copió!

—Cierto. Construyó su museo de Boston siguiendo las formas de un palacio veneciano inspirado libremente en la fachada del *palazzo* Barbaro. Es fácil adivinar el porqué de la inspiración de la señora Gardner. El Barbaro es uno de los palacios góticos del siglo quince más importantes de Venecia. En realidad, son dos palacios. La familia Barbaro compró el palacio de al lado a finales del siglo diecisiete para hacerse un salón de baile.

»Podría hablar sin parar sobre las virtudes decorativas y arquitectónicas del *palazzo* Barbaro, pero la cuestión es que Patricia Curtis es, por encima de todo, heredera y salvaguarda de un considerable patrimonio literario, artístico y arquitectónico. Y además, aunque es algo anecdótico, viste de blanco.

Por teléfono Patricia Curtis me pareció reservada pero amable. Se marchaba al día siguiente a Malaisia, donde su marido poseía una fábrica textil. Sin embargo, si no me importaba esperar un mes a que regresara, estaría encantada de enseñarme el *palazzo* Barbaro.

En el curso de las semanas siguientes me informé acerca del Barbaro. Encontré una cinta de vídeo de *Retorno a Brideshead* y vi el episodio veneciano, en el que Laurence Olivier interpreta al anciano lord Marchmain, que vive un exilio voluntario en un suntuoso palacio veneciano. Las escenas se habían rodado en el *palazzo* Barbaro. Jeremy Irons y Anthony Andrews (en los papeles de Charles Ryder y Sebastian Flyte) suben por una escalera exterior al *piano nobile*, recorren con calma el brillante suelo de terrazo del *portego* y encuentran a Olivier de pie junto a una ventana del salón de baile, contemplando el Gran Canal.

Releí *Las alas de la paloma* sin olvidar que Henry James había descrito esas mismas salas mientras escribía sobre la angelical y agonizante Milly Theale instalada en las «cámaras palaciegas» de su «gran caparazón dorado».

En cuanto al ataque de Daniel Curtis contra la nariz del juez Churchill, varios libros se habían hecho eco del suceso, entre ellos *The Proper Bostonians* de Cleveland Amory, aunque las versiones diferían bastante. La de Amory aseguraba que Daniel Curtis había retorcido la nariz del juez con tal violencia que lo había dejado desfigurado de por vida. Otra versión afirmaba que Curtis había mordido la nariz de un conductor del tranvía; otra lo situaba noqueando a un policía que había insultado a su mujer; otra más atribuía la discusión al hecho de ceder asiento a una embarazada. El incidente se había convertido en una leyenda popular que iba modificándose cada vez que se contaba. Tal vez se debiera a que la señora Curtis hubiera retocado la historia para dejar en mejor lugar a su marido. En cualquier caso, la prensa bostoniana había recogido hasta el más mínimo detalle la historia verdadera hasta el punto de reproducir palabra por palabra las transcripciones de las declaraciones del juicio.

La confrontación había empezado cuando el juez Churchill se sentó en un asiento reservado para otro pasajero, pero enseguida derivó en una discusión acerca del voluminoso equipaje –una bolsa de viaje y un carrito– que Churchill había dejado en el suelo en el estrecho espacio que lo separaba de Daniel Curtis. El equipaje molestaba a Curtis en las piernas y este requirió con brusquedad que fuera retirado, cosa que el juez hizo. Momentos después llegó el tercer hombre y reclamó su asiento y enseguida Churchill se levantó y se lo cedió. Pero antes de marcharse se inclinó hacia Daniel Curtis y, en voz baja, le dijo: «Si usted es un caballero, es que yo nunca había visto ninguno».

Azuzado por el comentario, Curtis se levantó de un salto y exigió a Churchill que se identificara y le retorció la nariz («ligera y moderadamente», según su posterior declaración). A lo que Churchill reaccionó enojado con un: «¡Solo un canalla iniciaría una pelea en presencia de damas!»; Daniel Curtis respondió con un puñetazo en la cara que rompió las gafas del juez.

Curtis fue detenido, juzgado por agresión, condenado y sentenciado a dos meses de prisión.

Lo más sorprendente es lo que ocurrió después: más de trescientos ciudadanos prominentes de Massachusetts pidieron al gobernador que concediera el indulto a Daniel Curtis. Entre los firmantes se contaban el rector de Harvard Charles Eliot; el futuro rector de Harvard A. Lawrence Lowell; el presidente del Tribunal Supremo de Massachusetts; el secretario de estado de Massachusetts; el presidente de los ferrocarriles Union Pacific; el naturalista Louis Agassiz; Charles Eliot Norton, el mejor catedrático de bellas artes de Harvard y del país entero; el historiador Francis Parkman; el pintor William Morris Hunt; el arquitecto H. H. Richardson; el marido de Isabella Stewart Gardner, John L. Gardner; y toda una lista de primeras figuras de la aristocracia bostoniana como los Lowell, los Saltonstall, los Adams, los Weld, los Lawrence, los Otis, los Endicott, los Pierce, los Parker, los Cushing, los Minot, los Appleton y los Crowninshield, por mencionar solo a unos cuantos.

La historia dio un giro todavía más inesperado cuando Daniel Curtis repudió la petición de indulto negándose a firmarla. De igual modo rechazó la oferta del juez Churchill de retirar los cargos a cambio de una disculpa sincera. Curtis consideraba justificada su acción dada la provocación de Churchill y por tanto no veía razón para disculparse. De manera que Daniel Sargent Curtis pasó dos meses en prisión.

Curtis no partió indignado de Estados Unidos nada más recuperar la libertad. Se marchó al cabo de ocho años. De hecho, la condena no tuvo nada que ver con su marcha. Mucho antes del incidente de la nariz ya había manifestado su deseo de emigrar. Irónicamente, el motivo aducido era el declive del civismo en Estados Unidos. En una carta a su hermana escrita en 1863, seis años antes de la pelea con el juez Churchill, se había quejado de que «los caballeros estadounidenses no son exactamente caballeros. [...] Carecen del amor propio característico de los hombres nacidos caballeros, con buenos antepasados, una educación adecuada, propiedades suficientes y que saben sin lugar a dudas cuál es su lugar y el de los otros. [...] Ojalá poseyera los medios para abandonar para siempre esta tierra con mis hijos».

El desencanto de Daniel Curtis era un sentimiento compartido por mucha gente de su clase y época. Respondía en parte a la reacción ante la agitación social provocada por la guerra de Secesión y en parte a una respuesta alarmada ante la llegada de la primera oleada de inmigrantes de Irlanda, que tenían muy poco en común con los que llevaban tiempo establecidos en Estados Unidos. En cualquier caso, si a Daniel Curtis le había irritado la falta de consideración del juez Churchill al embutir el equipaje entre ellos, debió de parecerle intolerable que el mismo patán dudara de su caballerosidad.

Cuando Daniel y Ariana se mudaron al Barbaro tomaron posesión de un palacio con fama de ser centro del discurso intelectual humanista durante los cuatro siglos que había sido habitado por la familia Barbaro. Los Barbaro habían sido verdaderos hombres del Renacimiento: eruditos, filósofos, matemáticos, diplomáticos, científicos, políticos, comandantes militares, patriarcas eclesiásticos y mecenas de las artes. El más recordado era Daniele Barbaro, que vivió en el siglo XVI, diplomático, filósofo y transcriptor arquitectónico de Marco Vitrubio. Daniele Barbaro contrató a Andrea Palladio para que proyectara su finca de verano en Maser –villa Barbaro– y encargó al Veronese que pintara los frescos. Cuando posó para su retrato, lo pintó Tiziano.

El *palazzo* se mantuvo bajo el domino exclusivo de la familia Barbaro hasta la derrota y el subsiguiente empobrecimiento de Venecia a manos de Napoleón. A medida que la fortuna menguaba, los Barbaro se retiraron a un ala del palacio y dividieron el resto en apartamentos. A la muerte del último Barbaro mediado el siglo XIX, el palacio fue comprado por una sucesión de especuladores que lo despojaron de muchas de sus pinturas, arrancaron las figuras labradas en mármol, reunieron muebles y objetos decorativos varios y lo sacaron todo a subasta.

Daniel y Ariana Curtis lo salvaron. Reemplazaron las maderas podridas, repararon el estuco roto y restauraron frescos y cuadros. Incluso revivieron el espíritu humanista del palacio creando su propio salón cultural en el Barbaro. Con los Curtis ejerciendo de anfitriones para artistas, escritores y músicos, el *palazzo* Barbaro pasó a ser considerado el reducto cultural norteamericano más importante de Venecia, si no de toda Italia. Ello gracias en parte a la profunda influencia de una eminencia gris que se mantenía en gran medida en la sombra, a saber, Charles Eliot Norton, uno de los compañeros de clase de Daniel Curtis en Harvard. Temprano entendido en el arte italiano, Norton fue amigo y albacea literario de John Ruskin y Thomas Carlyle, traductor de la *Divina comedia* de Dante, fundador de *Nation*, maestro de Bernard Berenson y Ralph Curtis y amigo y mentor de Henry James, Isabella Stewart Gardner y otros miembros del Círculo Barbaro. (Durante una de las clases del profesor Norton en enero de 1876, Ralph Curtis pasó una nota a otro estudiante para invitarlo a la habitación de un amigo después de clase; pensaban fundar una revista humorística universitaria en la línea de *Punch*. A las pocas semanas, Ralph Curtis y seis amigos más publicaron el primer número de *Harvard Lampoon*.)

A consecuencia de su obvia devoción por el *palazzo* Barbaro y su enérgico apoyo a los artistas y las artes en general, los Curtis inspiraron en Venecia un brote de buenas intenciones tan sentido que se prolongó durante varias generaciones. Alberto Franchetti, cuya familia habitó en otra época el palacio contiguo al Barbaro, recordaba que de niño, mucho antes de la muerte de Daniel y Ariana, los Curtis despertaban gran admiración y gratitud.

«Tiene usted que entender —me contó Franchetti— que llegaron a Venecia en el punto más bajo de nuestra historia, cuando todo el mundo padecía una pobreza y desesperación extremas. Los Curtis fueron la única luz que brilló en una época muy oscura para Venecia. No solo restauraron el *palazzo* Barbaro, lo honraron, lo cual les granjeó el afecto imperecedero de la ciudad. Hoy consideramos a los Curtis parte de nuestra historia, una distinción harto rara para unos forasteros. No son venecianos, pero tampoco los consideramos expatriados. Los Curtis son un caso único.»

Todo hacía pensar que las generaciones futuras de los Curtis, herederas de la misma buena voluntad, continuarían habitando y salvaguardando el Barbaro. Pero surgieron problemas.

Por primera vez en más de un siglo, la familia Curtis corría el peligro de perder el control del Barbaro.

El origen del problema radicaba en una disposición del Código Napoleónico todavía vigente en Italia; en concreto la que establecía que todos los hijos heredaran partes iguales de las propiedades paternas. Dicha norma se consideraba más equitativa que la costumbre británica en favor del primogénito, según la cual el primer hijo hereda toda la propiedad. Pero en la práctica el Código Napoleónico fomentaba feroces enfrentamientos entre los herederos y el desmembramiento de grandes heredades.

Patricia y sus dos hermanos, Ralph y Lisa, habían heredado el *palazzo* Barbaro a mediados de la década de 1980. La madre lo había legado a partes iguales, tal como exigía el código, pero su testamento no especificaba qué parte correspondía a cada hijo. La cuestión se dejaba en manos de los tres herederos.

Patricia, la mayor, era la única que vivía todo el año en el Barbaro. Lisa se había casado con un francés y vivía en París, convertida en la *comtesse* de Beaumont. Ralph se había divorciado de su esposa francesa y también vivía en París.

«Lo intentamos todo –me contó Lisa–, todas las fórmulas habidas y por haber. Incluso pensamos en dividir el palacio en tres tercios verticales que nos garantizarían a cada uno un piso en la planta alta y una zona del *piano nobile*. Pero habría implicado separar el *salone* del *portego* y el superintendente de bellas artes jamás lo habría permitido. Al final compartimos la propiedad del *piano nobile* y además cada uno tiene un apartamento en distintas zonas del palacio.»

Como todo el mundo sabe el *piano nobile* de un palacio es, con mucho, su mejor planta. Posee los techos más altos, los ventanales más grandes y los balcones más majestuosos. Es la planta en la que, durante siglos, se ha invertido el dinero en accesorios como frescos, cuadros del tamaño de una pared, candelabros gigantescos y cenefa tras cenefa de estuco esculpido sobre las puertas, alrededor de los cuadros y por todos los techos. Para algunos el *piano nobile* no solo constituye la planta más valiosa de un palacio, sino que es el palacio en sí. En otras palabras, si alguien poseyera tan solo esa planta la gente diría que el palacio le pertenece. Daniel Curtis había comprado las tres plantas superiores del Barbaro. A pesar de que las dos plantas inferiores estaban ocupadas por otros, nunca se puso en cuestión que el Barbaro perteneciera a los Curtis porque ellos eran los dueños del *piano nobile*. En algunos barrios incluso se hablaba del *palazzo* Barbaro-Curtis.

La preeminencia del *piano nobile* del Barbaro sobre las otras plantas destacaba especialmente puesto que era la única planta que se extendía por ambos palacios. Las demás plantas se encontraban a distintos niveles de tal modo que cada una quedaba confinada bien en la zona gótica, bien en la barroca. Con sus novecientos metros cuadrados, el *piano nobile* no solo era la mayor de las plantas, sino que además incluía su bien más preciado: el gran salón de baile con sus pinturas monumentales y sus suntuosas decoraciones de estuco, un salón de proporciones tan majestuosas y elegantes que aparecía prácticamente en todos los libros de fotografía sobre los palacios venecianos.

Como Patricia era la única de los tres hermanos Curtis que vivía en el Barbaro, también era la única que utilizaba regularmente el *piano nobile*: para recepciones, fiestas o como incomparable piso de invitados. Lo cuidaba con primor, pendiente siempre de todas las necesidades, mientras que sus hermanos apenas le prestaban atención. No obstante, en calidad de copropietarios, los tres debían contribuir financieramente a su mantenimiento.

«Cuando hubo que cambiar las ventanas de atrás –me contó Lisa–, tuvimos que seguir las directrices del superintendente de monumentos y nos costó cien millones de liras. Cuando hay que reparar las sillas no podemos utilizar cualquier tejido. Tiene que ser Fortuny. Y los suelos hay que limpiarlos y pulirlos de la manera adecuada, según establecen los conservadores puesto que, al fin y al cabo, el Barbaro es un museo.»

Con el paso del tiempo y la revalorización anual del *piano nobile*, cuyo valor superaba ya los seis millones de dólares, para Lisa y Ralph la propiedad tenía cada vez más carácter de lujo oneroso. Querían venderla y el tema acabó mezclándose con cuestiones emocionales. Patricia se resistía a vender y durante un tiempo trataron de que el *piano nobile* se mantuviera solo alquilándolo para fiestas privadas por un mínimo de diez mil dólares. Pero resultó que las fiestas se convirtieron en fuente de desacuerdos entre los hermanos y tuvieron que dejarlo estar.

La perspectiva de legar el *piano nobile* a la siguiente generación de Curtis se adivinaba un problema todavía más espinoso y solo reafirmaba la decisión de vender de Lisa. Ralph estaba divorciado y no tenía hijos pero Patricia tenía un hijo y un nieto y Lisa dos hijos y seis nietos. Se rumoreaba que por fin Patricia, agotadas las alternativas, se había rendido de mala gana al voto mayoritario de sus hermanos y se había avenido a sacar el *piano nobile* al mercado. Los posibles compradores ya pasaban a visitarlo. Era solo cuestión de tiempo.

Se me ocurrió que la venta del Barbaro podría acelerarse más de lo previsto y que mi visita solo sería una complicación indeseada. Así que en un momento ocioso busqué en la guía los teléfonos de los otros Curtis y encontré el de Ralph. De todos modos tenía la intención de hablar con él antes o después. ¿Qué podía perder?

A los tres timbrazos me contestó una voz masculina con acento estadounidense:

—Ha contactado usted con la estación de enlace en la Tierra de la República Democrática del Planeta Marte.

Colgué, comprobé el número y volví a marcar. La misma voz me contestó con idéntico mensaje y la dejé continuar: «Estudiosos titulados podrán consultar los archivos previa cita. Si deja la información pertinente, el bibliotecario le devolverá la llamada». Dejé mi nombre y número de teléfono y expliqué que intentaba ponerme en contacto con Ralph Curtis en el *palazzo* Barbaro. Al cabo de dos horas me telefoneó Ralph Curtis.

—Creía que me había equivocado de número —dije.

—Bueno, estamos hartos de gente que estudia a Henry James, John Singer Sargent o Tiépolo. Es una pesadez. Preguntan unas cosas ridículas. Ya me dirá lo que me importa a mí si Henry James vestía pajarita o corbata cuando escribió *Los papeles de Aspern*.

—Comprendo. Así que lo de la República Democrática del Planeta Marte es para espantar a los académicos.

—Bueno, no. Es que es cierto.

—Ah… —contesté con cautela.

—¿Qué opina de la paz y el desarme nuclear?

—Estoy a favor —dije, sopesando las palabras.

—Bien. Porque esa es la misión del Proyecto Barbaro.

—¿El Proyecto Barbaro?

—La paz mundial y el desarme nuclear. Estamos en contacto con los jefes de Estado de todas las potencias nucleares terrestres. Nuestro objetivo es conseguir que nos cedan los códigos de disparo nuclear para meterlos en una nave espacial y mandarlos a Marte, donde no podrán recuperarlos. ¿Qué le parece?

—Me parece una causa noble. Pero habla siempre en plural. ¿Quién le acompaña en el proyecto?

—Bueno, en esencia estoy solo. Pero he hablado con montones de personas, como usted, a las que les parece una buena idea.

Aproveché una pausa de la conversación para exponer la razón de mi llamada. Mencioné mi interés por el Barbaro, el Círculo Barbaro y la vida en el palacio durante las cinco generaciones de Curtis.

—¿Sería posible visitar el *palazzo* Barbaro? —pregunté.

—Tal vez. Le enviaré un formulario. Deme su dirección.

Pasados tres días me llegó un sobre grande con un formulario de admisión al «Centro de Investigación y Biblioteca R. D. Curtis». Lo rellené, cumplimentando la casilla de «Afiliaciones con Espíritus y Movimientos Alienígenas» con un «Ninguna». El espacio para la firma pedía una huella dactilar del pulgar del pie derecho. Incluso mientras aplastaba el dedo en una lata de cera para zapatos Kiwi de color marrón, pensaba que tenía bastantes números para estar siendo víctima de una broma. Pero de todas maneras envié la petición y en cuestión de días Ralph Curtis me telefoneó para proponerme visitar el *palazzo* Barbaro a las tres de la tarde del día siguiente. Acepté.

—Bien —contestó—. Organizaremos un «despegue». —No se explicó.

Tal como habíamos acordado, me encontré con él en una cafetería de *campo* Santo Stefano, justo detrás del palacio. Curtis estaba sentado a una mesa fumándose un cigarrillo verde, de esos que suelen contener vegetales secos. Tenía cincuenta y tantos años, era de complexión menuda y piel muy bronceada. Lucía gafas de aviador tintadas, vaqueros cuidadosamente planchados y una chaqueta de ante marrón sobre un suéter de cuello redondo. Apagó el cigarrillo y se levantó.

—¿Listo?

Entramos por una pesada puerta de madera de la parte posterior del palacio a un patio interior delicioso con paredes de ladrillo viejo y estuco y ventanas dispuestas a intervalos irregulares. A nuestra izquierda, una larga y empinada escalera de mármol con la barandilla de hierro cubierta de enredaderas se alzaba dos pisos hasta el *piano nobile*. En el centro del patio, un exuberante rododendro brotaba de una gran fuente de mármol fabricada con el capitel de una antigua columna. Justo enfrente de nosotros, una arcada sombría conducía a las aguas iluminadas por el sol del Gran Canal. Una vieja góndola esperaba sobre unos pilotes para zarpar. El *felze*, una pequeña cabina negra para pasajeros de las que ya no se veían en Venecia desde hacía décadas, seguía en su sitio. Pregunté por la antigüedad de la góndola.

—Tiene más de cien años —contestó Ralph.

Lo que significaba que probablemente Robert Browning, John Singer Sargent y Henry James habían viajado en ella.

Ya en lo alto de las escaleras, entramos en una antecámara alta y oscura. A la derecha quedaban un par de puertas lustrosas y, tras ellas, el *portego* y las distintas habitaciones con vistas al Gran Canal. Pero las puertas permanecieron cerradas. Ralph giró a la izquierda, hacia la puerta menor que conducía a su apartamento. El apartamento constaba de varias habitaciones espaciosas pero sobrias en la parte de atrás del palacio. Todas ellas pintadas de blanco. El vacío resaltaba la austeridad del lugar. Todo el mobiliario se reducía a un par de sillas, una mesilla de madera y algunas estanterías. Los candelabros y apliques lucían pequeñas bombillas azul cobalto, del mismo color que las de las pistas de aterrizaje de los aeropuertos. El nombre de cada sala aparecía escrito en la pared: CENTRO DE CONTROL DE VUELO, SALA LUNAR, SALA MARCIANA, SALA DE LA PAZ, SALA DE INVESTIGACIONES EXTRATERRESTRES.

—Bienvenido a la nave *Barbaro* —dijo Ralph, acompañándome en una breve visita por el apartamento, al que aludía con el nombre de «ala O.C. del *palazzo* Barbaro». Las siglas O.C. hacían referencia a Odile Curtis, su ex mujer.

En una habitación colgaban tres trajes espaciales de la pared. Una fotografía de un animal disecado, un mono, ocupaba el espacio contiguo de pared con la siguiente leyenda al pie: «Caramono, comandante de vuelo, nave *Barbaro*». En otra habitación, una muñeca hinchable de tamaño natural con biquini negro descansaba sentada en el suelo apoyada en la pared. Ralph pasó junto a cada uno de estos objetos sin hacer ningún comentario. En la Sala de Situación había una máquina llamada Reactor Antimateria. Ralph cogió una pila de casetes de un estante y regresó con ellos a la Sala Lunar.

—Bien, ¿listo para despegar? —preguntó.

Ralph se sentó en el suelo junto a un radiocasete. Rebuscó entre las cintas.

—Veamos, a ver, a ver. ¿*Apolo 11*? El primer viaje tripulado. Ya sabe, Neil Armstrong y «un pequeño paso para el hombre, pero un gran salto para la humanidad». Aquí tenemos el *Apolo 12*… no está mal… *Apolo 13*… Nos lo saltaremos: tuvieron que abortar el alunizaje, se limitaron a orbitar alrededor de la Luna y regresar. Buscamos un alunizaje además de un despegue, ¿no? —Me miró.

—Claro —contesté. También yo me había sentado en el suelo.

—*Apolo 14*, ese fue cuando Alan Shepard golpeó un par de pelotitas de golf después de alunizar. *Apolo 15*, Shepard estaba en el centro de control de Houston. Pongamos este.

Ralph metió la cinta en el radiocasete, apretó el botón de play y se recostó en la pared. La cinta empezaba con la voz de ultratumba del centro de control entonando el familiar mantra «Menos dos minutos y contando…». Permanecimos sentados en silencio, escuchando el *staccato* de ida y vuelta entre Houston y los astronautas. Luego llegó la cuenta atrás: «Diez… nueve… ocho… secuencia de ignición iniciada… cinco… cuatro… tres… dos… uno… cero… Despegue… ¡Hemos despegado!».

—¡Bien! —exclamó Ralph.

El rugido de los motores estalló a través de los altavoces con una virulencia tal que parecía que fueran a reventar. Con todo,

Ralph subió el volumen. Ondas sonoras palpitantes aporrearon mis tímpanos y expandieron sus vibraciones por paredes y suelos. A medida que el ruido de los cohetes empezó a apagarse Ralph levantó la vista del radiocasete. Me petaron los oídos por la bajada súbita de presión.

—¿Con qué frecuencia hace esto? —pregunté.

—Bueno, he tenido despegues a las tres de la madrugada. Siempre llaman por teléfono. Los vecinos. De vez en cuando mi hermana Pat pierde los nervios.

—¿Por eso lo hace?

—No, lo hago porque me da esperanza. Me imagino que es la nave espacial *Barbaro* surcando la atmósfera y llevándose los códigos nucleares a Marte. Escribí a Bill Clinton para ofrecerle ser el primero en ir a Marte con los códigos y no volver. Tuve que reunir un gran valor porque podrían haberme tomado por loco.

—¿Le respondió Clinton?

—Todavía no. A Boris Yeltsin le he enviado una obra de arte titulada *Los doce apóstoles del planeta Marte*. Pero de momento tampoco me ha respondido. A veces me descorazono. Entonces vengo a escuchar un despegue.

En la cinta, el *Apolo 15* se alejaba cada vez más de la Tierra. Permanecimos sentados en el fulgor blanco azulado de la Sala Lunar de Ralph Curtis escuchando las conversaciones entre Houston y la nave espacial interrumpidos por pequeños pitidos. El *Apolo 15* entraría enseguida en la órbita terrestre. Ralph apretó el botón de avance rápido.

—Aguante unos minutos —dijo—. Pasaremos directamente al alunizaje. —Al reanudarse la reproducción, la voz del centro de control decía: «Están a cinco mil pies».

Avance rápido.

«... mil doscientos...»

Avance rápido.

«... ochenta... cuarenta... veinte... quince... diez... seis... tres... ¡contacto!»

—¡Bien! —exclamó Ralph.

Permaneció un rato en silencio, regodeándose en el placer que le producía volver a escuchar el viaje a la Luna. Luego recogió las cintas y, mientras él las guardaba, yo di otra vuelta por el apartamento. Las habitaciones eran todavía más estériles de lo que me habían parecido al principio. No se veía ropa, ni menaje, ni toallas ni utensilios de baño.

—Pero ¿dónde guarda sus cosas? —pregunté—. ¿Dónde duerme?

—Uy, no vivo aquí. No tengo hogar, ni dirección fija. Lo prefiero.

—Bromea.

—Para nada. Me quedo con algún amigo. Guardo la ropa en maletas repartidas por varias casas. —Se llevó la mano al bolsillo y extrajo un llavero con varias llaves—. Tengo las llaves de las casas de diez amigos. Estas son mis «llaves de casa».

Las habitaciones de Ralph Curtis podrían haberse convertido en un hogar acogedor. Me atreví a confesar que me desconcertaba que alguien con posibilidad de vivir en un palacio del Gran Canal prefiriera ocupar apartamentos ajenos con su maleta.

—No me gustan las posesiones —dijo—. No quiero poseer nada.

—Pero posee el *palazzo* Barbaro.

—Prefiero pensar que soy el custodio espiritual del Barbaro.

—¿En qué sentido?

—La familia Barbaro ha vivido aquí cuatrocientos años. Ha habido eruditos, filósofos, diplomáticos, lo que guste: buscadores de sabiduría y armonía. Tal es el legado de este palacio y debe protegerse.

—¿De qué?

—Bueno, de cualquier cosa que sea inapropiada, ofensiva, degradante. Durante un tiempo alquilamos el *piano nobile* para fiestas privadas con la esperanza de que sería un medio inofensivo de costear los gastos. Firmamos un contrato con Jim Sherwood, dueño del Club 21 de Nueva York y el hotel Cipriani de aquí para que se encargara del servicio. Gastó muchísimo. Compró un montón de equipamiento e incluso instaló una cocina industrial, todo tenía que ser a lo grande. Creó un menú de nombres verdaderamente inaceptables como «Tournedos Barbaro» y encargó una vajilla con la insignia de los Barbaro, que es un círculo rojo sobre un fondo blanco.

»Le pregunté a Jim si conocía el origen de la insignia. No lo conocía. Le expliqué que procedía de una batalla durante las Cruzadas en que un comandante Barbaro sesgó el brazo de un sarraceno infiel e impregnó con él una sábana blanca para crear una bandera. Le dije que aquello era un escándalo. Nos habíamos gastado ochenta mil dólares en cristalería y vajilla y le mandé deshacerse de todo. Le dije que tenía suerte de que no lo hubiera destrozado todo. Al final también le obligué a quitar la cocina. Ahora cumple un fin mejor. Es la Sala de la Paz.

—Y el *piano nobile* está en venta.

—Preferiría no venderlo. Preferiría donarlo a la Galería Nacional de Bellas Artes en un gesto simbólico. Les escribí al respecto, pero me respondieron que costaría demasiado mantenerlo.

—Pero se va a vender, ¿no?

—Probablemente. A Pat no le hace gracia. Nos escribió a mi hermana Lisa y a mí acusándonos de querer *smembrare* el patrimonio artístico y cultural de la familia, es decir, desmembrarlo. Escribió la carta en italiano. En su corazón es italiana, cosa que en ocasiones me irrita. Su dedicación a la casa roza lo enfermizo.

»Cuando Patricia tenía veinte años le pintaron un retrato en el Barbaro. Al estilo de Sargent y Boldini, y creo que la afectó mucho. La convenció de que no solo debía estar a la altura de la casa y de la familia, sino también del retrato. Se lo advertí: "Te destruirá".

Ralph retomó su tema favorito mientras nos poníamos los abrigos y regresábamos a la antecámara.

—Si lo desea, le enviaré copias de las cartas que he mandado a los diversos jefes de Estado. Las tengo archivadas en la Sala de la Paz. —Estábamos en mitad de las escaleras del patio cuando caí en la cuenta de que no me había enseñado el *piano nobile*, pero no se lo recordé—. Puedo enviarle más material, pero solo si le interesa. He escrito el himno nacional marciano en cirílico.

Nos despedimos donde nos habíamos conocido, en *campo* Santo Stefano.

—¿Sabe una cosa? —me dijo—. Quienquiera que compre el *piano nobile* se convertirá en el nuevo custodio espiritual del Barbaro. Solo confío en que sepa comprender lo que implica. Habrá que esperar a ver qué ocurre.

Echó una mirada al *campo*, como si comprobara si alguien escuchaba a escondidas.

—En fin —concluyó—, tengo un plan. En cuanto los nuevos custodios lleven un tiempo en el palacio, cuando ya se hayan acomodado, pasaré a visitarlos para explicarles el Proyecto Barbaro. Nunca se sabe.

Un mes después de partir hacia Malaisia, Patricia Curtis me mandó un fax manuscrito para anunciar que había regresado a Venecia y que, según lo prometido, estaría encantada de mostrarme el *palazzo* Barbaro.

Lo que yo había descubierto en su ausencia acerca de la venta inminente del *piano nobile* me había hecho ver el palacio y a Patricia Curtis bajo una nueva luz, y no solo me había ocurrido a mí. A lo largo de los años había sido Patricia, y no sus hermanos, la que había terminado por ser considerada dueña del Barbaro. Ella era la *castellana* y a los ojos de sus conciudadanos ahora se había convertido en el centro de un triste drama familiar. La venta del *piano nobile* significaría una pérdida para Patricia y dicha pérdida equivaldría, ni más ni menos, a la pérdida del Barbaro. Las simpatías locales estaban con ella, aunque en diversos grados. Había quienes opinaban que Patricia debía luchar por el Barbaro porque «¿Quién sería ella sin el palacio?» y quienes comprendían que su pasión por el palacio no guardaba relación alguna con su posición social sino que nacía de un pertinaz sentido del deber que la empujaba a salvaguardar el legado familiar y la historia cultural que representaba.

Patricia me recibió en lo alto de las escaleras del patio y me condujo hasta el *piano nobile*. Me pareció una mujer cordial y relajada, en modo alguno alguien en plena batalla.

Como la vez anterior, iba vestida de blanco y en esta ocasión pude comprobar que para ella el blanco no era uniforme, sino que abarcaba un amplio espectro: blanco cremoso, blanco lechoso, blanco lino, blanco hueso, blanco paloma... Blusa, pantalones, zapatos y joyas formaban una combinación de blancos desenfadada y curiosamente liberadora. Al fin y al cabo, el blanco era la combinación de todos los colores del espectro. Sus enormes gafas de montura blanca destacaban sobre su rostro moreno.

—Tengo entendido que ha hablado con mi hermano —dijo.

—Sí, así es —contesté, confiando en que no lo considerara una transgresión.

—Estupendo —sentenció, y en esa única palabra reconoció todo lo que yo había oído acerca de las luchas por hacerse con el control del palacio y al mismo tiempo me dio a entender que no le importaba lo que su hermano pudiera haberme contado.

Dio media vuelta y me guió hacia una sala con un escritorio chino de tapa inclinada y lacada y vistas al patio.

—Es la sala del desayuno o Sala Henry James, porque Henry James escribía en ese escritorio.

En el prefacio a uno de sus libros, Henry James había descrito la misma habitación como un lugar con «un pomposo techo Tiépolo y paredes de damasco antiguo color verde pálido, ligeramente estropeado y remendado». Las paredes parecían cubiertas del mismo damasco raído por los años pero por lo visto James se había equivocado en lo referente al techo.

—James miraba ahí —explicó Patricia, lanzando una mirada a la escena celestial pintada en el techo—. Es solo una copia de un fresco de Giambattista Tiépolo pintado en el siglo dieciocho. El original fue arrancado y vendido mucho antes de que mis bisabuelos llegaran al Barbaro. Ahora está en Nueva York, en el Museo Metropolitano.

Su inglés estadounidense tenía toques europeos. Pronunció la palabra «Barbaro» a la italiana, haciendo vibrar suavemente la *erre*.

Pasamos al comedor y cruzamos un suelo de mosaicos de flores con incrustaciones de nácar. Un retrato a tamaño natural de una joven con un vestido de noche en tono rosa plateado que dejaba los hombros al descubierto colgaba de la pared en un pesado marco de metal.

—Es el retrato de mi abuela que pintó Sargent.

Lisa Colt Curtis había heredado la fortuna de los armeros Colt. Sargent la había pintado de pie con las manos sobre una

mesa colocada a su lado, en una pose que recordaba a su contro-
vertida y decididamente menos recatada Madame X.

Entramos en el largo *portego*. Al fondo, la luz se colaba por
cuatro ventanas góticas iluminando los cuadros y las ornamenta-
ciones de estuco de las paredes. Al llegar a las ventanas, que se
abrían a unos balcones sobre el Gran Canal, giramos a la izquierda hacia una salita con chimenea y paredes de damasco rojo tan
gastado y remendado como el verde de la habitación donde había trabajado Henry James. El mobiliario, los cuadros y los marcos de pan de oro, todo lucía la pátina de un par de siglos o más.
Los bordes de un escritorio con elegante marquetería en marfil
de viñas y pájaros se veían desgastados, redondeados y pulidos
por varias generaciones de uso. Volúmenes añejos atiborraban
estanterías talladas. Un desfile de leones blancos marchaba por la
chimenea de mármol bajo un bajorrelieve en blanco crema de
niños y músicos cargados con flautas y panderetas.

–Esto es el *salotto rosso* –explicó–. También lo llamamos la
Sala Browning. Robert Browning solía leer en alto sus poemas
en esta sala. Cuando venía a Venecia, Browning y mi bisabuelo, Daniel Curtis, se veían casi a diario, incluso dos veces al día,
durante tres o cuatro horas cada vez. Salían a dar largos paseos
por el Lido durante los que Browning hablaba sin parar. En
cuanto mi bisabuelo volvía a casa, se sentaba a tomar notas sobre
lo que Browning había dicho mientras todavía lo recordaba con
claridad.

El diario de Daniel Curtis había sido donado a la Biblioteca
Marciana, donde en las últimas semanas había podido leerlo parcialmente. Curtis había tomado abundantes notas de sus conversaciones con Browning, posiblemente con la intención de escribir un libro sobre él, aunque nunca llegó a hacerlo. Browning
hablaba de lo humano y lo divino. «Me levanto siempre a las seis
y media –le contó a Curtis–, y me visto a la luz de una robusta
lámpara de gas. Dedico hora y media a asearme, que aprovecho
para hacer ejercicio. Me pongo los calcetines de pie, a la pata
coja. A las ocho desayuno y a las nueve paso a mi estudio.»

Browning dio su última lectura pública para los Curtis y veinticinco invitados en el *salotto rosso* el 19 de noviembre de 1889, un

mes antes de morir. Leyó un fragmento de *Asolando*, un nuevo libro de poemas que pensaba publicar en breve. Durante los días siguientes, Daniel Curtis anotó en su diario la crónica de los últimos días del poeta. Browning se hospedaba en el *palazzo* Rezzonico, un inmenso palacio barroco al otro lado del Gran Canal por entonces propiedad de su hijo, Pen Browning:

1 de diciembre: […] Mr. Browning ha estado enfermo toda la semana y no ha ido al Lido […] salió a cenar y a la ópera, se tomó la píldora azul, ha reducido la alimentación y no bebe vino.

3 de diciembre: […] Mr. Browning está mejor, también continúa mejorándose de la bronquitis y los problemas respiratorios aunque sigue débil, agitado y en ocasiones divaga.

8 de diciembre: [… según los médicos Browning padece] debilidad muscular de la vejiga: no es una enfermedad ni es doloroso, pero sí una debilidad que nos preocupa dada su edad.

9 de diciembre: […] He ido al *pal*[*azzo*] Rezzonico: [Pen Browning] dice que su padre está muy débil y con el corazón cansado. Hubiera querido levantarse a pasear, también habría deseado leer, pero no se le permite. Le ha dicho a su hijo: «De esta no paso».

11 de diciembre: […] El sirviente inglés me ha contado que han estado despiertos toda la noche ¡esperando lo peor! Ha acudido el doctor Munich. El pulso del paciente era de 160-130.

12 de diciembre: Esta mañana Fernando ha visto a Pen Browning: ¡dice que los médicos han perdido la esperanza! 18.00: Mi hijo acaba de regresar del *palazzo* Rezzonico: por lo visto Mr. Browning está mucho mejor y le ha dicho que se encuentra mucho mejor y que le gustaría levantarse y pasear pero que sabe que está demasiado débil. No sufría dolores. Pero a las 20.30 ha llegado una nota de la señorita Barclay (se queda en la casa): «Nuestro querido Mr. Browning está agonizando. Todavía respira, nada más»; donde además le pedía a mi hijo que se encargara de los preparativos para realizar el molde mortuorio de la cabeza y las manos de Mr. Browning, puesto que su hijo siente que se lo debe al público. Según Pen […] se ha leído un telegrama procedente de Londres con las ventas del nuevo libro, publicado hoy mismo, [y Browning] ha reaccionado con un «¡Eso sí son buenas noticias! Estoy muy agradecido». Y así, a las pocas horas, ha expirado… en esa Italia cuyo nombre, según decía, llevaba grabado en el corazón. […]

Tal como Pen Browning había solicitado, Ralph Curtis —abuelo de Patricia y del actual Ralph Curtis— se encargó de los preparativos para sacar el molde de la cara y las manos del poeta y buscó a un fotógrafo que inmortalizara su cuerpo en reposo. Entretanto Daniel Curtis recogió ramas de laurel del jardín de los Curtis en Giudecca con las que Ariana confeccionó una corona que colocaron en el ataúd sobre la cabeza de Browning.

—Ahora pasaremos al *salone* —anunció Patricia mientras abandonábamos la íntima Sala Browning, tan parecida a una leonera, y nos adentrábamos en la vertiginosa grandiosidad del salón de baile. Un espléndido glaseado rococó de hojas, garlandas y angelotes de estuco enmarcaba los cuadros inmensos de Sebastiano Ricci y Piazzetta, dos maestros del siglo XVIII. Henry James había utilizado este mismo salón como eje de su memorable descripción del *palazzo* Leporelli en *Las alas de la paloma*. Era la fortaleza alquilada de Milly Theale, «la fantasía perfecta de un asentamiento» que la encerraría y protegería de todo mal:

> … sintió que tomaba posesión; felizmente agradecida de que el calor del verano meridional siguiera en las altas y floridas habitaciones palaciegas donde los suelos fríos y duros atrapaban los reflejos en el lustre de toda una vida y donde el sol sobre el agua picada del mar que se colaba por las ventanas jugaba sobre los «temas» pintados en los espléndidos techos: medallones púrpuras y marrones, del bravo color de la melancolía añeja, medallas como de oro viejo enrojecido, todas en relieve y con lazos, todas teñidas por el tiempo y todas floreadas y festoneadas y doradas, incrustadas en su gran concavidad moldeada y dibujada (un nido de querubines blancos, amistosas criaturas del aire) y apreciadas por la ayuda de una segunda fila de luces menores, aperturas frontales, que hacían todo lo necesario […] para convertir el lugar en un apartamento de gala.

Este pasaje típicamente jamesiano había devenido la quintaesencia de las descripciones literarias de los centenarios interiores venecianos y la historia que los habitaba.

Era también la sala donde en 1898 Sargent había pintado *Un interior veneciano*, su delicioso retrato de grupo de los cuatro Curtis —Daniel, Ariana, Ralph y Lisa— cual cuatro figuras iluminadas por el sol en medio de una penumbra magnífica. Con unas pocas pinceladas confiadas, Sargent había capturado el espíritu del lugar con la misma efectividad con que Henry James lo había logrado en un párrafo de palabras bien elegidas.

En principio Sargent había regalado el cuadro a Ariana Curtis como agradecimiento por su hospitalidad. Pero Ariana se vio demasiado vieja y se quejó de la pose despreocupada de su hijo, que tenía un brazo en jarra mientras medio se apoyaba, medio se sentaba en una mesa dorada que asomaba por detrás. De modo que rechazó el cuadro. Henry James le escribió una carta para rogarle que cambiara de opinión. «Lo del salón Barbaro... Lo adoro. No puedo sino pensar que se ha llevado una impresión algo errónea de su (su, querida señora Curtis) cabeza y rostro. [...] ¡Pocas cosas he visto de S[argent] que deseara tanto poseer! Confío en que no lo haya dejado escapar.»

Pero lo había hecho. De manera que Sargent lo presentó como trabajo de final de carrera en la Royal Academy de Londres, donde sigue desde entonces. La ironía del caso está en que *Un interior veneciano* se ha convertido en una de las pequeñas obras maestras de Sargent y su valor ha ido incrementándose al mismo ritmo, si no a uno superior, que el del *piano nobile* del *palazzo* Barbaro al completo. Si la señora Curtis lo hubiese aceptado...

La exigencia social de Ariana Curtis era un fenómeno bien conocido y que de vez en cuando despertaba comentarios. Después de que Claude y Alice Monet pasaran por el Barbaro a tomar el té una tarde de 1908, Alice Monet anotó en una carta: «El té ha ido mejor de lo que imaginaba pese a los aires que se da la señora de la casa». Matilda Gay, esposa de otro pintor, Walter Gay, escribió de Ariana: «Esta vieja dama de ochenta años, de mente preclara y sangre fría, es una maravilla». Los Curtis se enorgullecían sobre todo de sus visitantes nobles. Abundaban los condes y las condesas. Don Carlos, pretendiente al trono de España, los visitaba con frecuencia, al igual que Olga de Montenegro y la emperatriz de Alemania (hija de la reina Victoria). La reina de Suecia acudía a tomar el té con su hija, la princesa coronada.

Pero jamás se cuestionó el aprecio sincero de los Curtis por el arte y la literatura. Sus cenas se organizaban en torno a acontecimientos culturales: lecturas de poesía, recitales de música, representaciones teatrales, exposiciones de arte y cuadros vivos en los que los invitados se disfrazaban y adoptaban las poses de personajes famosos de los cuadros de Tiziano, Romney, Van Dyck, Watteau y otros.

En otro tiempo la propia Ariana Curtis había aspirado a convertirse en escritora. Dos de sus hermanas habían publicado: Elizabeth W. Latimer escribía cuentos y novelas y Katharine Prescott era conocida por sus traducciones al inglés de las novelas de Balzac.

Por su parte, Ariana probó suerte como dramaturga. En 1868, antes de mudarse a Venecia, escribió una obra de teatro en un solo acto titulada *La mujer que viene o el espíritu del 76*. Se trataba de una comedia de salón sobre los derechos de la mujer y, durante un período de treinta años, disfrutó de una gran popularidad en Boston.

Pese a los intelectuales de su círculo, a algunas personas les chocaba el provincianismo y la estrechez de miras de los Curtis. Henry James, por ejemplo, que admiraba a los Curtis y los consideraba buenos amigos, dijo de Daniel Curtis que comparaba con excesiva frecuencia Venecia y Boston y que «hace cuanto puede por que el Gran Canal parezca Beacon Street». James estaba harto de las aburridas historias de Curtis y sus chistes sin gracia. Así, en una carta escribió: «Uno calcula el tiempo que tardará en abrirse paso a través de sus anécdotas y asomar al otro lado. […] Quizá nunca lo logre». Yo mismo, hojeando el diario de Curtis en la Marciana, me topé con varios de sus comentarios ingeniosos, tales como:

> Una mañana A[riana] me preguntó:
> –¿Qué deberíamos lavar primero, al bebé o las cosas del té?
> A lo que D[aniel] replicó:
> –Puesto que el bebé está en plena dentición, lávalos a la vez.*

---

* Juego de palabras no muy afortunado entre «las cosas del té» (*tea-things*) y «dentición» (*a-teething*). (*N. de la T.*)

Patricia se dio cuenta de que yo contemplaba la gran pintura del techo del *salone*.

—Se lo crea o no —me dijo—, una de las anteriores propietarias cubrió la pintura con alquitrán porque no le gustaba que las caras la miraran desde ahí arriba. Mis bisabuelos tuvieron que instalar un andamio para retirar el alquitrán. Años antes también se había planeado eliminar todo el estuco de las paredes y el techo y mandarlo al Victoria and Albert Museum, pero no encontraron la manera de arrancarlo sin estropearlo.

Alguien había dispuesto un juego de té en la mesa del centro de la habitación. Nos sentamos en un par de butacas junto a la mesa. Mientras recorría la sala con la vista intenté imaginar cómo habría sido criarse en semejante lugar.

—Mágico —me dijo Patricia—. De niños nos llevaban al colegio en góndola. Siempre había dos gondoleros de servicio abajo, en la *stanza di gondolieri*, una salita que hay junto al patio. Vestían camiseta a rayas rojas y blancas, chaqueta blanca, pañuelo granate anudado al cuello, pantalones blancos con fajín granate y brazalete granate con el emblema de la familia Curtis en plateado.

»Cada mañana a la misma hora, los gondoleros vestían la góndola. Es decir, pulían los metales y colocaban el relleno y los cojines, que eran blancos y granates, los colores de los Barbaro. Cuando mi padre quería salir, avisaba a los gondoleros de que requería sus servicios mediante un gong del piso superior. Luego, por la noche, cuando se les informaba de que ya no iba a necesitarse la góndola, la desvestían.

La vida en el Barbaro durante la infancia de Patricia Curtis no podía considerarse representativa de la vida en ninguna otra parte de la Venecia de la época, ni siquiera en otros palacios.

—Era la década de mil novecientos cincuenta y para entonces solo una docena de familias venecianas continuaba utilizando góndolas: los Cini, los De Caze, los Berlingieri, los Volpi y Peggy Guggenheim.

La infancia de Patricia Curtis en el Barbaro estuvo poblada por una docena o más de sirvientes. Además de los gondoleros, había dos criados, un mayordomo, un cocinero, un ayudante del

cocinero, dos doncellas, una niñera, un encargado de mantenimiento y una lavandera. Las doncellas vestían uniforme blanco y
negro y unos zapatos llamados *friulane* que eran como alpargatas
y no hacían ningún ruido.

—Los sirvientes adoraban a mis padres. Rosa solía insistir en
esperar despierta a que mis padres regresaran a casa cuando cenaban fuera. Les guardaba las llaves de casa con la excusa de que
eran demasiado grandes y pesadas para llevarlas en el bolsillo del
esmoquin de un caballero. Y cuando mis padres volvían, siempre
insistía en prepararles una limonada caliente.

»Durante la Segunda Guerra Mundial el gobierno italiano
embargó el Barbaro y, en calidad de "extranjeros enemigos", no se
nos permitió vivir aquí. Pero Rosa y Angelo permanecieron en
el palacio y lo cuidaron con dedicación. Nosotros estábamos
en París cuando estalló la guerra y mi padre decidió llevarnos
directamente a Nueva York. No sabíamos si volveríamos a ver el
Barbaro. Las autoridades venecianas entraron en el palacio, em-
balaron el arte y lo trasladaron al Palacio Ducal para ponerlo a
salvo. El agregado militar japonés instaló el cuartel general en el
piano nobile y cubrió las paredes del comedor con fotografías enmarcadas de aviones japoneses en plena acción, incluyendo algunos kamikazes. Pero Rosa, muy lista, escondió la plata y otros
objetos de valor y Angelo ocultó tan bien la entrada a la biblioteca del último piso que la gente que ocupó el Barbaro durante
la guerra jamás averiguó que existía tal sala.

»Al regresar mis padres tras la guerra, Rosa los acompañó orgullosa por todo el palacio para mostrarles que había recuperado
el estado anterior al conflicto. Hasta había descolgado de las paredes las fotografías de los aviones de guerra japoneses y las había
almacenado en otro sitio.

Abandonamos el salón por una sucesión de puertas que daban a la suite del dormitorio principal ubicado en una esquina.
Nos encontrábamos en las cámaras reales, de vistas y escala majestuosas: dos altos ventanales con balcón se abrían sobre el Gran
Canal; ventanas laterales dejaban ver un estrecho *rio* que discu-
rría junto a un costado del palacio; paredes brocadas y mobiliario
de la época de los Barbaro.

Antes de marcharme, Patricia me enseñó su apartamento de la planta de arriba, un apartamento que seguiría perteneciéndole una vez vendido el *piano nobile*. Seguía la misma disposición que el *piano nobile* a excepción del salón de baile, lo cual se traducía en un soleado pasillo central a cuyos lados se abrían varias habitaciones espaciosas y, en total, ocho ventanas que daban al Gran Canal. Los techos eran más bajos, las paredes estaban decoradas con molduras simples pero elegantes y, no obstante, se mirara como se mirara e incluso para ser Venecia, el lugar era magnífico.

En cierto momento pasamos a uno de los cuartos para invitados y me di cuenta de que Patricia esperaba atenta a mi reacción. Enseguida comprendí la razón.

En la pared de enfrente teníamos el retrato de cuerpo entero de una joven en vestido de noche sin mangas. Lo primero que atrajo mi atención fue la pose. Resultaba casi idéntica a la exuberante pose de Isabella Stewart Gardner en el famoso retrato que Anders Zorn le pintó en el Barbaro: brazos extendidos a los lados como si abriera una puerta doble para entrar en el *salone* desde uno de los balcones del Gran Canal. El manejo del pincel recordaba al estilo de Sargent. Parecía harto evidente que se trataba del retrato que Ralph me había mencionado.

—¿Esa es usted? —pregunté.

—Sí. Con el vestido de mi puesta de largo.

—¿Quién lo pintó?

—Un tal Charles Merrill Mount. ¿Le conoce?

Desde luego conocía el nombre de Charles Merrill Mount. Durante años había sido un reconocido especialista en Sargent. Había escrito una biografía de Sargent y a menudo se pedía su experta opinión para autentificar cuadros que se sospechaba podían ser del pintor, es decir, hasta que se descubrió que hacía pasar como obra de Sargent cuadros que él mismo había pintado.

—¿Se refiere al Charles Merrill Mount que acabó en prisión? —pregunté.

—Sí.

Contesté que me parecía de lo más impresionante tener un retrato de uno mismo pintado por un consumado falsificador de los cuadros de Sargent inspirado en una obra de Anders Zorn y pintado en el mismo lugar en que Zorn había pintado el original. Mientras observaba el cuadro se me ocurrió que Charles Merrill Mount había captado la esencia de Patricia en diversos sentidos. La había empapado de la historia artística de la casa, de vuelta al siglo XIX, a la era de Sargent, Henry James e Isabella Stewart Gardner. Solo cabía imaginar con qué fuerza Patricia se identificaba con aquel pasado glorioso gracias a aquel cuadro y si el vestido blanco tenía algo que ver con que vistiera siempre de ese color.

—Hay otra sala en esta planta que tal vez le interese —me dijo.

Abrió la puerta de una habitación alargada y estrecha de techos bajos y abovedados. En el interior, varias estanterías de libros forraban las paredes y entre ellas se colaban por tres lados los rayos del sol formando charcos de luz ambarina en el suelo de terrazo. Mucho más antigua y ornamental que el resto del piso de Patricia, aquella biblioteca parecía una porción cortada del *piano nobile* y trasladada a la planta de arriba para conservarla. Era la sala que Angelo había sellado durante la Segunda Guerra Mundial para que ninguno de los ocupantes del palacio la descubriera. Constituía una verdadera joya y seguiría siendo de Patricia incluso cuando el *piano nobile* hubiera dejado de pertenecerle. Ninguna votación de dos contra uno podría quitársela.

—Un verano, cuando Isabella Stewart Gardner le alquiló el palacio a mis bisabuelos llenó la casa de invitados, entre ellos Henry James, y se quedó sin dormitorios. Así que instaló aquí una cama para Henry James. A James le encantaba levantar la vista y contemplar las pinturas y el estuco del techo y le escribió a mi bisabuela para contarle a ella, dueña del palacio, lo que se había perdido si nunca había dormido en esta sala.

Extrajo un papel de un libro y leyó: «¿Ha vivido aquí alguna vez? Si no lo ha hecho, si al rosado amanecer o durante la siesta posprandial (es decir, tras el almuerzo) no ha alzado la vista desde el sofá hacia los medallones y arabescos del techo, permítame decirle que no conoce el Barbaro».

Devolvió la carta al interior del libro.

—Cuando tenía catorce años mi padre nos convocó aquí un día después de terminado el semestre escolar. Él estaba sentado a ese escritorio de ahí y fue pasándonos los libros que quería que leyéramos durante el verano. A mí me dio *Las alas de la paloma*.

—¿Tenía usted catorce años?

—Admito que me resultó una lectura difícil, pero una vez concluida entendí por qué para algunos el Barbaro, con independencia de quiénes sean sus propietarios, pertenecerá siempre a Milly Theale. De hecho —dijo mientras emprendíamos el regreso a la planta inferior—, Milly Theale volverá al Barbaro en meses.

—¿Y eso?

—Una productora inglesa va a rodar la adaptación cinematográfica de *Las alas de la paloma*.

Lo apropiado del acontecimiento pareció animarla. Los Curtis habían permitido que se rodaran en el Barbaro una docena de películas más o menos, películas que no guardaban la menor relación con el palacio. Parecía pues pertinente que esta, que tenía todo que ver con el Barbaro y los Curtis, fuera la última que se filmara mientras el palacio perteneciera a la familia.

Recordé un fragmento de diálogo del libro que lo hacía todo aún más conmovedor y me pregunté si a Patricia también se le habría ocurrido: Milly acaba de trasladarse al «*palazzo* Leporelli» y se ha enamorado de su nuevo hogar. Se aferra a él, no quiere abandonarlo nunca. Le cuenta a lord Mark:

—Doy vueltas por el palacio. Nunca me canso de él. Nunca lo haré: es perfecto para mí. Adoro este palacio. […] No tengo la menor intención de cederlo.

—[…] ¿Seguro que te gustaría vivir aquí?

—Creo que me gustaría —dijo la pobre Milly pasado un instante— morir aquí.

«He visto a muchos actores, directores y equipos de rodaje venir a esta casa a filmar películas —me contó Daniel Curtis, el hijo de Patricia y tocayo y tataranieto del Daniel Sargent Curtis que compró el *palazzo* Barbaro en 1885—, y todas las veces ha sido, no exactamente como recibir una puñalada por la espalda, pero sí como un fuerte arañazo.»

Yo había visto por primera vez a Daniel frente al Barbaro durante el rodaje de *Las alas de la paloma*. Alto, esbelto y con el pelo rizado y negro, Daniel tenía unos cuarenta años, buena apariencia y un gran encanto, por todo lo cual era muy conocido en Venecia.

«Porque si no es un trozo de cinta adhesiva en el terrazo (luego cuando la arrancas te lo llevas todo y hacen falta otros veinte años de encerado para que recupere el aspecto anterior) es alguna otra calamidad todavía peor, como ocurrió el año pasado cuando se rodó una escena de *En el amor y en la guerra*. Un técnico entró en el *salone* con una escalera de mano cargada al hombro y golpeó un candelabro del siglo dieciocho. Luego, al oír el estrépito, se giró para ver el daño que había causado y golpeó un segundo candelabro. Se lo digo de corazón, cuando ocurre algo así para mí es como si violaran la casa.»

El elenco y el equipo de *Las alas de la paloma* llegó al palacio Barbaro, rodó la película y se marchó. La gente se agolpó en el puente de la Accademia y en *campo* San Vio a observar fascinada cómo dos máquinas de niebla montadas en sendas barcas amarradas en el Gran Canal convertían un soleado día de verano en una gélida tarde de invierno y una grúa hidráulica instalada en una gabarra elevaba al cámara para filmar una escena con Milly Theale y Kate Croy (interpretadas por Alison Elliott y Helena Bonham Carter) asomadas a un balcón del *piano nobile*. El director de fotografía empleó filtros coralinos para teñir las escenas rodadas en Venecia de un brillo dorado que contrastara con las filmadas en Londres, que se rodaron en un tono azul frío. Dentro del Barbaro los decoradores drapearon rollos enteros de terciopelo negro con hilos dorados sobre los muebles para crear el efecto de claroscuro de un cuadro de Sargent. En los dos meses que duró el rodaje, el equipo de filmación no causó más desperfectos en el Barbaro que el desgaste del uso natural y además se rumoreaba que la película era muy buena.

Al concluir la filmación, los posibles compradores volvieron a pasearse por el palacio para evaluar el *piano nobile*. Jim Sherwood fue uno de ellos. Además del club 21 y el Cipriani, Sherwood poseía un imperio del lujo que abarcaba el ferrocarril Orient Express y una cadena mundial de treinta hoteles de primera. Hacía ya mucho tiempo que Sherwood no organizaba las cenas en el Barbaro cuando recibió una llamada telefónica de Patricia.

«Patricia me preguntó si estaría interesado en comprar el *piano nobile* —me contó Sherwood una tarde sentados en la terraza del Cipriani—. Quise ir a echarle un vistazo, pero ella no estaba en la ciudad y tuve que pedirle a Ralph que me acompañara. Patricia me advirtió que a su hermano no le parecería bien. Recibí una carta de Ralph con un formulario que debía firmar con una huella del pulgar del pie derecho. El remite indicaba "Centro de Control, Nave Espacial *Barbaro*". No hice caso y pasados unos días recibí una segunda carta en un sobre ensangrentado. El mensaje decía: "Bueno, aunque no hemos recibido la huella de su dedo, tiene permiso para venir a ver la propiedad". Pareció bastante contento de verme.

»Mi idea era dividir el *piano nobile* en apartamentos que podríamos publicitar como "Una noche en un *palazzo* veneciano en el Gran Canal". Habrían sido los únicos alojamientos de estas características de la ciudad. Mandé realizar un estudio y se concluyó que podrían hacerse seis apartamentos, pero dado el precio, los ingentes costes de la restauración y la remodelación, decidí que no salía a cuenta.»

Al fin el comprador se materializó en la persona de Ivano Beggio, propietario de Aprilia, el segundo fabricante de motos más grande de Europa. «Ivano Beggio es el nuevo custodio espiritual del *palazzo* Barbaro», se jactó Ralph Curtis. Patricia estaba deprimida. Daniel, furioso.

Tras cerrarse el trato con Beggio volví a encontrarme con Daniel un día que cruzaba el puente de la Accademia con su novia. Me invitó a acompañarlos a su apartamento del Barbaro a tomar una copa de vino.

Ubicado en lo alto de la zona barroca del palacio, el apartamento disponía de ventanas por toda la pared occidental por las que entraba el luminoso y cálido sol de la tarde. Daniel sirvió dos copas de vino blanco mientras su novia se preparaba una taza de té.

«Cuando se vendió el *piano nobile* lo pasé fatal —me contó—. Porque yo me he criado en esta casa. Por entonces todavía teníamos gondoleros y mi abuelo aún vivía. A veces sueño con los abrazos y el amor que mi abuelo me entregó cuando tenía seis, siete u ocho años, porque todavía los conservo dentro de mí, junto con el olor a whisky que siempre manaba de su boca cuando por la noche me contaba historias maravillosas sobre pescadores y marineros.»

Daniel hablaba en un inglés fluido de marcado acento británico. Su padre, un veneciano llamado Gianni Pelligrini, había sido el primer marido de Patricia Curtis; sus padres se divorciaron cuando Daniel tenía cuatro años. Daniel empleaba a menudo el apellido Curtis.

«De adolescente solía tumbarme en el suelo del *salone* y contemplar las figuras de yeso del techo, los *stucchi*. Si mirabas un rato, empezabas a ver caras y máscaras, algunas feas, algunas sonrientes, pero todas fantásticas y siempre en el mismo rincón, sobre todo con el cambio de luz, porque el *salone* estaba bañado de luz.

»Pero lo mejor de todo fue cuando me dejaron el palacio para mí solo, a los dieciocho. Mi padrastro estaba muy ocupado montando su negocio en Malaisia y por tanto mi madre viajaba allí con frecuencia y, mientras estaba fuera, yo tenía que encargarme del palacio. Las doncellas me cocinaban la comida y en la planta baja vivía un mayordomo que siempre estaba borracho. Se llamaba Giovanni y guardaba un montón de botellas de vino bajo la cama. Ya puede imaginarse que yo tenía montones de novias a las que en realidad atraía la casa y que en aquella época me convertí en una especie de playboy.»

Así como los venecianos habían considerado a su madre la dueña del Barbaro, para ellos Daniel Curtis era su heredero forzoso. Hasta cierto punto, él comulgaba con la idea.

«Para mi madre vender la casa, vender el *piano nobile*, ha resultado traumático. Ella, como yo, es de esa clase de personas que a pesar de vivir rodeadas de millones de cosas bellas se vienen abajo si por accidente se les rompe un solo vaso. Para nosotros vender el *piano nobile* ha sido como si se rompieran todas las cosas bellas de esta casa.»

Daniel fumaba un cigarrillo inclinado hacia delante en su silla, con los codos apoyados en las rodillas y hablando con gran sentimiento del Barbaro.

«Pero mi tía Lisa y mi tío Ralph superaban en votos a mi madre y por tanto finiquitaron la historia de los Curtis en el *piano nobile*. Luego tuvieron que repartirse todos los *soprammobili*: adornos, cajas antiguas, cuencos de cristal, ceniceros, todo ese tipo de objetos decorativos. Y, créame, en un *piano nobile* de novecientos metros cuadrados caben un sinfín de *soprammobili*. Además tuvieron que repartirlos deprisa y nadie pudo acudir a un anticuario para que calculara su valor. Depositaron todos los objetos en el suelo del comedor en tres filas y procuraron que fueran igual de largas. Luego, cuando los tres coincidieron en que las filas eran más o menos iguales, las sortearon. Al final, mientras todos andaban por ahí preguntándose qué les había tocado, vi a mi tía corriendo de su fila a una de las otras para coger una cosa y ponerla en su lote y sustituirla luego por algo de su fila. No dije nada. Me quedé plantado pensado en que menuda tía tengo.

»Se lo digo yo, de haber dependido de mí, jamás habrían vendido la casa. Pero no pude ni opinar. Como suele decirse, *Non ho voce in capitolo*. Porque en esta familia, la familia Curtis, las decisiones las toman los dirigentes, no importa ser miembro de pleno derecho. Y en este caso mandan mi madre y su marido, mi tía Lisa, *la comtesse*, y su marido, *le comte*, y mi tío Ralph y sus putos astronautas y Caramono. Pero…»

De pronto se levantó para exponer mejor su punto de vista.

«Hay una diferencia entre el resto de los Curtis, entre las cinco generaciones de Curtis que han vivido en Venecia empezando por el tatarabuelo Daniel Sargent Curtis, y yo. ¿Sabe cuál? ¡Yo soy el único veneciano! En cinco generaciones, soy el único Curtis de sangre veneciana. Mi padre era un veneciano genuino, nacido y criado en Venecia.»

Se acercó a la ventana y bajó la vista hacia el patio. Luego se volvió y se apoyó en la repisa de la ventana.

«¿Sabe lo que significa ser veneciano? Los venecianos son muy duros, muy peleones. Se toman en serio las disputas de honor y el vocabulario del viejo dialecto es muy directo. Los venecianos tienen expresiones tan vulgares que no es posible tomarlas literalmente porque, si se toman de manera literal, por fuerza tendrá que matar a quienquiera que se las haya dicho.

»Pero los venecianos tienen una cosa muy buena, y es que les da igual que sea un rey, una reina, el presidente, *la comtesse* o *le comte*. Los venecianos son muy democráticos. Todos son hermanos. Todos se ayudan unos a otros. Y para mí es igual, porque soy veneciano. Para mí el panadero es mi hermano. Pero para mi madre y mis tíos, el panadero solo es el panadero.

»Amo esta casa como veneciano que soy, no solo por ser un Curtis. Forma parte de mí. Si se cae un trozo, lo recojo. Tengo todos los trozos de esta casa. ¡Mire!»

Se dirigió a un armario situado entre dos ventanas y empezó a abrir cajones, uno tras otro. Estaban llenos de fragmentos de mármol, piedra de Istria, ladrillos, cascos de cristal viejo y adornos de hierro.

Eligió un trocito irregular de piedra rojiza.

«Esta piedra se soltó de un escalón de lo alto de la escalera de mi puerta. —Cogió un ladrillo—. Esto se cayó de una chimenea durante una tormenta y este trozo de hierro pertenece a la reja de una ventana. Todo lo de esta casa me parece sagrado.

»Le juro que un día compraré el *palazzo* Barbaro a Ivano Beggio. Recuperaré hasta el último fragmento de palacio que le han vendido. Es un hombre de negocios muy astuto. Ha conseguido un gran trato y lo sabe. Probablemente pedirá el doble de lo que le ha costado. Bien. Ganaré el dinero, lo conseguiré, lo pediré prestado a amigos ricos. ¿Por qué no? No sería la primera vez que alguien llamado Daniel Curtis compra el *palazzo* Barbaro.»

9

EL ÚLTIMO CANTO

En su primera visita como invitado al *palazzo* Barbaro, Henry James fue recibido en la orilla por sirvientes de guantes blancos que lo condujeron de la góndola hacia los escalones alfombrados del embarcadero y por las escaleras del patio hacia el *piano nobile*. Quedó embelesado por todo: el lujo, el lustre, los recordatorios de un pasado remoto «titilando en las innumerables velas». Pero incluso mientras contemplaba las paredes pintadas y los techos esculpidos del Barbaro, James tenía en mente otra clase de palacio muy distinto.

Por entonces, en junio de 1887, James tenía en mente unas ruinas desvencijadas en un canal solitario de alguna zona melancólica y poco visitada de la ciudad. El otrora magnífico interior de ese otro palacio estaba ajado, sucio y deslustrado. Su jardín amurallado se había convertido en una maraña abandonada de maleza y malas hierbas. En el palacio vivían dos damas solteronas que rara vez salían o veían a alguien.

James no le habló a nadie de este otro palacio en ruinas ni de sus dos habitantes solitarias porque eran ficticios. Eran personajes de una novela corta que estaba escribiendo: *Los papeles de Aspern*, la otra de sus dos novelas magistrales ambientadas en Venecia. Por las mañanas se dirigía a la sala de desayunos del Barbaro, se sentaba al escritorio lacado chino bajo el «pomposo techo Tiépolo» y escribía unas páginas. Durante su estancia de cinco semanas en el Barbaro dio los últimos retoques al manuscrito y lo mandó a su editor.

James había dado con la idea para la novela durante la temporada que había pasado en Florencia a principios de ese mismo año. Un amigo le había contado un descubrimiento reciente: la ex amante de lord Byron, Claire Clairmont –hermanastra de Mary Shelley y madre de Allegra, la hija ilegítima de Byron–, vivía en Florencia, olvidada de todos. La mujer tenía ya ochenta y bastantes años y prácticamente no salía de casa, atendida solo por una sobrina de mediana edad. Un crítico de arte bostoniano y devoto de Shelley llamado capitán Silsbee sospechaba que Claire Clairmont podría guardar una colección de cartas de Byron y Shelley y acudió a Florencia en su busca. Alquiló unas habitaciones a la señorita Clairmont «con la esperanza –como anotaría James– de que la vieja dama, vistos sus años y precario estado, muriese mientras él estaba allí y así poder echarles mano a los documentos». Cuando efectivamente Claire Clairmont falleció mientras tenía al capitán Silsbee de inquilino, este se dirigió a la sobrina y le reveló su deseo de obtener las cartas. La sobrina le replicó: «Le daré todas las cartas si se casa conmigo». Silsbee salió huyendo.

La anécdota fascinaba a James. Sospechaba que podía ser una buena base para una novela. «Desde luego –escribió en su diario–, el tema es escaso: la imagen de dos viejas inglesas desacreditadas, pobres, raras, desdibujadas, que viven en una generación extraña en su mohoso rincón de una ciudad extranjera con esas ilustres misivas como posesión más preciada. Después está el plan del fanático de Shelley: sus vigilancias y esperas…»

Al novelar la historia James trasladó la acción a Venecia para, en sus propias palabras, «seguir mis huellas» y al mismo tiempo aprovechar el aura de misterio de la ciudad y su sensación de un pasado todavía presente. También alteró los personajes creando un Byron americano (Jeffrey Aspern) y una Claire Clairmont americana (Juliana Bordereau). El codicioso capitán Silsbee devino el narrador anónimo de *Los papeles de Aspern*, un editor estadounidense que venera a Jeffrey Aspern, fallecido tiempo atrás, y se traslada a Venecia con la esperanza de apoderarse de las cartas de amor de Aspern.

En la versión de James el narrador visita a Juliana Bordereau en su palacio decadente de un apartado rincón de Venecia y le pide que le alquile unas habitaciones con la excusa de ser tan apasionado de las flores que necesita vivir cerca de un jardín; pero puesto que en Venecia no abundan los jardines, para quedarse en la casa deberá contratar a un jardinero, adecentar el patio trasero, ahogado por la maleza, y llenar la casa de flores. La vieja dama se aviene a sus condiciones. El narrador se instala en el palacio, restaura el jardín, inunda a la mujer de flores frescas e incluso saca a la joven señorita Bordereau en un casto paseo nocturno por la plaza San Marcos. A la muerte de la anciana, le pregunta a la sobrina por las cartas de la tía y ella le responde nerviosa que tal vez si fueran «parientes» las conseguiría. Estupefacto, él rechaza la oferta, aunque a la mañana siguiente le dice a la sobrina que ha cambiado de opinión: acepta. Pero es demasiado tarde, también ella ha cambiado de parecer: «He hecho lo impensable. He destruido los papeles. [...] Anoche los quemé, uno a uno, en la cocina. [...] Me llevó mucho tiempo: había muchos».

Más *nouvelle* que novela, *Los papeles de Aspern* compone un thriller psicológico ligeramente más corto que *Las alas de la paloma* y de lectura mucho más fácil. Pese a las grandes diferencias entre una y otra historia, ambas comparten al menos un tema importante: el amor fingido como medio para conseguir algo de valor. En *Las alas de la paloma* el premio es el dinero; en *Los papeles de Aspern* son las cartas de un poeta famoso.

Los papeles de Aspern siempre había sido uno de mis libros favoritos y en una visita anterior a Venecia me había acercado a *rio* Marin para echar un vistazo al *palazzo* Capello, el desvaído palacio rosa que James tomó como modelo de la ruinosa morada de Juliana Bordereau. El edificio se encontraba abandonado y vacío. También parecía haber sido saqueado. Desde donde me encontraba logré divisar por una ventana mugrienta que se habían llevado los mármoles y cornisas del interior. Mientras atisbaba dentro se abrió una puerta en la pared del jardín y salió una mujer de rostro adusto.

—*Giardino privato* —me dijo, cerrando la puerta con brusquedad y alejándose por el canal.

Los papeles de Aspern me vino a la cabeza aproximadamente un mes después del incendio de La Fenice, al leer en el *Gazzettino* que Olga Rudge había fallecido a la edad de ciento un años. Como la Juliana Bordereau de la ficción, Olga Rudge había sido una estadounidense que había vivido en Venecia hasta edad avanzada y la amante de un poeta americano fallecido hacía tiempo, en su caso, Ezra Pound. Como Claire Clairmont y Byron, ella y Pound también habían tenido una hija ilegítima. Pero ahí terminaban las similitudes.

La excepcional relación entre Olga Rudge y Ezra Pound había durado cincuenta años pese a los innumerables obstáculos: el matrimonio de Pound con otra mujer, los trastornos de la Segunda Guerra Mundial, la acusación contra Pound por traición y los trece años de condena en un manicomio tras ser declarado incapaz. El lazo entre Olga Rudge y Ezra Pound no era, como el de Clairmont y Byron, una fugaz aventura más.

También a diferencia de Claire Clairmont y Juliana Bordereau, Olga Rudge tenía una vida propia. Cuando conoció a Pound ya era una concertista de violín conocida. Después, mientras investigaba la música de Antonio Vivaldi, descubrió trescientos nueve conciertos del compositor que llevaban siglos sin tocarse, si es que alguna vez habían llegado a interpretarse. Con el aliento y la colaboración de Pound, Olga Rudge organizó festivales sobre Vivaldi en los que además actuaba con su violín y que en gran medida la convirtieron en responsable de la recuperación del compositor.

A la muerte de Pound en 1972, Olga siguió viviendo en su casita cercana a la iglesia della Salute. Vivía sola (sin sobrina solterona) pero no recluida. Le agradaba tener compañía y a decir de todos era una mujer encantadora, brillante, charlatana y enérgica.

Movido por la curiosidad de ver la casa donde habían convivido Ezra Pound y Olga Rudge me encaminé a *rio* Fornace, un tranquilo canal del apacible barrio de Dorsoduro. Allí, en un umbrío callejón sin salida a pocos pasos del canal, encontré el número 252 de la *calle* Querini, una casita estrecha de tres plantas. Una placa de mármol sobre la puerta anunciaba: «Con amor inquebrantable por Venecia, Ezra Pound, titán de la poesía, vivió medio siglo en esta casa».

Un cristal esmerilado impedía atisbar el interior, pero oí ruidos en la casa de al lado y varias siluetas moviéndose al otro lado de la ventana. Aquella era la casa que Rose Lauritzen había heredado de su madre. Ella misma me había contado que la había donado a la iglesia anglicana como vicaría. Llamé a la puerta y salió a recibirme un hombre de rostro afable y pelo blanco con acento sureño. Se trataba del reverendo James Harkins, ministro anglicano de Saint George.

—¡En absoluto! —me contestó cuando me presenté y me disculpé por aparecer sin avisar—. ¡Diría que has venido en el momento más oportuno! Mi esposa y yo nos disponíamos a tomar unos cócteles… ¿A que sí, Dora? ¿Por qué no tomas algo con nosotros?

Una mujer de pelo corto y moreno emergió de la cocina tamaño ropero y sonrió mientras se quitaba el delantal.

El reverendo Harkins vertió un buen chorro de ginebra Beefeater en un vaso de tubo.

—Los martinis tirando a secos, ¿verdad? —Se volvió hacia mí enarcando las cejas a la espera de mi confirmación—. A propósito, llámame Jim.

Nos acomodamos en unas butacas del acogedor saloncito. La buena educación me impedía preguntar sin más preámbulos sobre Ezra Pound y Olga Rudge, de modo que me interesé por la iglesia de Saint George.

—Bueno, somos una iglesia muy modesta, muy pequeñita —contestó el reverendo. Bebió un sorbo de martini e hizo una pausa para saborearlo—. Aquí el ministerio anglicano es un retiro. No incluye salario. Tenemos casa gratis, seguro médico y material.

—¿Cuándo celebran el servicio?

—Los domingos. El oficio de la mañana a las diez y media y la Sagrada Comunión a las once y media.

—¿No hay oficio de tarde?

—Hum… de forma regular, no. —El reverendo Jim agitó su copa con gesto pensativo, rememorando sin duda cómo en algún momento clave de hacía tiempo había tenido que elegir entre el oficio de la tarde y los cócteles y se había decantado por estos últimos.

—¿Vienen muchos feligreses?

—Los domingos entre veinticinco y cincuenta, casi todos visitantes. Pero si me preguntas por residentes permanentes... —Se lo pensó un momento—. Bueno, diría que, contando a Dora, no son más de seis. —Sonrió con benignidad—. Y de los seis, la mayoría no acuden con regularidad.

—Así que tiene una parroquia muy íntima —observé.

—Sí, pero está muy bien. Tenemos mucho más prestigio del que merecemos. Siempre nos invitan a eventos culturales y celebraciones católicas. Cuando salgo de casa suelo llevar el alzacuellos, incluso aunque no vaya a ocuparme de asuntos oficiales, para que la gente me reconozca, para lucir los colores, para dejarme ver. En realidad esa es mi misión. Estar aquí por si me necesitan. Me gusta pensar en Saint George como un establecimiento eclesiástico abierto las veinticuatro horas.

Las campanas de una iglesia cercana repicaron y recibieron la respuesta de otra campana más lejana.

El reverendo Harkins escuchó con atención.

—Salute y Gesuati.

—Uy, no, Jim —dijo Dora—. No creo que desde aquí se oigan las campanas de Gesuati. Tienen que haber sido las del Redentore.

—Eso, eso.

—Permitidme una pregunta —dije—. ¿Conocíais bien a los antiguos vecinos, Ezra Pound y Olga Rudge?

Dora se animó al oír mi pregunta.

—Bueno, Pound murió años antes de llegar nosotros —me explicó—, y Olga vivía en el Tirol con su hija Mary de Rachewiltz. Pero el ministro que estuvo aquí antes que nosotros conocía muy bien a Olga y nos habló mucho de ella. Era menudita como un pajarillo. Deliciosa. Con los ojos vivarachos e, incluso con noventa años, vestía todavía con gran estilo. Se interesaba por todo el mundo. Todo despertaba su curiosidad. Pero, ya sabe, Venecia es un lugar terrible para envejecer.

—¿Por qué?

—A los viejos les cuesta más que a nadie moverse por la ciudad porque nadie puede pasar a recogerlos y llevarlos de puerta a puerta como se hace en otros lugares. Tienes que caminar; no hay elección. Lo cual significa subir dos o tres puentes cada vez que sales a la calle. Incluso si puedes permitirte los taxis, tienes que andar hasta un punto donde puedan recogerte y luego desde el lugar donde te dejen hasta tu destino.

—A mí me encanta Venecia —intervino Jim—, pero tendremos que marcharnos en cuanto empiece a costarnos cruzar los puentes.

—Katherine, la mujer del ministro, solía pasar a ver a Olga al menos una vez al día —me contó Dora—, a veces dos, para comprobar que estuviera bien. Aunque, claro, a su edad a veces estaba algo confusa. Llegó un punto en que Olga requirió cuidados constantes y entonces Mary vino a buscarla para llevársela a vivir con ella. Y con ella murió Olga.

»Nadie en Venecia es más vulnerable que los ancianos, en especial los extranjeros sin familia que los cuide. Dependen de desconocidos; tienen que confiar en ellos. Ese fue el caso de Olga y, según me han contado, así comenzaron los problemas.

—¿Qué problemas?

—No lo tengo muy claro porque ocurrió antes de nuestra llegada. Por lo visto unos amigos de Olga que habían sido muy amables con ella durante años empezaron a inmiscuirse demasiado en sus asuntos. Olga tenía cajas llenas de cartas y documentos, miles de cartas entre Ezra Pound y ella y otras muchas de docenas de personas famosas. Algunas de las cartas valían bastante dinero, otras no. Pero de la noche a la mañana, desaparecieron todas.

—De modo que has descubierto la Fundación Ezra Pound —me dijo Rose Lauritzen con una mirada que sugería que había desvelado un secreto muy bien guardado.

—En realidad no —repuse—. A ver, cuéntame.

—No puedo porque, gracias a Dios, por una vez no sé lo bastante del tema para ir parloteando por ahí y contarlo todo mal.

—La Fundación Ezra Pound —intervino Peter— es, o mejor dicho, era una entidad libre de impuestos cuyo propósito consistía en fomentar el estudio de Ezra Pound y su obra. Olga había mencionado a menudo su deseo de fundar algo parecido que perpetuara el interés por Pound. Pero lo curioso del caso fue que cuando se animó y creó la fundación, ninguna de las personas que habrías imaginado involucradas recibió noticia del tema. Mary de Rachewiltz, la hija de Olga y Pound, no tenía ni idea y eso que es la albacea literaria de su padre. James Laughlin, fundador de New Directions y editor de Ezra Pound desde la década de mil novecientos treinta, tampoco sabía nada de la fundación, como tampoco lo sabían en Yale, donde se conservan la mayoría de los documentos sobre Pound.

—¿Y cómo salió a la luz? —pregunté.

—Bueno, nos enteramos primero por Walton Litz, consejero mío en Princeton y gran experto en Joyce y Pound. Litz venía a Venecia con asiduidad para visitar a Olga y en una ocasión me preguntó quiénes eran unos tal Rylands.

»Le conté que Philip Rylands era un inglés director de la Colección Peggy Guggenheim. Su mujer se llamaba Jane Rylands, estadounidense. "¿Por qué lo preguntas?", quise saber.

»Y Litz me contó que por lo visto los Rylands habían creado una Fundación Ezra Pound a la que Olga había donado todos los papeles y la casa.

»Rose y yo nos quedamos de piedra porque Litz y Mary de Rachewiltz habían debatido a menudo la idea de fundar un centro de estudios sobre Pound del mismo estilo con Litz como director.

—¿Qué ha sido de la fundación? —inquirí.

Peter respiró hondo, como preparándose para una explicación detallada. Pero en cambio se limitó a sugerir:

—¿Por qué no se lo preguntas a Jane Rylands?

Resultó que ya conocía a Philip y Jane Rylands. Un amigo me había llevado a ver la Colección Guggenheim una tarde justo antes del cierre para presentármelos y tomar una copa de vino. Nos encontramos en la galería que en otro tiempo fuera el comedor de Peggy Guggenheim en la planta baja del *palazzo* Venier, su hogar durante treinta años hasta su muerte en 1979. Philip Rylands tenía cuarenta y tantos años y me pareció algo tímido. Su rostro era pálido, cuadrado y de mentón protuberante. Unas gafas enormes ampliaban sus ojos que, unidos a la punta alzada de las cejas, le conferían una expresión perpetua de alarma. Jane

Rylands era baja, más robusta que menuda, y lucía una expresión firme y una melena castaña clara. Aparentaba ser algo mayor que Philip. Se mostraron cordiales pero estirados. En varias ocasiones Jane le murmuró varios comentarios a Philip moviendo apenas los labios, al modo de los ventrílocuos.

Se trató de una presentación superficial, y aunque la pareja ni me embelesó ni me impresionó demasiado, sí es cierto que me interesó. En una ciudad como Venecia, un museo de la categoría de la Colección Guggenheim automáticamente confería cierto estatus a su director. El Guggenheim constituía un nexo internacional de arte, sociedad, privilegio, dinero y cultura. Las frías y espaciosas salas con sus paredes blancas y sus suelos de terrazo daban al Gran Canal por delante y a un exuberante y verde jardín por detrás, en el que Peggy había enterrado a sus perros. El palacio en sí ya era toda una curiosidad. La familia Venier, a la que habían pertenecido tres dux, había iniciado su construcción en 1749 y completado únicamente la primera planta. El suelo de la segunda planta servía como espacioso terrado ajardinado a cuyos pies se extendía el Gran Canal y desde el que se elevaban unos árboles inmensos que proporcionaban un verdeante telón de fondo. Por dentro y por fuera, el truncado palacio blanco se presentaba como un marco elegante para recepciones, recitales, proyecciones y reuniones de todo tipo. Además, al cerrar a principios de los años setenta el consulado de Estados Unidos en Venecia, el Guggenheim se había convertido en la presencia estadounidense más destacada de la ciudad. En ocasiones ejercía las funciones de sustituto de la embajada estadounidense. El Departamento de Estado aparecía de vez en cuando para organizar recepciones y pedir favores. Quedaba claro, pues, que Philip y Jane ocupaban una posición prominente y poderosa en la ciudad y su evidente afectación despertó todavía más mi curiosidad.

Nuestro breve cóctel de presentación había dado pie a sendas charlas informales con cada uno de ellos. Al cabo de unos días tomé un café con Philip en la cafetería del museo. Se mostró amistoso y de buen humor, aunque con prisas. Me contó que había estudiado historia del arte en Cambridge y escrito la tesis sobre el pintor renacentista Palma Vecchio. En relación a su ocupación actual, Rylands mencionó que en otoño presentaría una pequeña exposición sobre Picasso, pero comentó sobre todo los planes de expansión del museo, que estaban siendo concretados por los directivos del Guggenheim en Nueva York. Era un hombre trabajador y concienzudo, pero no me pareció nada brillante… al contrario que su mujer.

A finales de semana telefoneé a casa de Jane y tomamos el té en su salón bañado de luz. Jane vestía una chaqueta de tweed blanco y negro a la moda, vaqueros ajustados y tacones. La encontré relajada, simpática y dogmática, en especial en lo referente a las figuras sociales de Venecia. En la década de 1970 había trabajado brevemente como columnista de sociedad para el *Rome Daily American*, pero dejó los cotilleos en cuanto empezó a levantar ampollas entre los venecianos. Tras haber observado con atención la sociedad veneciana, Jane describió los modos de circular a placer por sus aguas. En su opinión los venecianos sentían debilidad por las fiestas, lo cual permitía que incluso un extranjero ejerciera cierto poder. ¿Cómo? ¡Mediante invitaciones! Invitación dada, invitación debida. Desde luego Jane se encontraba en posición de mandar invitaciones y de llevar la cuenta.

En este segundo encuentro me cayó mucho mejor. Era ingeniosa y perspicaz. Pero tenía también un componente incisivo que no dudaba en mostrar. En cierto momento de la conversación aludí a un individuo bien conocido en los círculos artísticos que había sido íntimo amigo de Peggy Guggenheim.

«Oh, ese —repuso con una risa alegre—. ¿Qué estaba haciendo cuando le vio? ¿Servir copas a un montón de ricos?» El comentario me pareció algo impertinente puesto que ella no podía saber si el susodicho era un buen amigo mío o un simple conocido. Luego comprendí que tampoco le importaba.

—¿Mencionó alguien a Olga Rudge? —me preguntó Peter Lauritzen.

—Solo una vez —contesté—, cuando me iba. Me fijé en un cuadro de una de las salas, un gran retrato de una anciana sentada entre diversos objetos, creo que libros. En tonos pastel. Me gustó el cuadro. Pregunté quién era la retratada y Jane me dijo que Olga Rudge. Después añadió: «¡Sus archivos están en Yale!», con una alegría como si dijera: «¡No le parece maravilloso!». Me pareció raro porque no veía nada sorprendente en el hecho de que la que había sido amante de Ezra Pound durante cincuenta años poseyera una colección de cartas lo bastante importante para acabar en Yale.

–Pero no es donde habrían acabado de ser por Jane Rylands.

Reprimí las ganas de telefonear a Jane para volver a hablar con ella. Me pareció más inteligente seguir documentándome primero sobre la Fundación Ezra Pound. Los Lauritzen se desentendieron con la excusa de que tenían un conocimiento muy somero de lo ocurrido puesto que en aquel momento había otras personas más cercanas a Olga.

Entretanto el fallecimiento reciente de Olga la había convertido en tema de conversación recurrente en Venecia. Y de todo lo dicho se deducía un retrato conmovedor y dramático de Olga Rudge, Ezra Pound, Mary de Rachewiltz y, de fondo, la mujer legal de Pound, Dorothy Shakespear, y Omar, el hijo de ambos.

Tanto Olga Rudge como Ezra Pound habían emigrado recién estrenado el siglo: Olga en 1904 a la edad de nueve años y Pound en 1908 con veintitrés años. Olga había nacido en Youngstown, Ohio; Pound era oriundo de Idaho.

De entrada Pound se instaló en Venecia, en un apartamento de *rio* San Trovaso y publicó de su propio bolsillo un centenar de ejemplares de su primer poemario *A Lume Spento*. Tres meses después se trasladó a Londres, donde se convirtió en impulsor del modernismo literario. Abogó por un estilo de expresión más austero, directo y enérgico, tal como resumía y ejemplificaba su proclama en demanda de un arte nuevo: «Make it new». («Hazlo nuevo»). Fue poeta, crítico, editor y promotor inusualmente generoso de sus amigos literatos y su obra. Así ayudó a William Butler Yeats a despojarse de su romanticismo celta, aconsejó a Hemingway que «desconfiara de los adjetivos» y cantó las alabanzas de James Joyce a Sylvia Beach, quien terminaría publicando *Ulises*. Su edición de *La tierra baldía* de T. S. Eliot contribuyó hasta tal punto en el resultado final del poema que Eliot se lo dedicó lleno de admiración y agradecimiento: «A Ezra Pound, *il miglior fabbro* ["el mejor herrero"]».

En 1920, escribió la reseña de un concierto para *New Age* en la que elogiaba a una joven violinista por su «firmeza delicada». La violinista era Olga Rudge. Pasados tres años, Pound y Olga se conocerían en el salón parisino de Natalie Barney. Por entonces Olga tenía veintisiete años y una exótica belleza irlandesa morena. Pound era alto, con un porte impresionante con su chaqueta de terciopelo marrón, y estaba casado. Se hicieron amantes.

Desde mediada la década de 1920 hasta la Segunda Guerra Mundial, Pound repartió su tiempo entre su esposa y Olga. Los Pound vivían junto a la playa en Rapallo, en la Riviera italiana. Olga vivía en Venecia, en una casita del número 252 de la *calle* Querini que su padre le había regalado en 1928 y apodada por Pound el Nido Escondido. Además Olga alquiló un apartamento en Sant'Ambrogio, una colina próxima a Rapallo a la que solo podía accederse tras una ardua subida de media hora por un empinado sendero de escalones de piedra.

Olga dio a luz a la hija de Pound, Mary Rudge, en 1925. De inmediato la enviaron con una familia de acogida a una granja en las estribaciones de los Alpes tiroleses. Allí pasó Mary los primeros diez años de vida, en el pueblo de Gais, donde muy de vez en cuando recibía la visita de sus padres o desde donde partía de viaje a Venecia para verlos. Omar Pound, hijo de Dorothy, nació un año después y se crió con su abuela en Inglaterra.

Mientras, Ezra Pound y Olga Rudge continuaron con sus respectivas carreras. Pound trabajó en los *Cantos*, el poema épico que le ocuparía cincuenta años de vida. Olga, orgullosa de no depender económicamente de Pound, continuó dando conciertos de violín, publicó un catálogo de obras de Vivaldi y escribió el artículo sobre el músico del *The Grove Dictionary of Music*.

El estallido de la guerra rompió el delicado arreglo entre Pound, Shakespear y Rudge. El gobierno italiano requisó el Nido Escondido de Venecia y los Pound tuvieron que evacuar su casa de la playa de Rapallo. El matrimonio se encontró sin más opción que mudarse a lo alto de la colina de Sant'Ambrogio, donde la pareja convivió con Olga casi dos años. La casa era pequeña y carecía de luz y teléfono. Fue una época difícil para todos. Pound quería a Olga y a Dorothy y las dos mujeres querían a Pound, pero se odiaban entre ellas. Como recordaría Mary en una carta: «El odio y la tensión impregnaban la casa».

Pound empezó a viajar dos veces al mes a Roma para difundir proclamas fascistas por la radio italiana, por las que el gobierno estadounidense le acusaría de traición en 1943. Al finalizar la guerra lo arrestaron en Rapallo, lo encerraron seis meses en una jaula exterior del centro de detención de Pisa y luego lo enviaron a Estados Unidos. Gracias a la intervención de sus amistades del mundo literario, el Departamento de Justicia se avino a declararle loco y, por tanto, incapacitado para ser juzgado y se le confinó en el hospital Saint Elizabeth de Washington para enfermos mentales criminales. Olga le escribió con regularidad durante los trece años de confinamiento, pero no se le permitió visitarle. Dicho privilegio correspondía únicamente a Dorothy, esposa legal del poeta. Cuando en 1958 se retiraron los cargos y Pound fue puesto en libertad, el poeta quedó bajo la custodia de Dorothy. A Pound le habían despojado de sus derechos legales y Dorothy se convirtió en su tutora legal.

Dorothy y Pound se mudaron con Mary a Brunnenburg, en la zona sur del Tirol, al castillo medieval que esta y su marido, el egiptólogo Boris de Rachewiltz, habían restaurado tras comprarlo en estado ruinoso. Durante los dos años siguientes, Dorothy y Pound vivieron con los De Rachewiltz. En 1961 Pound, deprimido y enfermo, decidió encomendarse a los cuidados de Olga. Así pasó los últimos once años de vida con Olga, encerrado en su caparazón de silencio en el 252 de la *calle* Querini.

Pero legiones de investigadores, discípulos y simples curiosos no se dejaron amilanar por la negativa a hablar de Pound y acudían a pedir audiencia. Por lo general Olga sabía discernir a quiénes merecía la pena franquear la entrada al Nido Escondido. Se limitaba a pedirles que citaran uno de los miles de versos de Ezra Pound y muchos eran incapaces.

Tras treinta y cinco años siendo la otra y sin el menor derecho legal, Olga por fin dejó de compartir a Pound con Dorothy. Le había apoyado en momentos peligrosos y desesperados y Pound se sentía algo más que agradecido. De ella decía por ejemplo:

«Hay más coraje en uno solo de los deditos de Olga que en toda mi carcasa. Me ha mantenido vivo diez años aunque nadie se lo agradecerá». Pound murió en Venecia en 1972 y sus restos reposan en el cementerio de la isla de San Michele. Olga se le uniría al cabo de veinticuatro años. (Dorothy falleció un año después que Pound, en Inglaterra, donde fue enterrada en la parcela familiar.)

En 1966 Pound compuso un tributo poético a Olga que debía situarse al final del último *Canto* con indiferencia de lo que pudiera intercalar antes:

> *Que sus actos*
> > *los actos de belleza*
> > > *de Olga*
> > *sean recordados.*

> *Su nombre era Coraje*
> *y se escribe Olga.*

A lo largo de los veinte años posteriores a la muerte de Pound, Olga vivió sola en el Nido Escondido. Estudiosos, periodistas y amigos la visitaban sin cesar y Olga recibía a muchos de ellos, los invitaba a tomar el té y charlaba animadamente con ellos, rematando cada comentario con un «*Capito?*». En su opinión, su única misión consistía en velar la llama eterna de Ezra Pound y defenderle contra las acusaciones de fascismo y antisemitismo: una tarea nada fácil dadas las retransmisiones pro Mussolini de la guerra y los constantes ataques a los judíos en su correspondencia.

Pese a la edad, Olga estaba decidida a quedarse en Venecia incluso si ello significaba vivir sola. Apreciaba su independencia. Por tanto, para Mary, que vivía a tres horas de viaje en los Alpes tiroleses, fue un alivio que Philip y Jane Rylands trabaran amistad con su madre y se interesaran por su bienestar. Eran jóvenes, brillantes, influyentes y a todas luces respetables. Su relación con el Guggenheim, situado a la vuelta de la esquina de la *calle* Querini, resultaba doblemente tranquilizadora.

Jane y Philip Rylands adoraban a Olga. La visitaban a diario, la sacaban a cenar, la invitaban a fiestas, le hacían encargos y se aseguraban de que le llegara la compra. En 1983 Jane organizó en el hotel Gritti un seminario titulado «Ezra Pound en Italia» con charlas de las tres generaciones de «la otra familia» de Pound: Olga, Mary y Walter, hijo de esta última. Dos años después, también en el Gritti, organizó una gala para celebrar el nonagésimo cumpleaños de Olga.

No había nada que Jane y Philip Rylands no hicieran por Olga. En invierno le llevaban leña del Guggenheim y le secaban el suelo de la planta baja cuando la marea alta la inundaba. Si surgía algún problema –un escape, una tubería atascada, un fusible fundido– Olga sabía que podía contar con que Jane Rylands se ocuparía de arreglarlo de forma rápida y eficiente. No obstante, con el tiempo empezaron a adivinarse indicios de que las atenciones de Jane Rylands para con Olga empezaban a rayar en el control.

En 1986 Olga ofreció comida y alojamiento en el 252 de la *calle* Querini a un joven pintor estadounidense llamado Vincent Cooper a cambio de un mural en *trompe-l'oeil* de arcos y columnas en la planta baja. Olga quería que le pintaran el mural para recordar otro que había en las paredes de la casa cuando la compartió con Pound antes de la guerra. Al embargarles la casa lo habían eliminado. Cooper viviría en la planta alta en el que había sido estudio de Pound y dormitorio infantil de Mary.

«La mañana que me instalé –me contó Cooper–, la señora Rylands se presentó en la casa, subió las escaleras pisando fuerte y me dejó clarísimo que no me quería allí. Se me acercó con los brazos cruzados, me miró fijamente a los ojos y me recordó que estaba en la casa de una figura literaria primordial del siglo veinte. "En esta casa se guardan objetos muy importantes", me dijo, "y como falte alguno, la culpa será tuya… No creo que quieras pasar por algo así".

»Me informó de que había encargado que un "artista londinense importantísimo que llegaría enseguida" pintara un retrato de Olga en esa misma habitación. Se puso a trasladar objetos varios a la tercera planta, libros, esculturas y demás, para disponer el fondo del retrato de Olga. Me aconsejó que me marchara y que no avisara a Olga porque me pediría que me quedara.

»Cuando la señora Rylands se fue bajé a comunicarle a Olga que me marchaba porque Jane Rylands no me quería por en medio. Olga me chilló que no podía marcharme, que la casa era suya y ella me había invitado. "¡Cómo se atreve Jane Rylands a echarte! Y además, ¡yo no quiero que me retraten!" Insistió en que me quedara y terminara el mural o, al menos, que la acompañara mientras se dejaba retratar por un desconocido.

»Entonces llamaron al timbre de la puerta. Era sir Lawrence Gowing, que debía pintar el retrato. Tartamudeaba tanto que Olga no entendía una palabra de lo que le decía y, claro, la angustiaba. Yo ayudé a Gowing a subir los materiales y al ver los arreglos de la señora Rylands exclamó: "¡Mis posados los organizo yo solo! ¡Desde luego! ¡Cómo le gusta mandar a la tal Jane Rylands!". Luego me fui.

»Gowing ya se había marchado cuando regresé a última hora de la tarde. Había avanzado bastante con el retrato, pero había colocado a Olga en otro rincón de la sala y obviado por completo las instrucciones de Jane. Olga ya no aparecía rodeada de los objetos de Jane, sino en medio de mis cosas, entre ellas la maleta y el pasaporte. Un dibujo mío inacabado que había dejado apoyado en la pared también formaba parte del fondo. Enmarcaba la cabeza de Olga.

»Olga me había conseguido una invitación para una fiesta de esa misma noche, pero no podía acceder a mi ropa sin alterar la disposición de los objetos de Gowing. De modo que Olga me prestó una chaqueta de terciopelo negro de Pound. Justo salía de casa cuando la señora Rylands se pasó a inspeccionar el retrato. Estaba fuera de sí. "¡Le dije dónde pintar a Olga y allí es donde la pintará!" Se dirigió a mí, hablándome como a un aliado en lugar de a un estorbo, y me dijo que cuando Gowing regresara le advirtiera que si quería el encargo debía pintar a Olga en el lugar elegido por ella y con los objetos que había seleccionado ella. Opinaba que puesto que había encargado el retrato e iba a pagar por él, debía hacerse a su gusto.

»Gowing no cambió nada, pero satisfizo a la señora Rylands incluyendo las máscaras de los rostros de Ezra y Olga en primer plano. Aunque, eso sí, se quejó de que estaba pintando tres retratos por el precio de uno. Gowing y la señora Rylands no se despidieron precisamente como amigos.

»Concluido el retrato, la señora Rylands organizó una cena en Gritti para enseñarlo. Olga nunca dijo si le gustaba, pero se echaba a reír cada vez que lo miraba.»

Por las mismas fechas, mediados los años ochenta, Olga empezó a sufrir lapsus de memoria. Había cumplido noventa años y solía perder el hilo de lo que estaba diciendo, colocaba las cosas fuera de sitio u olvidaba las citas.

En 1985 James Wilhelm, catedrático de inglés en Rutgers y autor de *The American Roots of Ezra Pound* y *Dante and Pound*, habló con Olga de celebrar el centenario de Pound en la Universidad de Maine. El catedrático la notó olvidadiza. Al año siguiente, de visita en Venecia, pasó por el Nido Escondido para invitar a Olga a almorzar.

«Antes de salir —me contó Wilhelm—, Olga y yo nos sentamos a charlar un rato en el salón. Me mencionó que tenía invitados en el último piso, un joven poeta y su novia, y que como todavía dormían no podía mostrarme la planta donde solía trabajar Pound. Mientras conversábamos escuché unos ruidos arriba, así que le comenté a Olga que se oían pasos y que sus invitados debían de estar levantándose.

»De pronto Olga entrecerró los ojos y se inclinó hacia mí:

»—¿Quiénes son esos de arriba?

»—No lo sé, Olga. Tú me has dicho que un joven poeta y su novia.

»—Sí… sí… ¿quién… es… esa… chica?

»—No lo sé —repetí.

»Olga se recostó de nuevo en la silla.

»—¡Ojalá se marcharan!

»Yo sabía que no lo decía en serio. Le gustaba tener a gente en casa, pero ya por entonces daba muestras de serias pérdidas de memoria.

»Le expliqué a Olga que iba a pasar una semana en Bolonia y la vería cuando regresara a Venecia. Pero cuando telefoneé a su casa me contestó una desconocida. Alguien relacionado con el

Museo Guggenheim, creo. Me dijo que Olga estaba enferma y no podía recibir visitas.»

Con el tiempo Wilhelm escribiría con idéntico detalle sobre sus encuentros con Olga para la revista académica *Paideuma*, dedicada a Ezra Pound y su obra.

También por las mismas fechas Olga mencionó la Fundación Ezra Pound a sus amistades, entre vaguedades, sin entrar en detalles. Pero estaba claro que Jane Rylands participaba en el proyecto.

Según me contó Vincent Cooper la señora Rylands y Olga hablaban de la fundación todo el tiempo. «Olga tenía montones de cartas y papeles por toda la casa y todo ello la abrumaba un poco. Había recibido importantes visitas de editores, abogados y demás y, en cuanto se marchaban, me preguntaba a mí quiénes eran. A mí me parecía arriesgado negociar con Olga en ese estado. Era puro entusiasmo, pero cada vez estaba peor de memoria y más confusa.»

Jim Wilhelm recordaba que «en Venecia se sospechaba que alguien pudiera estar aprovechándose de la anciana Olga».

Christopher Cooley, amigo de Olga y Pound, conocía muy bien el contenido de la biblioteca de la pareja puesto que les había catalogado los libros a principios de los años setenta. Cooley vivía en una casa de *rio* San Trovaso. Charlamos en el jardín.

«Cuando Olga me habló de crear una fundación Pound, le dije que confiaba en que no firmara ningún papel sin consultar primero a la familia. Me contestó con vaguedades, ni afirmando ni negando nada. Me pidió que formara parte del consejo de la fundación, pero a mí no acababa de gustarme la idea. Le recordé que si la casa iba a acoger a estudiantes, comportaría ciertos gastos. La fundación tendría que recaudar dinero. Todo se complicaría muchísimo. De modo que, con suma delicadeza, rechacé su oferta.

»La siguiente vez que vi a Jane, en una fiesta en el *palazzo* Brandolini, le pedí que me explicara el tema de la fundación. Jane, toda sonrisas, repuso: "Ayudo a que una anciana cumpla sus deseos".

»Acto seguido le pregunté con toda la intención y con todo derecho, ya que Olga me había invitado a participar en el proyecto, quién formaba el consejo directivo. "No es asunto tuyo", me espetó, y se marchó. Me dio mala espina. Conseguí cazarla de nuevo al cabo de un rato y le solté: "Tu último comentario ha sido el único dato revelador que has dado sobre la fundación.»

Después siguió el incidente sobre la desaparición de documentos. Olga tenía varios baúles grandes llenos de papeles en la planta baja. Unas navidades Jane se llevó los baúles para, según le dijo a Olga, hacerle sitio y ponerlos a resguardo de las inundaciones. O bien Olga olvidó dónde le había dicho Jane que se los llevaba o bien Jane nunca se lo dijo; en cualquier caso, al poco tiempo Olga empezó a preocuparse por los baúles y a quejarse ante diversas personas de que Jane se había llevado sus baúles y ella no sabía adónde. Al final le pidió a Jane que se los devolviera y Jane lo hizo. Pero, según Olga, cuando los abrió estaban vacíos.

Llegado este punto entró en escena Arrigo Cipriani, dueño del Harry's Bar. Cipriani se había criado en una casa de la esquina de Querini con *rio* Fornace. Las ventanas traseras de la casa de Olga daban al jardín de Cipriani.

Le pedí una cita a Cipriani sin adelantarle de qué quería hablar. Él aceptó y yo me pasé por el Harry's Bar una mañana a las once. Los camareros iban de un lado a otro preparando las mesas para el almuerzo. Entró el cartero y soltó un fajo de cartas sobre la barra. Arrigo Cipriani llegó a los pocos minutos. Vestía un pulcro traje azul marino de solapas en punta. Estaba en forma, conservaba la agilidad del cinturón negro en kárate que era.

—¿Le importa que charlemos dando un paseo? —me preguntó—. Tengo una cita. —Me condujo por la *calle* Vallaresso.

—¿Qué puede contarme de la Fundación Ezra Pound? —pregunté caminando a su lado.

Cipriani mudó su expresión alegre.

—Nada agradable.

Un obrero que empujaba una carreta le saludó cuando pasamos por su lado a toda velocidad: «*Ciao, Arrigo!*». Cipriani devolvió el saludo y luego se adentró en un callejón estrecho entre edificios sin aminorar la marcha.

—Jane Rylands vino y me dijo que estaba haciendo limpieza en casa de Olga Rudge. Me pidió si podía guardarle algunas cosas en el *magazzino*, el almacén, que tengo al lado de casa de

Olga. Me dijo que eran solo unas cajas. Como tenía la planta baja del almacén vacía le dije que vale.

Cipriani giró otra esquina y dos hombres de negocios nos sonrieron al pasar: «*Ciao, Arrigo!*».

—Algún tiempo después —continuó Cipriani— los trabajadores de una obra cercana me contaron que Jane Rylands no paraba de entrar y salir del *magazzino*. Entonces me encontré con Joan FitzGerald por la calle. Ya sabe, la escultora Joan FitzGerald, gran amiga de Pound y Olga. Hizo una escultura del viejo que está en la National Portrait Gallery de Washington. Le mencioné a Joan que tenía algunas cosas de Olga y Joan me contó que Olga andaba preocupada por sus pertenencias. Decía que Jane Rylands se había llevado varias cajas y se las había devuelto vacías y ahora Olga no sabía dónde estaba el contenido. Así que le contesté a Joan que tal vez yo supiera del paradero de las cosas de Olga, que me dejara comprobarlo.

»Fui al *magazzino* a asegurarme y allí estaban: pilas de papeles envueltas en plástico transparente y con varios carteles que advertían: "No tocar", "Propiedad de la Fundación Ezra Pound". Telefoneé a Joan y un par de amigos del mundo de los negocios para que echaran un vistazo.

»Era el domingo de Pascua. Llevamos a Olga al *magazzino* y nada más ver los papeles reconoció sus cosas. Empezó a recogerlos a puñados y a transportarlos de vuelta a casa, pero no tenía espacio. De modo que le propuse una idea mejor, llevarlos a otro *magazzino* que tengo en la acera de enfrente y cuyas llaves llevaba encima. Así que trasladamos documentos y cajas al otro lado de la *calle*, al número doscientos cuarenta y ocho, y cerramos la puerta con llave. Para entonces ya estaba enfadadísimo. Comprendía que había sido cómplice involuntario de las artimañas, legales o ilegales, de Jane. Podría haberme metido en un buen lío y ahora, mientras transportaba aquellos papeles con los carteles que prohibían tocarlos, temía que pudieran acusarme de robar algo propiedad de Jane. Por tanto hice que todos firmaran un papel en el que confesábamos haber trasladado las cajas.

Cipriani giró otra esquina y de pronto nos encontramos a pleno sol, a los pies del puente Rialto.

–Verá, desde el principio tuve una sensación muy extraña. Cuando le di permiso a Jane para guardar las cosas en mi almacén, me ofreció pertenecer al consejo directivo de la Fundación Ezra Pound. La verdad, ¿qué sé yo de la poesía de Ezra Pound?

Dos hombres de pie en el umbral de una puerta llamaron a Arrigo y le saludaron.

–*Ciao! Subito, subito!* –les contestó él. Luego, siguió hablando conmigo–: Bueno, pues ya está. Ya le he advertido que no era una historia agradable.

El episodio de la desaparición de los documentos devino un punto y aparte en el destino de la Fundación Ezra Pound. Jane le había dicho a Olga que trasladaba los papeles para ponerlos a salvo de las aguas, pero resultaba obvio para cualquiera que la planta baja del *magazzino* de Arrigo Cipriani se encontraba al mismo nivel que la de Olga y por tanto no era un lugar más seguro.

El escultor Harald Böhm me contó que Jane le había reclutado para ayudarla a trasladar los papeles. «Jane me pidió que la ayudara a trasladar unos muebles. Era Navidad. Acepté porque Jane no carecía precisamente de poder en el mundo del arte. Podía poner en contacto a los artistas con gente de dinero y por entonces yo confiaba en que me consiguiera un gran encargo. Pero cuando llegué a casa de Olga descubrí que lo que quería trasladar eran documentos, no muebles. Según Jane se encontraban en una situación muy vulnerable y de dejarlos en casa de Olga podían robarlos o la misma familia de Olga podía venderlos. Jane hablaba como si estuviera haciendo alguna heroicidad. Pero me fijé en que mientras Philip y yo sacábamos los papeles de la casa, Jane le daba conversación a Olga en el piso de arriba para mantenerla a distancia. Me pareció que Olga se daba cuenta de lo que hacíamos y me puse nervioso. Sabía que sufría una dolencia tipo Alzheimer. Todo el mundo lo sabía. Temí que la hubieran embaucado y que a mí me hubieran engañado para colaborar. Me preocupaba que me arrestaran, en especial después de que Jane me advirtiera: "No le cuentes a nadie lo de hoy o *peggio per te*".»

Los amigos de Olga, que ya desconfiaban, se alarmaron mucho al enterarse del episodio de los papeles. Varios de ellos llamaron a Mary de Rachewiltz y le suplicaron que acudiera a Venecia para descubrir lo que ocurría. Walter y su padre, Boris de Rachewiltz, vinieron en su lugar y le pidieron a Olga que les mostrara la documentación legal de la fundación. Olga no tenía ningún documento; todo estaba en manos de Jane Rylands. Cuando Boris y Walter por fin consiguieron leer los documentos, comprendieron lo que Olga había hecho. Y Olga también. A Christopher Cooley tan solo le dijo: «Qué tonta he sido. ¡Qué tonta!».

Al descubrir que la fundación era el instrumento mediante el cual su madre prácticamente la había desheredado, Mary de Rachewiltz buscó la ayuda de sus amigos venecianos. Una de las personas a las que recurrió fue Liselotte Höhs, artista austríaca que vivía cerca del taller de góndolas de San Trovaso, no muy lejos de Olga. Liselotte y su difunto marido, el abogado Giorgio Manera, habían sido amigos de Olga y Pound y tenían la costumbre de invitarlos siempre a la cena de Navidad. A la muerte de Pound, Olga había manifestado su deseo de crear en Venecia una fundación dedicada a la memoria del poeta y Liselotte había intentado ayudarla. Acompañó a Olga a una reunión con el director de la Fundación Cini y, en nombre de Olga, se entrevistó con los directivos de la Biblioteca Marciana y el *palazzo* Grassi. Pero en aquel momento no logró ningún compromiso en firme.

Mary había entregado a Liselotte copias de la documentación legal de la fundación y esta no había podido evitar indignarse al leerlas. Me contaron que todavía conservaba las copias y cuando la telefoneé me invitó a visitarla para echarles un vistazo.

Nos sentamos en su salón, un gran estudio de doble altura y una claraboya orientada al norte. Liselotte era una valquiria apasionada de ojos centelleantes y melena rubia que caía en ondas por su espalda.

—Mary no sabía qué hacer —me contó—. Me rogó que la ayudara a encontrar un abogado. Olga siempre había querido que el control del legado de Pound permaneciera en Venecia e implicara de algún modo a su nieto, Walter. Era su favorito.

Liselotte me tendió la escritura constitutiva de la fundación. Estaba en inglés. La fundación se había registrado como organización sin ánimo de lucro el 17 de diciembre de 1986… en Ohio. Su sede principal estaba en Cleveland, no en Venecia.

—¿Por qué Ohio? —pregunté.

—Buena pregunta.

Recordé que Jane era de Ohio. Olga había nacido en Youngstown, pero cuando se firmaron las escrituras hacía más de ochenta años que no vivía en Ohio.

La fundación tenía tres cargos directivos: Olga Rudge como presidenta, Jane Rylands como vicepresidenta y un abogado de Cleveland que ejercía de secretario. Los estatutos de la fundación establecían que el voto conjunto de dos de sus miembros podía imponerse al tercero. Lo cual implicaba que de entrada Olga había cedido el control de la fundación a Jane Rylands y un abogado de Cleveland, ninguno de los cuales había conocido jamás a Ezra Pound ni era experto en la vida y obra del poeta.

A continuación Liselotte me mostró un contrato entre Olga y la fundación, este en italiano, por el cual Olga donaba su casa a la fundación gratis y en el acto. Cuando lo firmó, Olga tenía noventa y dos años.

Liselotte me entregó después un segundo contrato. En este Olga se avenía a vender a la fundación todos sus «libros, manuscritos, diarios, correspondencia privada, recortes de prensa, escritos, papeles, documentos de toda clase, dibujos, libros y álbumes de dibujos y esbozos, fotografías, cintas y casetes magnéticos y cualquier objeto que pudiera añadirse a la colección antes de su muerte», todo ello por la suma de quince millones de liras, menos de siete mil dólares, que además, según el contrato, ya había percibido.

Las implicaciones del contrato saltaban a la vista. Olga había vendido por una miseria no solo su correspondencia de cincuenta años con Ezra Pound, sino también las cartas que Pound y ella habían recibido de T. S. Eliot, Samuel Beckett, e. e. cummings, H. L. Mencken, Marianne Moore, Robert Lowell, Archibald MacLeish, William Carlos Williams, Ford Madox Ford y otras figuras literarias, así como los borradores de los *Cantos*, libros con anotaciones al margen del puño y letra de Pound y primeras ediciones dedicadas a Pound por sus autores. El valor total de la colección podría haberse aproximado al millón de dólares según la situación de entonces del mercado de objetos relacionados con

Pound. Había varios objetos que por sí solos ya valían más que el precio total del lote. Entre los más valiosos se contaban los cuadernos del escultor Henri Gaudier-Brzeska, fundador junto con Pound del vorticismo. Gaudier-Brzeska falleció durante la Primera Guerra Mundial a la edad de veinticuatro años, lo cual hacía de sus cuadernos objetos particularmente raros y valiosos.

–¿Asistió algún abogado a Olga cuando firmó todo esto? –pregunté.

–No creo.

Cuando finalmente Olga comprendió lo ocurrido, se puso histérica. Telefoneó a Joan FitzGerald una noche diciéndole que quería disolver la fundación y cruzó corriendo el puente de la Accademia para llorar a su lado. Liselotte me pasó otra página. Era la fotocopia de una carta manuscrita en la letra grande y clara de Olga y dirigida al abogado de Cleveland:

24 de abril de 1988

Estimado [señor]:

Le informo de mi firme intención de disolver la «Fundación Ezra Pound».

He revocado la donación de mi casa del número 252 de Dorsoduro, Venecia, y me gustaría aclarar que jamás he vendido de manera consciente mi archivo a la «Fundación» ni a nadie. Cualquier acto en dicho sentido solo puede haberse debido a algún malentendido.

Cordialmente,

Olga Rudge

La réplica, enviada al cabo de siete semanas, informaba a Olga de que la Fundación Ezra Pound no podía disolverse solo porque ella lo quisiera; exigía el voto mayoritario de sus administradores. E incluso en el caso de que estos votaran a favor de disolver la fundación, sus propiedades no se devolverían a Olga, sino que deberían traspasarse a otra institución sin ánimo de lucro. Así lo establecía la ley.

Por lo visto Olga escribió varias cartas manifestando su deseo de disolver la fundación. Liselotte me mostró otra, fechada el

18 de marzo de 1988. No iba dirigida a nadie en particular: «Mi intención siempre ha sido que cualquier fundación creada en nombre de Ezra Pound incluyera administradores de la Fundación Cini, la Universidad Ca' Foscari, la Biblioteca Marciana y a mi nieto Walter de Rachewiltz. [...]». La escritura desde luego pertenecía a Olga, pero no había forma de saber si las cartas correspondían a sus propias palabras o alguien se las había dictado.

Dada la conmoción provocada –las quejas de los amigos de Olga y las declaraciones de la propia Olga en favor de disolver la fundación– cualquiera habría imaginado que Jane Rylands recularía con un «Lo siento, solo pretendía ayudar».

Pero no fue hasta dos años después cuando por fin traspasó la custodia de los documentos a Yale. Luego disolvió la fundación. Se rumoreaba que Yale le había pagado una suma de dinero considerable por ellos, pero eran solo conjeturas.

Por la razón que fuera, la prensa veneciana jamás publicó la historia de la Fundación Ezra Pound y el incierto destino de la casa de Olga Rudge y sus papeles. No obstante la noticia corrió de boca en boca despertando ciertos interrogantes sobre Jane y Philip Rylands.

Cuando los Rylands llegaron a Venecia en una furgoneta Volkswagen el año 1973 de ellos se sabía únicamente lo siguiente: Jane había nacido en Ohio, se había graduado en el College of William and Mary y mudado a Inglaterra, donde enseñaba primer año de redacción en la base aérea estadounidense de Mildenhall, cerca de Cambridge. Era sociable, ambiciosa, con buenos conocimientos de literatura en lengua inglesa y anglófila entregada, además de popular entre los chicos de Cambridge por servir para la cena el pollo frito que compraba en el economato de la base aérea. Philip estudiaba en el King's College de Cambridge cuando conoció a Jane. Era tímido, serio y más conocido por ser sobrino de George «Dadie» Rylands, un distinguido e influyente erudito, actor y director shakespeareano. Dadie Rylands era un nexo vivo con el grupo de Bloomsbury, un protegido de Lytton Strachey, y todavía miembro docente del King's, donde llevaba ocupando las mismas habitaciones desde 1927. Dora Carrington le había decorado el apartamento, en el que había recibido a infinidad de intelectuales. Virginia Woolf, por ejemplo, describió un lujoso almuerzo en dicho apartamento en su libro *Una habitación propia*.

Se decía que los padres de Philip no veían con buenos ojos su matrimonio con Jane, diez años mayor que él.

Cuando la pareja llegó a Venecia Philip llevaba el pelo largo sujeto a los lados por dos pasadores y Jane vestía ropa anticuada y sin gracia y se recogía el pelo en un moño. Philip todavía estaba escribiendo su tesis doctoral, que le llevaría doce años terminar. Mientras, Jane mantenía a la pareja dando clases en la base aérea estadounidense de Aviano, a una hora al norte de Venecia.

Al principio no conocían a nadie en la ciudad, pero Philip asistía con regularidad a la iglesia de Saint George, por entonces foco de la vida social de los expatriados angloamericanos. Allí conoció a sir Ashley Clarke, ex embajador británico en Italia que presidía Venice in Peril, equivalente británico de Save Venice. Sir Ashley y lady Clarke les tomaron simpatía a los Rylands, que por su parte se mostraron muy atentos y solícitos con los Clarke. Philip se involucró en Venice in Peril y se decía que con el tiempo sucedería a sir Ashley. Los dos colaboraron en un pequeño folleto que conmemoraba la restauración de la iglesia de la Madonna dell'Orto. En poco tiempo Jane y Philip dieron un cambio espectacular: Philip optó por un respetable pelo corto y Jane empezó a peinarse y vestirse más a la moda.

Los expatriados asentados acogieron a la nueva pareja joven de la ciudad, en particular la escultora Joan FitzGerald, que les presentó a todo el mundo. Conocieron a John Hohnsbeen, amigo de Peggy Guggenheim desde la década de 1950. Hohnsbeen a su vez les presentó a Peggy y, casi de inmediato, Philip y Jane empezaron a congraciarse con ella. Jane le compraba a Peggy comida para perros y otras mercancías rebajadas de precio en el economato de Aviano, le sacaba a pasear los perros y se ofrecía a ayudarla en los quehaceres domésticos. En resumen, se hicieron indispensables para Peggy.

Al principio a John Hohnsbeen le alivió que Philip y Jane se mostraran tan serviciales con Peggy, le quitaban un peso de encima. Durante años Hohnsbeen se había instalado en Venecia de Pascua a noviembre para hacerle compañía a Peggy y ocuparse gratis de su colección. A la muerte de Peggy continuó pasando los veranos en Venecia, en un apartamento de alquiler. Hohnsbeen solía ocupar la mayor parte del día en la piscina del Cipriani, donde le encontré disfrutando de un almuerzo espartano y charlando con sus amigos de la jet set internacional. Los residentes venecianos podían disfrutar todo el verano de la piscina a un precio módico.

—Yo era de esos huéspedes que se pagan la cena entreteniendo al anfitrión —me confesó Hohnsbeen, que llevaba el pelo blanco peinado sobre la frente bronceada al estilo Pablo Picasso—. Peggy y yo formábamos una especie de pareja. Yo tenía una galería en Nueva York y conocía a casi toda la vieja guardia del mundo artístico neoyorquino. Montaba la exposición de Peggy a principios de temporada y la retiraba a finales, lo cual implicaba toda suerte de deberes desagradables, como rascar los gusanos de detrás del lienzo del *Antipope* de Max Ernst, porque había estado en la galería surrealista, al lado del canal, que tenía muchas humedades. A los gusanos les encanta la cola.

»Los primeros años con Peggy fueron maravillosos, pero luego empezaron a endurecérsele las arterias, un espanto. Yo solía llegar tarde por las noches y tenía que abrirme paso entre las obras de arte para alcanzar la cama: pasaba a través del Calder, junto a las figuras como palillos de Giacometti cuyos brazos se rompían todo el tiempo, aunque no por mi culpa, y luego esquivaba el Pevsner para llegar al dormitorio. Estaba con ella cuando tuvo el primer ataque al corazón que le congestionó toda la cara. A partir de entonces Peggy guardaba un cencerro de casi siete kilos junto a la cama y yo dejaba mi puerta abierta para, en caso de que tocara el cencerro, acudir corriendo en su ayuda. Un trabajo a jornada completo.

»Jane y Philip me gustaban. Pasábamos horas juntos y Jane cocina a las mil maravillas. Además habían conquistado a Peggy. Gracias a las mazorcas de maíz. Jane las compraba en el economato de Aviano, y a Peggy le llegaban directas al corazón. Pero la gente no paraba de advertirme que me anduviese con cuidado con Jane Rylands.

—¿Quién se lo decía? —pregunté.

—Bueno, todo el mundo. Luego Jane y Philip empezaron a invitar a Peggy a cenar sin contar conmigo. A mí no me decían nada. Se la llevaban a escondidas. Para entonces Peggy era medio inválida, así que debía de costarles mucho recogerla, sacarla y devolverla a casa. Peggy daba muchísimo trabajo y no mucha gente la habría aguantado. Siguieron confabulando a mis espaldas todo el verano. Pero metieron la directa en cuanto me marché, en noviembre, y la cosa continuó hasta mi regreso en primavera.

Cuando Peggy enfermó de forma terminal en el otoño de 1979, Philip y Jane Rylands se habían convertido en sus guardianes. Tenían las llaves de la casa. Se ocupaban de sus asuntos. La llevaban al hospital de Padua. Al día siguiente de morir Peggy, el director del Museo Guggenheim de Nueva York, Thomas Messer, llegó a Venecia para tomar posesión de la herencia. Se encontró a Philip Rylands en el sótano inundado trasladando cuadros para evitar que se mojaran. Messer necesitaba que alguien ejecutara las órdenes de la oficina de Nueva York y le pidió a Philip que actuara de supervisor temporal. Con el tiempo lo nombraría administrador permanente. Había comenzado la ascensión de los Rylands.

Desde el principio quedó patente que Jane Rylands pretendía participar de la gestión del museo pese a la oposición de Messer. «En cierta ocasión —me contó Messer— estaba dándole instrucciones a Philip en presencia de Jane acerca de alguna cuestión menor de procedimiento y ella saltó: "¡No! ¡No puede hacerse!". Me pareció una impertinencia interferir así. Me enfadé muchísimo y le hice saber que no se la consideraba parte de la gestión del museo. Pero se mantuvo en sus trece y continuó ejerciendo una autoridad que no se le había concedido. Dominaba a Philip. En mi vida he conocido a un marido más calzonazos.»

Una vez afianzado su poder en el Guggenheim, Jane consiguió elevar su posición personal de un modo que solo puede calificarse de brillante. Organizó una serie de conferencias en el

Gritti a la que invitó a luminarias tales como Stephen Spender, Arthur Schlesinger, Peter Quennell, John Julius Norwich, Brendan Gill, Adolph Green, Hugh Casson y Frank Giles, editor del *Sunday Times* londinense. Celebró cenas en cuyo libro de asistentes firmaron los oradores del Gritti y otros como Adnan Khashoggi, Jeane Kirkpatrick y la reina Alejandra de Yugoslavia. «Cuando vi su libro de invitados —me dijo Helen Sheehan, interina del Guggenheim en los años ochenta—, comprendí que Jane dedicaba una gran energía a labrarse una vida social propia. Acostumbraba a recordarme que hay que ir avanzando en el ámbito social.»

Con su estatus e influencia reforzados por el imprimátur tácito del Guggenheim, Jane actuó de agente artístico de manera informal, reuniendo en Venecia a clientes adinerados con pintores y escultores. Así consiguió cierto poder entre los artistas de la ciudad. Le pidió a un pintor norteamericano llamado Robert Morgan que le pintara un pequeño retrato de Olga, solo de la cabeza. Terminado el encargo surgió el tema de los honorarios del pintor. Jane propuso una cifra bajísima, prácticamente testimonial, con la excusa del gran beneficio para la reputación de Morgan que significaría tener su trabajo colgado de las paredes de ella.

En al menos una ocasión, Jane aconsejó a un artista sobre su obra. «Me dijo que los fascistas iban al alza en Italia —me dijo Harald Böhm—, y que por tanto debía optar por un arte más figurativo, más acorde con los tiempos, supongo. Me pareció rarísimo.»

La historiadora texana Mary Laura Gibbs se instaló en Venecia en 1979 y trabó amistad con los Rylands. En su opinión: «A Jane hay que admitirle el mérito de animar la escena intelectual. Me pareció que al principio Jane consideraba bastante aburrida la vida en Venecia. Jane vio lo que había y pensó que aquí podría ser alguien en el ámbito social e intelectual. Supongo que adivinó la posibilidad de crear algo así como un salón de intelectuales.

»Pero a veces se tomaba demasiado en serio. Recuerdo muy bien la visita de los príncipes de Gales. Debían asistir al oficio religioso de la iglesia anglicana y se repartieron entradas entre los miembros de la congregación. Mi doncella, Patrizia, un encanto de mujer, se moría de ganas de ir y le conté a Jane que pensaba regalarle mi invitación. Jane se puso hecha una furia y me lo prohibió. Cuando le pedí explicaciones, repuso: "Bueno, sería ofensivo. ¡A no ser que lo que quieras sea ofender al príncipe y la princesa de Gales! ¿Es eso?".

»Jane tenía una extraña facilidad para distanciar a la gente. Se formaban dos bandos: el grupo de los anti-Rylands y el de los mismos Rylands. En realidad no existía ningún bando de apoyo a los Rylands».

En cierta ocasión Vincent Cooper, el joven pintor norteamericano, le preguntó a la propia Jane Rylands por qué desagradaba a tanta gente. La interesada le contestó: «Sencillamente despierto animosidad. No sé por qué. No soy muy sutil, supongo. Ni pelota». Según Cooper, «la señora Rylands no tenía la menor consideración por los antiguos amigos de Olga, muchos de los cuales también habían tratado a Pound. Para ella eran solo unos personajes inútiles y molestos sospechosos de largarse con algo. Las preocupaciones de la señora Rylands por conservar el contenido de la casa me parecieron sinceras».

Tales preocupaciones, aunque sin duda sinceras, no habrían sido del todo altruistas. Por aquel entonces Jane Rylands estaba a punto de apoderarse de todos los libros y papeles de Olga, de manera que, en cierto sentido, cualquiera que robara a Olga estaría robando también a la señora Rylands.

A nivel literario, Jane valoraba el parentesco de Philip con su tío Dadie Rylands, profesor en Cambridge y nexo con el grupo de Bloomsbury y la mitad del mundo literario inglés. Para honrar y proclamar dicha relación, encargó a Julian Barrow —artista inglés afincado en el estudio de John Singer Sargent del número 33 de la calle Tite, en Londres— un retrato de Dadie en sus dependencias del King's College. Cuando terminó el cuadro, Jane le pidió a Barrow que añadiera a Philip al retrato. En conversación telefónica Barrow me contó que la petición le había desconcertado y la había rechazado: «Le dije que... distraería».

El ascenso de Philip Rylands en la Colección Peggy Guggenheim fue acompañado de algunos comentarios poco elogiosos, en su mayoría reproches motivados por el hecho de que, como estudioso del Renacimiento, difícilmente podía estar cualificado para dirigir una galería de arte moderno. También se rumoreó que Jane había enchufado a su marido en un cargo pensado para John Hohnsbeen. Pero Messer aseguraba que Peggy jamás había manifestado la menor preferencia acerca de quién debía gestionar el museo a su muerte. Ni en favor de John Hohnsbeen ni en favor de Philip Rylands. Por entonces, el nombramiento de Philip apenas despertó reacciones.

Sin embargo, casi una década después, cuando el embrollo de los papeles de Olga Rudge salió a la luz, la conexión entre Peggy Guggenheim y los Rylands volvió a ser evaluada. A algunos les pareció detectar un cortejo en serie de los ancianos de Dorsoduro que seguía siempre el mismo patrón: primero fueron sir Ashley y lady Clarke, luego Peggy y después Olga.

Mary Laura Gibbs lo llamaba «gerontofilia selectiva». Según me contó, «antes de lo de Rudge, yo habría defendido a Jane y Philip de cualquier crítica a sus intenciones con respecto a Peggy. La trataban muy bien, en especial Jane. Pero me dio que pensar que todo el asunto se repitiera con Olga Rudge». Al rememorar aquella época, Mary Laura Gibbs recordó que llegado cierto punto Olga empezó a quejarse de la intromisión de Jane. «Olga solía dejar escapar comentarios vagamente negativos como: "Me encantaría enseñarte una pieza musical, pero Jane Rylands se las ha llevado todas". Se la veía cada vez más desconfiada e incómoda.»

En cuanto se conoció la esencia de la fundación, las amistades de Olga escribieron y telefonearon en su nombre. Joan FitzGerald, cuyo apoyo inicial a los Rylands había degenerado en animadversión hacía tiempo, llamó al embajador estadounidense en Roma, Maxwell Rabb. Rabb se informó sobre la cuestión y concluyó: «Parece que Jane y Philip Rylands tienen muchos amigos».

James Laughlin, fundador de New Directions y editor de Pound desde los años treinta, intentó presionar a Jane Rylands desde el otro lado del Atlántico. «¡Lo que costó librarse de esa mujer! —bramó por teléfono cuando lo encontré en su casa de Connecticut—. ¡No tenía ningún derecho a hacer lo que hizo! Donald Gallup dedicó treinta y cinco años de duros esfuerzos desde mil novecientos cuarenta y siete para reunir los Archivos Pound para la Biblioteca Beinecke de Yale. Gallup era el director. Siguió la pista y buscó papeles por todo el mundo, tuvo que enfrentarse con cinco equipos de abogados y pleitos interminables entre las dos familias Pound para ver a quién pertenecía cada cosa. En mil novecientos sesenta y seis Mary entregó a Yale quince arcones llenos de documentos de Pound, pero tuvieron que permanecer cerrados siete años en el sótano de la Beinecke hasta que concluyeron los pleitos. ¡Apuesto a que la señora Rylands no tenía ni idea de todo eso!

»Permítame que le cuente algo más que probablemente ella tampoco sabe: en mil novecientos cuarenta Pound escribió un testamento dejándoselo todo a Mary. Libros, propiedades, todo. Pero como en el momento de testar no presentó el documento ante un tribunal italiano, técnicamente carecía de validez a pesar de que posteriormente reiteró sus deseos por escrito. Cuando salió de Saint Elizabeth, las autoridades estadounidenses dejaron todos los asuntos legales en manos de Dorothy. Pound no podía redactar otro testamento legal a menos que Dorothy lo firmara y ella, simplemente, rechazaba el testamento de mil novecientos cuarenta. Dorothy y Omar contrataron un equipo de abogados. Mary tuvo que resignarse y contratar también a un abogado; al final tuvo que dividirse la herencia con Omar. Entonces, después de todo eso, aparece la tal Rylands que no conoce de nada a Pound. Se planta en sus trece y provoca más dolores de cabeza y gastos a una familia que llevaba décadas sufriendo por las mismas cuestiones.»

Pero la presión que marcó la diferencia provino de los administradores de la Fundación Guggenheim de Nueva York. Uno de sus miembros era Jim Sherwood, propietario del hotel Cipriani, quien me contó:

«Jane y Philip consideraban que estaban protegiendo los papeles de Olga. Desde el punto de vista de la gente de Venecia, intentaban robarlos. La cuestión de la Fundación Ezra Pound salió a colación en una reunión de la junta en Nueva York. A los miembros de la junta les preocupaba que la polémica se hiciera pública y salpicara al museo. Además Peter Lawson-Johnson, presidente y primo de Peggy, consideraba de dudoso gusto la participación de Jane en el asunto Pound debido al antisemitismo de Pound y la conexión de ella con la Colección Guggenheim a través de su marido. La junta informó a Philip de que debía elegir entre la Fundación Ezra Pound o su cargo en el museo».

Me pareció que había llegado el momento de hablar de nuevo con Philip y Jane Rylands. Contacté telefónicamente con Philip en su despacho del Guggenheim. Dado el número de personas con las que había conversado sobre el tema de la fundación, no me sorprendió su reacción al oír mi nombre.

—¡No tenemos el menor interés en hablar con usted!

—Me gustaría hacerle unas preguntas.

—No estoy interesado en sus preguntas.

—Sobre la Fundación Ezra Pound.

—Sé muy poco de la Fundación Ezra Pound y, en cualquier caso, hemos acordado con Mary de Rachewiltz no hablar con usted del tema.

—En tal caso y, para ser justo con ustedes, les enviaré unas preguntas por escrito para darles la oportunidad de responder.

—¡Consideraré una violación de mi intimidad el envío de semejantes preguntas! No estamos dispuestos a dejarnos juzgar por la prensa.

—No es mi intención juzgarles.

—¡Pues será cotillear!

—No, no hablamos de cotilleos.

—¿Ah, no? ¿Pues de qué?

—De historia. Porque cuando se pegan a gente famosa, como parece que a usted y a su mujer les gusta hacer, pasan a formar parte de su historia.

Mary de Rachewiltz se mostró algo más amable conmigo desde el castillo de Brunnenburg. Pero tampoco quiso hablar de la Fundación Ezra Pound.

—El episodio de los Rylands me violentó muchísimo —me dijo—. Eran unas personas encantadoras. Fueron muy buenos con mi madre durante muchos años. Me liberaron de muchas preocupaciones.

—¿Se han puesto de acuerdo para no hablar de la Fundación Ezra Pound? —pregunté.

—No, pero no podemos comentar con nadie las condiciones del acuerdo firmado con Yale.

—¿Por qué?

—Tuvimos que firmar una declaración en la que nos comprometíamos a mantener la confidencialidad. Jane Rylands insistió en ello. También tuvimos que avenirnos a no presentar ninguna acción legal contra Jane, la Fundación Ezra Pound ni Yale, y tampoco ninguno de ellos nos demandará.

—¿Jane recibió algún dinero de Yale?

—Nunca nos lo dijeron. Formaba parte del acuerdo. Jane Rylands tampoco conoce nuestra parte del trato.

—¿Ustedes recibieron dinero?

—Por supuesto, pero con todo salimos perdiendo. En el mercado los papeles valían diez veces lo que Yale nos pagó.

De pronto Mary cayó en la cuenta de que había dejado escapar una nota de resentimiento y rápidamente reculó, como quien retira la mano al tocar una olla caliente.

—Pero, bueno, en esta historia no hay pícaro. Sencillamente mi madre cambió de idea. Philip y Jane tenían buenas intenciones.

—Pese a haberle sido de gran ayuda, ¿en ningún momento tuvo la impresión de que Jane y Philip se extralimitaran?

—Cuando todo terminó mi madre me dijo: «Menuda gente. Ahora entiendo por qué me invitaban a almorzar».

Esta vez Mary no retiró la crítica.

—¿Hubo un momento en que empezó a pensar que algo iba mal?

Mary dudó antes de contestar.

—Bueno, sí. Jane Rylands comenzaba a controlar las cosas. Hubo muchos detalles que me inquietaron. Como la impresión de un panfleto. La organización de una conferencia. O material con derechos de autor que no se manejaba correctamente.

—El colmo sería el regalo de la casa —sugerí—. La venta de papeles sin que ustedes lo supieran.

—Bueno, sí. Para nosotros la casa es el santuario familiar.

—¿Le importaría que me acercara a Brunnenburg para charlar con usted?

—Dígame, ¿por qué le interesa este asunto?

—Para serle sincero, me sorprendió la similitud entre lo que le ha ocurrido a su madre y la historia de *Los papeles de Aspern*. ¿Conoce la novela?

—Llevamos cuarenta años viviendo con *Los papeles de Aspern*.

Antes de partir para Brunnenburg leía la autobiografía de Mary de Rachewiltz publicada en 1971 con el título de *Discretions*, que jugaba con el título de la autobiografía de su padre: *Indiscretions*. Aparte de descubrir un relato conmovedor, el libro me reveló elementos nuevos de la saga de la Fundación Ezra Pound: la tensa relación entre Mary y su madre y la adoración de Mary por su padre.

Como Mary había pasado sus primeros diez años de vida con una familia de acogida en una granja de la zona sur del Tirol, a escasos kilómetros de la frontera con Austria, se crió muñendo vacas, recogiendo estiércol con una pala y hablando en el dialecto tirolés del alemán. Adquirió hábitos aprendidos de su padre adoptivo: escupir a gran distancia y sonarse la nariz con el pulgar.

Olga se escandalizó al descubrir que su hija se estaba criando como una campesina de uñas sucias, maneras primitivas y dientes que solo se cepillaban muy de vez en cuando. Mary se resistía a los intentos de su madre de reconvertirla en una jovencita sofisticada y con buenas maneras. Se sentía como una muñeca con los vestidos a la moda que Olga quería ponerle. Se aburrió del violín que su madre le regaló y lo estampó contra el gallinero y en sus memorias confesaba que habría preferido una cítara o una armónica. A Mary le intimidaba la insistencia de su madre en que aprendiera italiano y en que en Venecia se expresara siempre en dicho idioma. Así, en su autobiografía, Mary escribió: «Su actitud severa me incapacitaba más que la barrera idiomática». Había veces en que Olga se mostraba «majestuosa y bella como una reina conmigo; tierna y esbelta, y sonriente como un hada [con mi padre]». Cuando Olga tocaba el violín «no veía ninguna sombra, ni resentimiento. [...] Disfrutaba de un instante de su gran belleza y el miedo que le tenía se tornaba en una especie de veneración». Pero en cuanto cesaba la música, Olga volvía a mostrarse distante, impenetrable, autoritaria.

Al final de la adolescencia Mary describió no solo que era ilegítima sino que además su madre había deseado un hijo varón. Según escribió, en ese instante supo que jamás podría ganarse el afecto de Olga.

Discretions dolió profundamente a Olga, que dejó de hablarse con su hija varios años. Olga tenía un ejemplar de la autobiografía y según Christopher Cooley lo había llenado de anotaciones: «Cada vez que surgía el tema del libro, Olga lo cogía enfurecida de la estantería y empezaba a hojearlo diciendo: "He corregido esto, he corregido aquello". Luego lo devolvía de un golpe a la estantería».

Aunque la situación había mejorado con el tiempo, persistía cierta distancia emocional y geográfica entre las dos mujeres. El episodio Rylands evidenció, independientemente de todo lo demás y para vergüenza de Mary, que en gran medida esta había cedido el cuidado de su madre a Philip y Jane.

El amor de Mary por su padre contrastaba con lo que sentía por su madre. Ella misma escribió: «La imagen de mi padre siempre se me manifestaba como un inmenso sol reluciente al final de un camino blanco». Cuando Pound la llevó a visitar Verona, la figura del poeta empequeñeció la grandeza de los monumentos. Mary le recordaba bailando claqué todo el camino de regreso a casa después de ver una película de Ginger Rogers y Fred Astaire. Y se recordaba sentada en su cuarto de la última planta del Nido Escondido esperando a oír que su padre regresaba: primero el golpeteo de su bastón negro al entrar en la *calle* Querini y luego, a medida que se aproximaba al número 252, el largo y fuerte miau del poeta, al que Olga respondía con otro maullido desde su cuarto de la planta inferior, oído lo cual Mary bajaba corriendo los dos tramos de escalera para recibir a su padre en la puerta.

Cuando Mary tenía quince años su padre, el hombre que había aconsejado literariamente a Yeats y Eliot, le mandó una carta sobre cómo debía escribirse:

Ciao, cara:

Aprender a escribir es como aprender a jugar al tenis. No siempre puedes jugar un partido, tienes que practicar los golpes. Piensa; ¿en qué se diferenció ir al Lido de jugar al tenis? Me refiero a diferenciarse de cuando fuimos a jugar a Siena. Escríbelo. No para escribir una historia, sino para aclararlo.

Será muy LARGO. Cuando empiezas a escribir cuesta llenar una página. A medida que envejeces siempre te parece que hay MUCHÍSIMO que escribir.

PIENSA: la casa de Venecia no se parece a NINGUNA OTRA casa. Venecia no se parece a ninguna otra ciudad. Imagina que tienes que explicarle a Kit Kat o incluso a un estadounidense CÓMO llegar a la casa de Venecia. Cómo reconocernos a ti y a mí saliendo para ir al Lido. Después de bajarse del tren, ¿cómo encuentra el número 252 de la *calle* Q.?

¿Nos describes a nosotros o a Luigino llegando a la estación? ¿Él tiene dinero, nosotros tenemos dinero, cómo vamos?

Un novelista puede necesitar un capítulo entero para que su protagonista llegue del tren a la puerta de casa. Si escribe bien, el capítulo hará posible, incluso garantizará, que Kit Kat encuentre la casa gracias a él.

Ciao.

PIENSA muy bien en todo esto antes de intentar escribir.

Cuando Mary era todavía adolescente su padre le pidió, a modo de ejercicio, que tradujera los *Cantos* al italiano. Así empezó toda una vida dedicada al estudio de la obra de su padre. «Poco a poco *Cantos* se convirtió en un libro imprescindible. En mi "Biblia", como solían bromear mis amigos.» En los años sesenta, cuando Yale compró una colección sustancial de los papeles de Pound, la universidad creó los Archivos Ezra Pound y los puso a cargo de Mary. Durante veinticinco años, Mary pasó un mes al año en Yale organizando y anotando los papeles de su padre.

Para cuando Mary llegó a la veintena había completado su transformación de campesina que hablaba en dialecto a adulta políglota, culta, refinada y bella. Pero su amor por las montañas de su niñez no disminuyó y, de hecho, su casa en el sur del Tirol constituía un regreso a sus raíces.

Tardé unas tres horas en viajar de Venecia al castillo Brunnenburg, primero en coche hasta Merano y luego hasta el pueblo de Tirolo en funicular. Recorrí el último medio kilómetro a pie por el «Ezra Pound Weg» hacia el castillo Brunnenburg, que por sus torres y almenas parecía salido de algún cuento de hadas de Grimm. El castillo se aferraba a lo alto de una empinada colina en bancales llenos de viñas; contaba con una vista espectacular del valle y las montañas al fondo. Mary vivía en una de las dos torres del castillo. Walter y su esposa Brigitte ocupaban la otra con sus dos hijos. Al cruzar la verja me fijé en un puñado de estudiantes norteamericanos en un patio. Asistían a uno de los seminarios de un mes de residencia donde Mary daba clases sobre los escritos de Ezra Pound y Walter sobre los santos y héroes medievales.

Seguí avanzando por varias escaleras exteriores y pasé junto a una réplica del busto de Pound esculpido por Gaudier-Brzeska ubicada en un jardincito. Unos pasos más allá, me encontré frente a frente con Mary de Rachewiltz. Era alta y sonreía; se cepillaba su rubia melena hacia atrás, lo cual le resaltaba los pómulos. Su porte destilaba cierto orgullo sereno: al fin y al cabo y pese a las tristezas vividas, no dejaba de ser la hija de una de las figuras literarias más importantes del siglo XX.

Nos sentamos a una gran mesa de una terraza, donde al poco se nos unió Walter. Walter era moreno, de rasgos angulosos y llevaba vaqueros y una camiseta negra. Explicó que venía de los viñedos, de limpiar las vides para mantener alejados a los pájaros. Dejó una carpeta roja repleta de papeles sobre la mesa y empezó a rebuscar entre las páginas. Vi cartas, extractos bancarios, documentos legales, pero todos se veían del revés desde mi perspectiva y los movía tan deprisa que no alcancé a leer ninguno.

—No podemos enseñar a nadie la mayoría de estos papeles —dijo Walter—. Pero puedo hablarle de algunos. Cuentan toda la historia.

Mary miró la carpeta y suspiró.

—En esta historia no hay ningún pícaro —dijo, igual que había hecho por teléfono.

Pero antes de que yo pudiera responderle, Walter intervino en tono impaciente:

—Jane Rylands se aprovechó de las rencillas entre tu madre y tú.

Mary calló.

Walter se dirigió a mí:

—Mi abuela puso en marcha las cosas. Quería perpetuar los escritos de Ezra Pound, pero jamás nos mencionó que pensara donar casa y papeles a una fundación.

»Nos alarmamos de verdad cuando Liselotte Höhs y Joan FitzGerald telefonearon a mi madre desde Venecia para avisarla de que acudiera inmediatamente para enterarse de lo que ocurría. Mi padre y yo fuimos al despacho del notario a leer los contratos. Nos sorprendió que Olga hubiera donado tantas cosas.

»Después mi padre fue al ayuntamiento y descubrió que la burocracia de la Comuna todavía no había transferido la propiedad de la casa y por tanto podíamos volverla a poner a nombre de la abuela. Pero la venta de los papeles estaba cerrada.

»Cuando le mostramos los contratos a mi abuela aseguró que jamás los había visto y que nunca los había firmado.

»También nos fijamos en que según el contrato de venta de los papeles mi abuela había recibido quince mil liras, unos siete mil dólares, y quizá fuera cierto, pero jamás encontramos constancia de ello. Intentamos tratar el tema con Jane, pero nos esquivaba. Nunca acudía a las citas.

Walter pasó más páginas.

—Esto, por ejemplo —dijo—. Mi padre y yo quedamos en pasarnos un día por casa de Jane, pero cuando llegamos, ella no estaba. Nos había dejado una nota. —Alzó una tarjeta de ocho por doce—. «Lamento que hayáis cruzado el *ponte* para nada.»

»Por entonces mi abuela tenía noventa y tres años —prosiguió Walter. La referencia a la edad sugería que si Jane prolongaba lo suficiente las tácticas dilatorias la cuestión se resolvería sola por medios biológicos. Olga moriría y Jane quedaría al mando de todo—. Lo mejor de todo es que la abuela vivió ¡ciento un años!

—No —repuso Mary—, lo mejor de todo es que ¡me despidieron de Yale!

—Olga Rudge y su familia hemos sido víctimas por partida doble —continuó Walter—. Primero perdimos los papeles de mi abuela. Luego, en el curso de las negociaciones con Yale, recibimos menos del valor real de los papeles y Ralph Franklin, director de la Biblioteca Beinecke, despidió a mi madre de su puesto de conservadora de los Archivos Pound. Al señor Franklin nunca le había gustado el acuerdo con mi madre, era cosa del director anterior.

Walter pasó más páginas.

—Esto es un cheque de seiscientos dólares firmado por mi abuela a nombre de los abogados de Cleveland, Ohio. ¡Seiscientos dólares! Mi abuela nunca tuvo dinero. No entiendo qué tenía que pagarles a esos abogados. Con regalar la casa y los papeles debería haber bastado.

»Puede que la abuela presidiera la fundación, pero solo de nombre. Jane Rylands se otorgó ciertos poderes exclusivos. Guardó en una caja de seguridad los cuadernos de Gaudier-Brzeska que conservaba mi abuela porque valían mucho dinero. Pero cuando acompañé a la abuela al banco a recuperarlos no nos dejaron. El encargado del banco nos informó de que Jane Rylands era la única persona autorizada a abrir la caja de seguridad de la Fundación Ezra Pound. Cuando mi abuela le explicó que la presidenta de la fundación era ella, el encargado contestó: "Lo siento, tenemos instrucciones expresas de la señora Rylands".

Walter siguió pasando páginas de la carpeta roja.

—Ah, lo tengo —dijo.

Se refería a un trocito de papel azul claro en el que, en letras grandes como pensadas para un niño, podía leerse: «Mira en la caja de seguridad. Cuenta los cuadernos. ¿Cuántos cuadernos ves? 1 2 3 4 5 6». Parecía el equivalente escrito de hablarle despacio y con exagerada claridad a un niño o quizá a un anciano algo confuso. El papel no estaba firmado y quienquiera que fuera la persona de la que se esperaba que marcara un número no lo había hecho.

—¿Qué significa? —pregunté.

Walter se encogió de hombros.

—Estoy convencido de que lo escribió Jane Rylands. Creo que es indicativo del estado mental de la abuela y la cautela de Jane cuando empezaron los rumores.

Devolvió el papel a la funda de plástico transparente.

—A veces Jane se inmiscuía en cuestiones que no guardaban ninguna relación con la fundación —continuó—. Mi abuela tenía dos cuadros importantes: un Fernad Léger y un Max Ernst. Jane se los llevó al Guggenheim, según ella, para enmarcarlos y ponerlos a buen recaudo. Cuando le pedí que los devolviera tardó meses en hacerlo y cuando por fin los entregó seguían sin marco.

—¿Alguna vez le preguntaron a Jane por qué se había metido en este asunto?

—Sí —contestó Mary—, y me respondió que por razones de negocios. Tenía la intención de fundar bibliotecas Ezra Pound en las principales ciudades de todo el mundo. Quería celebrar simposios y conferencias y editar varias publicaciones.

—Repitió el mismo comentario muchas veces —convino Walter—. Para ella era una cuestión de negocios.

—¿Por qué no pleitearon para invalidar los contratos de Olga?

—Nos dijeron que la única forma de anular los contratos era por la vía penal —dijo Walter—. Tendríamos que haber presentado acusaciones por fraude o *circonvenzione d'incapace*, es decir, por engañar a un incapaz, y no estábamos preparados para algo semejante. De todos modos también nos advirtieron de que ningún abogado veneciano aceptaría un caso en contra de otro abogado o notario de la ciudad. Tendríamos que buscar abogado en Milán o Roma.

Walter cerró la carpeta y la apartó.

—Bueno —dije—, parece que pese a todo lo ocurrido Philip y Jane siguen guardando un grato recuerdo de Olga Rudge. Tienen un cuadro de ella.

—¿Sí? —Mary parecía sorprendida—. ¿Dónde?

—En el piso.

—Me gustaría saber quién lo pagó.

—Tengo entendido que fue Jane quien lo encargó y lo pagó —repuse.

Mary dibujó una sonrisa irónica.

—Me gustaría saber quién lo pagó.

Durante un breve regreso a Estados Unidos, pasé un día en la Biblioteca Beinecke de New Haven. Allí encontré los papeles de Olga Rudge archivados en doscientas ocho cajas que ocupaban más de treinta metros de estanterías. Leí docenas de cartas y documentos varios, cada uno de los cuales me obsequió con un atisbo del mundo de Ezra Pound y Olga Rudge.

Una de las cartas me resultó particularmente interesante e irónica. La había enviado Mary en agosto de 1959 desde Brunnenburg a Olga, en Venecia. Discípulos y estudiosos habían estado visitando el palacio y hurgando en los papeles de Pound como «cerdos en busca de trufas». Mary empezaba a hartarse y escribió a su madre: «Anoche releí *Los papeles de Aspern*; Dios mío, qué ganas de encender una gran hoguera y quemar en ella hasta el último pedacito de papel».

Casi treinta años después, el 24 de febrero de 1988, Mary volvió a escribir a Olga desde Brunnenburg:

Queridísima madre:
Me pediste que «lo pusiera por escrito». El tiempo es oro, por tanto seré breve: DESfunda tu «Fundación» y asegúrate de que el único lugar que podemos considerar un hogar sea para la hija, los dos nietos y los cuatro bisnietos cuyas fotografías llevas siempre contigo. Si quieres confiar los «tecnicismos» a Walter, estoy segura de que estará dispuesto a asumir la responsabilidad. Ahora mismo te cuidas de una lumbre en un hogar que no te pertenece.
Con amor,

MARY

Sin embargo, el hallazgo más curioso en la Beinecke no fue algo que leí, sino algo que no me permitieron leer. Todas las doscientas ocho cajas de los papales de Olga Rudge podían examinarse menos una. Una caja, la número ciento cincuenta y seis, era inaccesible, de consulta «restringida» hasta el año 2016. La caja ciento cincuenta y seis contenía los documentos relativos a la Fundación Ezra Pound.

Me gustaría haberle preguntando a Jane Rylands qué contenía la caja sellada y por qué estaba sellada. También me habría gustado plantearle otras preguntas, pero puesto que Philip me había advertido que consideraría una «violación» de su intimidad enviarles preguntas por escrito, me contuve. En su defecto telefoneé al director de la Biblioteca Beinecke, Ralph Franklin, y le pregunté por qué aquella caja, y solo aquella, estaba sellada.

—Fue una de las condiciones que impuso la Fundación Ezra Pound para vender.

—¿Por qué el año dos mil dieciséis, veintiséis años después de la firma del acuerdo?

—No lo sé.

—¿Pagaron alguna suma a Jane Rylands?

—Jamás tratamos directamente con Jane Rylands. Tratamos siempre con la Fundación Ezra Pound. Había dos partes enfrentadas que reclamaban la propiedad de los papeles de Olga Rudge: Olga Rudge por un lado y la Fundación Ezra Pound por el otro. Compramos los derechos de ambas partes y, por tanto, los papeles.

—Para entonces —dije—, la fundación ya solo la componían Jane Rylands y el abogado de Cleveland, claro. Poco después de cerrar el trato con Yale, disolvieron la fundación. ¿Qué ocurrió con el dinero?

—No sé qué hizo la fundación con el dinero que recibió.

—¿El contenido de la caja sellada hasta el dos mil dieciséis revelaría esa información?

—Ni siquiera yo sé lo que hay en la caja.

De vuelta en Venecia me dirigí de inmediato a la *calle* Querini y llamé a la puerta del reverendo James Harkins y señora. El reverendo Harkins me brindó una cálida acogida y las llaves de la casa de al lado. Mary las había dejado para mí. Había alquilado el Nido Escondido para seis semanas. Mary me había advertido de que habían renovado el interior hacía poco tiempo y de que ya no quedaban efectos de sus padres, pero la idea de ver Venecia desde la perspectiva del Nido Escondido, por breve que fuera la experiencia, seguía atrayéndome.

—¡No olvides que los cócteles son a las cinco y media! —me recordó el reverendo Jim.

Le di las gracias y caminé hasta la casa de al lado, giré la llave en la cerradura y abrí la puerta.

La casa era pequeña, limpia y de mobiliario escaso. Las paredes se veían recién pintadas de blanco. En la planta baja, donde en otro tiempo se almacenaron en baúles los papeles de Olga y donde Ezra Pound, antes de recluirse en el silencio, recitaba poesías a sus amigos, ahora había una mesa de comedor, cuatro sillas y una pequeña cocina disimulada tras unas puertas correderas. Dos ventanas a cada lado de una chimenea daban al jardín Cipriani y, al fondo del jardín, al alto muro de ladrillos del almacén de la antigua aduana. Un cartel enmarcado de un concierto de los años veinte anunciaba la actuación de Olga Rudge y George Antheil colgado de una pared. Pero no se veían libros, librerías ni murales.

Un tramo de escaleras más arriba, en la primera planta, el otrora dormitorio de Olga contenía una mesa y dos sillas.

En la segunda planta, que había sido el estudio de Pound, había una cama y un cuarto de baño. Se había construido un sencillo escritorio de madera frente a la ventana.

Me llamó la atención un objeto depositado sobre la mesa. Un libro, el único libro de la casa: un ejemplar en rústica de *Los papeles de Aspern*. Lo abrí por la página del título y leí la dedicatoria: «Que el Nido Escondido inspire una obra maestra equiparable, M de R».

10

POR CUATRO CHAVOS

−¿Sorprendido?

Ludovico de Luigi me escrutó desde detrás de su nariz aguileña, divertido por mi reacción a la noticia del día. Estábamos sentados en una cafetería de *campo* San Barnaba y el periódico de la mesa de enfrente mostraba un titular con las palabras «incendio provocado». Los expertos que analizaban el incendio de La Fenice habían cambiado de opinión. En febrero habían decidido que el incendio había sido consecuencia de una combinación de accidente y negligencia. Ahora era junio y habían llegado a la conclusión de que había sido provocado.

−¿Por qué no debería sorprenderme? −pregunté−. Hace meses que descartaron el incendio provocado con «certeza casi matemática». ¿Todo este tiempo has sabido que era provocado?

−No, y ahora tampoco estoy seguro. Pero era inevitable que acusaran a alguien de provocar el incendio. Lo supe desde el momento en que Casson anunció que procesaría a un montón de gente importante por negligencia criminal: el alcalde, el administrador general de La Fenice, el secretario general del teatro, el ingeniero jefe de Venecia. Son personalidades influyentes. Han contratado a los mejores abogados defensores de Italia. Sus abogados saben que no pueden probar que sus clientes no cometieron negligencia, porque la cometieron. Pero si consiguen convencer al tribunal de que se trata de un incendio provocado y logran dar con el culpable y condenarlo, entonces, por ley, se retirarán automáticamente todos los cargos por negligencia.

—¿Me estás sugiriendo que han presionado a los expertos para que cambien de opinión?

De Luigi se encogió de hombros.

—Nunca es tan burdo. Las cosas son más sutiles.

Estaba a punto de preguntarle a De Luigi qué clase de sutilezas tenía en mente cuando una mujer sentada a una mesa cercana ahogó un grito. Una gaviota había aterrizado en medio de un grupo de palomas que picoteaban migas de pan y había agarrado a una de ellas con el pico. La paloma aleteaba y se retorcía, tratando de liberarse de la enorme gaviota. Con suma rapidez la gaviota inmovilizó a su oponente contra el suelo y le clavó en el pecho su pico largo y afilado. En cuestión de segundos, arrancó un bocado sanguinolento del tamaño de una uva grande —sin duda, el corazón de la paloma—, se lo colocó bien en el pico y se lo tragó.

La gaviota dejó la paloma muerta tendida en el adoquinado y se alejó pavoneándose hasta el borde del canal San Barnaba (de hecho, hacia el mismo lugar exactamente en el que muchos años antes Katharine Hepburn caía de espaldas al canal en *Locura de verano*). Las otras palomas, que habían huido presas del pánico durante el ataque, regresaron a sus puestos y siguieron picoteando mendrugos de pan a escasos metros de la gaviota, intuyendo tal vez que esta ya había saciado su apetito. La mujer de la otra mesa se estremeció y se giró. De Luigi se rió en silencio.

—Ahí lo tienes —me dijo—, representado en vivo y en directo. La alegoría del fuerte frente al débil. Siempre igual. El poderoso siempre vence y el débil siempre regresa con las víctimas. —Rió.

Ahora que los expertos habían declarado el incendio de La Fenice provocado correspondía a Felice Casson identificar al culpable o a los culpables. Se citaba a Casson afirmando: «Solo falta ponerle cara al monstruo o los monstruos responsables». De nuevo las especulaciones se centraron en la mafia. Casson dejó que se filtrara que trabajaba en la teoría de la mafia. Había recibido la llamada telefónica de un fiscal de Bari, donde la mafia había quemado la ópera Petruzzelli en 1991. Al comparar las fotografías de ambos incendios, el fiscal de Bari había descubierto una alarmante semejanza: tanto en el incendio de la Petruzzelli como en el de La Fenice, las llamas habían empezado en una planta superior y se habían extendido rápidamente hacia los lados, lo cual indicaba causa provocada. ¿Estaban relacionados los dos incendios? La estrecha relación entre el jefe de la mafia que había ordenado el incendio de Bari, Antonio Capriati, y el jefe de la mafia de la región del Véneto, Felice «Cara de Ángel» Maniero, hacía pensar en una posible conexión Bari-Venecia. A lo largo de los años los dos hombres se habían reunido con frecuencia en Padua. Más aún, en 1993, en el curso de un juicio por robo y tráfico de drogas, Cara de Ángel Maniero había admitido bajo juramento que había considerado prender fuego a La Fenice como medio para intimidar a sus acusadores.

Pese a la insistencia a menudo repetitiva del alcalde Cacciari en el sentido de que la mafia no actuaba en Venecia, todo el mundo daba por supuesto que Cara de Ángel Maniero y la mafia controlaban el negocio de los taxis acuáticos de la ciudad y que hasta fecha reciente dirigían el tinglado de los prestamistas de enfrente del Casino, servicio por el que cargaban un diez por ciento diario.

Maniero, juvenil pese a sus cuarenta y un años, era uno de los mafiosos más atrevidos y descarados de Italia. En una ocasión alardeó de haber ordenado el robo de un relicario incrustado de joyas de la catedral de Padua que contenía el maxilar de san Antonio para tener una baza con la que negociar en el caso de que él o cualquiera de sus hombres cayeran arrestados. Maniero cultivaba una imagen de despreocupación urbana. Vestía pañuelos ascot, poseía una flota de coches de lujo y a menudo se le veía consumir champán y caviar en compañía de rubias esculturales. En 1993, estando en busca y captura, compró un yate de treinta y seis pies y zarpó en un crucero por el Mediterráneo con la mayor frescura. La policía le atrapó frente a Capri, abordó el yate y le arrestó. Maniero fue declarado culpable y condenado a treinta y tres años de cárcel, pero a los pocos meses de prisión protagonizó una fuga espectacular. Siete de sus esbirros, disfrazados de *carabinieri* y armados con rifles de asalto, entraron en la prisión de máxima seguridad de Padua y retuvieron a los guardias a punta de pistola mientras Maniero y otros cinco miembros de la banda escapaban. Cuando volvieron a capturarlo al cabo de cinco meses, Maniero se convirtió en informante de la policía. A cambio de su libertad e inclusión en el programa de protección de testigos, aportó informaciones que condujeron al arresto de más de trescientos miembros de la mafia. En las fechas del incendio de La Fenice, Maniero se encontraba en Mestre testificando contra setenta y dos mafiosos en juicios relacionados con un par de robos millonarios, la venta de cientos de kilos de heroína y un doble homicidio.

La colaboración de Maniero con la fiscalía antimafia convertía en algo totalmente factible que, si Maniero no era responsable del incendio de La Fenice, otras figuras de la mafia lo hubieran ordenado para cargarle el muerto.

Después surgió una segunda teoría de la mafia cuando un informante siciliano le contó a Casson que el máximo capo mafioso de Palermo, Pietro Aglieri, le había confiado a un socio que había incendiado La Fenice para salvar la cara. Un testigo del gobierno en un proceso contra la mafia del Véneto se había declarado homosexual y gran amigo de Aglieri. Este, avergonzado, buscó redimirse ante sus colegas del hampa demostrando su hombría con una proeza catastrófica en Venecia. Prendería fuego a La Fenice. De acuerdo con el informante, Aglieri y otro miembro del clan fueron en coche hasta Venecia e iniciaron el fuego de La Fenice con un mechero. Casson siguió la pista de esta historia hasta que empezó a dudar de su origen. Pero en lugar de descartarla sin más, la pasó a la unidad antimafia de Venecia para que prosiguieran con la investigación.

Mientras, los expertos de Casson se esforzaban en explicar por qué habían cambiado de opinión sobre el modo en que se había iniciado el fuego. Al principio habían creído que una chispa o una colilla mal apagada había prendido en el revestimiento de resina del suelo del *ridotto*, el vestíbulo de la segunda planta del ala de entrada. Las resinas a su vez habrían iniciado un fuego lento en las tablas del piso que se habrían consumido poco a poco durante dos o tres horas antes de estallar en llamas. Esta clase de fuego lento era típica de un incendio accidental.

Pero posteriores pruebas de laboratorio habían demostrado que incluso con la capa de resina, el revestimiento del suelo no habría prendido a menos que se le aplicara una temperatura mucho más elevada que la de una chispa o una colilla. Por tanto los expertos se veían forzados a concluir que las maderas del suelo solo habrían prendido si alguien las hubiera rociado primero con un líquido inflamable. En el *ridotto* se almacenaban ocho litros del disolvente Solfip, altamente inflamable, y se habían hallado restos de dicho producto en los vestigios calcinados del entablado.

La única prueba que originalmente había decantado a los expertos por el incendio accidental era el descubrimiento de que las vigas que soportaban el suelo del *ridotto* se habían consumido por completo. Habían creído que este hecho indicaba un inicio lento y constante del fuego y, por tanto, accidental. En consonancia con el nuevo supuesto de incendio provocado, ahora los expertos aseguraban que como las vigas estaban recubiertas de resina y saturadas de disolvente, habían continuado consumiéndose durante todo el incendio a pesar de que las mangueras de los bomberos las empapaban de agua.

Así que el fuego no había ardido lentamente durante dos o tres horas. Había estallado en rugientes llamaradas a los diez o quince minutos de iniciarse. Lo cual significaba que había empezado entre las ocho y veinte de la tarde y las nueve menos diez y no a las seis en punto como se había pensado en un principio. Pero entonces, ¿qué pasaba con los ocho testigos que afirmaban haber olido a quemado en el exterior del teatro a las seis de la tarde? Los expertos señalaron que en el interior de La Fenice nadie había olido nada a esa hora y que, además, ninguno de los testigos que afirmaban haber olido el incendio a las seis habían avisado al momento. En opinión de los expertos, lo más probable era que el olor a quemado de las seis proviniera de la cocina de algún restaurante o de un horno de leña.

La transformación del siniestro de accidente a incendio provocado obligó a Felice Casson a reexaminar toda la información reunida en los últimos meses. En este segundo análisis se fijó con mayor interés en tres jóvenes veinteañeros que habían sido vistos corriendo hacia *campo* San Fantin entre gritos de «*Scampemo, scampemo!*» (¡Larguémonos de aquí!) en dialecto veneciano poco antes de que estallara el incendio. Iban riendo. Los testigos supusieron que los jóvenes venían de gastar una broma que había acabado mal. Al cabo de diez minutos se había visto a otro par de jóvenes corriendo. Unos y otros venían de la *calle* della Fenice, adonde daba la salida de artistas de la ópera.

El 29 de enero había veinticinco personas trabajando en las obras de remodelación del teatro. Casson quería saber quién había sido la última en salir.

La tarde del 29 de enero de 1996 el viejo vigilante de La Fenice, Gilberto Paggiaro, de cincuenta y cuatro años y mirada triste, entró a trabajar a las cuatro en punto. Desde su silla en el despachito de portería junto a la salida de artistas vio marcharse a casi todos los empleados entre las cinco y las cinco y media de la tarde. Tres personas más abandonaron el edificio durante la media hora siguiente: el escenógrafo, un encargado de prensa y la señora del bar, cuya cafetera en breve sería culpada del incendio. A las seis y media el electricista de La Fenice se fue a casa. Pasados diez minutos, un ejecutivo de una de las empresas encargadas de las obras salió del teatro seguido por un capataz. A las siete y media el carpintero de La Fenice se marchó con otros cuatro empleados que pasaron a recogerlo por carpintería para celebrar el cumpleaños de un antiguo colega.

Por tanto a las ocho quedaban nueve personas en el teatro: el vigilante Paggiaro; el fotógrafo de La Fenice, Giuseppe Bonannini, que estaba documentando las obras de remodelación, y siete jóvenes electricistas contratados por Viet, una pequeña empresa de trabajos eléctricos. Los trabajos de Viet iban con retraso. Los siete electricistas, incluido el propietario de la empresa, llevaban varias jornadas trabajando doce horas diarias. Tres de ellos habían sido contratados la última semana para recuperar atrasos. El 29 de enero estaban trabajando en la planta baja. A las ocho, terminaron el trabajo y se dirigieron a los vestuarios de la tercera planta para ducharse y cambiarse de ropa.

Enrico Carella, de veintisiete años y dueño de Viet, informó a los investigadores de que se había marchado a las ocho y media con su primo y empleado Massimiliano Marchetti. Durante los cinco minutos siguientes salieron tres electricistas más, uno de los cuales declaró a los investigadores que probablemente ellos eran los jóvenes que habían visto correr por la *calle* della Fenice. «Estábamos de broma», explicó.

Un sexto electricista partió pocos minutos después y, al salir, se despidió del electricista que quedaba dentro. El electricista de la casa le pidió al último electricista de Viet en marcharse que apagara todas las luces del teatro. Después, se pasó por la garita del portero; al no encontrar a Paggiaro dejó una nota informando de que había apagado las luces tal como le habían pedido. La nota se halló después del incendio, pero su autor, Roberto Visentin, era el único de los siete electricistas de Viet cuya salida no había presenciado nadie.

Ya solo quedaban dos personas en el teatro: el vigilante Gilberto Paggiaro y el fotógrafo Giuseppe Bonannini.

Paggiaro inició su ronda de control a las ocho y media iluminándose el camino por el teatro a oscuras con una linterna. Por lo general la ronda le llevaba una media hora, dados las dimensiones de la ópera, sus diversas plantas y su trazado laberíntico. Paggiaro primero subió, cruzó el escenario y se dirigió al ala sur, donde inspeccionó la maraña de oficinas y salas de reuniones. Lo encontró todo en orden. Luego retrocedió hasta el escenario y comprobó las oficinas del ala norte. Tampoco detectó ningún problema. De allí continuó por el corredor en herradura de detrás del segundo nivel de palcos hacia la parte posterior del auditorio y las salas Apolonias. Fue entonces, al acercarse a la mitad del corredor en herradura, cuando abrió una ventana y vio a una mujer al otro lado de la calle que gritaba: «¡Socorro! ¡El teatro se quema!».

Paggiaro se alarmó. Sabía que el fotógrafo Bonannini seguía en su despacho de la tercera planta porque le había pedido que pasara a recogerlo durante la ronda para guiarlo con su linterna por el teatro a oscuras. Paggiaro corrió arriba y encontró a Bonannini en su despacho, seleccionando fotografías.

El vigilante, sin aliento, le gritó: «¡Beppe, Beppe, en la segunda grada huele a humo! Ven a echarme una mano. Tenemos que descubrir de dónde viene. Vamos. ¡Rápido!».

Los dos hombres salieron del despacho de Bonannini y bajaron por las escaleras. Paggiaro iba delante gritando: «¡En la segunda grada! ¡La segunda!».

Abrieron la puerta que daba al corredor en herradura de la segunda grada y enseguida olieron a humo. Paggiaro encendió la linterna e iluminó una fina neblina. Continuaron avanzando hacia el fondo del corredor, dejando atrás las puertas de los palcos individuales. Se encontraban detrás del palco real cuando, al atisbar por la puerta de las salas Apolonias, descubrieron un humo denso y negro que bajaba por las escaleras procedentes del *ridotto*, un humo tan acre que tuvieron que taparse la nariz y la boca con un pañuelo. El reflejo de las llamas bailaba sobre las paredes. Oyeron los chasquidos de un fuego feroz. De pronto algo estalló en llamas. Los dos hombres dieron media vuelta y corrieron por el pasillo de vuelta al despacho de Bonannini para avisar a los bomberos. Bonannini buscó entre las llaves pero no pudo dar con la correcta. Mientras, Paggiaro vio un teléfono frente a la mensajería y corrió hacia allí, desde donde por fin telefoneó. La persona que le atendió le aseguró que ya les habían avisado del incendio y le pidió que bajara inmediatamente a abrirles la puerta principal a los bomberos. Cuando los dos hombres alcanzaron la planta baja, Bonannini se marchó inmediatamente. Paggiaro entró como una flecha en su oficina, se puso el abrigo y la boina. Luego pensó que podía quedar alguien más en el edificio y gritó: «¡Fuego! ¡Fuego! ¿Hay alguien?». Pero nadie le contestó. De modo que también él salió corriendo por la puerta de artistas y bajó por la *calle* en dirección a *campo* San Fantin. A las 21.21 exactas, Paggiaro, todavía con la linterna en la mano, se identificó ante el primer policía que encontró como vigilante de La Fenice.

El policía le miró estupefacto. Llevaba veinte minutos aporreando la puerta principal y pidiendo a gritos que alguien la abriera: «¿Dónde se había metido?».

Casson le preguntó lo mismo a Paggiaro una y otra vez en el curso de no menos de diez interrogatorios. El fiscal no sospechaba que Paggiaro hubiera participado en el incendio, pero consideraba probable que el hombre hubiera salido a comer algo y hubiera abandonado su puesto en un momento crucial. Paggiaro juró que no había salido del teatro, que ese día se había traído la comida de casa aunque no recordaba si se trataba de bocadillos o alguna fruta. Pese a sus declaraciones, no convenció a Casson. De modo que el fiscal mantuvo a Paggiaro en la lista de personas que pensaba acusar de negligencia.

Casson tampoco sospechaba del fotógrafo Bonannini. Había contrastado su historia y no se le ocurría ningún móvil posible.

El séptimo y último electricista en marcharse, Roberto Visentin, de treinta y dos años y al que nadie había visto salir, era el sospechoso número uno. Visentin solo llevaba cuatro días en la obra, pero conocía la distribución del teatro porque antes había trabajado a jornada completa en La Fenice durante tres años. Uno de los empleados había manifestado en privado sus sospechas sobre Visentin, que había desaparecido del vestuario hacia las ocho y cuarto con la excusa de ir a apagar las luces del teatro. Casson interrogó rigurosamente a Visentin y repasó la ruta que el electricista afirmaba haber seguido para apagar las luces. La historia de Visentin no contradecía ninguna otra y además quedó corroborada por el electricista de la casa, que confirmó haberle pedido a Visentin que apagara las luces; Visentin tampoco tenía un móvil. Casson le borró de la lista.

A continuación el fiscal se centró en Enrico Carella, propietario de Viet, y su primo de veintiséis años Massimiliano Marchetti. Examinó las transcripciones de sus declaraciones previas. Ambos afirmaban haber salido de La Fenice a las ocho y media y detenerse brevemente en el bar del Teatro de La Fenice a tomar un refresco con otros tres electricistas. Después habían cogido el *vaporetto* hasta el Lido para cenar con la novia de Carella, a cuya casa llegaron a las nueve y cuarto. Según Carella, mientras estaban en el Lido le telefoneó un amigo para contarle que acababa de ver en la televisión que estaba ardiendo La Fenice. Carella le contó a Marchetti y a su novia lo del fuego y los tres llamaron a un taxi acuático y regresaron a Venecia.

A lo largo de los meses siguientes, Casson citó a los siete electricistas para diversos interrogatorios, juntos y por separado. Des-

montó sus historias, comparó detalles, los empujó a contrade-
cirse para discernir las lagunas de memoria sinceras de las mentiras. Cuando las respuestas no satisfacían al fiscal, los interrogados
lo sabían: Casson enrojecía. Se mostró implacable. Los mandó
seguir; les pinchó coche, teléfono y móvil de padres y novias y
los grabó en secreto mientras esperaban en las dependencias po-
liciales a que los interrogaran. Luego, el 22 de mayo de 1997,
dieciséis meses después del incendio, Casson se abalanzó sobre
su presa.

Poco antes del alba, una brigada de policía llamó a la puerta
del piso de Giudecca donde vivía Enrico Carella con su madre y
el segundo marido de esta. Durante las horas siguientes, la policía registró la casa; luego invitaron a Carella a subir a la lancha
patrulla. Idéntica función se representó simultáneamente en Salzano, una pequeña población del continente, donde Massimiliano Marchetti vivía con sus padres y un hermano menor.

A mediodía los noticiarios de la televisión mostraron las imágenes de Carella y Marchetti saliendo esposados de comisaría en
dirección a la cárcel. Habían sido interrogados y acusados formalmente de haber incendiado La Fenice. Casson había obtenido una orden judicial invocando una nueva ley que permitía el
«arresto preventivo» durante noventa días. Había basado su petición en sus temores de que Carella, estando en libertad, alterara las
pruebas presionando a los otros electricistas de Viet. Como jefe
de la empresa, Carella todavía les debía el sueldo y las horas extras.

Según el fiscal el móvil para quemar el teatro había sido evitar pagar la penalización por el retraso en las obras de cableado.
El plazo previsto terminaba el 1 de febrero, al cabo de un par de
días, y la penalización era de ciento veinticinco dólares diarios
por cada día de retraso. Todavía quedaban unos dos meses de trabajo, lo cual sumaba unos siete mil quinientos dólares de penalización. Parecía una suma ridícula que difícilmente podía empu-
jar a alguien a quemar un teatro lírico. Pero sumada a los setenta
y cinco mil dólares en deudas que, según el fiscal, Carella tenía
pendientes de pago, la cifra podía sobrecoger. De acuerdo con la
teoría de Casson, la intención de Carella y Marchetti se había limitado a provocar un pequeño incendio que interrumpiera su

trabajo y por tanto modificara el plazo de finalización de las obras. Pero la cosa se les había ido de las manos.

Viet trabajaba en La Fenice en calidad de subcontrata de Argenti, una gran constructora romana. El padre de Carella, Renato Carella, había cerrado el trato con Argenti y montado Viet para su hijo. La subcontrata de La Fenice era el primer encargo de Viet. Renato Carella ejercía de capataz de Viet y enlace con Argenti en Roma, lo cual, en la práctica, le convertía en empleado de su hijo.

De los dos primos, Enrico Carella era el más sociable y decidido. Era listo y sabía argumentar. Vestía ropa cara, incluso en el trabajo. En declaración de uno de los electricistas de Viet: «Solía presentarse con unos mocasines Fratelli Rosetti». Carella, un atractivo morenazo, tenía toda una ristra de novias simultáneas. Se mudaba a casa de alguna de ellas y, pasado un tiempo, anunciaba que se veía con otra mujer. Alessandra, la novia del Lido a quien había visitado con Marchetti la noche del incendio (y que había prestado ocho mil dólares a Carella) fue reemplazada por Elena, a quien Carella confesó que se iba de vacaciones con otra chica, una tal Michela, pero no antes de que Elena, al poco de conocerlo, le prestara tres mil dólares. En las fechas de su detención, año y medio después, Carella salía con Renata, propietaria de una heladería en Crespano del Grappa y cuyo padre, muy gentilmente, había prestado doce mil dólares al padre de Carella. Durante dicho período Carella se compró un BMW de veinticinco mil dólares y una lancha Acquaviva de siete mil.

En comparación, Massimiliano Marchetti parecía un tímido pajarillo. No le interesaba vivir a lo grande; no se le veía ambicioso; era tímido y poco brillante y solo tenía una novia, su prometida.

Con los dos primos en el punto de mira, Casson se mostró como un fiscal de agresividad poco común. No solo los acusó de provocar el incendio, sino que además presentó cargos por intento de asesinato; peor aún, Casson empleó el término *strage*, que significa «matanza» o «masacre». Casson pensaba en los montones de personas que podrían haber muerto si el fuego se hubiera extendido por buena parte de Venecia, como muy bien podía haber ocurrido. Además anunció sin rodeos que estaba investigando a otros tres sospechosos todavía en libertad: Renato Carella y dos mafiosos sicilianos: Aglieri, el capo de Palermo que supuestamente había alardeado de quemar La Fenice, y el hombre que supuestamente le habría ayudado a hacerlo, Carlo Greco.

Renato Carella había salido de La Fenice al menos dos horas antes del incendio y no se sospechaba su implicación material. Casson sospechaba empero que podría haber ejercido de enlace entre su hijo y los desconocidos para los que una Fenice en ruinas habría representado una suma de dinero considerable. Para Casson los sospechosos más probables se contaban entre las diversas empresas que esperaban jugar un lucrativo y significativo papel en la reconstrucción del teatro.

Por tanto, en realidad existían dos teorías del incendio provocado: la del fuego pequeño en que los primos, actuando por su cuenta, intentaban prender un pequeño foco controlado para evitar pagar una penalización de siete mil quinientos dólares, y la teoría de la devastación total, en la que alguien pagaba a los primos para que quemaran hasta los cimientos de La Fenice. Casson se permitió el lujo de seguir ambas teorías a la vez.

El paso a la teoría del incendio provocado significó un alivio para las catorce personas que previamente Casson habían acusado de negligencia, aunque por poco tiempo. En cuestión de días el fiscal anunció que mantenía los cargos por negligencia. Incluso en el supuesto de que el incendio tuviera un origen provocado, la negligencia había creado las condiciones que había impedido su extinción. En cualquier caso, si Casson no conseguía una condena por incendio provocado, siempre podía recuperar la acusación de negligencia, mucho más fácil de probar.

—Nunca excluí la posibilidad de que el incendio fuera provocado —me contó Casson al poco de producirse los arrestos—. Al inicio de las investigaciones entregué a los expertos un informe escrito recomendando que no se desestimara dicha posibilidad. Pero no paraban de repetirme que se trataba de una negligencia.

De vez en cuando, insistía en el incendio provocado y siempre me replicaban que había sido negligencia.

Me reuní con Casson en su despacho del edificio del siglo xv a los pies del puente Rialto donde se encontraban los juzgados. El interior se había dividido sin orden ni concierto. Pasillos serpenteantes flanqueados de maltrechos archivadores metálicos y pilas de documentos daban al lugar cierto aire de almacén atestado. El despacho de Casson tenía vistas al Gran Canal, pero era soso y parecía más un lugar alquilado que el sistema nervioso central de una ajetreada división de lucha contra el crimen.

—Cuando los expertos decidieron por fin que el incendio había sido provocado —prosiguió Casson— tuve que repasar varios meses de interrogatorios en busca de alguna pista.

—¿Encontraron restos de explosivos? —pregunté.

—Una de las primeras cosas que verifiqué fue la declaración de Enrico Carella según la cual al salir del teatro su primo y él habían ido a tomar algo en el bar del Teatro de La Fenice y después al Lido. Quizá le parezca una tontería, pero quería confirmar si habían tomado algo en el bar. De modo que fui allí y hablé con el camarero que trabajó la noche del incendio. Resultó que esa noche el bar estaba cerrado.

Casson se permitió una tímida sonrisa.

—Inmediatamente visité a otro de los electricistas que había confirmado la historia del bar y le informé de que sabía que el bar estaba cerrado. Entonces se desdijo y admitió que había mentido. Por lo visto, tras el incendio, Carella había convencido a todos los electricistas para que acordaran contar a la policía una historia que concordara. Carella había organizado las reuniones para tratar la cuestión, una vez en una pizzería cerca de la plaza San Marcos y la otra en casa de su novia del Lido. Quería que declararan que habían salido todos juntos a las siete y media, una hora antes de la salida real.

Casson se detuvo para asegurarse de que yo había entendido la trascendencia del cambio de hora.

—Solo alguien que hubiera iniciado el fuego —dijo— sabría que salir del edificio una hora antes de que estallara en llamas le libraría de toda sospecha.

»Al estudiar con atención las declaraciones descubrí que las historias de Carella y Marchetti se contradecían. En interrogatorios separados ambos habían afirmado subir juntos a los vestuarios, pero cada uno describía rutas distintas.

»Las pruebas a menudo contradecían las horas que daban. Por ejemplo, Carella aseguraba haber llegado a casa de su novia a las nueve y cuarto. Pero el teléfono demuestra que ella le llamó a las nueve y veintiún minutos, cuando supuestamente Carella ya estaba con ella. ¿Por qué iba a llamarlo su novia si estaba con ella?

—¿No podría ser que Carella se confunda de hora?

—Puede, pero hay más contradicciones. Por ejemplo, Carella dice que se enteró del incendio porque un amigo le llamó al ver la noticia en la televisión. Lo comprobamos: la primera mención al incendio se emitió a las diez y treinta y dos y sin embargo Carella telefoneó al departamento de bomberos a las diez y veintinueve, se identificó y preguntó si era cierto que La Fenice se quemaba. Al menos una hora antes de esa llamada, había telefoneado a uno de sus trabajadores y le había dejado un misterioso mensaje preguntándole si se había olvidado un soplete encendido. El trabajador no había empleado el soplete en todo el día.

Casson recitó todos estos datos sin necesidad de consultar notas ni archivos. Saltaba a la vista la intensidad y cercanía con que se había implicado en el caso.

—Durante los días previos al incendio Carella se comportó de un modo extraño. Nueve días antes, un sábado por la noche, con el teatro ya vacío, uno de los vigilantes sorprendió a Carella vestido de calle en el *soffitone*, el ático. Es precisamente el lugar donde los expertos creen que se inició un segundo foco y Carella no tenía ningún trabajo que hacer en el ático. Intentó justificar su presencia contándole al vigilante que intentaba ver cómo se desnudaba una mujer de una ventana al otro lado de la *calle*.

Casson enarcó una ceja.

—Más o menos una semana antes un empleado de Viet se había dejado un soplete encendido toda la noche con una llama de diez centímetros. El soplete estaba conectado a una bombona de propano de quince kilos.

—¿Tienen alguna idea de cuándo y dónde empezó el fuego?

—A eso iba. Varios testigos aseguraron que Carella y Marchetti se ausentaron en más de una ocasión del lugar de trabajo de Viet en la planta baja durante esa tarde. En algún momento entre las siete y las ocho, se vio a Carella alejándose de su puesto de trabajo en dirección al *ridotto*, en la planta alta.

»Creo que fue entonces cuando lo preparó todo para luego. Subió al *ridotto* porque sabía que los obreros que trabajaban en esa planta ya se habían marchado. Abrió un armario, sacó las latas de disolvente, las abrió y vertió el contenido en el suelo y sobre una pila de tablones viejos. Luego pasó al vestuario, donde estaban sus compañeros, y se cambió. Carella y Marchetti, vestidos ya de calle, bajaron con los demás. Carella se dirigió a la garita del vigilante para llamar por teléfono y Marchetti le esperó junto a la puerta. Los primeros tres electricistas se despidieron y salieron. Carella y Marchetti se escondieron entonces en algún lugar del edificio y esperaron a que se hubiera marchado el último electricista, Visentin. Cuando Visentin cruzó la puerta, volvieron al *ridotto* sin ser vistos. Marchetti se quedó vigilando mientras Carella cogía un soplete, lo encendía y apuntaba la llama al suelo de madera. En cuanto el fuego prendió, corrieron escaleras abajo y huyeron por la salida de artistas a las ocho y cuarenta y cinco.

—¿Nadie les vio en todo ese rato?

—Bueno, sí: probablemente Carella y Marchetti eran los dos jóvenes que vieron corriendo por la *calle* della Fenice diez minutos después de que pasaran los tres primeros.

Los abogados de Carella y Marchetti atacaron de inmediato el caso de Casson. En nombre de Marchetti, Giovanni Seno argumentaba que casi todas las pruebas de Casson dependían de los esfuerzos que Carella y Marchetti habían hecho para que pareciera que habían salido de La Fenice al menos una hora antes de que se iniciara el fuego.

«¡Pues claro! —decía el abogado—. Estaban asustados. Es humano que una persona intente distanciarse de sospechas infundadas en un siniestro espantoso como este. El caso de Casson solo se basa en conjeturas, en nada más.»

El abogado de Carella añadía que Casson se equivocaba con el móvil: Viet no iba retrasada, La Fenice le había concedido otras seis semanas, hasta el 15 de marzo, para concluir las obras. Además, en caso de penalización, esta debía pagarla la empresa que había subcontratado a Viet, es decir, Argenti. El abogado de Carella argumentaba asimismo que la deuda personal de Enrico ascendía solo a siete mil quinientos dólares, una décima parte de lo que Casson estimaba. Probablemente la cifra de los setenta y cinco mil provenía de una conversación grabada en la que el padre de Carella le comentaba a un amigo que las deudas de su hijo se habían incrementado tras el incendio. Y esto era así por todo el equipo que habían destruido las llamas.

Le pregunté a Casson si había encontrado una prueba o instante concreto que inclinara la balanza y le convenciera de la culpabilidad de Carella y Marchetti.

—Sí —respondió sin dudarlo y de nuevo con una tímida sonrisa—. Ocurrió el doce de abril, para ser exactos. Cité a Marchetti y a su novia, Barbara Vello, para que me respondieran a unas preguntas. Durante el interrogatorio le pasé una nota escrita a la novia informándole de que se la investigaba por mentirnos en relación a una llamada telefónica que Marchetti le había hecho la noche del incendio. Habíamos descubierto gracias a una conversación grabada entre ellos que Marchetti había intentado convencerla de que cambiara la hora de la llamada. Él le decía que la había llamado a las ocho y media y ella le contestaba que no, que la había llamado a las seis. Pero él insistía: «No, a las ocho y media. Te llamé a las ocho y media».

»Yo había concertado la cita en la comisaría de Santa Chiara de la *piazzale* Roma en lugar de en mi despacho de Rialto a propósito, porque sabía que vendrían en el coche de Marchetti desde Salzano. Les permití aparcar frente a la comisaría, de normal, prohibido. Lo que no sabían era que unos días antes les habíamos instalado un pequeño radiotransmisor en el coche. Después del interrogatorio regresaron al coche y Barbara Vello estaba muy furiosa porque la estábamos investigando por perjurio. Se enfrentó a Marchetti y le gritó en dialecto: "¡Por cuatro chavos! ¡Y el otro, de deudas hasta las cejas! Así que para sacarse unos dinerillos aceptan prender fuego a La Fenice. Si al menos hubiera dado algo de dinero, si como mínimo tu primo hubiera sacado algo de dinero". ("Per quattro schei e quell'altro coi debiti i se ga messo d'accordo per fare un pochi de schei e i ga dà fogo eea Fenice. Almanco che ghe fusse vegnui in scarsea quei schei, almanco che ghe fusse vegnui in scarsea a to cugin.")

»Entonces me convencí. Volví a citarla y le pedí que me explicara su comentario. Como al principio no recordaba haberlo hecho, le ofrecí escucharse grabada. Después contestó vaguedades. Decía que estaba muy enojada. Que el comentario no admitía nada. Que era un desahogo, un comentario casual.

La policía llevaba meses escuchando cintas sin descubrir nada de utilidad. Sin embargo, la cinta del coche les entusiasmó. También Casson estaba eufórico. Filtró el comentario de Barbara Vello a la prensa y, como era de suponer, acaparó los titulares. Pero en ciertos barrios se dudaba de lo que la joven había querido decir en realidad.

Un mediodía me detuve en Gia Schiavi cerca de la Accademia, en uno de los bares de vinos frecuentados por los lugareños. Había cuatro hombres en la barra. Uno de ellos tenía un ejemplar del *Gazzettino* y estaba leyéndoles en voz alta a los demás las palabras de Barbara Vello.

–Por el modo en que está escrito –dijo uno de los hombres– parece una afirmación: «Han quemado La Fenice por cuatro chavos». Pero depende de la inflexión. Podría haber sido interrogación: «¿Han quemado La Fenice por cuatro chavos?», como quien se pregunta cómo es posible que la policía se crea semejante estupidez.

–Sí, sí… Por supuesto –corearon los demás.

–Luego está la segunda parte: «Si como mínimo tu primo hubiera sacado algo de dinero». Podría querer decir: «Bueno, si lo hicieron, al menos tu primo debería haber sacado algo de dinero del asunto».

Cinco meses después de los arrestos, ambos primos seguían en prisión. Barbara Vello estaba en su casa de San Donà, en el continente, abatida y embarazada.

—Se culpa de lo que le ha ocurrido a Massimiliano —me contó la madre de Marchetti—. Sin razón. No ha sido culpa suya. Intentan tergiversar sus palabras.

La señora Marchetti y su marido estaban sentados a la mesa de la cocina de su casa de Salzano, una pequeña población a media hora al norte de Venecia. Al final de los tres meses de arresto preventivo, Casson había pedido al juez una prolongación de otros tres meses y la había conseguido. El fiscal seguía presionando, incomunicando a Marchetti y Carella a veces incluso durante semanas. Nadie sabía cuándo los soltarían.

—No le desearía este infierno a nadie —aseguró la señora Marchetti, con su joven rostro demacrado y compungido.

Llevaba el pelo corto y canoso, y una sudadera de cremallera con unos pantalones de deporte. Su marido, jefe de planta de una empresa química de Marghera, permanecía sentado en silencio junto a ella. La señora Marchetti sirvió Coca-Cola de una botella de litro.

—La policía se puso a aporrear la puerta a las seis de la mañana. Tenían una orden de registro, pero no quisieron decirnos lo que buscaban. Nos sentamos en la cocina durante dos horas mientras ellos remiraban hasta el último mueble y el objeto más pequeño de la casa. Abrieron todos los cajones, todas las cómodas, todos los armarios. Registraron incluso el coche de Massimiliano.

—Nos preguntaron si queríamos avisar a un abogado —intervino el señor Marchetti—. Les dije que no, que buscaran donde quisieran. No teníamos nada que ocultar.

—Pensábamos que quizá tuviera algo que ver con marihuana —dijo su mujer—. Hace un año detuvieron a Massimiliano por posesión y le cayó un año, pero no fue a la cárcel. Pero la marihuana es agua pasada. La policía no encontró nada de drogas. Aunque se llevaron la espada samurái de Massimiliano y todavía la tienen.

La señora Marchetti se secó los ojos con un pañuelo.

—Luego, a las ocho, metieron a Massimiliano en el coche patrulla. Dijeron que se lo llevaban a firmar unos papeles. Mera formalidad. Mi hijo se llevó las herramientas con él porque pensaba ir luego al trabajo. Los seguimos en el coche hasta la Questura de Marghera. Después nos sentamos a esperar. A las nueve, nos dijeron que lo habían detenido por incendiar La Fenice. Nos quedamos de piedra. Después estuvimos dos meses sin verlo. Yo iba cada día a los juzgados a pedir permiso para visitarlo.

El señor Marchetti le cogió la mano a su mujer.

—Y pensar que la noche que ardió La Fenice nos sentamos a ver la tele con lágrimas en los ojos —añadió la esposa—. Nosotros amamos Venecia. Massimiliano ama Venecia. Es incapaz de algo así. Es un buen chico. Me contó que iban a regalarle dos pases cuando terminaran la remodelación. Me pidió que le acompañara. Esperábamos con ilusión poder ver a Woody Allen.

—¿Cómo han reaccionado los vecinos a la noticia? —pregunté.

—Nuestros amigos no dudan de su inocencia y eso nos consuela. Pero yo he perdido la fe por culpa de todo esto. Llevo yendo a la iglesia treinta años. Ahora ya casi ni la piso.

Lucia Carella, la hermana mayor de la señora Marchetti, trabajaba de gobernanta en el hotel Cipriani. Se había divorciado de Renato Carella hacía años y ahora estaba casada con su hermano, Alberto Carella. Vivía en Sacca Fisola, en Giudecca, con su hijo Enrico. Veinte años de exposición a la sofisticada clientela del Cipriani habían dado algo más de mundo a la señora Carella que a su hermana. Su rostro expresaba desafío en lugar de preocupación, pero su mirada revelaba un sentido del humor inquebrantable.

—La policía nos despertó a las cinco de la madrugada y lo revolvió todo, pero no quisieron decirnos el porqué. Le pregunté a Enrico qué buscaban y, por lo bajo, me respondió: «Los muy cabrones intentan hincharme las pelotas. Estarán buscando drogas». No sospechaba que estuviera relacionado con La Fenice. Y no se le veía nervioso.

—El fiscal asegura que Enrico prendió fuego a La Fenice y que su sobrino, Massimiliano, se limitó a cubrirle las espaldas —dije.

—¡Casson! Déjeme que le diga algo sobre ese Casson. La primera vez que me llamó después de arrestar a Enrico me pidió que fuera a contestar unas preguntas. Dijo que tenía derecho a negarme. Pero yo le contesté que estaría encantada de responder sus preguntas. Fui a su despacho y le conté todo lo que sabía, todo lo que recordaba. Punto.

»Luego Casson decidió mantener a Enrico encerrado cuando ya habían pasado los tres meses de arresto preventivo y, como podrá imaginar, pasé de la desesperación a la rabia. Casson volvió a llamarme para que fuera a contestarle más preguntas. Pero esta vez me negué, le dije que no tenía nada más que contarle. Y va y me contesta: "Oh, ¿de modo que no piensa cooperar? Bien, en tal caso no podrá visitar a su hijo". Y durante los siete meses que Enrico ha pasado en prisión, solo lo he visto dos veces. Mi hermana pudo ver a su hijo una semana sí y otra no.

—¿Por qué cree que han acusado a Enrico?

—Es un chivo expiatorio. Casson dice que ha quemado La Fenice para evitar pagar una penalización. ¿En serio? Porque por culpa del incendio Enrico ha perdido maquinaria por un valor diez veces superior a lo que tendría que haber pagado. Con eso debería bastar para demostrar que no ha sido él.

—A su hijo le habían interrogado varias veces en relación a La Fenice antes de ser arrestado. ¿No se les ocurrió a ninguno de los dos que podían considerarlo sospechoso?

—Nuestro gran error ha sido no contratar a un abogado desde el principio. Subestimamos la gravedad del asunto. Subestimamos a ese idiota de Casson que nos ha arruinado la vida.

—Casson afirma que su ex marido, Renato Carella, también es sospechoso.

—¡Casson! Casson es una de esas personas que adora salir por la tele, que nunca se equivoca, que lo sabe todo, que siempre atrapa a los culpables. Una persona importante me contó que conoce a un magistrado de Venecia que opina que Casson hace más mal que bien.

La señora Carella se inclinó hacia mí.

—Yo no debería repetirlo —murmuró—, pero me dijo que el magistrado tiene a Casson por un gilipollas.

De pronto la señora Carella se tapó la boca con la mano, consciente de que tal vez se había extralimitado, pero cuando me reí, ella también lo hizo.

La investigación seguía abierta cuando Casson dejó en libertad a los dos primos: Marchetti pasados cinco meses y Carella a los siete. Enrico Carella se instaló con su prometida en Crespano del Grappa y mataba el tiempo trabajando en la heladería. Lo llamé por teléfono.

—Claro que hablaré con usted —me dijo—, pero previo pago.

—Lo siento —repuse—, no trabajo así.

—Le contaré cosas que no sabe nadie.

—Ya le han entrevistado en el *Gazzettino* y *Oggi*. ¿Por qué iba a contarme a mí cosas que con ellos callaría?

—Ya verá.

Le deseé suerte a Carella y en su lugar llamé a Marchetti a través de su abogado, Giovanni Seno. Seno dijo que podría hablar con Marchetti en su despacho siempre y cuando comprendiera que tal vez no pudiera responder a ciertas preguntas. Lo entendí. La cuestión del pago jamás se mencionó.

El despacho de Seno estaba ubicado en un centro comercial sobre una tienda de electrodomésticos de la ciudad de Spinea, a media hora en coche de Venecia. El hombre tenía bigote y pelo entrecano magistralmente peinado para disimular una calvicie creciente. Más tarde me enteraría de que la cazadora de cuero de Seno era el sello característico de su indumentaria. Le daba un toque informal pero elegantón a juego con sus maneras desenfadadas. Rebosaba de una confianza afable rayana en la fanfarronería. Cuando pregunté de entrada qué clase de casos acostumbraba a llevar, me contestó sin rodeos:

—De la mafia.

—¿Ha representado alguna vez a Felice «Cara de Ángel» Maniero?

—Sí, pero hace veinte años, cuando era solo un chaval, antes de convertirse en capo. Un delito menor. No lo recuerdo.

Su cliente más famoso de la actualidad, Massimiliano Marchetti, llegó al despacho de Seno acompañado por su padre. El joven Marchetti era bajo, fuerte y llevaba una larga melena rubia algo rala en la zona superior. Vestía cazadora, vaqueros gastados y zapatillas deportivas. Lucía un pequeño aro de oro en la oreja izquierda.

—¿Cómo ha sido estar incomunicado durante cuarenta y dos días? —le pregunté.

Marchetti meditó la pregunta un momento.

—Estás solo —dijo—. Sin tele, sin prensa… sin ver a nadie.

—¿Cómo era la habitación?

—La llaman la Boca del León —dijo con voz entrecortada—. Es como… Es decir… No ves nada… Solo se ve el cielo. —Hizo una pausa.

—¿Por qué le incomunicaron?

—Hum… Por… —Parecía no dar con las palabras adecuadas.

Seno contestó en su lugar.

—Así intentaban sacarle lo que querían. Pero él no tenía nada que ofrecerles, por tanto, fue solo una forma de tortura. Les he visto tener a algunos tipos incomunicados durante once meses. Al final tienen que sacarlos de allí los psiquiatras.

—Sí, he tenido suerte —confirmó Marchetti.

—¿Cómo cree que empezó el fuego? —pregunté.

—No lo sé. De verdad… No tengo ni idea.

—Bien, ¿cómo se enteró de lo ocurrido?

Marchetti miró a su padre y luego a Seno.

—Les conté… eh… lo que recordaba, que… No todo… es decir… las horas estaban equivocadas. Y no creí que el hecho de que… Y también como… es decir… como yo no había hecho nada, no me paré a pensar… —Después se calló.

—Pero ¿cómo se enteró?

Tras una larga pausa, Marchetti contestó:

—Por mi primo. Esa noche… después de… ¿qué era…? Hum… eran…

—¿Cómo te enteraste? —interrumpió Seno, a todas luces exasperado—. ¡Basta de vaguedades, coño! ¡Quiere saber exactamente cómo te enteraste! ¡Qué ocurrió! ¡Cuéntaselo!

El padre de Marchetti miró a su hijo con expresión preocupada.

—Los telefonearon —apuntó el padre, tratando de ayudar.

—¡No! —exclamó Seno—. Eso es lo que dice Carella. Él —dijo señalando a Massimiliano— no oyó la llamada.

—No estaba… esto… en la misma habitación —explicó Marchetti.

Seno se inclinó en mi dirección con las palmas hacia arriba.

—¿Qué quiere? El chaval habla así. ¿Comprende? Intenta defenderse y habla así. A palabra por minuto. No puedo dejarle testificar.

—¿Cuál será la línea principal de la defensa? —le pregunté a Seno—. ¿Cuál es su argumento más poderoso?

—¡El móvil! Casson ni siquiera ha sugerido que Massimiliano tenga un móvil. ¿Cómo iba a tenerlo? Massimiliano solo era un empleado de Viet. Viet no era su empresa. No podían preocuparle ni penalizaciones ni multas. No hay modo de que tuviera un móvil.

»Cuando Casson habla de un móvil siempre alude a la penalización. Tal vez sea el móvil de Carella, pero no el de Massimiliano. De modo que en realidad el principal sospechoso es Carella. Pero no hay ninguna prueba en absoluto que implique a Massimiliano en todo el asunto fuera del hecho de que le contó al fiscal que jamás perdió de vista a su primo. Este detalle lo vincula a Carella; por tanto si Carella provocó el incendio, Casson deduce que Massimiliano tuvo que estar presente. Si Massimiliano no hubiera dicho eso, Casson lo habría eliminado del caso y el chaval no estaría pasando por todo esto. Pero, verá, Massimiliano no se imaginó que sospechaban de él hasta que lo arrestaron dieciséis meses después del incendio. No tuvo abogado hasta el día mismo de la detención, y para entonces lo habían interrogado cinco veces.

—¿De modo que piensa que Carella podría ser culpable? ¿O al menos que tal vez sepa lo que ocurrió?

—Yo no he dicho eso —repuso Seno—. Solo digo que de los dos muchachos, Carella sería un candidato más probable.

—¿Cree que les han tendido una trampa?

—Por supuesto. La cosa entera apesta. Ha sido un asunto muy sucio desde el comienzo. La policía, la prensa, todo. Cuando vayamos a juicio probaré que estos dos chavales no tuvieron tiempo de provocar el incendio entre la hora en que Casson afirma que fueron vistos por última vez en el teatro y unos minutos después, cuando puedo demostrar que ya estaban fuera. Ahora no voy a entrar en detalles, pero tendrían que haber cruzado el teatro a toda velocidad y, además, a oscuras.

—Pero si el incendio fue provocado, ¿qué otros sospechosos nos quedan?

—¿Bromea? Con todos los bichos raros que había en La Fenice no tenían ninguna necesidad de elegir a estos dos chicos. De hecho, en La Fenice trabajaba un tipo, escuche bien, que solía ir gritando por ahí: «¡Fuego! ¡Fuego!». ¡En serio! Y me han contado de otro que, dondequiera que trabaja, se declara un incendio. Lo despidieron casi de inmediato.

»No, la única prueba que tiene Casson es quién salió "oficialmente" el último del teatro. Y "oficialmente" los últimos en salir fueron Carella y Marchetti. Pero ¿qué clase de prueba es esa? ¿Qué demuestra? ¡Cualquiera podía haber entrado en aquel teatro! ¡Cualquiera! Nadie lo controlaba. Las puertas no se cerraban con llave, ¡si algunas se dejaban abiertas del todo! Nadie montaba guardia. El vigilante andaba de paseo y ni siquiera descubrió el fuego hasta pasados veinte minutos. Y de todos modos, ¿quién necesita un pirómano? Aquello no era un teatro. Era un establo que podía haber ardido en cualquier momento.

Pese a la confianza de Casson en el caso contra Carella y Marchetti, entre la gente dominaban las dudas, al menos por lo que deduje de las conversaciones y los comentarios cazados al azar.

Por ejemplo, un vendedor del mercado de Rialto le dijo a un ama de casa que estaba comprando tomates:

—¿Quién si no un loco creería que dos venecianos han quemado La Fenice? ¡Venecianos, nada menos!

—Es una locura —convino la mujer.

—¡Y por tan poco dinero! Aunque ni por una fortuna. ¿Quemar La Fenice? Impensable.

La idea de que dos jóvenes hubieran quemado La Fenice para evitar pagar una pequeña multa no satisfacía la propensión veneciana a las teorías de la conspiración. Detrás de aquel asunto tenía que esconderse algo mucho más gordo y secreto. Para mucha gente la mafia seguía siendo la principal sospechosa, eso si creían que el incendio había sido provocado.

Resultaba irónico que uno de los que no creía que el incendio hubiera sido provocado fuera el hombre cuyas fotografías habían empleado los expertos para demostrar lo contrario. La noche del incendio el fotógrafo Graziano Arici paseaba por *campo* San Fantin de camino a cenar cuando olió humo, vio las llamas y corrió a casa a por su cámara. Sus instantáneas fueron analizadas no solo por los expertos de Casson, sino también por el fiscal de Bari, quien las mandó comparar con las fotografías del incendio provocado en la ópera Petruzzelli y con las que encontró un parecido estremecedor.

—Vi el incendio por casualidad, solo porque acababa de romper con mi novia —me contó Arici—. La acompañé al *vaporetto* y en lugar de seguir con ella hasta Mestre me volví a casa. Iba de camino a cenar solo.

Arici me invitó a enseñarme las fotografías en su estudio de la planta baja del palacio del conde Girolamo Marcello, a escasos cien metros de La Fenice. Arici, de barba canosa y aspecto atractivo, se sentó frente a un ordenador y se entretuvo manipulando el teclado y el ratón, arreglando una y otra vez las imágenes del incendio que mostraba la pantalla, agrandándolas y reduciéndolas. Las fotografías demostraban que el fuego se había expandido de izquierda a derecha con rapidez.

—Se supone que demuestran que el incendio fue provocado porque en esta planta había un cortafuegos y por lo visto no sirvió de nada. Así que uno de los expertos dedujo que el incendio había empezado con al menos dos focos, posiblemente tres, y en consecuencia no era fortuito. Pero yo no le veo ningún sentido. ¿Y si habían dejado las puertas cortafuegos abiertas? ¿Y las pilas de maderas y los montones de serrín y astillas? Podrían prender muy fácilmente por accidente.

—Entonces, ¿qué piensas que pasó? —pregunté.

—Bueno, quizá los electricistas tenían que secar algo y emplearon un soplete o un calentador. Tuvieron un accidente. Tal vez intentaron apagar el fuego sin conseguirlo, se asustaron y huyeron. Eso explicaría por qué intentaron hacer creer a todo el mundo que habían salido del teatro una hora antes. Probablemente Casson los ha acusado de provocar el incendio con la esperanza de que confiesen el accidente y así la sentencia sería menor, por negligencia, por escapar de un incendio sin avisar de su existencia. Pero ¿quién sabe? Yo solo soy fotógrafo.

Ludovico de Luigi no solo era artista, sino que sabía lo que había ocurrido.

—Al final siempre se reduce todo a dinero —opinaba—, y todavía no se atisba el final. Todavía tiene que pasar de manos mucho dinero para que este asunto termine.

Le mencioné que me había impresionado la aparente meticulosidad de las pruebas científicas realizadas por los expertos de Casson. A lo que De Luigi, tras una buena risotada, insistió en que conociera a un amigo suyo:

—Yo te presentaré a un experto de verdad. Ven conmigo.

En el club de remo del Zattere, De Luigi me presentó a un hombre situado de pie junto a una góndola amarrada en el muelle. El hombre lucía barba y bigote negros y espesos, a lo Abraham Lincoln. Se llamaba Gianpietro Zucchetta, era químico y trabajaba para el Ministerio de Medio Ambiente. Su góndola era una réplica exacta de la que tenía Casanova hacia 1750.

—Se parece a las góndolas de las pinturas de Canaletto —dijo Zucchetta—, muy diferentes de las modernas.

La góndola de Zucchetta tenía una cabina desmontable o *felze* en la zona central y la proa era recta en lugar de curvada, por lo que debían dirigirla dos gondoleros en vez de uno. No obstante, el detalle más revelador estaba en la proa, más alta de lo normal; según su propietario, la primera vez que la sacó con marea alta le sorprendió no poder pasar bajo puentes que Casanova había sorteado sin problemas. Según él se trataba de «una dramática demostración» de hasta qué punto había subido el nivel del agua en Venecia durante los últimos doscientos cincuenta años.

Zucchetta sabía más de agua y Venecia que la mayoría; había escrito una historia del *acqua alta* en Venecia. También era una autoridad en puentes venecianos, los cuales había catalogado al completo en su libro *Venecia, puente a puente*, donde aparecían los cuatrocientos cuarenta y tres existentes. En el curso de la conversación descubrí además que Zucchetta había escrito varios libros más: dos sobre los canales de Venecia, uno sobre los «canales perdidos» que se habían rellenado (los *rii terrà*), uno sobre Casanova, uno sobre la góndola de Casanova, uno sobre la historia del gas en Venecia y otro sobre el alcantarillado veneciano. «Cuando pagas a un gondolero para que te pasee por los canales —decía Zucchetta—, te pasea por los lodos de la ciudad.»

Pero ninguna de las especialidades mencionadas explicaba la razón por la que De Luigi me lo había presentado, tal como descubrí al preguntarle sobre qué trataría su siguiente libro.

—La historia de los incendios en Venecia —contestó.

A De Luigi se le iluminó la cara.

—Mi amigo Zucchetta es un experto en fuegos. Ha investigado, ¿cuántos?, ¿seiscientos?, ¿setecientos incendios?

—Ochocientos —corrigió Zucchetta—, entre ellos el incendio de la ópera Petruzzelli de Bari. Pertenezco a la Asociación Internacional para la Investigación de Incendios Provocados.

—¿Le han consultado en relación con el incendio de La Fenice? —quise saber.

—Sí, pero me he negado a colaborar.

—¿Por qué?

—Porque es un incendio político y yo no investigo esa clase de fuegos.

—¿A qué se refiere?

—Hay políticos implicados. Algunos de ellos, acusados de negligencia. Verá, hay dos acusaciones en conflicto: negligencia e incendio provocado. Como es natural todos los acusados de negligencia quieren que el veredicto dictamine que el incendio fue provocado y los acusados de provocar el incendio quieren lo contrario. Cada una de las partes buscará expertos que certifiquen su punto de vista. Dos de los sospechosos de negligencia me han ofrecido un cheque en blanco por testificar a su favor en calidad de experto. Me dijeron que escribiera yo la cantidad. Obviamente querían que asegurara que el incendio había sido provocado aunque no lo creyera. Por eso se trata de un incendio político y por eso me niego a colaborar.

—¿Quiénes eran?

—No pienso decirlo. Pero los acusados no son los únicos interesados en el veredicto del caso. Un montón de personas perdió propiedades. Se dañaron los pisos de algunos vecinos y se destruyeron efectos personales y equipamientos de otros muchos; todos ellos quieren recuperar las pérdidas que no cubría el seguro. Si se dictamina incendio provocado, ninguno de ellos sacará nada de demandar a los electricistas, pues no tienen dinero. Sin embargo, si el veredicto es de negligencia, toda esa gente podría elegir entre varios responsables ricos a los que demandar: la ciudad de Venecia, la Fundación Fenice y los quince individuos acusados de negligencia a título personal. Dos de ellos ya han puesto las propiedades a nombre de la mujer.

Llegó el compañero de remo del señor Zucchetta. Se prepararon para subir a la góndola.

—Imagino que habrá seguido el desarrollo del caso —dije.

—Sí —confirmó Zucchetta, saltando a la góndola y equilibrándola para que subiera su compañero.

—¿Tiene alguna opinión sobre las causas del incendio?

—Por supuesto.

Zucchetta soltó amarras y empujó contra el muelle para alejar la góndola.

—¿Cree que fueron los electricistas?

Zucchetta negó con la cabeza.

—Si los electricistas incendiaron La Fenice —repuso con una sonrisa—, entonces los fontaneros tienen la culpa del *acqua alta*.

11

ÓPERA BUFA

Pocos días después de los arrestos de los electricistas, me dirigía en *vaporetto* hacia la plaza San Marcos cuando un taxi acuático se nos plantó detrás. En cubierta viajaban cinco hombres vestidos con traje de ejecutivo e, incluso desde los quince metros que me separaban de ellos, noté que se trataba de gente importante. También estaba claro que lideraba el grupo un hombre con gafas de sol, robusto, elegante y de barba blanca. Tenía rasgos duros, tez rubicunda y porte regio. Supuse que los demás serían sus socios o incluso los guardaespaldas. Entonces el líder se quitó la americana y le vi el reloj de pulsera por encima del puño de la camisa. Lo identifiqué de inmediato. Eso solo lo hacía Gianni Agnelli.

Agnelli, presidente del gigante automovilístico Fiat, podía encontrarse en Venecia por múltiples motivos. Por una parte, en la década de 1980 Fiat había adquirido el palacio neoclásico Grassi, lo había restaurado y lo había convertido en un magnífico centro de exposiciones para eventos artísticos de primer orden. Por otra, una de las hermanas de Agnelli, Cristiana Brandolini d'Adda, vivía en el *palazzo* Brandolini del Gran Canal, enfrente del *palazzo* Grassi, y otra hermana, Susanna Agnelli, tenía un apartamento para las vacaciones en San Vio. Con todo, lo más probable era que la estancia de Gianni Agnelli guardara alguna relación con la reconstrucción de La Fenice.

La reconstrucción del palacio de la ópera había salido a concurso público y seis consorcios habían respondido a la llamada.

Fiat había entrado a concurso a través de Impregilo, un grupo de empresas constructoras encabezado por Fiat Engineering. Se esperaba que en breve se anunciara el ganador. Impregilo tenía todas las de ganar gracias en gran medida a la presencia autoritaria de Agnelli y al hecho de que ya había restaurado con éxito el *palazzo* Grassi, lo cual la convertía en la única empresa a concurso por La Fenice con experiencia en la pesadilla logística que planteaba cualquier proyecto de construcción en Venecia. Las dificultades de Venecia eran prodigiosas y exclusivas de la ciudad. Las grúas gigantes imprescindibles en la construcción tendrían que ser desmontadas y transportadas hasta La Fenice por un canal estrecho y muy transitado a bordo de barcazas que no podrían pasar bajo los dos puentes del recorrido durante mareas especialmente altas. Ladrillos, metales estructurales, planchas de madera, tuberías, bloques de mármol y demás materiales de construcción deberían llegar a La Fenice por la misma ruta pero, dada la falta de espacio para almacenarlos en el teatro, tendrían que crearse áreas específicas en los espacios abiertos más cercanos, como *campo* Sant'Angelo, por ejemplo, o incluso en plataformas instaladas sobre el Gran Canal.

Agnelli, a quien público y prensa conocían por el afectuoso sobrenombre de L'Avvocato, había reunido al mismo equipo que tan bien había trabajado en el *palazzo* Grassi hacía diez años. Formaban parte de dicho equipo los arquitectos Gae Aulenti de Milán y Antonio Foscari de Venecia.

Gae Aulenti sería la arquitecta responsable del proyecto. Se la conocía sobre todo por la transformación de la estación parisina Gare d'Orsay, del siglo XIX, en el Musée d'Orsay, y por haber diseñado la galería de arte moderno del Centro Pompidou, también en París.

El matrimonio de arquitectos Antonio (Tonci) Foscari y Barbara del Vicario vivía en el *palazzo* Barbaro, en el piso situado justo debajo del ampuloso *salone* de la familia Curtis. Tonci Foscari, catedrático de historia de la arquitectura en la Universidad de Venecia desde hacía veinticinco años, presidía en la actualidad la Accademia di Belle Arti. En este momento, los Foscari trabajaban juntos en la restauración del teatro Malibran, edificio del siglo XVII situado cerca de Rialto. De pronto el proyecto había cobrado nueva urgencia al quedarse la ciudad sin un buen teatro para directos por culpa del incendio de La Fenice.

De todos los proyectos arquitectónicos de Tonci, el más conocido para el público era la restauración que había realizado con su esposa de la casa de campo que ambos tenían en el canal Brenta: villa Foscari, también llamada La Malcontenta. Andrea Palladio había proyectado la villa en el siglo XVI para dos hermanos Foscari consiguiendo un modelo de sencillez y armonía. *House & Garden* le había dedicado un artículo titulado «La casa más bella del mundo».

La noche que ardió La Fenice, los Foscari estaban en casa cuando un amigo los telefoneó para avisarles de que se había declarado un incendio muy cerca de ellos. El matrimonio había corrido al tejado del conservatorio de música, justo al lado de su casa, porque era el edificio más alto de la zona. Tonci Foscari se había quedado petrificado con la cámara en la mano, horrorizado, igual que si estuviera presenciando un asesinato, incapaz de sacar una sola fotografía. Ahora formaba parte de un equipo que confiaba en reconstruir La Fenice.

Estábamos sentados en el salón del piso de los Foscari en el *palazzo* Barbaro. Una sobria moldura de estuco en tonos pastel del siglo XVIII decoraba las paredes blancas, un tratamiento de lo más minimalista comparado con el derroche de ornamentos barrocos del viejo *salone* de los Curtis de la planta de arriba. Retratos de los antepasados de los Foscari —un papa y un almirante veneciano— nos observaban desde lo alto de las paredes. El retrato del dux del siglo XV Francesco Foscari, quien aparecía inmortalizado en la obra de Byron y la ópera de Verdi *Los dos Foscari*, colgaba en el Museo Correr de la plaza San Marcos.

—Un grupo francés me invitó a participar en el concurso para reconstruir La Fenice y luego también otro español. Pero no sabía qué hacer. Al final L'Avvocato Agnelli empezó a reunir al equipo del *palazzo* Grassi. Era casi inevitable. Al haber restaurado el *palazzo* Grassi no podía no competir por el contrato de reconstrucción de La Fenice. Y, tratándose de Agnelli, no podía no ganar. Además, si gana garantizará como nadie que las obras se atendrán al coste y al plazo previstos. Agnelli me telefoneó y me dijo: «¡Contamos contigo!». Así que opté por el pragmatismo. La oferta de Agnelli parecía segura, mucho más que las otras, y por tanto acepté.

Foscari no se hacía ilusiones sobre su contribución arquitectónica, sabía que no iría más allá de ocuparse de los detalles de una nueva versión del teatro original. Impregilo valoraba su familiaridad con las complicadas condiciones de construcción en Venecia y su experiencia en el trato con la burocracia local.

—En teoría —me dijo— todos los diseños que se presenten, en esencia, serán iguales. En realidad el concurso es entre empresas constructoras, o al menos debería serlo. Pero, y esto es muy italiano, se ha convertido en una competición entre arquitectos con debates interminables acerca de sus supuestas virtudes.

—¿Acaso Agnelli ha presentado una oferta que Venecia no podrá rechazar? —pregunté.

—Si Venecia lo elige, cerrará un buen trato. Desde luego L'Avvocato no ganará dinero con la reconstrucción. De hecho, podría perderlo. Pero lo haría por una cuestión de orgullo y de prestigio, no de beneficios económicos. Además, cuando se construye en Venecia es fácil perder los beneficios previstos porque lo más inesperado puede provocar retrasos carísimos.

—¿Como qué?

—Bueno, por ejemplo, puedes desenterrar una reliquia arquitectónica de valor histórico al excavar los cimientos. Nos acaba de pasar en la restauración del teatro Malibran.

A Foscari se le iluminaron los ojos. Por lo visto, el retraso le entusiasmaba.

—¿Sabe lo que hay debajo del Malibran? ¡La casa de Marco Polo! Fue construida en el siglo trece. Lo sabíamos antes de comenzar, claro, y al excavar la encontramos exactamente donde apuntaban los documentos. Hallamos la planta baja de la casa dos metros por debajo de la superficie actual. Fue muy emocionante, pero quedaba más por venir, porque seguimos excavando. Pronto encontramos un estrato del siglo once y, debajo, otro del sigloocho y, por último, todavía más abajo, ¡uno del seis! Un suelo procedente de la época de la invasión de los lombardos que representa los cimientos originales de la ciudad de Venecia. Se sabe muy poco de ese período de la historia veneciana. Las referencias escritas más antiguas datan del siglo ocho.

»Ver esos suelos ha significado una experiencia emocional muy intensa. Constituyen la prueba evidente de que el nivel del agua ha ido subiendo y Venecia ha ido hundiéndose durante mil quinientos años, y que los venecianos llevan todo ese tiempo enfrentándose al mismo problema del mismo modo: elevando el nivel de la ciudad. Todavía hoy seguimos igual. Se ven obreros por toda la ciudad arrancando el empedrado de los canales y volviéndolo a colocar siete centímetros más arriba. Así se reducirá el número de inundaciones durante unos treinta años, pero no podemos seguir con lo mismo eternamente.

»Excavar la casa de Marco Polo y todos los suelos que escondía debajo se convirtió en un gran "problema" porque retrasó la restauración del Malibran. Tardamos cinco meses. Cinco meses interesantísimos. Mientras todos los venecianos se quejaban: "¡Lleváis un retraso de cinco meses! Siempre igual, en Venecia no hay modo de terminar las cosas a tiempo", yo me excusaba con un: "Lo siento, ocurre muy pocas veces que te den la oportunidad de realizar excavaciones de este tipo. Es importante".

–¿Qué hay debajo de La Fenice? –pregunté.

–He encontrado un mapa de la zona de antes de que construyeran La Fenice, de modo que sabemos que existían estructuras previas. Pero afortunadamente, ninguna tan importante como la casa de Marco Polo.

La noche que ardió La Fenice, mientras Tonci Foscari permanecía petrificado en el tejado del conservatorio, incapaz de sacar una fotografía, el también arquitecto Francesco da Mosto subió con sus invitados a cenar a la *altana* de su casa, situada frente al teatro, a contemplar las llamaradas a través del visor de la cámara de vídeo.

Francesco y Jane da Mosto estaban celebrando su primera cena de casados con invitados cuando el casero les telefoneó para preguntar si estaban quemando la casa. Había atisbado humo por encima de ella desde la otra punta de la ciudad. Francesco subió a la *altana* a investigar y, al alcanzarla, se aclaró todo. La azotea de los Da Mosto ofrecía unas vistas cercanas y directas del incendio y a medida que caía la noche se fueron juntando amigos y parientes, entre ellos el padre de Francesco, Ranieri da Mosto. El conde Da Mosto pertenecía al gobierno municipal de Venecia, que había suspendido súbitamente la sesión de la tarde al enterarse del incendio.

Francesco había trabajado de auditor para el departamento de Obras Públicas y en los días que siguieron al siniestro le insistieron para que regresara a su antiguo puesto con el objeto de reconstruir el origen del incendio y valorar la estabilidad de las paredes exteriores de La Fenice que habían logrado sobrevivir.

Una tarde el arquitecto milanés Aldo Rossi visitó las ruinas de La Fenice. Rossi, responsable de la restauración de la ópera Carlo Felice de Génova, se había unido recientemente a Holzmann-Romagnoli, un consorcio italogermano que pensaba presentarse al concurso para la reconstrucción. Mientras lo acompañaban en su recorrido, Rossi mencionó que buscaba a un arquitecto radicado en Venecia que quisiera trabajar en La Fenice con su grupo. El ingeniero jefe le sugirió el nombre de Francesco da Mosto.

Rossi y Da Mosto quedaron al día siguiente para tomar un café y tratar de La Fenice. Rossi descubrió a un Da Mosto bien informado y simpático. «¡Te quiero en el equipo!», le dijo Rossi, antes de añadir que prefería las relaciones laborales informales: «Y tutéame, por favor».

La informalidad encajaba a la perfección con Francesco da Mosto. A sus treinta y cinco años lucía una sorprendente e indomable cabellera prematuramente blanca y cierta inclinación a vestir ropas cómodas y, a menudo, arrugadas: una camisa deportiva con el cuello desabrochado, una chaqueta holgada y pantalones de trabajo con grandes bolsillos laterales. Se le veía con frecuencia a bordo de su fueraborda entrando o saliendo de la laguna.

La familia Da Mosto era una de las más antiguas de Venecia y su árbol genealógico abarcaba más de mil años. Los Da Mosto contemporáneos vivían en el *palazzo* Muti-Baglioni, un inmenso palacio renacentista enclavado en las estrechas callejas próximas a los mercados de Rialto. Francesco tenía el despacho en un estudio del entresuelo.

«El timbre no funciona –me advirtió por teléfono–. Cuando llegues a la puerta, mira arriba. Verás un cordel que cuelga de la ventana. Tira del cordel. Hace sonar la campana de mi despacho, así te abriré. Luego sube un piso.»

Da Mosto salió a recibirme al rellano de una escalera alfombrada de rojo. Cuando nos disponíamos a entrar en el despacho, me señaló un busto de mármol colocado en un pedestal junto a la puerta.

–Te presento a Alvise da Mosto, mi antepasado favorito. Con veintinueve años descubrió las islas Cabo Verde, en mil cuatrocientos cincuenta y seis.

El despacho de Da Mosto era un espacio oscuro y cavernoso, de techos altos con vigas a la vista y estanterías rebosantes de libros, vídeos y archivos. Ordenadores, impresoras y mesa de dibujo quedaban medio enterrados bajo varias montañas de papeles y periódicos. Gráficos, fotografías, máscaras y recuerdos atestaban las paredes. Era un revoltijo a gran escala.

Da Mosto barrió una pila de papeles de una silla para hacerme sitio. Me senté de cara a un denso árbol familiar colgado de una pared.

–¿Cuántas generaciones recoge? –pregunté.

–No lo sé muy bien –contestó riendo–. No las he contado. Aunque creo que unas veintisiete.

–¿Todas nobles?

–De la nobleza, sí, pero no todas nobles. Una de mis antepasadas, una cortesana, ¡le contagió la gonorrea a lord Byron! A otro, Vido da Mosto, lo pillaron falsificando dinero. Pensaron en arrancarle los ojos y colgarlo de las columnas de San Marcos, pero al final le dieron trabajo como impresor del dinero oficial de la República Veneciana. Supongo que la teoría consistía en que la república aprovechara cualquier talento especial de sus ciudadanos. También sé de un Da Mosto cuya mujer comía tanto que el hombre se arruinó. Otro acabó en prisión por insultar al dux Andrea Gritti y otros tres o cuatro fueron excomulgados. Hemos tenido esposas de dux, pero nunca un dux; un Da Mosto perdió por los pelos frente a un hombre al que, después de nombrarlo dux, lo decapitaron, de modo que casi mejor que perdiera. En fin, los Da Mosto siempre hemos preferido ejercer el poder en la sombra. Detrás del trono se está más seguro.

—Y ahora un Da Mosto va a rescatar el teatro de La Fenice.

—Todo el mundo supone que ganará Agnelli, pero lo sabremos en un par de días.

Da Mosto extrajo una gruesa carpeta de debajo de una pila de papeles y me la tendió.

—Son las especificaciones que nos entregó la Comuna para la nueva Fenice. Es el plano preliminar o lo que tú llamarías las bases del concurso.

Hojeé el contenido de la carpeta. Mostraba La Fenice en una combinación de medios diversos: planos, dibujos, esquemas, fotografías y cuadros.

—Por suerte —dijo Da Mosto—, alguien descubrió los planos que se dibujaron en mil ochocientos treinta y seis, después del primer incendio. Los encontraron en un archivo junto con instrucciones detalladas por escrito de los hermanos Meduna. De modo que contamos con todas las medidas exactas del auditorio y por tanto podemos recrear con precisión la acústica de La Fenice. Los Meduna describieron incluso cómo había que tallar la madera. Las ondas sonoras viajan por las vetas de la madera, así que si se corta de forma adecuada y se coloca en el ángulo correcto, la madera transportará el sonido desde el escenario hasta todos los rincones del teatro sin irregularidades. ¡Los Meduna firmaron cada tabla! —Saltaba a la vista que a Da Mosto le encantaba este último detalle.

—Parece que está muy claro lo que se pide.

—Sí, aunque no del todo. Cuando recibí estos documentos de la Comuna, en septiembre pasado, los repasé varias veces. Algo no encajaba.

Da Mosto consultó los planos de la Comuna.

—Aquí, mira esta área. —Señaló el ala sur, un complejo de edificios pequeños enganchados como lapas a la pared sur del teatro—. Según este plano se ha agrandado el ala sur para incorporar en ella un edificio de dos plantas que no pertenece a La Fenice. En este hueco de aquí. Cubre un total de trescientos metros cuadrados, pero jamás ha formado parte de La Fenice. Pues bien –continuó al tiempo que extraía un plano viejo del teatro–, aquí se ve un *magazzino* en la planta baja. Incluye una lavandería que usa el restaurante Antico Martini; en el piso de arriba, hay un par de apartamentos de propiedad privada. Es muy raro. Las instrucciones escritas que nos entregaron no mencionan este nuevo espacio. Si debemos reconstruir el teatro tal *com'era* este espacio sobra.

–Entonces, ¿por qué aparece en los dibujos?

–Eso mismo me preguntaba yo. El señor Baldi, el propietario del Antico Martini, dice que necesita la lavandería para las mantelerías y que como no tiene ningún otro espacio disponible no venderá el *magazzino*. En fin, como no sabía qué hacer pregunté a algunos ingenieros y arquitectos que habían trabajado para el prefecto en los planos preliminares. Cuando comprendían de lo que les hablaba, se quedaban blancos como el papel. Así que telefoneé de inmediato a Aldo Rossi y le pedí que dejara de trabajar porque había cierta confusión sobre el ala sur.

»Por lo visto no fui el único que planteó la cuestión. Otro grupo a concurso ya había enviado una carta al respecto. De manera que el prefecto envió un fax a todos los que íbamos a concurso pero solo sirvió para confundirnos todavía más. En el fax se nos indicaba que debíamos construir "toda el ala sur del teatro, desde el suelo hasta el tejado". Pero ¿qué significa "toda el ala sur"? ¿Se refiere a los planos del ala sur tal como era antes del incendio o a los planos del ala sur más el edificio adicional? Cada vez entendía menos. Por tanto me presenté en el ayuntamiento y hablé con varios amigos míos que llevan años trabajando allí. Esa gente siempre sabe lo que se cuece. Me dijeron que nadie les había comentado la cuestión pero, con una media sonrisa, añadieron que debíamos incluir el espacio nuevo.

»Tuvimos una reunión en Milán donde expuse lo que ocurría en Venecia. Decidimos arriesgarnos y seguir adelante con los planos de Rossi para el ala sur aumentada.

»Probablemente la Comuna daba por sentado que todos diseñaríamos el ala sur con más despachos del estilo de los que había antes. Pero Rossi tenía otra idea, una idea brillante. Trasladó la sala de ensayos de la planta superior a la planta baja del edificio nuevo. Además la proyectó lo bastante amplia para que pudieran ensayar una orquesta entera más el coro. También podría acoger conciertos de música de cámara o conferencias. Lo bonito de la idea es que la sala de ensayos se convierte en un nuevo teatro de tamaño medio que puede usarse a la vez que el principal. Desde el punto de vista acústico está aislado y además cuenta con entrada propia desde la calle. Con dos teatros operando a la vez se incrementaría en un diez por ciento el aforo total de La Fenice.

Da Mosto devolvió la carpeta a la marea de papeles que inundaba la mesa.

—Siento curiosidad por ver qué han hecho los otros con el ala sur.

Al salir de allí, Da Mosto me condujo por un tramo de esacaleras hasta el *piano nobile*. El pasillo central conformaba un vasto espacio de veintitrés metros de largo. En ambos extremos se abrían altas ventanas emplomadas y de las paredes estucadas pendían retratos de los antepasados Da Mosto, uno de los cuales se había encargado de pagar los sueldos del ejército veneciano y aparecía rodeado de montones de monedas de oro. Conectado al pasillo central, un elegante salón de paredes de brocados dorados conducía a una pequeña capilla pintada al fresco que a su vez daba paso a un comedor en el que, según Da Mosto, Visconti había filmado una escena de *Senso*.

—Los productores de *El talento de mister Ripley* también quieren rodar una escena en la casa —me contó Da Mosto—. Mantener el estuco en condiciones con esta humedad sale carísimo, de modo que hemos aceptado.

Estábamos contemplando los retratos de la familia cuando el padre de Da Mosto entró en la sala. Era un caballero distinguido, de voz suave e indumentaria impecable compuesta por traje y corbata de colores apagados. Había leído que era uno de los principales defensores de un movimiento a favor de la restauración de la República de Venecia como Estado independiente del resto de Italia. Era un separatista, un *indipendista*. Le pregunté sobre el tema.

—La mayoría de la gente no comprende que en realidad la República Veneciana jamás ha muerto. Cuando en mil setecientos noventa y siete las tropas de Napoleón marchaban sobre la ciudad, el Gran Consejo se dejó llevar por el pánico y votó disolver la república. Pero fue una votación ilegal por cuanto no había suficientes personas para alcanzar el quórum. La salvaje e infame ocupación napoleónica de Venecia no fue más que una operación militar y, de nuevo, la ocupación austríaca posterior se redujo a una simple acción militar de contención. La unificación de Italia por el referéndum de mil ochocientos sesenta y seis fue una farsa, un fraude de la familia Saboya, con papeletas rellenadas de antemano y con la policía y los *carabinieri* espiando a la gente en los centros electorales. Una vergüenza.

—Pero ¿qué puede hacérsele ahora? —pregunté.

—Confiamos en que el Tribunal de La Haya nos preste atención. No sé qué pasará. No será una batalla fácil.

Yo dudaba mucho que ningún tribunal se sintiera con autoridad para deshacer la unificación de Italia ciento treinta años después de acordada, pero por lo visto el conde Da Mosto confiaba en que así fuera.

—¿Qué siente al saber que si el equipo de Francesco gana el concurso de La Fenice ayudará a resucitar no solo el teatro, sino también su palco real, construido originalmente por Napoleón y reconstruido luego por los Austria?

—Durante los últimos cincuenta años —me contestó el conde con una sonrisa jovial— un gran león dorado de San Marcos ha adornado el frontón que corona el palco real. Ya no es el palco de Napoleón ni el de los Austria. Es nuestro.

Se presentaron seis proyectos a concurso para la reconstrucción de La Fenice. Uno, presentado por Ferrovial, de Madrid, quedó descalificado de inmediato porque una de sus subcontratas carecía de la credencial antimafia obligatoria. Las credenciales antimafia eran documentos sellados por la policía en los que se confirmaba que la consulta a la base de datos del cuerpo no había encontrado conexiones entre la mafia y la empresa, ni pasadas ni

presentes. Pese a las protestas furiosas de Ferrovial, que aseguraba haber adjuntado dicha credencial, su solicitud fue rechazada.
Quedaban cinco candidatos.

Los resultados del concurso se anunciaron el 2 de junio de 1997,
año y medio después del incendio. A nadie le sorprendió que
ganara Impregilo, de Agnelli; Holzmann-Romagnoli quedaron
segundos. Sin embargo, en el desglose de las puntuaciones el
diseño de Aldo Rossi aparecía como el mejor. Impregilo había
ganado puntos suficientes para alzarse con el primer puesto al
comprometerse a concluir las obras dos meses antes que Holzmann-Romagnoli y por un coste de cuarenta y cinco millones
de dólares, es decir, por cuatro millones menos.

Al cabo de unos días me encontré a Francesco da Mosto por
la calle y, pese a la decepción, se le veía de buen humor.

—Los que hemos perdido tenemos derecho a examinar el proyecto que ha quedado por delante del nuestro. Así que voy a
echarle un vistazo al de Impregilo. Ahora mismo iba camino de
la Prefectura. No creo que me dejen entrar a nadie conmigo, pero
si quieres venir, lo preguntaré.

Acompañé a Da Mosto a la Prefectura, el enorme palacio renacentista conocido más formalmente como *palazzo* Corner
della Ca' Grande, donde descubrimos que, efectivamente, solo él
podía entrar a ver los proyectos a concurso. Un bedel lo condujo a los almacenes de la planta baja mientras yo me contentaba
con una visita por las magníficas dependencias oficiales con vistas al Gran Canal. Al cabo de media hora volvimos a encontrarnos en la planta baja. Francesco tenía una expresión extraña; imposible decir si divertida, perpleja, preocupada o enfadada.

—¿Qué ha diseñado Impregilo para el espacio nuevo? —pregunté.

—Cuando lo he visto, casi no me lo creo. He pensado: «¡No
puede ser verdad!». No han hecho nada. Lo han dejado vacío.

Tres semanas después *campo* San Fantin volvía a la vida tras casi
año y medio de una calma fúnebre y lúgubre durante el cual el cascarón carbonizado de La Fenice se había alzado ante el paseante

cual reprimenda silenciosa y símbolo deprimente de desesperanza. Con el transcurrir de las semanas tres grúas, portaestandartes de la restauración y la renovación, se alzaron sobre La Fenice. Los obreros de los andamios reforzaron las paredes exteriores del teatro. El ruido de los martillos neumáticos y la maquinaria para el movimiento de tierras indicaba que había comenzado la excavación y colocación de los pilares de hormigón de los nuevos cimientos.

En el Gran Canal se montó una plataforma elevada de casi cuatrocientos metros cuadrados cerrada por una muralla de contrachapado de dos metros y medio de altura. Allí se almacenaba el equipo y los materiales. Diversas hormigoneras ubicadas en la plataforma bombeaban el cemento líquido por varias tuberías subterráneas hasta la construcción. En el contrachapado se pintó un colorido mural de La Fenice, reflejo del optimismo que de pronto se había adueñado de la ciudad. En enero de 1998, segundo aniversario del incendio y después de ocho meses de reconstrucción, un Cacciari exultante convocó una rueda de prensa para anunciar que las obras avanzaban según lo previsto. Tal como se había prometido, La Fenice reabriría sus puertas en septiembre de 1999.

La alegría del alcalde se truncó en agonía cuando, apenas quince días después, el consistorio admitió a trámite una apelación de Holzmann-Romagnoli y revocó el contrato de Impregilo. Según el órgano municipal los planos preliminares indicaban con toda claridad que el ala sur debía incorporar el espacio nuevo. Citaban los mismos planos preliminares para probar que no se exigía a los concursantes que construyeran una réplica exacta de La Fenice: «Sería imposible reproducir el teatro tal como lo diseñó Selva, lo reconstruyó Meduna o lo modificó Miozzi. Tampoco puede ser exactamente igual que antes del incendio. En el mejor de los casos e incluso con la más concienzuda reconstrucción la nueva Fenice solo logrará evocarnos lo que solía ser». Impregilo había sido el único grupo a concurso que había omitido el espacio nuevo, con lo que conseguía una reducción de los costes que generaba una ventaja injusta con respecto a los demás competidores.

Se pararon las obras.

«¡Es una locura! –declaró el alcalde Cacciari–. Los pros de semejante decisión no son en modo alguno equiparables al daño que ocasiona a la ciudad y el país.»

La obra estaba patas arriba; nadie sabía qué hacer. Las autoridades romanas y venecianas, al borde del pánico, rogaron a la saliente Impregilo y a la entrante Holzmann-Romagnoli que cooperaran para asegurar un período de transición rápido y sin problemas. Pero parecía poco probable; los acontecimientos fueron enredándose en una maraña de complicadas preguntas y disputas.

¿Se le reembolsarían a Impregilo los quince millones de dólares que llevaba gastados? ¿Respetaría Holzmann-Romagnoli los cientos de contratos que Impregilo ya había firmado con proveedores y artesanos? ¿Quién se responsabilizaría de las grúas, cuyo arriendo seguía costando miles de dólares diarios aunque no se utilizaran? Lo mismo cabía decir de los andamios. Y por último, ¿podrían adaptarse los cimientos a medio construir de Gae Aulenti a La Fenice proyectada por Aldo Rossi? ¿O podría modificarse el proyecto de Rossi para que encajara con los cimientos?

La tragedia estaba en que el hombre que más fácilmente habría contestado a esta última pregunta ya no podía hacerlo. Aldo Rossi había fallecido en un accidente de tráfico en septiembre. Se había salido de la carretera de camino a la casa que poseía en el lago Maggiore. Sus socios milaneses recogerían el testigo. Francesco da Mosto, el primero en alertar a Holzmann-Romagnoli de que había base para apelar el resultado, ejercería de enlace entre el estudio de Rossi, Holzmann-Romagnoli y la Comuna de Venecia.

Gae Aulenti reaccionó a la noticia de su inesperada expulsión del proyecto con un comentario lacónico: «A mi sucesor, buena suerte». El comentario, palabra por palabra, era intachable, pero su brevedad transmitía una evidente indignación.

En cierto modo Tonci Foscari reaccionó con mayor elegancia. Escribió una carta al *Gazzettino* elogiando el diseño de Aldo Rossi. Alababa a Rossi su decisión de ubicar en la planta baja del nuevo edificio la sala de ensayos que haría también las veces de sala de conciertos e incrementaría el aforo de La Fenice. Foscari ofrecía algunas sugerencias al estudio de Rossi para multiplicar los usos del teatro. Así, proponía, por ejemplo, adaptar las salas Apolonias para que dieran cabida a fiestas y cenas después de la función. Implicaría proyectar más baños, una antecocina y varias salidas de emergencia. Foscari presentaba sus propuestas «como una evolución lógica del pensamiento de Aldo y, en recuerdo de aquella sonrisa perdida que solía iluminar su rostro, casi una muestra de respeto».

Como era de esperar, Gianni Agnelli no comentó la decisión de los tribunales. «L'Avvocato es el dueño de la Juventus, el equipo de fútbol de Turín –recordó Foscari–. Unas semanas ganas y otras pierdes. Quejarse no es su estilo.»

Mientras, una revisión meticulosa descubrió que los planes arquitectónicos de Rossi violaban ciertos códigos de edificación en la ciudad. Para que la construcción prosperara o se modificaba la reglamentación o se permitían excepciones. Sin embargo, las autoridades competentes se apresuraron a declarar que no habría problemas.

Más difícil era la cuestión del edificio con dos apartamentos de propiedad privada. Los propietarios se negaban a vender.

–Se arreglará con dinero –dijo Ludovico de Luigi, encogiéndose de hombros–. Ya verás. Todavía quedan muchos por sacar tajada del pastel antes de que se termine.

De Luigi estaba sentado frente al caballete añadiendo pintura a una imagen de la iglesia de Santa Maria della Salute convertida en plataforma petrolífera suspendida sobre un mar embravecido confinado en la plaza San Marcos. Se trataba de una de sus habituales visiones surrealistas de Venecia. El estudio de De Luigi ocupaba la planta baja de su casa, cuyas ventanas daban a un pequeño canal llamado *rio* di San Barnaba.

–En La Fenice se está representando una ópera. Una ópera bufa, cómica. –Hizo una pausa y reconsideró lo dicho–. No, una ópera tragicómica. Pero no se está representando en el escenario. Sino entre el público. Los espectadores se han convertido en actores. Políticos, ejecutivos de constructoras, arquitectos. Todo el mundo asegura que quiere construir el teatro. Pero en realidad ninguno quiere hacerlo. Solo les interesan los honorarios. Quieren que esta ópera no acabe nunca. Llegan, cobran, no hacen nada y luego se van, y a la salida, vuelven a cobrar. Luego llegan otros nuevos, cobran y vuelta a empezar. Todos idean unos proyectos impresionantes, pero falta saber lo que se esconde debajo. Gente despiadada. Políticos.

No era más que el típico cinismo de De Luigi, pero la historia real empezaba a parecerse a la visión del pintor y la locura de su arte.

—Por eso pinto el Apocalipsis —dijo aplicando capas blancas a las olas del mar que llenaba la plaza San Marcos—. Soy un *svedutista*, un pintor de paisajes negativos, de paisajes interiores. Los pinto como existen en la mente. No son abstracciones. Se componen de elementos reconocibles dispuestos según una visión surrealista. Retratan nuestras pesadillas.

De Luigi se retiró y estudió un instante aquel cuadro de belleza tenebrosa.

—Tienen que encontrar a alguien a quien culpar del incendio —continuó, volviendo a aplicar el pincel sobre el lienzo—. Pero políticos no, claro. Primero acusaron a la mafia. Les costó dos años decidir que no había sido la mafia. Y ahora han dado con los dos electricistas, pobres. —De Luigi se encogió de hombros—. Les dicen que si van a la cárcel en su lugar, a la salida su cuenta bancaria habrá engordado considerablemente. Quienquiera que quemara La Fenice no lo hizo por razones políticas ni filosóficas. Lo hizo por dinero.

—Si hubiera sido por odio a La Fenice —apunté—, imagino que lo habrían hecho público.

—Desde luego La Fenice no está libre de faltas —repuso De Luigi, levantando la vista de la tela—. El enfoque de las actuaciones había cambiado, y a peor. Se había pasado del amor al arte al protagonismo narcisista. Al exhibicionismo. Empezó la primera vez que montaron un foco para el director de orquesta. Fue para Herbert von Karajan. Fue el primer director de orquesta que parecía una estrella de cine. Antes los directores estaban casi a oscuras. Pero Von Karajan insistió en que quería un reflector, en que si no allí no tocaba nadie.

Ludovico de Luigi también conocía el calor de los focos. Él mismo se había diseñado uno. Iluminaba su larga melena blanca, su perfil imperial y sus estrafalarias payasadas. Esa noche el pintor brillaba más que nunca bajo su foco personal. Vestía un tricornio ribeteado de armiño, camisa arrugada, bombachos de seda roja y esmoquin decorado con llamas de pintura roja y naranja. Volvía a ser Carnaval. Por la ventana que daba a la calle se veían juerguistas disfrazados.

—Este año por Carnaval —dijo— voy a rememorar el segundo aniversario de la noche en que La Fenice se convirtió en un cascarón vacío. Tal vez se quede así para siempre. ¿Quién sabe?

Al poco tiempo se nos unió Gianpietro Zucchetta, el barbudo experto en puentes, canales, *acqua alta*, alcantarillas y fuegos. Zucchetta vino acompañado de su esposa —ambos con máscaras y disfraces dieciochescos— y una rubia vestida de cortesana. Tomamos una copa y subimos a la góndola de Zucchetta, la réplica de la embarcación de Casanova, que había dejado amarrada en el canal de delante de casa de De Luigi. El pintor subió a bordo una cartera de colegial y la escondió debajo del *felze*.

—Es para luego —explicó con una mirada de divertida expectación—. Vamos a hacer un *scherzo* para divertirnos. —Se volvió hacia mí—: ¿Alguna vez te han detenido los *carabinieri*?

—No he tenido el placer —contesté.

—¡Pues esta puede ser tu noche!

—¿Por qué?

—Porque pienso quebrantar la ley y cualquiera que me acompañe podría ser considerado mi cómplice.

De Luigi parecía disfrutar manteniéndome en ascuas, de modo que no le pregunté qué implicaba su *scherzo*.

—Que te arresten es bueno para el alma —añadió—. A mí me han arrestado por «obscenidad pública». Eso fue cuando invité a la estrella del porno Cicciolina a inaugurar mi escultura ecuestre de la plaza San Marcos y la mujer llegó con los pechos al aire. Los tribunales me declararon… ¡inmoral! ¡Persona de dudosa reputación! —Se echó a reír solo de pensarlo—. Pero para un artista la reputación buena o mala viene a ser lo mismo. Lo que quiere un artista es reconocimiento, atención.

»En Chicago me hice famoso. La policía retiró mis desnudos de una galería con la excusa de que había pintado "pezones agresivos". Claro, ahora en Chicago soy muy conocido. –Volvió a reírse y luego me miró–. ¿Te preocupa que te arresten?

–No, si es por una buena causa.

–Es por La Fenice.

–Bueno, entonces, está bien.

Con Zucchetta remando al frente y un gondolero profesional a cargo del remo de popa, nos abrimos paso hasta el Gran Canal, donde giramos a la derecha y pusimos rumbo a San Marcos. De Luigi reía y bromeaba, pero me fijé en que vigilaba el canal, su mirada saltaba de barca en barca a toda velocidad tratando de adivinar quién más había en el agua, en particular, si había lanchas de la policía. Pasamos frente al Museo Peggy Guggenheim.

–Después de la guerra –apuntó De Luigi–, Peggy Guggenheim organizaba unas fiestas grandiosas. Cuando terminaban, el servicio salía y repartía helados y cigarrillos. Cada vez que montaba una fiesta, mis amigos y yo subíamos al puente de la Accademia a ver bailar a los invitados en la terraza. Una noche, Peggy representó el hundimiento del *Titanic*, en el que había perecido su padre. Caminó desnuda desde la terraza hasta lanzarse al agua. La orquesta la siguió. Les pagó para que lo hicieran. A Peggy tuvieron que rescatarla los gondoleros.

»Pero América ya no nos manda a sus excéntricos. Eran muy divertidos. Tenían un gran sentido de la teatralidad. Eran creativos, imaginativos. Los norteamericanos de hoy en día ya no son tan divertidos. *Va bene*. Tendremos que divertirnos solos.

Justo por delante de nosotros se extendía la plataforma vallada donde La Fenice almacenaba hormigoneras y equipamientos varios. Navegamos en paralelo al mural de La Fenice pintado sobre la pared de contrachapado. De Luigi salió del *felze* y se levantó. En las manos sostenía un bote de pintura roja y un pincel. Miró arriba y abajo del Gran Canal.

–¿Alguien ve alguna lancha patrulla?

—Todavía no —dijo Zucchetta.

El gondolero de popa y él giraron los remos para estabilizar la barca y mantenerla pegada al mural.

De Luigi hundió el pincel en la pintura. Luego, al alzar la mano, me miró.

—Tú que sabes tanto del incendio —me dijo—. ¿Dónde se divisaron las primeras llamas?

—En la fachada principal, ventana superior izquierda —contesté.

A gruesos brochazos, De Luigi pintó grandes lenguas de brillantes llamas rojas asomando por la ventana superior izquierda. Luego las pintó en la ventana del medio y después en la de la derecha.

Un taxi acuático se acercó por detrás, dibujó una curva abierta y se detuvo cerca de nosotros para que sus festivos pasajeros contemplaran mejor el espectáculo.

«*Bravo! Fantastico!*», aclamaron. De Luigi se giró e hizo una reverencia. La estela del taxi golpeó en mitad de la góndola y nos zarandeó. La pintura salpicó fuera del bote pero cayó en el agua al tiempo que De Luigi recuperaba el equilibrio. Luego, De Luigi volvió a dar media vuelta y reanudó el trabajo. Pintó llamas en las ventanas de la planta baja y en la entrada principal, a continuación prosiguió hasta que las llamas se apoderaron de todos los portales de la fachada delantera. Hacían juego con las llamas del esmoquin. El esmoquin llameante de De Luigi y el mural de ventanas en llamas se habían fundido en una única obra de arte. De Luigi era una antorcha prendiendo fuego a La Fenice de pintura.

Otras dos barcas se detuvieron junto a nosotros, y luego otra y otra más. La góndola se balanceaba y cabeceaba entre risas, aplausos, motores al ralentí y el chapoteo de las aguas. De Luigi siguió pintando. Ahora estaba de pie frente a una vista transversal de las salas Apolonias pintando dondequiera que le alcanzara el pincel. Mientras añadía llamas a la solemne escalera, un brillo azul y titilante empezó a iluminar el mural. Una lancha patrulla asomó entre la flotilla que nos rodeaba. De Luigi, plenamente consciente de su presencia, continuó pintando.

—¿Qué está haciendo? —gritó un policía.

De Luigi se giró, con el pincel acusador en una mano y la lata de pintura en la otra.

—Estoy contando la verdad —repuso en un tono de desafío triunfal—. El encargo arquitectónico de una nueva Fenice nació de las llamas. Así que le estoy añadiendo un toque de sinceridad.

—Ah, es usted, maestro —exclamó el policía.

—Bueno, ¿van a arrestarme? —preguntó De Luigi.

—¿Arrestarle? ¿Otra vez?

—He estropeado el mural. Es vandalismo.

—Yo no lo llamaría así.

—¿No estoy alterando el orden público? —De Luigi parecía desconcertado.

—En carnavales, maestro, todo el mundo altera el orden público. Las normas son diferentes. Vuelva la semana que viene y repita la pintada. Entonces tal vez le arrestemos.

12

CUIDADO: CAEN ÁNGELES

Desde lo alto de un pequeño puente, Lesa Marcello observaba a los obreros retirar el último andamio de la iglesia de Santa Maria dei Miracoli, de quinientos años de antigüedad. El edificio llevaba diez años envuelto en un capullo de lona mientras los restauradores realizaban su trabajo y ahora por fin salía a la luz: una joya multicolor del Renacimiento temprano revestida por paneles de mármol y pórfido taraceado.

La iglesia dei Miracoli se encastaba como una gema en un minúsculo nicho en el corazón mismo de tal laberinto de calles entrelazadas y apartadas que a menudo uno se la encontraba por sorpresa. Un pequeño canal corría paralelo a uno de los costados ejerciendo de estanque sobre el que se reflejaba la iglesia. En resumen, la Miracoli era irresistible. Incluso John Ruskin, que detestaba la arquitectura renacentista, tuvo que admitir que se trataba de uno de los edificios más «refinados» de Venecia. No costaba entender que Santa Maria dei Miracoli fuera desde siempre la iglesia preferida para contraer matrimonio.

La restauración había corrido a cargo de Save Venice, la institución benéfica estadounidense dedicada a la preservación del arte y la arquitectura de Venecia. En calidad de directora de la sucursal local, la condesa Marcello llevaba años acudiendo varias veces por semana a la iglesia para controlar el avance de las obras. Charlaba con artesanos, obreros, contratistas y funcionarios. A veces incluso trepaba al andamio para ver más de cerca el trabajo.

Como ocurría con toda esta clase de proyectos en Venecia, la restauración de la Miracoli no se había reducido a una simple cuestión de recaudar el dinero y dar luz verde a los restauradores. Los burócratas venecianos jamás compartían las prisas de los donantes. Si les parecía intuir que se cuestionaba en lo más mínimo su autoridad o competencia, podían retrasar un proyecto de forma indefinida. Conscientes de ello, los gestores de Save Venice, con gran criterio, habían contratado a la condesa Marcello para que dirigiera la sucursal veneciana. Asimismo habían elegido a varios nobles venecianos para la junta directiva, entre ellos, al marido de Lesa Marcello, el conde Girolamo Marcello.

La condesa Marcello era una mujer discreta, sin pretensiones, que había resultado de una ayuda excepcional para Save Venice. Conocía personalmente a los superintendentes locales; más aún, conocía las rivalidades entre burócratas y por tanto estaba capacitada para maniobrar con destreza, sin herir susceptibilidades. Era una experta consumada en el arte de negociar al estilo veneciano, que comenzaba con el bien entendido de que podía conseguirse mucho más tomando un café en el Caffè Florian que sentados en un despacho. Los temas en las conversaciones con Lesa Marcello siempre surgían como de refilón. Sabía transigir y si por casualidad se filtraba alguna impaciencia entre las filas de Save Venice, como solía ser el caso, jamás permitía que los venecianos se enteraran.

—Estas cosas tienen que hacerse en privado —me explicó una tarde que fui a visitarla a su despacho—, no de manera oficial. Por ejemplo, si Save Venice costea la restauración de un cuadro cabe la posibilidad de que uno de los expertos en arte de su junta directiva quiera venir a Venecia a decirle al superintendente que no debería emplearse tal o cual producto químico. El superintendente se lo tomará como una crítica y replicará: «Aquí lo hacemos así». Y el proyecto se estancará. Yo prefiero mencionar la cuestión con un «Me han preguntado si sería posible esto o lo otro». Y luego me limitaría a comparar las dos ideas en lugar de contraponerlas. Nosotros somos así, nos movemos así, navegamos así. De un modo amable, nada agresivo. Los superintendentes están deseando debatir ideas nuevas con otros expertos, pero siempre que se haga con ecuanimidad. Y, por supuesto, en privado.

—¿Qué quiere decir «en privado»? —pregunté.

—De forma personal. Si hay presente un tercero, deja de ser una cuestión privada. Pasa a ser un tema público y el superintendente, como persona que es, se violentaría.

Por lo general Save Venice seleccionaba los proyectos de restauración de una lista confeccionada por las superintendencias, pero en el caso de la iglesia dei Miracoli, la idea había surgido de la misma organización. La iglesia se veía negra y mugrienta por fuera y por dentro. Save Venice propuso emplear métodos experimentales en la restauración y el superintendente de monumentos al principio se opuso de plano. Quería realizar un estudio exhaustivo del edificio antes de permitir que se empezara cualquier trabajo y el estudio podía alargarse durante décadas. Al final Save Venice sugirió proceder por fases: analizar unas pocas paredes, ver lo que se encontraba y, a partir de ahí, continuar o no. Al superintendente le pareció bien y el proyecto salió adelante.

Save Venice había calculado concluirlo en dos años, en 1989, a tiempo para celebrar los quinientos años de la iglesia. Pero incluso los expertos de la propia organización insistieron en unas investigaciones preliminares que se prolongaron dos años. Los técnicos analizaron muestras de todas las sustancias estructurales del edificio, dibujaron esquemas a escala con ayuda de medidores láser, realizaron resonancias de las paredes y midieron los niveles de humedad y temperatura.

Cuando desprendieron los primeros paneles de mármol de las paredes, descubrieron que la sal de los canales se había filtrado por los ladrillos porosos y calado el mármol. La composición de los bloques de mármol contenía ahora un catorce por ciento de sal. Muchos de ellos estaban a punto de estallar. Había que retirarlos uno a uno y desalarlos sumergiéndolos durante meses en unos tanques de acero construidos expresamente y rellenados con agua destilada en circulación constante.

La restauración había llevado diez años, no dos, y el coste había ascendido desde el millón de dólares estimado inicialmente a los cuatro millones finales. Pero ahora a nadie le importaba. La

Miracoli se aclamaba por doquier como una obra maestra de la restauración y modelo de cooperación. Había sido el proyecto más ambicioso jamás acometido por cualquiera de los treinta comités privados que realizaban restauraciones en Venecia. Los espectaculares resultados habían despertado una tormenta de buenas intenciones para con Save Venice. Miembros del prestigioso Ateneo Veneto, órgano supremo de la intelectualidad veneciana, habían votado a favor de conceder su máximo reconocimiento, el premio Pietro Torta, a Save Venice y a su presidente Lawrence Dow Lovett.

Lesa Marcello había hablado con Lovett para comunicarle que el galardón había sido confirmado. Lovett, oriundo de Jacksonville, Florida, se había granjeado el cariño de los venecianos al comprar un palacio del siglo XIX en el Gran Canal, restaurarlo y fijar en él su residencia habitual. El palacio estaba decorado con suntuosidad y desde su amplia terraza, la mayor del Gran Canal, se disfrutaba de unas vistas espectaculares del puente Rialto. Lovett organizaba con frecuencia cenas para veinte o más comensales servidas por el Harry's Bar y un escuadrón de camareros de guantes blancos.

La condesa Marcello también informó del premio Torta al director general de Save Venice, Randolph «Bob» Guthrie, que vivía en Nueva York. Guthrie era un cirujano plástico de renombre, uno de los doctores que había inventado el procedimiento estándar para la cirugía reconstructiva de mamas. Él y su esposa Bea vivían en una casa unifamiliar en el Upper East Side de Manhattan cuya planta baja hacía las veces de oficina central de Save Venice.

Lesa Marcello regresó de un humor estupendo de la iglesia dei Miracoli a las oficinas de Save Venice. Sabía que, a su modo, había contribuido al éxito de la restauración de la Miracoli. En el despacho encontró un fax esperándola. Lo enviaba Bob Guthrie. Leyó la primera línea. Volvió a leerla. «Me escandaliza que el premio Torta haya destacado a un individuo», había escrito Guthrie.

Continuó leyendo con el corazón en un puño. «Por favor, informa al comité del premio de que la restauración de la iglesia dei Miracoli es el resultado de los esfuerzos de muchas personas en Save Venice y que por tanto la junta de Save Venice no puede aceptar la propuesta del comité de destacar a un solo individuo. El premio, en caso de otorgarse, debería concederse al conjunto de Save Venice. De lo contrario Save Venice pedirá formalmente que no se entregue ningún premio a su trabajo.»

Sin mencionar siquiera el nombre de Larry Lovett, Guthrie le pidió a Lesa que informara al comité de que «la persona» que habían elegido para recibir el premio no era el máximo directivo ejecutivo (en otras palabras, el director general) de Save Venice desde hacía casi diez años y que, en cualquier caso, resultaría presuntuoso que cualquiera aceptara un premio por el trabajo de tantos otros.

La carta de Guthrie era directa, perentoria y categórica. Concluía pidiéndole a Lesa que, a menos que los miembros del comité del premio cambiaran de opinión, no les facilitara ninguna información, fotografía o documento ni colaborara con ellos en modo alguno. «No quiero que en Venecia quepa ninguna duda de cuál es nuestra posición.»

Las razones que subyacían tras el fax de Bob Guthrie eran muchas y complicadas, tal como sabía muy bien la condesa Marcello. Pero por el momento la carta significaba solo una cosa: que una comisión de venecianos ilustres había votado honrar Save Venice y a su presidente Larry Lovett con su galardón más preciado y que Bob Guthrie, director general de la organización, estaba dispuesto a devolvérselo a la cara.

La tensión en el seno de Save Venice entre el presidente y el director general había ido en aumento durante los últimos dos años, desde 1995. La primera señal externa de la situación fue tan leve que poca gente la notó: el nombre del director general Bob Guthrie había precedido por primera vez al de Larry Lovett en el cuadro jerárquico de la junta directiva de Save Venice en una revista publicada por la organización y editada por el propio Bob Guthrie. Para Lovett, este cambio súbito en la jerarquía significó una sorpresa desagradable.

Las raíces de este enfrentamiento creciente se hundían hasta principios de la década de 1960, antes de que los dos hombres se conocieran, cuando en la recepción de un hotel de Roma se oyó comentar a un coronel retirado del ejército estadounidense que la Torre de Pisa podía enderezarse congelando el subsuelo sobre el que se alzaba.

El autor del comentario se llamaba coronel James A. Gray. La persona que lo oyó era el superintendente de antigüedades y bellas artes de Italia. El superintendente le confesó al coronel que su idea de congelar el suelo de debajo de la Torre de Pisa le parecía ingenioso y que podría probarse si se demostraba su viabilidad. Gray se puso a investigar. Aunque al final la torre se estabilizó por otros medios, las investigaciones del coronel Gray lo convirtieron en un apasionado defensor de la conservación de las grandes obras arquitectónicas y artísticas del mundo. Se documentó y descubrió que no existía ninguna organización privada sin ánimo de lucro dedicada a tales menesteres, así que en 1965 creó la primera. La llamó International Fund for Monuments y la dirigió desde su apartamento en el National Arts Club del neoyorquino Gramercy Park. (Después de veinte años y una gran expansión, la organización del coronel Gray pasaría a denominarse World Monuments Fund.) Gray seleccionaba los proyectos un poco por capricho y lejanía: la conservación de las misteriosas cabezas de la isla de Pascua o las iglesias del siglo XII excavadas en la roca de las colinas etíopes.

Entonces, el 4 de noviembre de 1966, una combinación de lluvias constantes, fuertes vientos y temblores sísmicos bajo el lecho del Adriático provocó unas mareas inusitadamente altas que desencadenaron inundaciones por todo el norte de Italia y mantuvieron a Venecia bajo metro y medio de agua durante más de veinticuatro horas.

En el período inmediatamente posterior a las inundaciones, la atención se centró sobre todo en Florencia, donde el Arno se había desbordado más de seis metros y causado la muerte de noventa personas, además de dañar o destruir miles de obras de arte. Los amantes del arte del mundo entero formaron comités de ayuda y asistencia. En Estados Unidos se creó el Comité para el

Rescate del Arte Italiano, con Jacqueline Kennedy como presidenta honorífica.

En cuanto a Venecia, aunque no había muerto nadie y muy pocas obras de arte habían quedado dañadas, pronto se evidenció que en lo básico la situación era peor que en Florencia. Venecia se había edificado sobre millones de pilones de madera hundidos en el lodo del lecho de la laguna. A lo largo de los siglos, a medida que la ciudad fue instalándose en tierra firme y el nivel del mar incrementándose, los cimientos se volvieron inestables. Cuando los expertos analizaron el estado de Venecia, descubrieron que la mayor parte de los edificios y casi todas las obras de arte se encontraban en un estado lamentable, consecuencia de los dos siglos de negligencia que siguieron a la derrota de la ciudad a manos de Napoleón. Por toda Venecia, las obras pictóricas estaban sucias, enmohecidas y quebradizas. Muchas de las más importantes se guardaban en iglesias, donde quedaban a merced de los elementos por culpa de los agujeros de los tejados. Al mismo tiempo un gran número de edificios tenían los cimientos erosionados y las fachadas a punto de venirse abajo. Era bastante habitual que se desprendieran trozos de paredes, ladrillos, mármoles, cornisas y demás elementos decorativos. Toda la pared este de la iglesia dei Gesuiti amenazaba con caer en el canal adyacente. Cuando se cayó un ángel de mármol de un parapeto de la florida, aunque tristemente desvencijada, iglesia de Santa Maria della Salute, el dueño del Harry's Bar, Arrigo Cipriani, colgó un cartel frente a la iglesia que advertía: «Cuidado: caen ángeles».

Viendo pues amenazada la existencia misma de Venecia el coronel Gray creó un «Comité Venecia» dentro de su International Fund for Monuments. Las operaciones de rescate en Florencia tocaban a su fin y Gray reclutó al jefe del Comité para el Rescate del Arte Italiano, el profesor John McAndrew, para dirigir el Comité Venecia.

McAndrew, experto en historia de la arquitectura, estaba a punto de jubilarse de su cátedra del Wellesley College. En el transcurso de una vida activa y variada había ejercido de conservador de arquitectura en el Museo de Arte Moderno de Nueva York después de servir en México durante la Segunda Guerra

Mundial como coordinador de asuntos interamericanos del Departamento de Estado. Era un experto en Frank Lloyd Wright y Alvar Aalto y había escrito habitualmente en publicaciones académicas.

En los años setenta McAndrew reunió un grupo de intelectuales y mecenas para el Comité Venecia, entre los que se contaban el estudioso del Renacimiento Sydney J. Freedberg, jefe del departamento de bellas artes de Harvard; Rollin «Bump» Hadley, director del Museo Isabella Stewart Gardner de Boston; el suizo coleccionista de arte Walter Bareiss; y Gladys Delmas, una filántropa estadounidense con un especial interés por Venecia. Por las mismas fechas en otros países se estaban formando organizaciones similares dedicadas a ayudar a Venecia: en Gran Bretaña, Venice in Peril; en Francia, el Comité Français pour la Sauvegarde de Venise; y en Suecia, Pro Venezia. Al final sumarían treinta instituciones privadas sin ánimo de lucro. El trabajo de todas estas organizaciones se coordinaba a través de una oficina de enlace gestionada por la UNESCO llamada Asociación de Comités Privados.

Durante sus primeros cuatro años de existencia, el Comité Venecia inició más de una docena de proyectos importantes de limpieza y restauración, comenzando por la recargada fachada de Ca' d'Oro, un palacio gótico del Gran Canal. Como muestra de gratitud por los trabajos de Save Venice, los aristócratas venecianos hicieron algo extraordinario —extraordinario, se entiende, para los venecianos—: invitaron a los estadounidenses a sus cócteles. Este gesto aparentemente pequeño marcó el inicio de una revolución social en Venecia. Tradicionalmente los venecianos solo invitaban a su casa a la familia y los amigos más íntimos. Era prácticamente tabú extender las invitaciones más allá de ese círculo. Esta nueva hospitalidad daba idea de la alta estima en que los venecianos tenían a Save Venice y constituyó además la primera de todas las oportunidades que vendrían de entrar en los magníficos santuarios internos vedados a los turistas normales.

Sin embargo, al poco tiempo estalló un choque de personalidades entre el tosco coronel Gray y los sofisticados miembros del Comité Venecia.

Gray era un hombre de acción poco dado a las tonterías, dueño de un gran encanto pero sin el barniz de lo social. Era ingeniero eléctrico y como paracaidista se había lanzado cientos de veces sobre Italia durante la guerra, pero carecía de formación artística. Era malhablado cuando le convenía y contaba chistes sonrojantes en momentos inoportunos.

McAndrew, Hadley y Bareiss se avergonzaban de Gray y empezaron a evitarle. El coronel, por su parte, los consideraba un puñado de diletantes de alta sociedad que acudían a fiestas en el Gran Canal a beber *prosecco*. Cuando el Comité Venecia propuso organizar una fiesta para recaudar fondos en Boston, Gray rechazó la idea porque le parecía una pérdida de tiempo. En su opinión, para recaudar fondos bastaba con sentarse en la terraza del hotel Gritti a las cinco de la tarde, beber vodka y charlar con los ricos de la mesa de al lado; seguro que cuando llegara la hora de marcharse, te ibas con un cheque suyo en el bolsillo por diez mil dólares a nombre del Comité Venecia. Él mismo lo había hecho en más de una ocasión.

Para los miembros del Comité Venecia, sencillamente el coronel Gray no era uno de los suyos. Las relaciones se volvieron cada vez más hostiles. Bump Hadley detestaba a Gray y apenas se hablaban. Al final, en 1971 McAndrew sugirió a Gray separar el Comité Venecia del International Fund for Monuments y convertirlo en una organización independiente dedicada en exclusiva a salvaguardar el arte y la arquitectura de Venecia. Gray no se opuso. Al contrario, les propuso llamarla Save Venice.

Con McAndrew como presidente y Bump Hadley de director general, el Comité Venecia se transformó en Save Venice, Inc. Se trataba de una organización sin ánimo de lucro consistente en una junta directiva sin asociados. En lugar de socios tendría una lista de direcciones de donantes. En el curso de la siguiente década Save Venice emprendió proyectos modestos, restaurando cuadros y esculturas y acometiendo reparaciones de emergencia en tejados, paredes y suelos de varios edificios. A finales de los años setenta, Bump Hadley acudió a su amigo de la época de estudiante en Harvard, Larry Lovett, y le pidió que se uniera a la junta directiva de Save Venice en calidad de tesorero.

Larry Lovett era erudito, agradable y, en su condición de heredero de la fortuna de la cadena de establecimientos de alimentación Piggly Wiggly, rico. Se había instalado en Nueva York procedente de Jacksonville con aspiraciones sociales y había tenido la buena suerte de ser acogido bajo el ala protectora de la señora de John Barry Ryan, una gran dama de la sociedad neoyorquina. Se convirtió en presidente del Metropolitan Opera Guild y, después, de la Sociedad de Música de Cámara del Lincoln Center. Ya vivía varios meses al año en Venecia cuando Hadley le invitó a incorporarse a la junta de Save Venice y aceptó. Más tarde, en 1986, Hadley cedió la dirección a Lovett y Lovett empezó a buscar a alguien que ocupara su puesto de tesorero.

Lovett conocía a Bob y Bea Guthrie desde hacía una década o más. Durante su época a cargo del Metropolitan Opera Guild, Lovett había trabajado con Bea Guthrie, voluntaria del departamento de desarrollo encargado de las grandes donaciones. Bea Guthrie era una Phipps, sobrina del propietario de caballos de carreras Ogden Phipps. Se había licenciado *summa cum laude* en historia del arte por el Smith College. A los Guthrie, como a Lovett, les cautivaba Venecia. Pero Bob Guthrie era un cirujano plástico con la agenda repleta de operaciones y poco predispuesto a aceptar el puesto de tesorero. Al final Lovett lo convenció; después le envió a Guthrie los libros de Save Venice y el cirujano descubrió el caos reinante en la organización. Además la lista de direcciones carecía de valor. Más de la mitad de los listados se habían mudado o estaban muertos. De un directorio de miles de personas, solo ochenta y cuatro seguían contribuyendo económicamente y a lo sumo Save Venice recaudaba cuarenta o cincuenta mil dólares anuales. Guthrie le comunicó a Lovett la defunción de Save Venice.

Pero Lovett tuvo una idea. Cada año, a finales de verano, durante el Festival de Cine de Venecia y las regatas, un contingente de la vida social internacional inundaba Venecia: Nan Kempner, Deeda Blair y sus amigos. Lovett conocía a muchos de ellos y estaba convencido de que si Save Venice organizaba un banquete espléndido en algún palacio del Gran Canal acudirían todos sus conocidos y este grupo a su vez atraería a otras personas deseosas de su compañía. Tras arduas discusiones la idea prosperó y optaron por una gala de cuatro días que también incluiría visitas, recitales, conferencias y, aprovechando la nueva predisposición de los venecianos a abrir sus casas a los benefactores de la ciudad, fiestas en palacios privados.

Animada por la idea de una gala benéfica de alta sociedad en Venecia, la junta de directores acordó transformar Save Venice en algo mucho más grande de lo que nadie había imaginado. En lugar de limitarse a restaurar unas cuantas pinturas al año, Save Venice recaudaría mucho más dinero y restauraría edificios enteros. Eligieron la iglesia dei Miracoli para su primer proyecto de enjundia y calcularon que recaudarían un millón de dólares para su ejecución.

Reorganizar Save Venice a tal escala requería los servicios de un recaudador de fondos profesional. Bea Guthrie aceptó el cargo de directora ejecutiva.

Al cabo de un año, en 1987, la primera Gala de la Semana de Regatas Save Venice congregó a cuatrocientas personas, cada una de las cuales pagó mil dólares por el privilegio de asistir. Se las llevó en visitas privadas guiadas por Gore Vidal, Erica Jong y el historiador británico John Julius Norwich. Se organizaron almuerzos, cócteles y cenas en cinco palacios privados. Accedieron al palacio Ducal para la presentación de la última restauración de Save Venice, el monumental *Paraíso* de Tintoretto. Se les paseó en góndolas por canales sinuosos para contemplar el proyecto más nuevo de la organización, la iglesia dei Miracoli, todavía por restaurar. La noche de clausura acudieron a una cena con baile de gala en el *palazzo* Pisani-Moretta, donde Peter Duchin y su orquesta interpretaron música de baile en la planta baja mientras Bobby Short ofrecía una velada de cabaret en el piso de arriba.

El alto voltaje de la reunión se evidenciaba en cada esquina. El programa oficial de la gala recordaba a los asistentes la necesidad de llevar siempre encima las invitaciones numeradas debido a la alta seguridad exigida «por la presencia de varios embajadores, ministros y demás cargos públicos». En cualquiera de los eventos se veían personalidades de la talla de Hubert de Givenchy, el príncipe Amyn Aga Khan, Evangeline Bruce, Michael York, el embajador estadounidense Maxwell Rabb y Sus Altezas Reales el príncipe y la princesa de Kent.

Ese año Save Venice, con muchos de los eventos patrocinados por empresas del mercado del lujo –Tiffany, Piaget, Escada, Moët & Chandon–, se embolsó treinta y cinco mil dólares limpios.

La Gala de la Semana de Regatas devino un acontecimiento bianual de cuatro días que continuaba agotando las entradas pese a que el precio subió a los tres mil dólares por persona. En años alternos, Save Venice patrocinaba cruceros de lujo por el Mediterráneo a los que siempre invitaba a historiadores y expertos en arte para que dieran conferencias a bordo, guiaran las visitas y, en general, tiñeran el crucero de cierto tono educativo. Los ingresos brutos pronto alcanzaron el millón de dólares anual y Save Venice terminó a cargo de más de la mitad de las obras de restauración acometidas en el conjunto de Venecia por la treintena de comités privados existentes.

A lo largo de la década de los ochenta en Save Venice reinó la armonía. Los Guthrie controlaban el día a día de las operaciones desde la planta baja de su residencia con la ayuda de un reducido número de colaboradores. Cuando se organizaba algún evento, el gregario Bob Guthrie se paseaba por allí, presentándose a gente y tratando de asegurarse de que todos pasaran un buen rato. Bea Guthrie, dada su formación en historia del arte, dedicaba una energía considerable a los aspectos educativos de las actividades planeadas para las galas.

Por su parte, Larry Lovett reclutaba nobles europeos, ultrarricos y figuras prominentes de la mejor sociedad para que se unieran a la junta o acudieran como invitados de honor a los diversos eventos. Como resultado de sus esfuerzos, la cobertura mediática de Save Venice aparecía siempre salpicada de nombres precedidos por un S.A.R., S.S.M., S.E., duque, duquesa, conde, condesa, barón, baronesa o marquesa. El aura romántica de tales títulos de cortesía atraía a cientos de personas a Save Venice, sus galas y bailes.

En 1990 Lovett empezó a quejarse de que los deberes de la dirección le exigían demasiado tiempo y le pidió a Guthrie que le sustituyera en el cargo de director general mientras que él pasaría a la presidencia. Guthrie aceptó. Para entonces los venecianos ya llevaban a Save Venice en el corazón. Lovett continuó desempeñando la función de anfitrión popular de la escena social y los Guthrie eran admirados por sus incansables esfuerzos y todo el bien que hacían a la ciudad. De hecho, Bob Guthrie se había convertido en un héroe con todas las de la ley gracias a su gallarda intervención en un desgarrador y sangriento accidente relacionado con la cara de una marquesa.

La marquesa se llamaba Barbara Berlingieri y era una de las aristócratas engatusadas por Larry Lovett para sumarse a la junta de Save Venice. La dama había ejercido un papel crucial para abrir las puertas de la sociedad veneciana y sus palacios a Lovett y Save Venice. De hecho, la marquesa se había convertido en vicepresidenta de la organización. Barbara y su esposo Alberto hospedaban a menudo al príncipe y la princesa de Kent en su palacio del Gran Canal y viceversa. Tal como explicaba el *Corriere della Sera* con cierta sorna, los Berlingieri casi vivían en Kensington Palace.

Barbara Berlingieri destacaba además por ser una de las bellezas con más estilo de Venecia. Tenía un perfil clásico y los ojos azules y muy vivos. Llevaba el pelo rubio recogido en un moño con un lazo de terciopelo negro. El palacio de los Berlingieri, el *palazzo* Treves, tenía fama por su interior neoclásico y el par de inmensas esculturas en mármol de Canova que representaban a Héctor y Áyax, erguidas sobre unos pedestales giratorios ubicados en un vestíbulo con columnas construido ex profeso.

Barbara Berlingieri estaba en su palacio una tarde después de la gala de cuatro días de Save Venice cuando sonó el teléfono de su alcoba, situada al fondo de un largo pasillo central. Barbara corrió a contestar y resbaló en el suelo de terrazo, cayó contra una gruesa cortina y se estampó en el cristal de la ventana que escondía detrás. La ventana se rompió. Un cristal roto atravesó la cortina y le rajó la cara desde debajo del ojo izquierdo hasta la boca, clavándose hasta el pómulo. Con la cara ensangrentada, Barbara le gritó a su marido: «¡Llama a Bob Guthrie!».

En ese instante Guthrie estaba preparando las maletas para marcharse a Nueva York. Corrió al palacio de los Berlingieri.

«Barbara estaba en su dormitorio –recordaba Guthrie–. Había sangre por todas partes. Alberto le rociaba desesperadamente la cara con un adhesivo que se seca como una telaraña pensado para curar cortes pequeños. Pero lo de Barbara era una herida abierta y aquello solo servía para cubrirle la cara de una capa blanca y gruesa.»

En pocos minutos la lancha ambulancia los recogió y los condujo a toda velocidad al hospital de San Giovanni e Paolo. Allí los recibió el jefe de cirugía, que se encargaría de la operación. No obstante, no era cirujano plástico.

«El corte de la cara había generado dos problemas graves. Había seccionado el músculo de la sonrisa y cortado el borde del labio superior, que llamamos "borde bermellón". Si los músculos de la sonrisa no volvían a unirse correctamente, Barbara terminaría con una sonrisa torcida porque un lado subiría pero el otro no se movería. Y si se cosía recto el borde del labio, el borde bermellón quedaría fruncido. Hay que hacer una pequeñísima incisión, una muesca, para que el labio quede bien dibujado. Pero el cirujano del hospital nunca lo había hecho. Alberto le explicó quién era yo y que prefería que me encargara de la operación. A lo que el cirujano contestó que, por desgracia, sería ilegal. Yo carecía de licencia para ejercer en Italia y por tanto no podía permitirme operar. Alberto, que de normal es un hombre muy afable, cogió al médico por la corbata y le gritó: "¡Es mi mujer! ¡Y la operará el doctor Guthrie porque si no…!". Yo no intervine porque sabía que el doctor tenía razón. El hombre estaba un poco impresionado pero repuso que no se le ocurría ninguna razón que me impidiera entrar a quirófano como observador. De modo que me puse la bata, me lavé las manos y entré en el quirófano. El doctor se disponía a iniciar la operación cuando se volvió hacia mí y comentó: "¿Por qué no nos demuestra su técnica, doctor Guthrie?". Una invitación perfectamente correcta, así que me encargué de la operación y todo salió bien.»

Tras el heroico incidente, una marea de buenos deseos hacia Save Venice y sus allegados inundó Venecia. Barbara Berlingieri iba proclamando que Bob Guthrie le había salvado la cara, que, de hecho, le había salvado la vida.

Durante los cuatro o cinco años siguientes las cosas avanzaron sin problemas. Dado el éxito de los proyectos de Save Venice, ni Guthrie como director general ni Lovett como presidente hicieron un problema de los pequeños roces que empezaban a aflorar entre los dos.

Guthrie descubrió por ejemplo que Lovett se pronunciaba y comprometía en Venecia sin informarle ni siquiera cuando contravenía posiciones ya adoptadas por la organización. Además, como el nombre de Lovett encabezaba la lista de directivos de la junta, solo él recibía los boletines de la Association of Private Committees, la oficina de enlace dirigida por la UNESCO. Dichos boletines contenían información crucial relacionada con las restauraciones puestas en marcha por Save Venice y los demás comités. Sin embargo, por razones que jamás terminaron de aclararse, según Guthrie, Lovett nunca los compartía con él. Guthrie se molestó en secreto cuando Lovett aceptó una medalla al trabajo realizado por Save Venice en la basílica de San Marcos sin invitarle a la ceremonia de entrega y ni tan siquiera comunicarle el honor. De igual modo le irritó que Lovett pusiera su nombre en la placa conmemorativa de la restauración de una pila bautismal de la iglesia de San Giovanni in Bragrora y organizara después su inauguración, a la que invitó a representantes de la prensa y amigos especiales, pero no a Bob Guthrie. Era la primera vez que una placa de Save Venice lucía el nombre de un donante todavía con vida a pesar de que era frecuente que los donantes destinaran sus contribuciones a obras concretas como había hecho Lovett en ese caso.

Lovett, por su parte, no se quejó cuando Bob Guthrie, una vez nombrado director general, empezó a dar muestras de tendencias autocráticas y a hablar en nombre de toda la junta sin sondear primero a sus miembros o a declarar que él, y no Lovett, hablaría en tal o cual acto público. Lovett se tragaba la vergüenza cuando Guthrie planteaba demandas excesivas a las autoridades venecianas como, por ejemplo, insistir en que a Save Venice se le permitiera emplear enormes fuerabordas en lugar de taxis acuáticos para transportar a grandes grupos de personas por el Gran Canal a pesar de que el uso de tales embarcaciones estaba prohibido debido a la congestión del tráfico y a que el oleaje podía dañar los cimientos de los edificios ribereños. (De todas formas Save Venice solía conseguir el permiso gracias a la gran cantidad de dinero que gastaba en la ciudad, aunque se le concedía de mala gana.)

Con todo, durante un tiempo prevalecieron las buenas relaciones. El momento decisivo llegó cuando Bob Guthrie descubrió que Larry Lovett había estado haciendo comentarios condescendientes acerca de él y su esposa Bea, a los que se refería como «asalariados». Entonces Guthrie puso su nombre por encima del de Lovett en el organigrama de Save Venice. Fue el primer aldabonazo de una batalla que iría haciéndose cada vez más pública y sucia.

Larry Lovett y Bob Guthrie no podían haber sido más distintos en temperamento y clase.

Lawrence Dow «Larry» Lovett era el vivo retrato del refinamiento por modo de hablar, modales, vestimenta y entorno social. De niño había soñado con convertirse en concertista de piano y con solo diecisiete años había salido de gira por pequeños locales de Sudamérica, pero el miedo escénico le obligó a renunciar. Estudió en el Harvard College y en la Facultad de Derecho de Harvard. Trabajó en varios cargos ejecutivos para las empresas de su padre —petroleros y navieros—, pero a los cincuenta años se retiró y se decantó por una vida de ocio, apoyo a las artes y cultivo de los niveles más altos de la sociedad internacional. En el ámbito social, propinó su golpe maestro en 1995, cuando Diana la princesa de Gales, de visita en Venecia para inaugurar el pabellón británico de la Biennale, acudió a almorzar al palacio de Lovett con su habitual estela de reporteros y cámaras de televisión.

Poco después de este almuerzo triunfal con Diana, Lovett abrió su ejemplar de la revista de Save Venice sobre la Semana de Regatas y descubrió su nombre por debajo del de Bob Guthrie.

Randolph H. Guthrie, Jr., era un hombre alto. Más exactamente, inmenso, en el sentido de que cuando caminaba, incluso aunque fuera muy despacio, daba la impresión de necesitar varios pasos para detenerse del todo. Hijo de un prominente abogado neoyorquino (su padre era el Guthrie del bufete de abogados de Richard Nixon: Nixon, Mudge, Rose, Guthrie, Alexander and Mitchell), Bob Guthrie se educó en la Saint Paul's School hasta que lo expulsaron por colocar una bomba detrás de una de las residencias de estudiantes; más adelante se licenciaría en Andover, Princeton, y la Facultad de Medicina de Harvard. Guthrie era brillante, firme, enérgico, centrado y poseía una personalidad dominante que le convertía en un líder natural. La contrapartida estaba en su tendencia a encarar los desacuerdos mediante la confrontación y la intimidación, lo cual le había obligado a abandonar más de un consejo corporativo. La calma con que se hacían las cosas en Venecia le exasperaba y en más de una ocasión se le había oído comentar que «Venecia estaría mejor sin los venecianos» o que «Los venecianos son los más gorrones del mundo». También se le conocían momentos de intimidar y humillar en público a sus subordinados.

En una reunión cara a cara con Guthrie, Larry Lovett se quejó amargamente de que se hubiera invertido el orden de los nombres. Según la versión posterior de Guthrie, este le había contestado que el único culpable era Lovett. Lovett se había dedicado a minar a Guthrie dando instrucciones contradictorias al personal y comprometiéndose y pronunciándose en nombre de Save Venice sin que Guthrie lo supiera. Guthrie le advirtió que también pondría su nombre en los papeles y membretes de Save Venice si Lovett no modificaba su comportamiento. Lovett amenazó con dimitir y Guthrie se ablandó, satisfecho por haber expuesto su punto de vista. De modo que le ofreció a Lovett recuperar el cargo de director general, pero Lovett dijo que no tenía tiempo ni ganas de cargar con la responsabilidad legal.

—En tal caso —dijo Guthrie—, no podrás organizar inauguraciones de manera unilateral ni dar charlas, y tampoco te comprometerás en nombre de Save Venice, ni aceptarás el mérito por el trabajo de Save Venice a menos que dé mi consentimiento por adelantado. Me encantaría hacerme a un lado y dejarte de nuevo al mando de todo, pero mientras mande yo, será mejor que no te pases de la raya.

—Como presidente —repuso Lovett, atravesándolo con la mirada—, tengo ciertas prerrogativas.

—En realidad, como presidente no tienes nada. —Guthrie entregó a Lovett una copia de los estatutos de Save Venice—. Ten, echa un vistazo al reglamento. Aquí no se menciona al presidente por ningún lado. Está muy claro. El director general es el director ejecutivo único de Save Venice. Cuando elegiste el cargo de presidente para ti, a ti que tanto te gustan los títulos, te relegaste al olvido. No existes.

Poca gente notó la frialdad entre los dos hombres en el baile que se celebró seis meses después en el Rainbow Room la noche que ardió La Fenice. Todavía era una contienda privada.

No obstante, la relación empeoró durante los meses siguientes. Lovett continuó presentándose en Venecia como máximo responsable de Save Venice. Le aseguró a Guthrie que no pensaba «rebajarse» a informar a la UNESCO y demás comités privados de que Guthrie era el verdadero director ejecutivo. «Francamente —le dijo a Guthrie—, en Venecia no te aprecian. Me paso la vida arreglando tus estropicios.» Guthrie volvió a ofrecerle la dirección a Lovett y una vez más Lovett declinó la oferta. Guthrie empezó a hacer comentarios sobre lo inútil que era Lovett. Según Guthrie, Lovett era un vago que no hacía nada. ¿Por qué mantenerlo en la presidencia?

La cosa se puso más seria cuando a principios de 1997, en una reunión de la junta en Nueva York, Alexis Gregory planteó la posible existencia de irregularidades financieras por parte de los Guthrie. Gregory, aliado de Larry Lovett, era el dueño de Vendôme Press, una editorial de libros de arte y hermano del actor y director André Gregory, famoso sobre todo por su película *Mi cena con André*. Alexis Gregory citó los cien mil dólares de la cuenta de gastos de Bea Guthrie y se quejó de que los Guthrie cargaban demasiados viajes y cenas a Save Venice. Se quejó también del alquiler de cincuenta mil dólares anuales de la sucursal veneciana. La sede constaba solo de dos habitaciones; el resto del espacio era una casa de dos plantas con tres dormitorios en la que residía el matrimonio Guthrie. Gregory señaló que la UNESCO podía conseguir una oficina para Save Venice por solo cinco mil dólares al año. Larry Lovett acusó a Guthrie de «falta de transparencia» a la hora de manejar las finanzas. En opinión de Lovett: «Si le preguntas a Bob Guthrie cualquier cosa relacionada con cuestiones financieras te suelta un fajo de cuatrocientas páginas para que te las apañes solo».

Se recurrió a los servicios de Ernst & Young para que realizara una auditoría completa de los libros y se concluyó que todo estaba correcto. Entretanto los miembros de la junta buscaron maneras de zanjar una disputa que, en lo que a ellos respectaba, se había convertido en un berrinche degradante y vergonzante.

Sin embargo a mediados de 1997 la brecha en el seno de Save Venice seguía ensanchándose. En la junta de mayo, Lovett pilló a Guthrie por sorpresa al presentarse con un puñado de poderes que le permitían dominar las votaciones para subcomités clave y llenarlos de personas que él consideraba leales. Fue la primera vez que se utilizaron poderes de representación en la junta de Save Venice.

A las pocas semanas de la reunión, Barbara Berlingieri invitó a Guthrie a tomar el té en su palacio. La aristócrata llevaba un tiempo quejándose de que Guthrie había sufrido un cambio de personalidad desde que lo nombraran director general. «Antes solíamos debatir las cosas —decía Barbara—. Pero ahora se limita a decirnos: "El director soy yo. Tengo poder absoluto. Yo os diré lo que quiero, no tengo por qué preguntárselo a nadie". Yo siempre le replico que si no servimos para nada, para qué hay treinta consejeros. Y entonces me contesta que no lo entiendo porque soy italiana, siempre la misma excusa, porque en Estados Unidos el director general decide solo sin necesidad de consultas ni explicaciones.»

Guthrie sabía muy bien que la marquesa era la aliada más fiel de Larry Lovett. Era además una adversaria formidable, mucho más astuta, de hecho, que el propio Lovett. Había sido Barbara Berlingieri quien había reunido los poderes de representación para Lovett. Tenía un pequeño negocio a medias con otra veneciana llamado Venezia Privata y destinado a organizar visitas guiadas y fiestas en palacios de particulares. Durante años ella y

Lovett habían propuesto que la sede de Venecia se encargara de todos los preparativos para las galas bianuales en lugar de que el tema se gestionara desde la oficina central de Nueva York. Guthrie se oponía a la idea en parte porque sabía que se trataba de una lucha de poderes y en parte porque sospechaba que la marquesa olía una oportunidad de negocio para su beneficio personal.

Barbara Berlingieri y Bob Guthrie se sentaron en el salón del *piano nobile* de los Berlingieri. Barbara fue directa al grano.

—Bob, sabes que ahora mismo tenemos votos suficientes para echarte de la junta.

Guthrie la miró desde el otro lado de la mesita de té. La luz que se colaba por las ventanas del Gran Canal iluminaba el lado izquierdo de la cara de la marquesa, el lado que había sido rajado desde el pómulo hasta el labio superior y en el que se había abierto una herida que Guthrie había cerrado con una maestría tal que apenas se adivinaban unas cicatrices finísimas, tan débiles que nadie que no supiera lo ocurrido las notaría.

—Pero no queremos que te marches —continuó la marquesa dibujando una sonrisa perfectamente simétrica, igual de alta en ambos extremos. El borde bermellón de su labio era regular, sin arrugas.

Bob Guthrie contempló el rostro todavía bello de Barbara Berlingieri admirando el trabajo de sus manos y, mientras cavilaba, la oyó decir con la sonrisa que él había salvado:

—Tenemos una oferta para ti. Puedes dirigir el Comité Auxiliar. Y cuando creemos una comisión asesora, también te nombraremos su director general.

Guthrie permaneció un rato en silencio, meditando la oferta deliberadamente humillante de Barbara y dejando vagar un poco la mente: ¿Qué habría ocurrido si hubiera dejado que el cirujano del hospital le hubiera cosido la cara en lugar de operarla él? ¿Y si el cirujano jefe, que jamás había realizado una cirugía plástica, hubiese tensado demasiado los puntos de los músculos de la mejilla y la hubiera dejado con una mueca de desdén en lugar de con su sonrisa natural? ¿Y si hubiera cosido recto el borde bermellón, sin practicar primero una muesca, y le hubiera dejado los labios permanentemente fruncidos? No. Era mejor que Bob

Guthrie hubiera intervenido. Porque ahora y durante el resto de su vida, Barbara Berlingieri se miraría en el espejo al levantarse, comprobaría su reflejo al pasar frente a un escaparate, consultaría el espejito de mano al arreglarse el maquillaje y de estas y otras muchas maneras se enfrentaría cada día a su imagen y esta le recordaría el genio de Guthrie y la ingratitud de ella.

—Barbara —dijo Guthrie—. Los has despilfarrado.

—¿Qué he hecho?

—Has malgastado los poderes. Deberías haberte callado que los tenías y esperado a la reunión de otoño, después de la gala, cuando votamos los cargos directivos. Esa es la votación importante. Pero para entonces, ahora que has dejado ver tus intenciones, yo habré conseguido mis poderes de representación. Entonces veremos quién se lleva los votos.

Para la gala de Save Venice de finales de verano de 1997 se reunieron en Venecia más de trescientas personas. Ese año, como siempre, los joyeros de San Marcos ampliaron sus horarios conocedores de que con la gente de Save Venice en la ciudad cerrarían la mejor semana del año. Habían transcurrido diez años desde la primera gala, cuando Save Venice recaudaba fondos para restaurar la iglesia dei Miracoli. La inauguración estaba prevista para ese mismo otoño. En la primera década de vida, la organización había crecido en importancia y capacidad. Sus galas siempre registraban llenos absolutos pese a que la entrada costaba tres mil dólares que no incluían ni el vuelo ni el hotel. Su cabecera oficial ahora lucía más de trece nobles con título, no solo media docena. Y este año habían asistido a la gala ocho miembros de familias reales en calidad de invitados de honor. El programa de cuatro días incluía un viaje a tres viñedos del continente, fiestas en palacios privados y toda una serie de salidas, visitas y conferencias de tipo cultural. La compañía de La Fenice prestó utilería y escenografía para decorar una de las cenas y, una vez más, Peter Duchin y Bobby Short pusieron música al baile de gala.

Como de costumbre el tiempo era espléndido y reinaba una atmósfera embriagadora, mezcla de riqueza, lujo, privilegio y poder entre las glorias de Venecia. Pero este año circulaba una corriente subyacente de cotilleos relativos a la creciente división en el seno de Save Venice. Las acusaciones de que los Guthrie habían metido mano en la caja, aunque se hubiera demostrado que carecían de fundamento, seguían escuchándose alrededor de la piscina del Cipriani. Bea Guthrie notó, o tal vez imaginó, que algunas personas le daban la espalda cuando se les acercaba. Durante el almuerzo en la isla de Torcello, Bob Guthrie saludó a la princesa de Kent, que había sido una habitual de las fiestas de Save Venice durante la última década. Se dirigió a ella, como siempre, por su nombre de pila, Marie-Christine. La princesa se tensó y le recordó: «Debería tratarme de usted».

En la reunión de la junta inmediatamente posterior a la gala tanto Bob Guthrie como Larry Lovett presentaron poderes, ambos con la esperanza de inclinar la balanza del poder a su favor. Sin embargo, varios miembros de la junta no estaban dispuestos a permitir el enfrentamiento y se abstuvieron, impidiendo que ninguna de las partes alcanzara la mayoría. El duelo de poderes terminó en tablas.

Pero había surgido una nueva controversia. Se había descubierto que años atrás Larry Lovett había renunciado a la ciudadanía estadounidense. Ahora era irlandés y ya no pagaba impuestos a Estados Unidos. Varios miembros de la junta se indignaron: «Si uno quiere llevar una vida de lujo y filantropía me parece estupendo, pero primero que pague sus impuestos». Terry Stanfill, presidenta del comité de nominaciones y esposa del ex director de la 20th Century Fox y la MGM, le expuso a Lovett que, en conciencia, no podía volver a proponerlo como presidente. Lovett protestó, pero era una batalla perdida. La junta consideraba desaconsejable que una organización benéfica estadounidense que no pagaba impuestos estuviera encabezada por alguien a quien Hacienda podía considerar un exiliado fiscal. En su defecto, Lovett fue elegido para el nuevo cargo de «presidente internacional» de Save Venice.

Tal era el estado de la cuestión cuando Lesa Marcello recibió la buena noticia de que se había concedido el premio Torta a Save Venice y a Larry Lovett.

Después de leer el fax de Guthrie donde se exigía que el premio se concediera al conjunto de Save Venice o se rechazara, la condesa Marcello se sentó a redactar la respuesta. Le explicó a Guthrie que el premio Torta siempre se concedía a individuos y que si se pensaba en otorgarlo a una organización, esta siempre lo recibía mediante algún representante, como era el caso de Larry Lovett. Expuso además sus dudas de que fuera capaz de encontrar la manera de transmitir el mensaje de Guthrie al comité del premio sin insultarlos ni evidenciar la embarazosa refriega que estaba teniendo lugar en el seno de Save Venice. La condesa Marcello confiaba además en que los problemas internos de la organización pudieran resolverse en privado.

Guthrie no se calmó. Sospechaba desde el principio que Barbara Berlingieri lo había arreglado para que Lovett recibiera el premio Torta. Alexis Gregory prácticamente lo había admitido al correr alegremente la voz de que «Barbara lo había orquestado todo por Larry». Guthrie lo consideraba otro irritante ejemplo de las ansias insaciables de reconocimiento de Lovett. Descolgó el teléfono, llamó a un miembro del comité del premio Torta y expuso su opinión con claridad meridiana.

La noticia de la llamada de Guthrie se extendió por Venecia con suma rapidez. Se decía que su actitud había sido «intimidatoria». Lesa Marcello le envió otro fax para comunicarle que los miembros del comité estaban «extremadamente molestos» por la llamada y estupefactos por el hecho de que hubiera considerado la posibilidad de rechazar el premio. «Precisamente lo que tanto he intentado evitar –apuntaba la condesa–. La situación es muy mala, malísima.»

Aunque a regañadientes, el comité del premio se rindió a Guthrie. Omitieron el nombre de Lovett en la mención del galardón pero incluyeron una fotografía suya, junto con unas palabras de elogio, en el programa que se imprimió para la ceremonia de entrega.

Para entonces Guthrie estaba totalmente convencido de que Lovett y Barbara Berlingieri habían «subvertido» a Lesa, dándole la impresión a la condesa de que ya no tenía que rendir cuentas a Nueva York. Ello explicaría la renuencia de Lesa a la hora de trasladar las objeciones de Guthrie al comité del premio y su excusa de que el premio siempre se otorgaba a individuos, como de hecho así era a pesar de que como bien argüía Guthrie hubiera habido excepciones. Guthrie sospechaba que Larry y Barbara estaban utilizando a Lesa, que la condesa les pasaba información y le espiaba. Decidió pasar a la acción y, mediante una breve llamada telefónica, la despidió una mañana de mediados de enero de 1998.

En realidad la llamada corrió a cargo de Paul Wallace, presidente del comité ejecutivo, pero llevaba el sello de Guthrie. Y aunque Wallace emitió los sonidos correctos —el estupendo trabajo de Lesa… la reducción de costes de Save Venice… espero que aceptes una iguala de seis meses como asesora… queremos dedicarte una restauración de Save Venice—, el mensaje quedó claro: habían despedido a la condesa Marcello sin aviso previo y su puesto debía quedar libre a la mañana siguiente. Guthrie mandó un escueto fax a la oficina de la UNESCO para comunicarles el nombre del nuevo director de la sucursal veneciana sin ni siquiera mencionar a Lesa Marcello.

En cuestión de días la noticia del súbito despido de Lesa Marcello había corrido por los círculos venecianos más próximos e incluso más allá, entre personas que no conocían a ninguno de los protagonistas y solo tenían una noción muy vaga de lo que era Save Venice. La historia, tal como se contaba en bares y ultramarinos, obviaba los detalles: una organización de americanos ricos había despedido a una condesa veneciana intachable. Lo que había comenzado como una mezquina riña privada había degenerado en un insulto público a Venecia y a los venecianos.

El despido agrandó la brecha abierta en la junta de Save Venice. Un miembro dimitió nada más enterarse: el profesor Wolfgang Wolters, historiador del arte que había trabajado mano a mano con Lesa Marcello en la iglesia dei Miracoli.

Girolamo Marcello, esposo de Lesa y uno de los venecianos de la junta, no dimitió. En cambio lo preparó todo para asistir a la siguiente reunión de la junta en Nueva York. Nunca antes había acudido a las reuniones de Nueva York, solo participaba en las que se celebraban en Venecia. Bob y Bea Guthrie se miraron al verle cruzar la puerta del University Club, lugar donde se celebraba la reunión. Larry Lovett y Barbara Berlingieri eran las otras dos únicas personas entre los presentes que parecían intuir lo que estaba a punto de ocurrir.

Pero primero la junta escuchó los informes detallados de dieciocho proyectos de Save Venice, entre ellos la restauración de un cuadro de Carpaccio y las obras de la fachada de la Scuola Grande di San Marco. A continuación la junta acordó comprar una grúa hidráulica de diez metros de altura para los proyectos de restauración, escuchó una propuesta de financiar una beca que permitiera a un conservador joven trabajar con restauradores de primera línea en Venecia y votó dividir el coste de una impresora/lectora de microfilms para los Archivos Estatales de Venecia.

Luego el conde Marcello tomó la palabra. Repartió copias de una traducción al inglés de los comentarios que traía preparados y que se disponía a leer en italiano. «Mi inglés no es muy bueno —me contaría más tarde—, además iba calentito, así que no me habría expresado con claridad.» Se ajustó las gafas de leer y empezó.

«He venido hoy aquí para tratar una situación que concierne gravemente a Venecia y a ustedes. En los últimos meses un desagradable conflicto interno de Save Venice ha arruinado la delicada relación entre Venecia y Save Venice. Tiene que acabar. El daño a la reputación y la imagen de Save Venice es muchísimo peor de lo que pudiera parecerles desde Nueva York.»

El conde Marcello calificó de arrogancia la amenaza de Bob Guthrie de rechazar el premio Torta. «En mi calidad de miembro de la junta de Save Venice sé que Bob Guthrie hablaba sin la autorización de la junta.»

En cuanto al despido de su esposa Lesa, el conde Marcello reconoció el derecho de la dirección a despedir a cualquier empleado, pero objetó la manera en que se había hecho.

«Tal vez no estén al corriente de que en Venecia finiquitar sin previo aviso una relación laboral que se ha prolongado durante seis años invariablemente implica alguna falta de honradez por parte de la persona afectada. Es lo que se le ha hecho a Lesa y lo que lamento.

»Ser veneciano y saber vivir en Venecia es todo un arte. Tenemos nuestro propio estilo de vida, muy distinto al del resto del mundo. Venecia no solo está construida sobre piedras, sino también sobre una fina red de palabras, habladas o recordadas, de cuentos y leyendas, de testimonios oculares y habladurías. Trabajar y operar en Venecia significa en primer lugar comprender sus diferencias y su frágil equilibrio. En Venecia nos movemos con delicadeza y en silencio. Y con gran sutileza. Somos gente muy bizantina, algo que desde luego no resulta fácil comprender.»

Marcello lanzó una mirada a su público. Salvo por dos o tres que entendían italiano, el resto le seguía por escrito con un ánimo no menos solemne. Los miembros de la junta de Save Venice, que se tenían por benefactores de Venecia y gentes de modales sofisticados para las costumbres de su ciudad de adopción, estaban recibiendo un rapapolvo, como si no fueran mejores que una turba de sucios turistas incontrolados.

«Debo explicarles cómo se ha percibido desde Venecia la reciente agitación. En Venecia se entiende como la demostración de que algunos miembros de la junta no consideran Save Venice una asociación de amigos que trabajan por el bien de la ciudad sino como un medio para alcanzar prestigio y poder personal. Nosotros, los venecianos, consideramos a nuestra ciudad con el mismo sentido cívico con el que la construimos y la gobernamos y amamos desde hace siglos y nos resulta muy doloroso ver cómo se la utiliza de ese modo.

»Igual que agradecemos sinceramente la fantástica generosidad que Save Venice ha demostrado en el pasado, los venecianos nos resistimos a aceptar ayuda de cualquiera que nos haya faltado al respeto en lo más mínimo.»

Casi como si se lo hubiera pensado mejor, Marcello terminó su exposición con un último comentario: «Compete a ustedes decidir cómo debería actuar ahora la junta, pero desde luego mi opinión es que el doctor Guthrie debería ser despojado de todos sus poderes».

A su regreso a Venecia Marcello me enseñó su discurso. Era un discurso largo que en ocasiones se iba por las ramas pero implacable en su expresión de indignación contenida.

—¿Y cómo reaccionaron? —pregunté.

—Algunos movieron la cabeza mientras exclamaban: «¡Por fin!». Pero otros se enfadaron. Un hombre me dijo en italiano que había que tener mucha cara para presentarme allí y hablar como lo había hecho. Le contesté que cuando te ves abocado a hacer cosas así, hay que echarle mucha cara.

Le devolví el discurso.

—Muy intenso, desde luego. Pero una vez me dijo usted que los venecianos siempre quieren decir lo contrario de lo que dicen.

—Cierto. —El conde sonrió—. Pero cuando se lo dije quería decir lo contrario de lo que dije.

Se trazaron las líneas de ataque. El período de tres años de Bob Guthrie en la junta expiraba al cabo de cuatro meses, durante la reunión de la junta en Venecia de septiembre de 1998. Entonces debería presentarse a la reelección y necesitaría el voto mayoritario de veintinueve miembros de la junta para mantener su puesto. Cualquier votación menor significaría, en la práctica, su expulsión de Save Venice.

A medida que iba pasando el verano los miembros de la junta debatieron entre ellos la situación evidenciando que, aparte de la lucha de poder entre Guthrie y Lovett, subyacía otro asunto pendiente que solo entonces había salido a la luz. Ciertos miembros cercanos a Lovett empezaban a tener la sensación de que Save Venice había perdido su aura de exclusividad, que los Guthrie habían tomado el control de las listas de invitados con el resultado de que muchas de las personas que adquirían entradas y asistían a fiestas y galas no eran… «de los nuestros». Se repetía la división social que había fracturado el viejo Comité Venecia del coronel Gray a principios de la década de los setenta y que había terminado en la escisión y la creación de Save Venice.

El miembro de la junta Jack Wasserman, abogado neoyorquino especializado en comercio internacional y socio del especialista en fusiones Carl Icahn, habría sido uno de los primeros en admitir que no era «uno de los de Lovett». El compromiso de Wasserman con Venecia había nacido de la fascinación en su época universitaria por la vida y la poesía de lord Byron. Wasserman dirigía la Lord Byron Society of America y poseía la mayor colección de primeras ediciones de Byron. Pero pese a su profundo amor y conocimientos, Wasserman no era académico. «Byron me fue muy útil la primera vez que vine a Italia en un viaje de estudios hace cuarenta años. Bastaban dos primeros versos de Byron para mojar todas las noches», me confesó.

Wasserman estaba almorzando tarde en un rincón del Harry's Bar cuando me senté con él. Me presentó a un caniche negro tumbado bajo la mesa con un cuenco de agua. El caniche se llamaba John Cam Hobhouse en recuerdo del ministro de Guerra británico amigo, compañero de viajes y albacea testamentario de lord Byron.

«Save Venice significó mi primera experiencia real con la llamada alta sociedad —rememoró Wasserman—. Mi esposa y yo llevábamos años acudiendo a galas y conociendo a personas de esas, riquísimas, de primera clase. O al menos las mirábamos. De modo que cuando me pidieron que me uniera a la junta porque no tenían abogado y no paraban de surgir cuestiones legales debido al rápido crecimiento de la organización, acepté enseguida. A ver, ¡no me lo creo ni yo! Estoy en la misma junta que Oscar de la Renta. Es gente que impresiona, lo admito.

»Pero en mi opinión esos dos, Larry y Bob… Larry es muy glamouroso, una maravilla como individuo social y un gran seductor. La verdad, en presencia de Larry uno siempre se siente intimidado. Parece como si lo rodeara un halo. Eso no pasa con Bob. Pero la experiencia de Bob, su estilo de vida es tan extraordinario que no tienes más remedio que escuchar atentamente todo lo que dice.

»Bob y Bea Guthrie trabajan de seis de la mañana a medianoche, como perros. ¡Como perros! Hablan con todo el mundo. La gente les llama: "No me gusta mi mesa, no me gustó mi sitio de anoche". Bob y Bea se encargan del asunto. Encantados, no hay ningún problema. Larry no trabaja de forma diaria para Save Venice. Tampoco de forma mensual. Su función es otra. Su función es ser el Señor Glamour y atraer a un montón de gente rica a la fiesta de tal modo que otras trescientas personas estén dispuestas a pagar por compartir el espacio con ellos. En eso consiste el trabajo de Larry, un trabajo de lo más meritorio. Pero no trabaja en las fiestas, al menos no como Bob. Larry es una persona distante. Está por encima. ¡Si es como hablar con Dios! Quiero decir que siempre aparece vestido de punta en blanco a bordo de su lancha particular en compañía de alguna princesa o similar. Se baja, se declara satisfecho de que las cosas vayan tan bien y luego regresa a la lancha con la princesa y desaparece. Da gusto verlo. Es majestuoso. Vamos, que me sobrecoge. Es como estar con el dux de los cojones.

»Pero todo el asunto este de la realeza… Una vez alguien me dio la definición de esnob. Se puede ser un esnob ascendente juntándote con gente que están a un nivel superior al tuyo o se puede ser un esnob descendente despreciando a los que están por debajo de ti. Larry está tan obsesionado con la gente que tiene título nobiliario que a veces asusta. ¡Da miedo! Creo que está convencido de que nació para ser uno de ellos. Por ejemplo, una vez murió un miembro de la familia real británica en la semana de la gala, no recuerdo quién. Lo que sí recuerdo es a Larry diciendo: "Palacio ha promulgado…", a mí, pues estaba hablando conmigo; como si a mí me importara un comino. "Palacio ha promulgado un decreto para que nadie acuda a fiestas." Ocurrió justo antes del cóctel de Save Venice. Por supuesto le contesté a Larry que podía ir a donde quisiera, que el decreto no iba dirigido a él. Y va y me dice: "Uy, no podría. Piensa en mis amigos. El rey de Grecia y los demás". Así que no tenía intención de ir al cóctel de Venecia. Iba a quedarse sentado en casa con Barbara Berlingieri porque la realeza europea no acudía a fiestas. Me dejó estupefacto.»

La tarde del baile de gala me dejé caer por la casa roja que los Guthrie tenían al pie del puente de la Accademia. El interior estaba amueblado con butacas y sofás forrados de chintz y se parecía más a un apartamento del East Side de Manhattan que a una vivienda veneciana. Bob y Bea Guthrie estaban sentados en el salón analizando un gran panel apoyado en un caballete y cubierto de etiquetas con nombres enganchadas en círculos que representaban mesas.

—¿Alguna vez ha sentado a trescientos cincuenta comensales? —preguntó Guthrie—. Inténtelo cuando media docena llaman a última hora para decir que tienen que compartir mesa con este o aquel y eso te obliga a reorganizar toda la distribución.

—Imagino que debe resultar particularmente difícil —dije— si además se entremezclan graves enemistades personales.

A Guthrie le sorprendió mi franqueza, pero se recuperó enseguida.

—Así que se ha enterado —repuso riendo.

—Media Venecia está al corriente.

Volvió a mirar la distribución de asientos.

—Bueno, esto ya casi está… por ahora. ¿Le apetece un paseo en barca?

Salimos fuera en busca de la lancha motora de Guthrie, una Boston Whaler, que esperaba amarrada en la orilla de un pequeño canal pegado a la verja de la casa. Guthrie se colocó al timón y reculó hasta el Gran Canal, luego giró y puso rumbo a Rialto. Me habló por encima del ruido del motor.

—Desde luego, a cierto nivel la pelea es entre Larry y yo. Pero en realidad hay mucho más en juego. Existen diferencias fundamentales entre el grueso de la junta y el pequeño grupo de disidentes que apoya a Larry.

»En general los miembros de la junta son triunfadores. Para ellos Save Venice es una ocupación menor, no la actividad principal en torno a la que giran sus vidas. Disfrutan de la compañía, adoran Venecia y les complace ayudar a conservarla. Aportan más tiempo y dinero a la asociación de lo que esta les reporta. Esa gente da.

»Los disidentes son harina de otro costal. Tienen dinero pero ninguna ocupación de importancia, ningún logro del que alardear. Save Venice adquiere demasiada importancia en sus vidas porque no tienen otro medio de alcanzar la fama. Es el carro al que se han subido. Se presentan empleando los cargos que ocupan en la organización. Para demostrar su valía, necesitan apropiarse del mérito de los logros de Save Venice aunque ellos no trabajen en absoluto. De hecho, a la gente que le dedica horas a la organización les llaman "los asalariados". Esa gente recibe.

»Los disidentes utilizan Save Venice para promocionar su vida social, que es la única que tienen. Invitan gratis a nuestras galas y fiestas a amistades de altos vuelos y a los que ansían como amigos y a cambio a ellos los invitan a cruceros y fines de semana de caza en el extranjero. Estos invitados que no pagan se han convertido en un problema. Cada vez son más y los disidentes los monopolizan. Alquilan limusinas para llevarlos a las actividades que se celebran en el campo mientras que el resto de nosotros viaja en autocar y nos pasan por el lado apoltronados en el asiento de atrás. Llegan tarde y se marchan temprano. Se sientan todos juntos en las mismas mesas, un desaire para los invitados de pago. Pero no les importa ofender a los demás.

—Yo tenía la impresión de que esos invitados que no pagan le daban a las fiestas el glamour necesario para atraer a los que pagan.

—Y lo hacen, pero eso importaba más al principio. Ahora Save Venice es tan conocida que tiene poder de convocatoria propio. Ya no necesitamos a esa clase de gente.

Justo entonces pasamos frente al *palazzo* Pisani-Moretta, que acogería el baile de esa noche. La empresa de catering estaba descargando cajas de barcazas situadas junto a la entrada. Guthrie señaló al palacio.

—Son los disidentes los que insisten siempre en sentarse junto a las ventanas cuando hace calor o junto a la chimenea cuando hace frío. Son gente muy exigente, muy difícil. Hombre, que yo sigo operando dieciocho horas al día. No tengo ninguna necesidad de pasar por todo esto.

—Entonces, ¿por qué no lo deja?

—Bea y yo estuvimos a punto. Ya habíamos escrito las cartas de dimisión cuando saltaron las acusaciones de fraude financiero. Ahí los disidentes cometieron un gran error porque nos impidieron marcharnos. No podíamos dejarlo en mitad de semejante tormenta. Primero teníamos que limpiar nuestros nombres.

Poco después del puente Rialto giramos a un canal lateral. Guthrie redujo la velocidad a la mitad mientras sorteábamos las lanchas y góndolas que navegaban en sentido contrario. Al cabo de unos minutos pasamos bajo un puente pequeño y salimos frente a la Miracoli. Su exterior de mármol suave como el satín relucía a la luz del atardecer.

—Se trata de esto —dijo Guthrie—. Organizamos fiestas para recaudar dinero a fin de restaurar edificios como este.

—Creo que en eso estarían todos de acuerdo.

—En absoluto. Los disidentes lo entienden al revés. Creen que nos dedicamos a la restauración para poder organizar fiestas donde mezclarnos con la realeza.

Cuando ese mismo día le cité las palabras de Bob Guthrie a Larry Lovett, este me contestó con gran énfasis: «Menuda tontería».

La mañana de la reunión de la junta en Venecia después de la gala, en el mes de septiembre, ambos bandos acudieron al hotel Mónaco armados con poderes de representación. Las fuerzas de Lovett llegaron furiosas desde el principio porque Guthrie se había negado a retrasar la reunión hasta la tarde para que tres miembros de Nueva York pudieran votar por teléfono. Así las cosas, en Nueva York serían las cuatro de la madrugada cuando se procediera a la votación.

Había que ocupar diez cargos de la junta y se analizaría a los candidatos uno a uno. En cuanto empezó la votación, la facción Lovett puso el grito en el cielo. Guthrie había votado por poderes en representación de un hombre que había dimitido de la junta hacía meses. Cuando amainaron los gritos, Guthrie explicó que había convencido al hombre para que retirara su dimisión, le firmara un poder y le permitiera a Guthrie aceptar la dimisión a su debido tiempo. Su debido tiempo todavía no había llegado. Lovett apeló a Jack Wasserman, que conocía los estatutos mejor que nadie porque había ayudado a redactar los nuevos. Wasserman consideró válido el poder.

Volvieron a alzarse voces en contra cuando Guthrie presentó poderes firmados por dos personas que acababan de ser admitidas en la junta hacía unos minutos. Guthrie argumentó que a pesar de que habían firmado los poderes antes de ser miembros de la junta, los poderes se habían utilizado cuando ya lo eran. Wasserman también consideró legales estos poderes.

Tampoco los poderes de Lovett quedaron libres de reproches. Uno lo firmaba la condesa Anna Maria Cicogna, hija del ministro de Economía de Mussolini, Giuseppe Volpi, y hermanastra de Giovanni Volpi. Tenía más de noventa años y las facultades mentales tocadas. No obstante, era la tercera vez en dos años que se la representaba por poderes en una votación de Save Venice. La primera vez el suyo había sido uno de los poderes sorpresa que Barbara Berlingieri había reunido en nombre de Lovett hacía año y medio. Cuando más adelante le preguntaron al respecto, la condesa Cicogna no recordaba haber firmado ningún papel y dudaba de que la firma fuera suya. Para no ser menos, en la siguiente reunión los Guthrie consiguieron el poder de la condesa. La fueron a buscar al hospital donde estaba siendo tratada de una gripe. Pero los partidarios de Lovett se enteraron y corrieron a hablar con la condesa, que se mostró tan desconcertada por este nuevo poder como por el anterior. De modo que la convencieron para que escribiera una carta a Bea Guthrie pidiéndole ver una copia del documento que había firmado: «Ya sabes que ando muy mal de memoria. No recuerdo con exactitud qué documento firmé en el hospital y a quién entregué mi declaración jurada». Había pasado otro año desde que se escribió dicha carta y ahora, pese a que la condesa Cicogna prácticamente había admitido debilidad mental, la habían persuadido para que su nombre figurara en un tercer poder. En esta ocasión lo había vuelto a firmar para Lovett, presumiblemente sin tener tampoco esta vez una noción clara de para qué ni para quién lo hacía.

Sin embargo, incluso con el poder de la condesa Cicogna, Lovett contaba solo con doce votos. Guthrie obtuvo diecisiete contando el poder del hombre que había estado a punto de dimitir, los dos de los nuevos miembros de la junta y las tres abstenciones de los miembros de la junta que estaban durmiendo en Nueva York y cuyos votos, según sentenció Wasserman, debían asignarse a dirección. Guthrie ganó la reelección y los derrotados descargaron la frustración en Wasserman. Se quejaron de que se había amañado la votación y de que todo el asunto no era más que una toma del poder corrupta y hostil. Alexis Gregory arrojó sus imprecaciones en la dirección de Wasserman sin obviar palabras como «sórdido» y «matón».

A lo que Wasserman contraatacó con un: «Como vuelvas a decir eso, te tumbo».

Terry Stanfill, que había sido reelegida para la junta pese a las objeciones de Lovett, salió llorando de la sala y asegurando que jamás podría trabajar con gente que la trataba tan mal.

Llegado este punto, Alexis Gregory se levantó de un salto y anunció: «¡Nos vamos todos!». Acto seguido presentó su dimisión y la de otros ocho directivos sorprendiendo a todos los presentes, incluidos los directivos cuyas dimisiones acababa de presentar y que parecían aturdidos por la precipitación con que se había jugado la última partida. Algo dubitativos, se levantaron y abandonaron la sala uno detrás de otro. Subieron a una motora en dirección a Cip, el nuevo restaurante del hotel Cipriani en el muelle, para pensar, planear la nueva estrategia y compartir un largo almuerzo de cuatro estrellas con el paisaje de San Marcos reluciendo al sol de mediodía al otro lado del canal.

Ya solo faltaba que la prensa se enterara de la noticia y se divirtiera un rato. El titular del *Gazzettino* anunció: SAVE VENICE: LA FUGA DE LOS ARISTÓCRATAS. El artículo daba a entender que la pelea había consistido en realidad en una enconada batalla entre venecianos y estadounidenses a pesar de que solo cuatro de los nueve que se habían marchado eran venecianos (uno era francés y el resto, estadounidenses). «Los miembros mantuvieron una reunión de tres horas alrededor de la misma mesa pero con posiciones cada vez más divergentes en la que los estadounidenses se alistaron en un bando y los nobles venecianos en otro. Se acusó a la dirección de Save Venice de dedicarse más a las fiestas que a la restauración de obras de arte. La marcha de un pequeño grupo de venecianos ilustres partió en dos la organización.»

Para el *Gazzettino* los disidentes acusaban a la dirección de «utilizar a la ciudad como medio para alcanzar una posición de prestigio y como plataforma para alardear. Save Venice se ha convertido en un club exclusivo para la jet set».

«¡Dios mío! ¡Es exactamente lo mismo que yo diría de ellos! —comentó al *Gazzettino* el historiador del arte Roger Rearick, uno de los miembros que habían permanecido en la junta—. Mire, siempre ha sido esa gente, los que se han marchado, la que solo piensa en fiestas y cenas con VIP. La verdad es que les importan muy poco las restauraciones. Se han marchado confiando en que sería el fin de Save Venice, pero se equivocan. Save Venice seguirá adelante sin ellos.»

Cuando se entregaron las últimas dimisiones no quedó ningún veneciano en la junta de Save Venice. En conjunto habían dimitido quince personas. Se decía que Larry Lovett estaba fundando una organización benéfica rival y los disidentes pronosticaban que las puertas de los palacios venecianos permanecerían cerradas para los Guthrie y Save Venice. En palabras del *New York Times*, «el acceso a la nobleza italiana pertenecía a Lawrence Lovett, que era el primer responsable de que las puertas de Venecia se hubieran abierto a estadounidenses de postín. Pero ahora esas mismas puertas podrían estar cerrándose».

En caso de que así fuera, Save Venice se encontraría en una situación extraña y harto improbable: alabada como la benefactora más generosa de la ciudad y al mismo tiempo rechazada cual paria repugnante.

Los primeros en llegar a la cena de Larry Lovett entraron en la terraza justo después de la puesta de sol, en esa media hora mágica en que la luz suave y cada vez más tenue tiñe el cielo y el agua del mismo rosa madreperla, y uno tiene más que nunca la impresión de que los palacios que bordean el Gran Canal en realidad están flotando.

Hubert de Givenchy estaba sentado de espaldas al Gran Canal en un banco acolchado charlando con Nan Kempner. El puente Rialto se alzaba tras ellos en toda su espectacularidad, iluminado contra el anochecer celeste. Un camarero con una bandeja de bebidas se acercó al marqués Giuseppe Roi justo cuando este hacía un comentario desenfadado que provocó una de las características risotadas aflautadas de la condesa Marina Emo Capodalista. «¡Adivina qué!», exclamó Dodie Rosekrans, cogiendo a la condesa Emo de la muñeca. La heredera de las salas de cine y estrella social de San Francisco acababa de volver de pasar una semana en la costa dálmata. «¡Me he comprado... un monasterio!»

Era principios de septiembre. Había transcurrido un año desde la escisión de Save Venice. Al final Lovett había montado su propia asociación benéfica con el nombre de Venetian Heritage. Había seleccionado una junta directiva cual crupier, recogiendo fichas azules a paladas hasta amasar un montón de aristócratas y representantes reales tan cuantioso que el membrete de Venetian Heritage parecía una página de *Debrett's*. Veintiuno de los cincuenta nombres de la asociación tenían título nobiliario: un duque, un marqués, una marquesa, una baronesa, los condes y condesas de costumbre y no menos de seis altezas, tanto reales como serenísimas. En cambio Save Venice se había quedado con un único aristócrata en la junta, una baronesa. Lovett se refociló con la situación en una carta dirigida al director general de Save Venice, Paul Wallace, en la que recordaba que el próximo evento de Save Venice en Nueva York de ese invierno «estaba apadrinado por un miembro menor de los Saboya, probablemente por falta de un representante de enjundia de la realeza inglesa».

A principios de ese mismo verano Venetian Heritage había celebrado su primera gala de cuatro días. Lovett la había programado en junio para que coincidiera con la inauguración de la Bienal de Venecia, cuando la flor y nata del mundo artístico internacional se reunía en la ciudad de los canales. La gala, un lleno total pese a los cuatro mil dólares que costaba la entrada, había sido un éxito si se consideraban lo selecto de las personalidades que había atraído, las puertas privadísimas de Venecia que se le habían abierto y el dinero recaudado. Larry Lovett tenía motivos para estar satisfecho. Y lo estaba. Sin embargo, la mera supervivencia de Save Venice le humillaba. Además, era muy consciente de que Save Venice ni siquiera agonizaba.

Faltaba menos de un año para la siguiente Gala de la Semana de Regatas de Save Venice cuando se produjo la tumultuosa escisión. Pronto se aclararía si la Venecia privada seguía mostrándose tan accesible a Save Venice como en el pasado. Los Guthrie se disponían a iniciar la ronda de llamadas cuando sonó el teléfono. Contestó Bea Guthrie.

—Soy Volpi —atronó la voz del conde Giovanni Volpi al otro lado de la línea. Telefoneaba desde su villa de Giudecca—. ¡Me he enterado de que esos payasos van diciendo por ahí que ahora se os cerrarán las puertas de Venecia!

—Eso tengo entendido, sí —contestó Bea Guthrie—, pero lo cierto...

—¿Y la excusa que dieron para dejar Save Venice? ¿Porque organizabais demasiadas fiestas? ¿Y eso de boca de unos venecianos que no paran de quejarse por el asiento que les ha tocado... de esos gorrones que nunca pagan por nada? —El conocido desprecio del conde Volpi por sus conciudadanos se traslucía en cada sílaba—. Venecia es como una cortesana que acepta el dinero y no da nada a cambio. ¡Tacaña, avariciosa y barata! ¡Son unos carroñeros! No les bastaba con calumniaros todo el verano, con acusaros de sinvergüenzas. ¡Si ha sido un linchamiento moral! ¡Tienen suerte de que no los hayáis demandado! Francamente, yo creo que deberíais hacerlo.

—Bueno, Giovanni, ha sido una pesadilla. Pero nosotros...

—Escucha. Llamo porque en el pasado me habíais pedido utilizar el *palazzo* Volpi para el baile de Save Venice y siempre me había negado. Pues bien, he cambiado de opinión. Si os sirve de algo, para mí sería un placer prestaros el palacio para el baile del próximo verano.

El *palazzo* Volpi era un magnífico palacio del siglo xvi con setenta y cinco habitaciones situado a orillas del Gran Canal; en realidad, era palacio y medio. Disponía de patio ajardinado y grandes vestíbulos y salones. Todavía se sentía la presencia persistente de una de las figuras más dinámicas de la Italia del siglo xx, la del padre de Volpi, el conde Giuseppe Volpi, fundador del Festival de Cine de Venecia, creador de Mestre y Marghera, ministro de Economía de Mussolini y, en resumen, «el Último Dux de Venecia». Su presencia perduraba en el salón de baile cargado de dorados y mármoles que Volpi había construido para conmemorar sus victorias militares como gobernador de Libia en los años veinte, en el retrato al óleo de cuerpo entero de Volpi en uniforme diplomático, en el cañón plantado en medio del *portego*, en los muebles del palacio Quirinal de Roma o en la fotografía dedicada del rey Humberto de Saboya. Durante años el *palazzo* había acogido el sofisticado baile de gala de los Volpi, que la madre de Giovanni organizaba todos los septiembres. Pero el último baile Volpi había tenido lugar hacía cuarenta años y desde entonces el palacio prácticamente no se utilizaba: estaba bien conservado, pero no habitado.

Hacía tanto tiempo que se negaba el acceso al *palazzo* que incluso los venecianos sentían curiosidad por verlo. Los Guthrie lo sabían y optaron por un hábil gesto político. Con el permiso de Volpi, invitaron a docenas de venecianos al baile, entre ellos a varias personas a las que el cascarrabias de Volpi jamás habría invitado por iniciativa propia. Sin embargo, y solo por esta vez, Volpi disfrutó dejándolos entrar. Su intención era demostrar que no se podía excluir a nadie de Venecia solo porque lo decretara cierto grupo de «payasos». Si franquear la entrada de su palacio a los venecianos le permitía restregárselo por la cara, tanto mejor.

La noche del baile las ventanas del *palazzo* Volpi se iluminaron por primera vez en mucho tiempo. Una armada de lanchas motoras se detuvo junto al embarcadero y de sus cubiertas descendieron cientos de invitados con traje de etiqueta y esmoquin, entre ellos docenas de venecianos.

La trascendencia del baile de Save Venice y Volpi se hacía obvia también fuera de las paredes del *palazzo*. De hecho, Larry Lovett la entendía perfectamente, puesto que esa misma noche daba una cena en su terraza. La opinión general coincidía en que el único propósito de la fiesta de Lovett consistía en eclipsar a Save Venice y privarla de algunos de sus invitados venecianos. Se sobreentendía también que Lovett había especificado que a su cena se iba con «atuendo informal» solo para evitar que sus invitados pudieran después acudir al *palazzo* Volpi sin pasar primero por casa para cambiarse. Los amigos admitían que la cena había sido una metedura de pata, extraña, viniendo de Lovett; otros la consideraban una pataleta infantil que solo venía a demostrar, de una vez por todas, que a Lovett le preocupaba más su prestigio y estatus personal que preservar el arte y la arquitectura venecianas.

Nada de todo eso importaba a Giovanni Volpi. Mientras Peter Duchin tocaba música de baile en el salón de su padre y Bobby Short cantaba en el piso de arriba, Volpi permanecía al borde del jardín, lejos de todo, como siempre.

—No sé –dijo–. Save Venice, Venetian Heritage… ¿Qué diferencia hay? Bien mirado no son más que viajes organizados demasiado glorificados. No sé por qué los norteamericanos no pueden venir a Venecia a pasarlo bien en lugar de venir a golpearse dramáticamente el pecho. ¿Comprende a lo que me refiero? Es esa necesidad de venir aquí con una misión. ¿Por qué tienen que venir a salvar Venecia? Está muy bien que den dinero, por supuesto. Pero no tiene nada que ver con ser generosos. Solo buscan darse importancia. Y además es solo una gota de agua en el océano. Deberían venir a disfrutar. Pasar una temporada. Pasear. Ver cuadros. Salir a restaurantes, igual que hacen en las otras ciudades. Los americanos no van a París a salvar la ciudad, ¿a que no? Puede que cuando veas un edificio veneciano de quinientos años te parezca algo gastado e incluso en peligro. Pero no puedes calificarlo de decadente. ¡Ha resistido quinientos años! Eso de la «Venecia decadente» es solo un mito. A eso me refiero con lo de Save Venice. Que se olviden. Venecia se salvará solita. ¡Vayan a salvar París!

13

EL HOMBRE QUE AMABA AL PRÓJIMO

La primera vez que me fijé en la pintada —y había bastantes— fue paseando por el mercado de Rialto una tarde de invierno. A los pocos días encontré otra cerca de San Marcos y, un día después, una tercera frente al restaurante Osteria di Santa Marina. Todas estaban escritas con aerosol rojo y con letra clara, y siempre en paredes provisionales de madera, donde no hacían ningún daño. Su melancólico mensaje jamás variaba: LA SOLEDAD NO ES ESTAR SOLO, ES AMAR AL PRÓJIMO EN VANO (*Solitudine non è essere soli, è amare gli altri inutilmente*).

A diferencia de la mayoría de las pintadas, estas tenían autor conocido: Mario Stefani. Stefani era un personaje harto conocido en Venecia, un poeta de cierta reputación que aparecía en el canal TeleVenezia de la televisión local cinco veces a la semana para presentar una breve crónica cultural. Tenía un rostro rechoncho y sonriente y una mata de pelo indómito. La primera vez que vi su programa fue por casualidad. Stefani estaba enfrascado en un monólogo desenfadado e improvisado que saltaba de un tema a otro.

«Los venecianos eran grandes piratas y navegantes —estaba diciendo—. Robaban y se llevaban el botín a Venecia para embellecer la ciudad con mármoles labrados de Oriente, oro y gemas. Ahora la gente solo roba para sí. Qué triste.

»Señor Dux —continuó Mario Stefani dirigiéndose a un invitado imaginario—, ¿le apetece un vaso de agua? ¡Preferiría una copa de vino! No le culpo. Hoy en Venecia la copa de vino solo cuesta mil liras. El agua embotellada cuesta el triple.»

Después cambió de tema.

«Señor conde, ¿le apetecería dar un paseo conmigo por San Marcos? ¿No? ¿Cómo dice, que no es Moisés y no sabe separar las aguas? Bueno, es verdad que ahora tenemos más inundaciones y mareas más altas con mayor frecuencia. Veinte años de discusiones y todavía nadie se ha decidido a construir ese sistema de diques que debería frenar las inundaciones. He escuchado a menudo que el retraso se debe a personas que posponen la decisión por intereses económicos.

»Señor Dux, parece que duda si coger un taxi acuático. ¿Y eso? ¡Porque es carísimo! Cierto. Probablemente se habrá fijado también en lo caras que son las góndolas. Y los hoteles. Y los restaurantes. Todo por lo que pagan los turistas. Esos son los que mandan en Venecia. No, no, los turistas no. Me refiero a los taxistas, los gondoleros y los propietarios de hoteles y restaurantes. Ellos dirigen la ciudad, eso se lo dirá cualquiera.»

El programa de televisión de Stefani era una producción barata, con una sola cámara y en blanco y negro que duraba unos cinco minutos por emisión. Empezaba siempre con el tema musical de *La pantera rosa* y con Stefani mirando directamente a cámara y anunciando: «¡Proclamas y venenos venecianos! ¡Cháchara inútil!». El tema básico del programa era Venecia y los venecianos.

«Los venecianos son criaturas de costumbres —dijo en una emisión—. Sabes si vas pronto o tarde solo con ver a determinadas personas en la calle. Si vas puntual, las ves en tal o cual *campo*. Si las ves una calle antes o después, es que vas tarde o pronto.»

Stefani lamentaba la desaparición de instituciones y personajes.

«Los gatos han desaparecido de las calles de Venecia. Y es porque las viejas que les daban de comer ya no están. Echo de menos a las ancianas con chal y delicadas cadenitas de oro que se enganchaban en la lana. Una de mis ancianas favoritas solía entrar en el bar y pedir *grappa*. Decía: "Póngame dos *grappas*. Una para mí y otra para Franca". Pagaba y se bebía la suya sin dejar de mirar alrededor llamando a Franca y preguntando por ella. "Debe de haber salido a comprar algo… *Madonna*, estoy harta de esperar. Bueno, tendré que beberme su *grappa*." La escena se repetía a diario y Franca nunca aparecía. La anciana siempre se bebía los dos vasitos de *grappa*. ¿Dónde está? La echo de menos.»

Stefani hablaba de los vecindarios, en especial del suyo, *campo* San Giacomo dell'Orio, una placita deliciosa de la zona de Santa Croce a salvo de las rutas principales de los turistas.

«El panadero de nuestro *campo* ha impreso un poema mío en las bolsas de papel, por respeto, no hacia mí, sino hacia la poesía. Así que ahora la gente entra y pide dos panecillos y un poema.»

Mario Stefani adoraba su ciudad. Tenía un carácter generoso y cordial. Solía decir: «Cualquiera que ame Venecia es veneciano, incluso un turista, pero solo si se queda suficiente tiempo en la ciudad para llegar a apreciarla. Si solo pasa un día aquí para poder decir que ha estado en Venecia, entonces, no».

Stefani enseñaba literatura en una escuela de la costa y su nombre aparecía con frecuencia en el *Gazzettino*. Escribía reseñas de arte y literatura y participaba a menudo en conferencias y otras actividades culturales. Aunque probablemente en Venecia se le conocía sobre todo por una observación suya que se citaba a menudo: «Si Venecia no tuviera puente, Europa sería una isla». La frase titulaba uno de sus libros de poemas.

Todos los años por Carnaval, Stefani participaba en los recitales de poesía erótica de *campo* San Maurizio. Calculaba que el veinte por ciento de sus poemas eran eróticos. Además de descaradamente homosexuales. En sus poemas aludía con frecuencia a los músculos, los labios, la belleza y la mirada de jovencitos atractivos. Hablaba de arrodillarse a adorarlos. Recordaba a un chico que había apretado su ingle contra él en el autobús y otros que salían a su encuentro por la noche en el *campo*.

Su poesía erótica abarcaba desde el poema juguetón al más gráfico, pero se tomaba muy en serio su papel de gay confeso. Para él contar la verdad era el acto más inconformista que conocía. «La hipocresía constituye la base y los cimientos sobre los que se funda la sociedad. Jamás he llevado una doble vida. Siempre he manifestado "mi cruz y mi disfrute", que no es otro que el deseo que siento por los hombres, por los músculos fuertes y el cuerpo adolescente, un deseo que me ha causado grandes sufrimientos pero también grandes placeres.»

Su honestidad le había granjeado el respeto y la aceptación de los venecianos. Había demostrado su buena fe y había superado hasta tal extremo los prejuicios que las madres estaban dispuestas a dejar a sus hijos y, lo que era más importante, la educación de estos en manos de Stefani.

De vez en cuando veía a Stefani por la calle o en los bares de vinos de la zona de Rialto. Stefani tenía sobrepeso, unos sesenta años y arrastraba los pies al caminar. Vestía con cierto estilo –tirantes rojo chillón, deportivas rojas, pañuelo anudado al cuello y pantalones holgados–, pero solía llevar la ropa arrugada y manchada de lamparones. Iba siempre cargado con dos bolsas de plástico a reventar de libros y comida, una en cada mano, que le daban aspecto de vagabundo. Cada pocos pasos saludaba con cariño a alguien, se paraba a charlar o asomaba la cabeza en alguna tienda para cruzar cuatro palabras o contar un chiste. Le gustaba besar a las mujeres en la mejilla pero yo había pillado a más de una limpiándose después la cara con disimulo. «Es un encanto y una dulzura de hombre –me dijo Rose Lauritzen–, amable y generoso. Pero nunca sé qué hacer cuando le veo acercarse porque siempre me besa y siempre termino babeada.»

En los bares Stefani se encontraba frente a frente con su propia imagen. Un escultor local había creado unas jarras de vino de cerámica al estilo de las jarras de cerveza con forma de hombre sentado que recordaban a Stefani vestido de Baco, con la testa coronada de uvas. El escultor había tirado una edición de cien jarras y las presentó ante el alcalde Cacciari en una ceremonia pública. La presentación coincidió con la publicación del nuevo poemario de Stefani: *Vino y Eros*.

Para la época en que las pintadas rojas de Stefani empezaron a aparecer por toda la ciudad a mí ya me había quedado claro que el hombre tenía un don natural para publicitarse solo. Su mensaje –«La soledad no es estar solo; es amar al prójimo en vano»– era perspicaz y compasivo. Era tan bien una de sus frases más famosas. En cuestión de días la prensa local iba llena de fotografías de las pintadas acompañadas por artículos y alabanzas a Stefani. La publicidad le salió gratis. Cuando se lo preguntaban Stefani aseguraba que él no había escrito las pintadas. «No he sido yo —decía—. Debe de haber sido un seguidor mío. Me halaga, por supuesto, y me gustaría conocerle.»

Me pareció una historia plausible.

Y entonces, el domingo 4 de marzo de 2001, apenas un mes después de la aparición de la primera pintada, Mario Stefani se colgó en la cocina de su casa.

De pronto el mensaje de las pintadas cobró un significado nuevo. Ya no se trataba de una observación sagaz de un poeta compasivo. Había sido un grito de dolor.

La ciudad recibió la noticia con incredulidad. El comentario más habitual era «Pero si siempre sonreía». «Era un hombre muy querido. Tenía muchos amigos.»

La músico Carla Ferrara lo veía diferente. «En Venecia cuesta más ver la soledad. Está oculta porque en cuanto sales de casa caminas. En Venecia todo el mundo camina, así que te cruzas con veinte conocidos y tienes que saludarlos a todos. Pero por mucha gente que saludes puedes sentirte solo por dentro. Es el problema de las ciudades pequeñas. Estás rodeado de gente que te habla y te saluda. En una gran ciudad no hablas con tantísima gente. La soledad resulta más evidente.»

La incredulidad caló sobre todo entre los vecinos de Stefani de *campo* San Giacomo dell'Orio. «Ninguno de nosotros sabía que se sentía solo —me contó Paolo Lazzarin, propietario de la Trattoria al Ponte situada en los bajos del edificio del poeta—. Venía tres veces al día. Para nosotros era de la familia. En los últimos meses había adelgazado un poco, pero nos dijo que estaba a dieta. No sabíamos que necesitara ayuda.»

A la mujer que regentaba el restaurante La Zucca al otro lado del puente de delante de casa de Stefani también le cogió por sorpresa. «Le veíamos pasar con las bolsas de plástico —recordaba Rossana Gasparini—. Se dejaba caer al menos una vez al día, repartía cuatro besos y nos preguntaba si estábamos al corriente de las últimas noticias. Se le veía un poco alicaído, pero jamás hubiese imaginado que…»

El panadero, Luciano Favero, me dijo: «Siempre estaba rodeado de gente, pero quizá tuviera pocos amigos de verdad. Últimamente se le veía meditabundo».

La noche del sábado, la noche antes de morir, Stefani había ido a Mestre para la inauguración de una exposición de su viejo amigo el pintor Nino Memo. «Llegó temprano –me contó Memo–, y parecía de muy buen humor. Le gustó la exposición e incluso me prometió que escribiría una reseña elogiosa. Estaban muchos amigos suyos (escritores, pintores y académicos) y charló con todo el mundo. Aunque sí me fijé en algo poco usual: se quedó hasta el final. No era propio de él; solía marcharse de esa clase de reuniones antes de que terminaran. Después se unió con un grupo de nosotros para cenar y regresamos todos juntos a Venecia. Antes de separarnos en *piazzale* Roma, abrió la bolsa de la compra y nos mostró un pollo rustido. Era su cena del domingo. Dijo que no tenía intención de salir de casa en todo el día. Que tenía mucho trabajo pendiente.»

El domingo por la tarde una estudiante amiga de Stefani llamada Elena de Maria le esperó en la Trattoria al Ponte. Él le había prometido ayudarla con su tesis, pero al ver que no acudía a su cita de las dos, Elena le telefoneó. Nadie contestó. Siguió probando toda la tarde. Al final, hacia las nueve, Elena llamó a los bomberos. Esperó abajo mientras los bomberos subían al piso de Stefani. Hacía años que Mario era amigo de la familia, pero en todo ese tiempo jamás la había invitado a su casa, probablemente, se decía Elena, por el desorden. La lancha ambulancia llegó al cabo de diez minutos y los enfermeros subieron con una camilla.

«Cuando bajaron con la camilla pero sin Mario, supe que había muerto –dijo Elena–. Luego los bomberos bajaron el cadáver en un saco. No lo levantaron, lo arrastraron por las escaleras.»

Elena de Maria quedó conmigo en Al Ponte para hablarme de Mario. «El domingo era el único día de la semana que Mario no se habría echado de menos enseguida. Le gustaba pasar el domingo en casa en calzoncillos. Cualquier otro día de la semana los amigos habrían empezado a preocuparse a las pocas horas de no saber de él. El panadero le habría echado de menos. La gente de Al Ponte le habría echado de menos. La mayoría de la gente pasa muerta una semana sin que nadie se entere. Mario creía que estaba solo, pero no lo estaba.»

Según el fiscal encargado del caso Stefani, Antonio Miggiani, la policía había hallado el cadáver colgando de la barandilla de las escaleras que conectaban la cocina con el ático. Stefani llevaba solo una camiseta. De la cuerda que le rodeaba el cuello pendía una nota de suicidio. La policía no reveló el contenido, pero sí que Stefani había apuntado una serie de desgracias que le habían empujado a cometer suicidio, entre ellas el reciente fallecimiento de su padre. No encontraron pruebas de ningún acto delictivo.

Venecia examinó su conciencia en editoriales de prensa y conversaciones mientras se preguntaba cómo podía haber pasado por alto los numerosos mensajes de desesperación de Mario Stefani, en especial los escritos en aerosol rojo. Se celebró una reunión en el Ateneo Veneto en honor a la vida y la obra del poeta. Sin embargo, el párroco del barrio de Stefani provocó una amarga polémica al negarse a ceder la iglesia de San Giacomo dell'Orio para oficiar el funeral de Stefani porque se trataba de un suicidio. Ludovico de Luigi y otros amigos de Stefani acusaron al cura de tendencioso porque recurría a una norma muy antigua que ya nadie aplicaba. Se manifestaron en el *campo*. El punto muerto se resolvió a la semana siguiente, cuando el párroco de la iglesia de San Giovanni e Paolo consintió en acoger los funerales. Acudieron cientos de personas.

Yo me senté junto a De Luigi. El hombre tenía el día sarcástico. «Mario se ha pasado toda la semana en el frigorífico. El público da asco. Prestan más atención a su homosexualidad que a sus poemas y a su corazón. Nadie ve más allá de la cuestión física porque vivimos en una sociedad materialista. Todo el mundo explica la muerte de Mario a partir de su ano. No le comprenden. Hoy todo es táctil. Volvemos a ser monos.» Ludovico se encogió de hombros. «Yo, yo vivo aterrado pensando en el día que me comprendan porque eso querrá decir que soy como ellos. Y será el fin de mi vida, porque toda la vida he querido que no me entiendan.»

Pese a la seguridad de la policía, algunos amigos de Stefani dudaban de que se tratara de un suicidio. Argumentaban que Stefani era un inútil físico, incapaz de apañarse con las cuestiones prácticas más simples de la vida cotidiana. Como explicó un amigo suyo, Stefani no habría sabido colgar un cuadro, mucho menos a sí mismo.

Maria Irma Mariotti, periodista que escribía para el periódico cultural *Il Sole 24 Ore*, conocía a Stefani desde hacía treinta y cinco años y le desconcertaba que lo hubieran encontrado prácticamente desnudo. «Mario siempre estaba pendiente de su aspecto. Si hubiera planeado el suicidio y sabiendo que iban a verle varios desconocidos, habría procurado que lo encontraran en un estado más presentable.»

Al poco de morir Stefani, su editorial, Editoria Universitaria, publicó un libro de cincuenta páginas con su poesía más reciente: *Una desesperación silenciosa*. La imagen de la portada era una fotografía en blanco y negro de Stefani con aspecto muy cansado y el humor de los poemas del interior no era menos lúgubre. Hablaban de lucir una sonrisa en la cara pero cargar un gran pesar en el corazón. Estaba harto de vivir; la vida se le hacía insoportable. La muerte le esperaba al final de un solitario viaje en tren.

Encontré un ejemplar de un poemario anterior titulado *Poemas secretos*. Se había publicado tres años antes de su muerte e incluso entonces su estado anímico no podía quedar más claro. Escribió: «Sigo viviendo pero deseo morir».

Saltaba a la vista que la mayoría de las personas que conocían a Mario nunca habían leído sus poemas. Me senté a leerlos toda una tarde. Al menos la mitad de ellos trataban de la vida, la muerte, los malos recuerdos y el dolor del amor y la añoranza.

Llegado este punto decidí pasarme por la editorial de Stefani. Por el mero sonido de su nombre, Editoria Universitaria, yo había dado por sentado que sería una augusta editorial académica, pero no la encontré en el listín telefónico. Tras arduas indagaciones descubrí que se trataba de una editorial unipersonal propiedad de Albert Gardin, que la dirigía desde la tienda de disfraces y ropa antigua que su mujer tenía en un estrecho callejón, la *calle* del Scaleter, no muy lejos de *campo* San Giacomo dell'Orio.

Cuando me asomé al escaparate de la tiendita vi un barullo de sombreros, vestidos, abrigos, capas, bufandas, paraguas, muñecas y rollos de tela antiguos que llegaba hasta el techo, todos amontonados, apilados, desparramados, arrugados y colgando por ahí, pero nada que pudiera recordar vagamente a una empresa editorial. Entré y le pregunté a una mujer de pelo castaño claro largo hasta los hombros si sabría indicarme cómo encontrar a Albert Gardin. En ese momento un hombre bajito y barbudo apareció detrás de un búnker de sombreros. Era Albert Gardin.

Me presenté y expliqué que estaba interesado en saber algo más acerca de Mario Stefani. El señor Gardin se mostró dispuesto a contarme lo que sabía de la poesía y la muerte de su amigo; mucho en el primer caso y no tanto en el segundo. Me señaló un taburete y me senté.

—La policía no nos cuenta nada —se quejó—. Ni siquiera sabemos lo que Mario escribió en la nota de suicidio. Mis mejores fuentes de información han sido las filtraciones. Un amigo del departamento de bomberos me contó que a Mario lo encontraron con la soga al cuello y los pies rozando el suelo. De modo que no murió al instante al quebrársele el cuello, sino por estrangulación larga y lenta. Tenía la cara negra. Utilizó cuerda de escalar, que está fabricada con materiales plásticos y cede. Aunque yo considero posible que muriera de otro modo y que después colgaran el cadáver para simular un suicidio.

—¿Cree que fue asesinato?

—Quizá. Tal vez la autopsia nos revele algo.

—Pero la policía asegura que no hay pruebas de delito.

—Claro.

—Dicen que tampoco hay indicios de robo. El dinero, los cuadros, los objetos de valor, todo estaba en su sitio.

—Puede que hayan encontrado dinero, cuadros y objetos de valor como dicen. Pero ¿cómo iban a saber si falta algo?

—Pero ¿no eran muchos los indicios de las tendencias suicidas de Mario Stefani? —pregunté—. Es decir, como el libro que acaba de publicarse. Es casi un mapa de carreteras del suicidio.

—Mario habló conmigo de la muerte y el suicidio en más de una ocasión. Pero no creo que tuviera tendencias suicidas y hay cosas de su muerte que no acaban de encajar.

—¿Por ejemplo?

—El día que murió me telefoneó para que reservara la fecha del treinta de marzo. Planeaba un acto en el Lido. No recuerdo qué: una lectura relacionada con niños y ancianos. En cualquier caso, le entusiasmaba el proyecto. ¿Por qué iba a hacer planes si pensaba matarse?

—Quizá el impulso le viniera de golpe, sin avisar. Algo así puede ocurrir, en especial a alguien que tiene cierta tendencia suicida.

Gardin negó con la cabeza.

—Conocía muy bien a Mario. Para él la amistad lo era todo. Estoy seguro de que habría venido a despedirse de mí en persona por última vez. Eso habría sido típico de él. Mario era… —Gardin calló. Cerró los ojos. Luego, pasado un momento, parpadeó para controlar las lágrimas—. Perdone. No estoy acostumbrado a hablar de Mario en pasado. Iba a decirle que Mario era un amigo, nada más. Estaba deprimido pero no hasta el punto de suicidarse.

—¿Por qué estaba deprimido?

Gardin hizo una pausa y se miró las manos antes de contestar.

—Creo que le chantajeaban.

—¿Por qué?

—Mario siempre se jactaba de invitar a la gente a comer o beber. Solía decir: «Quiero humillarte con mi riqueza». Hasta el verano pasado, en que dejó de hacerlo. Decía que tenía problemas financieros y que ya no podía pagar y, cuando pagaba, era solo su parte. Si veía pasar a alguien con prisas junto a un bar, le ofrecía una copa porque sabía que no aceptaría por falta de tiempo.

»Yo sabía que sus problemas financieros tenían que tener alguna causa y me preocupé. Al final le pregunté si le chantajeaban. Me lo negó. Pero después me agradeció que se lo hubiera preguntado y me dijo que quizá algún día llegara a explicármelo todo.

—¿Por qué iba alguien a chantajearle? Vivía abiertamente su homosexualidad.

—Sí, pero mantenía separada esa parte de su vida. Pagaba por servicios sexuales. Los chicos eran de clase obrera y a veces tenían antecedentes criminales. Algunos eran drogadictos. Se le acercaban por la calle y le pedían dinero para pagar el recibo de la luz; él les decía que pasaran por su casa por la noche. Para los chicos era una cuestión de sexo por dinero, pero Mario se enamoraba a menudo y eso lo hacía vulnerable. Les daba todo lo que querían, y siempre querían dinero. A esa clase de chantaje me refiero.

A Gardin le preocupaba qué iba a ocurrir con las posesiones de Stefani.

—Diecisiete artistas pintaron retratos de Mario, entre ellos Giorgio de Chirico. Mario quería que los cuadros, los escritos y su colección de miles de libros pasaran al museo de la Fundación Querini Stampalia.

A Gardin le preocupaba en especial el destino de la poesía inédita de Stefani.

—Siempre andaba anotando poemas. Tiene que haber docenas de poemas en libretas y papeles, acabados y sin acabar. A alguien poco experimentado podrían no parecerle importantes. Pueden acabar en la basura.

Al principio se dio por supuesto que el heredero de Stefani sería su pariente más cercano, una prima lejana a la que apenas conocía. La prima se había encargado de los preparativos del funeral y era la única persona a la que la policía había permitido entrar en casa del poeta. Pero al poco tiempo dos organizaciones sin ánimo de lucro saltaron a la palestra asegurando que Stefani les había dicho a las dos que eran las beneficiarias del testamento, una organización en apoyo de la investigación contra el cáncer y la iglesia waldensiana de Venecia. La donación de esta última organización era la más reciente y por tanto parecía ser la heredera legal.

Sin embargo, al cabo de un mes un titular del *Gazzettino* anunció a bombo y platillo: «El misterio del tercer testamento». La policía había encontrado un tercer testamento en el piso de Stefani fechado con posterioridad a los otros dos. No habían revelado la identidad de los beneficiarios, salvo para decir que era alguien que no aparecía en ninguno de los dos testamentos previos. Con todo, había una pega: este tercer testamento era una fotocopia y por tanto no era válido. Había que encontrar el original. El fiscal anunció que interrogaría al notario de Stefani para determinar si se había retirado, ocultado o destruido la copia original del testamento.

La revelación más sorprendente del relato periodístico radicaba en que el patrimonio del finado abarcaba, además de su vivienda habitual, seis pisos de alquiler en el Mestre y dos *magazzini* en Rialto. El valor global se calculaba superior al millón de dólares.

Al día siguiente el notario de Stefani encontró el original del tercer testamento guardado en un libro de poemas que Stefani le había regalado hacía meses. En el libro también encontró un cuarto testamento, fechado un mes después y que se limitaba a reiterar los términos del tercero. Siguió sin divulgarse la identidad del heredero.

La historia dio un giro inesperado seis semanas después con el sorprendente anuncio de que la heredera era una niña de un año. Stefani adoraba a la niña como a una hija. Según informaba el *Gazzettino*, Stefani había testado a favor del padre de la niña porque esta era menor y si le hubiera legado a ella sus bienes el Estado habría asumido el control hasta que la niña cumpliera dieciocho años. Tampoco esta vez se revelaban los nombres. Se describía a los padres de la niña como gente de clase trabajadora que habían recibido la noticia con incredulidad y sorpresa.

Este último giro desconcertó a todos los que habían conocido a Stefani, en especial a Albert Gardin. Hacia finales de junio pasaba yo por delante de su tienda cuando vi asomar su coronilla por detrás de una pila de sombreros. Entré en el establecimiento.

—¿Ha descubierto algo de la niña? —pregunté.

—No existe tal niña.

—¿Qué?

—Mario se lo ha dejado todo a un hombre de treinta y dos años. Es lo que pone el testamento. No se menciona a ningún bebé.

—¿Cómo lo ha descubierto?

Gardin abrió un cajón y sacó una hoja de papel. Era una copia del tercer testamento de Mario Stefani. Estaba escrito a mano, tal como se requería para todos los testamentos italianos. El heredero «único y universal» era Nicola Bernardi.

—¿Quién es?

—Un comerciante de frutas y verduras —contestó Gardin—. Trabaja en el colmado de la familia en la plaza San Marcos. Él y su mujer tienen una niñita. Se llama Anna. Mario le escribió un poema.

Recordé entonces que había escuchado a Stefani citar un par de veces en su programa televisivo a una niñita muy bonita que le había ayudado a salir de una profunda depresión. Gardin me entregó un ejemplar del último libro de poesía de Stefani y lo abrió por el poema de la niña. Anna le había regalado esperanza y el deseo de seguir vivo.

—El *Gazzettino* se equivoca en otra cosa —continuó Gardin—. Dice que el notario encontró el testamento en un libro de poemas. Pero cuando el notario registró el testamento declaró que se lo había dado la abogada de Nicola Bernardi, una tal Cristina Belloni. Tengo aquí los documentos del registro.

—¿Qué deduce de todo esto?

—Sospecho más que nunca. Deje que le muestre algo raro, raro. Mire la redacción del testamento. Está plagado de errores gramaticales. Mario jamás habría escrito algo semejante. Por ejemplo, cambia de la primera persona a la tercera y luego retoma la primera: «*Yo*, Mario Stefani, en pleno control de *sus* facultades mentales, *lega* todos *sus* bienes materiales y propiedades así como todos *mis* valores financieros…».

»O se trata de una falsificación como una casa, o Mario tuvo que escribirlo bajo una presión tremenda. Tal vez se lo dictaran. Si Mario escribió este testamento voluntariamente, entonces cometió un segundo suicidio, en este caso, literario. A ver, ¿qué le importa al verdulero ese la poesía? ¿Cómo iba a conocer la diferencia entre un papel en el que se ha garabateado un poema y un papel que puede tirarse sin más? ¿Decidirá él sobre derechos de reproducción y traducciones? ¿Negociará él con los editores?

—Hablando del tema, ¿cómo le afecta a usted este asunto en calidad de editor de Stefani? Me he fijado en que en los libros el copyright pertenece a Editoria Universitaria.

Se encogió de hombros.

—¿Quién sabe?

—¿Qué piensa hacer?

—Primero quiero que se aclare este misterio. Voy a presentar una petición a la fiscalía para que se ponga en marcha una investigación honesta y transparente y enviaré copias de todo a los diarios.

Al cabo de una semana, cumplió con lo prometido.

Al día siguiente el *Gazzettino* informaba de que la petición de Gardin ponía en duda «las noticias publicadas en este periódico en relación al suicidio del poeta veneciano». El periódico citaba al pie de la letra el testamento de Stefani, errores gramaticales inclusive, pero omitía el nombre de Bernardi. Quedaba claro que no se había mencionado niña alguna. El periódico citaba también la queja de Gardin de que el notario, al registrar el testamento, había asegurado que se lo había entregado una abogada y no que lo hubiese encontrado entre las páginas de un libro, tal como había informado el *Gazzettino*. El periódico no explicaba estas discrepancias.

Pasados dos días de la publicación de dicho artículo en el *Gazzettino*, me llamaron al teléfono poco después de mediodía. Era Gardin. Parecía alterado.

—Ha ocurrido algo muy grave. ¿Podría venir a la tienda? La policía ya ha estado aquí.

—¿Se encuentra bien? —pregunté.

—Sí, sí. Ya verá.

En menos de quince minutos estaba delante del despacho de Gardin, es decir, frente al escaparate de la tienda de ropa de su mujer. Alguien había garabateado con rotulador azul en el cristal de la tienda la siguiente advertencia: DEJA DE TOCAR LAS PELOTAS CON EL TESTAMENTO DE MARIO STEFANI.

En cuanto lo hube leído y asimilado, Gardin lo borró con un trapo.

—El *Gazzettino* y *La Nuova* han estado aquí hace una hora. Lo han fotografiado. He denunciado la amenaza a la policía.

—No se quién será el tal verdulero, pero no puede ser muy listo si no ha pensado que sería el primer sospechoso.

—Podría haber sido él —dijo Gardin—. O algún amigo o pariente suyo.

Al día siguiente los dos periódicos publicaban la noticia de la pintada amenazadora ilustrada con fotografías de Gardin de pie junto al escaparate. «Alguien no está contento con mi petición a la fiscalía –contaba Gardin en *La Nuova*–, pero estoy dispuesto a llegar al final.» Había solicitado por escrito a la policía que incrementara la vigilancia nocturna alrededor de la tienda de su mujer. Ninguno de los dos diarios revelaba todavía la identidad de Bernardi.

Eso ocurrió al cabo de tres semanas: a finales de julio Nicola Bernardi salió a la luz pública y se identificó como heredero de Stefani. Por mediación de su abogada Cristina Belloni, el heredero manifestó su intención de salvaguardar el legado de Mario Stefani donando todos sus manuscritos, libros, correspondencia y cuadros a la Fundación Querini Stampalia. Había contratado a un equipo de especialistas para que tuvieran catalogadas todas las pertenencias de la casa de Stefani a finales de verano.

Belloni insistía en que el testamento no escondía ningún misterio. Su cliente había descubierto que era el heredero solo tras la muerte de Stefani, cuando fue citado por la policía.

Albert Gardin no estaba satisfecho. Tres días después convocó una rueda de prensa en el vestíbulo del hotel Sofitel, en la que vertió nuevas y espectaculares acusaciones.

–La última relación de Mario Stefani se convirtió en un juego erótico peligroso que se descontroló y le costó la vida.

»Yo describiría su muerte como pasoliniana –prosiguió, aludiendo al brutal asesinato en mil novecientos setenta y cinco del director de cine Pier Paolo Pasolini, por el que se condenó a un chapero–. Mario pagaba por acostarse con los chicos sobre los que escribía sus poemas eróticos. La policía debería investigar la cuenta bancaria de Mario, porque hubo un movimiento justo antes de su muerte y, al fallecer Mario, la cuenta estaba vacía.

–Mucha gente piensa que tiene usted algún motivo personal para llamar la atención sobre este caso a pesar de que parece resuelto –le señaló un periodista a Gardin.

–No está en absoluto resuelto –replicó Gardin–. Solo la abogada del heredero lo considera resuelto.

A la mañana siguiente apareció una segunda advertencia en el escaparate de Gardin. Como la primera, estaba escrita en rotulador azul: ¿ES QUE NO LEES LA PRENSA? EL TESTAMENTO DE STEFANI NO TIENE MISTERIO. SIGUE HABLANDO Y TE BUSCARÁS PROBLEMAS.

Gardin presentó otra denuncia contra desconocidos y volvió a pedir a la policía más vigilancia nocturna.

Yo volví a pasarme por su tienda a echar un vistazo a la pintada del escaparate. Gardin y su mujer estaban dentro. Él salió a la *calle*.

—Mi mujer está aterrorizada —me dijo por lo bajo—. Quiere que abandone la campaña.

Pero no abandonó. En vez de abandonar, al domingo siguiente organizó una fiesta póstuma por el sexagésimo tercer cumpleaños de Stefani en *campo* San Giacomo dell'Orio. Repartió invitaciones con el lema «Los poetas nunca mueren» dirigidas a «Mis amigos» y firmadas por «Mario». Para el *Gazzettino* las invitaciones eran de dudoso gusto. «Está bien recordar al poeta —declaró el diario—, está bien que sus amigos (de verdad) se reúnan, pero no debemos explotar su muerte. Dejemos descansar a Mario en paz, tal como quería.»

La fiesta se celebró en el *campo*, al aire libre, y congregó a una cuarentena de personas. Empezó como un homenaje de buen gusto a la poesía de Stefani pero enseguida derivó en una plataforma de denuncia contra la policía y de especulaciones acerca de lo que había ocurrido en realidad.

La periodista Maria Irma Mariotti, que había mantenido una larga amistad con Stefani, planteó el panorama más extremo, en línea con las suposiciones de Gardin. «En mi opinión, a Mario lo asesinaron —dijo con su voz áspera de fumadora—. Tampoco excluiría la posibilidad de que fuera víctima de un juego erótico relacionado con meterle la cabeza en una bolsa de plástico o rodearle el cuello con una soga antes de fingir un ahorcamiento.»

Mariotti contaba que había estado con Stefani en una exposición un año antes del fallecimiento en la que el poeta había roto a llorar de forma repentina e incontrolable mientras le confesaba que estaba enamorado hasta las trancas de un joven que amenazaba con no verle más si Mario no seguía pagándole sumas de dinero cada vez mayores. Stefani sabía que el joven le estaba arruinando la vida, pero no podía dejarlo.

«Le aconsejé a Mario que terminara con aquella relación —recordó la periodista—. Parecía peligrosa. Mario me dijo que ya había testado a favor de su amante y le contesté que rompiera el testamento. "Pero no sé cómo puede reaccionar si se entera", me contestó. Al oír eso le expuse claramente a Mario que si no terminaba rápido con esa aventura sería lo mismo que firmar su pena de muerte. Esa misma noche, al despedirme, le rogué que abandonara a su sacadineros y le juré que no volvería a verle hasta que así lo hiciera. Pasado un tiempo Mario me telefoneó para que estuviera tranquila porque ya lo había dejado, pero, para ser sincera, no le creí.»

El *Gazzettino* publicó su versión de la fiesta, sin excluir un resumen de las sospechas de Mariotti. Al cabo de diez días de la publicación y dos días después de que apareciera una tercera amenaza en el escaparate de Gardin, Mariotti presentó a los *carabinieri* un informe detallado de tres páginas. En cuanto a la amenaza, de nuevo estaba escrita en rotulador azul y con la misma letra: ERES EL ÚNICO QUE DICE TONTERÍAS SOBRE JUEGOS ERÓTICOS Y ASESINATOS. MARIO STEFANI SE SUICIDÓ. ¿¿¿ENTENDIDO??? TE DAREMOS POR EL CULO. ÚLTIMO AVISO.

Por tercera vez, Albert Gardin denunció a unos desconocidos e insistió en pedir vigilancia nocturna.

Así estaban las cosas cuando fui a ver a Aurelio Minazzi, el notario que supuestamente había encontrado el testamento de Mario Stefani entre las páginas de un libro de poesía. Minazzi era un tipo juvenil y simpático. Me dijo que hacía treinta y cinco años que conocía a Stefani gracias a su padre, que había sido secretario de dirección del *Gazzettino*.

—¿De veras encontró el tercer testamento en un libro de poemas? —pregunté.

—Sí.

—Entonces, ¿por qué al registrarlo aseguró que Cristina Belloni se lo había entregado para que se ocupara de tramitarlo?

—Es un formalismo legal. La ley exige que alguien solicite a un notario que registre el testamento. No podría haberlo hecho por iniciativa propia. Podría haber llevado el testamento a otro notario y pedirle a él que lo registrara. De modo que cuando encontré el testamento telefoneé a Cristina Belloni y se lo dije. Ella vino con Bernardi. Le entregué el testamento a Bernardi. Bernardi se lo pasó a Cristina Belloni y después Belloni me lo dio y me pidió que lo registrara.

—¿Por qué no dijo que lo había encontrado en un libro?

—Porque es irrelevante. No importa dónde estuviera antes del registro. Mario podía haberlo guardado en una caja fuerte, habérselo dado a su editor o haberlo dejado en un cajón del escritorio. No tenía por qué dejárselo a un notario.

—Entonces, ¿por qué el juez le señaló de inmediato y puso en marcha una investigación para dilucidar por qué no había entregado usted el original?

—Porque Mario había encabezado el testamento con la frase: «Para el notario Aurelio Minazzi». Así que, como es natural, el juez dio por supuesto que yo tenía el original.

—Parece lógico —admití, al recordar de pronto que, efectivamente, el nombre de Minazzi aparecía al principio del testamento que me había enseñado Albert Gardin—. Pero ¿por qué iba a guardar un testamento en un libro de poemas?

—Mario escribió muchos testamentos —contestó Minazzi con una sonrisa—. No paraba de cambiar de opinión. Era… no diría una manía, pero sí algo típico de él. Mario me entregaba un testamento y luego me llamaba para decirme que no estaba satisfecho. Así que escribía otro.

»Al morir Mario consulté el registro y encontré un testamento de mil novecientos ochenta y cuatro en que Mario lo dejaba todo a la Asociación para la Investigación contra el Cáncer. También encontré una nota que me había enviado después asegurando que quería dejarlo todo a la iglesia waldensiana. Pero no llegó a testar. Por tanto cuando murió le dije al juez que, por lo que yo sabía, Mario había anulado el último testamento que había escrito sin llegar a escribir otro con todas las formalidades. Entonces el juez mandó a la policía a casa de Mario en busca de cualquier otra cosa que pudiera haber escrito y encontraron la fotocopia del testamento en que se lo dejaba todo a Bernardi.

»El juez me preguntó si tenía el original. Mi secretaria y yo tratamos de recordar la última visita de Mario. Luego nos acordamos de que, como de costumbre, Mario se había presentado sin pedir cita y había traído una planta, bombones y un libro de poemas. Entonces encontramos los dos testamentos de Bernardi.

—¿Cuántos testamentos escribió?

—La verdad, no estoy seguro. De hecho, después de morir Mario otro hombre me mostró una copia de otro testamento en el que se lo legaba todo a él. Un bombero. El testamento databa de mil novecientos setenta y cinco, antes de que yo me hiciera notario. Tuve que explicarle que el testamento no era válido, que había otros posteriores.

»Mario tenía sus problemas. Quizá modificar el testamento fuera su modo de solucionarlos.

Cristina Belloni aceptó recibirme en su bufete de *campo* Santo Stefano. Morena, atractiva y moderna, fue directa al grano.

—Mi cliente, Nicola Bernardi, recibió una orden de comparecencia del fiscal en relación con el suicidio de Mario Stefani. El fiscal le aseguró que se trataría de una charla informal, pero acabó siendo un interrogatorio. En cuanto terminó Nicola se presentó en mi despacho, muy preocupado. Me contó que le habían comunicado que Mario Stefani lo había nombrado único heredero. Nicola no tenía ni idea. Pero luego le dijeron que como el testamento era una fotocopia carecía de validez. Por tanto Nicola sufrió dos impresiones fuertes, la primera al conocer la existencia del testamento y la segunda al descubrir que quizá no sirviera de nada.

»Tuve que actuar con diligencia porque alguien podía encontrar el original y destruirlo. La prensa había informado de que se había hallado un paquete de regalo en la mesa de la cocina de Mario. El paquete llevaba el número de teléfono de Nicola, de hecho era un regalo de cumpleaños para su hija Anna. De modo que pedí ver al fiscal y le pregunté si lo habían abierto. No lo habían abierto. Le pregunté si por casualidad no se les había ocurrido que podía contener la copia original del testamento. No se les había ocurrido. Insistí en que lo abrieran y le advertí que agotaría todos los recursos legales de los que dispone un abogado. Presentaría una petición al fiscal jefe para que al menos entregara el regalo a la persona a la que iba dirigido: Anna. El fiscal me contestó de mala gana, amenazándome con que estaba en su derecho de prolongar la investigación otros treinta días y que así lo haría si seguía entrometiéndome.

»Por tanto tuve que pasar al ataque. Envié una carta certificada al notario de Mario en la que, en lugar de admitir que sabía que él no tenía el testamento, fingía justo lo contrario. Escribí: "Me pregunto si usted, amigo de Mario Stefani, podría guardar su testamento firmado. Confírmemelo y, en caso de tenerlo, preséntelo de inmediato puesto que soy la representante legal de la persona que se menciona en dicho documento". Al cabo de veinticuatro horas el notario me llamó para comunicarme que lo había encontrado.

—¿Cree que lo encontró entre las páginas de un libro o que lo escondía por alguna razón? —pregunté.

—Lo que yo crea no importa. A mí solo me interesaba proteger a mi cliente. El notario me dijo que no podía registrarlo porque le faltaban varios documentos certificados. Le dije que no se preocupara, que los tendría a la mañana siguiente y que sería mejor que esa misma mañana se ocupara de… ¡registrármelo todo!

La agresividad de Cristina Belloni resultaba sorprendente y algo desagradable. Me confirmó lo que Minazzi me había contado del procedimiento: Minazzi entregó el testamento a Bernardi, Bernardi se lo dio a Cristina Belloni y luego Cristina Belloni se lo devolvió a Minazzi y le pidió que lo registrara.

—Conseguí un certificado del notario y me presenté ante el fiscal para exigirle que abriera inmediatamente todos los paquetes. Intentó demorar el proceso, pero al cabo de cuarenta y ocho horas conseguí una orden judicial para que levantara el embargo de la casa de Mario.

—¿Cómo empezó a correr el cuento de que Anna era la heredera?

—Nicola vende frutas y verduras, es un hombre sencillo, carente de sofisticaciones sociales. Tenía miedo de que le acosara la prensa. De modo que acordé que su nombre permaneciera en secreto un tiempo, al menos hasta que pudiera asumir la nueva situación.

La inscripción de un testamento en el registro tarda veinte días en hacerse pública y que todo el mundo conozca los detalles.

—Pues parece que tanto secretismo ha levantado sospechas entre la gente.

—La prensa había hecho un montón de comentarios malintencionados sobre Mario y Nicola, cosas que no eran ciertas. Le aconsejé a Nicola que no las desmintiera porque solo serviría para empeorarlo todo. De modo que esperamos a que comenzara el inventario de la obra de Mario y se cerrara la donación a la Querini Stampalia para convocar una rueda de prensa.

—¿Y las especulaciones de que Mario sufría chantaje? ¿De que le extorsionaban?

—Lo único que he descubierto es que una mujer de Mestre le había demandado por daños y perjuicios a causa de una fuga de agua en el piso de Mario, situado encima del de ella. La suma era muy elevada y parece que a Mario le preocupaba bastante.

—Las acusaciones y las sospechas persisten.

—Sí, por parte de Albert Gardin, que se presenta como editor de Mario. Le he investigado en la Cámara de Comercio. Gardin ha tenido muchas ocupaciones en esta vida, pero su editorial ni siquiera existe. No consta ninguna dirección. En mil novecientos noventa y uno se firmó un contrato pero después cerró. Empecé a sospechar de él cuando, al poco de morir Mario, publicó una colección de sus poemas sin contactar siquiera con el heredero de Mario. Vende libros sin código de barras y por tanto no hay modo de saber cuántos ejemplares tira. Parece anhelar algo de publicidad.

—¿Cree que Nicola o alguno de sus amigos ha escrito los mensajes en rotulador azul del escaparate de Gardin?

—Por supuesto que no.

—Entonces, ¿quién ha sido?

—Puede que el propio Gardin.

Incluso antes de que la prensa identificara a Nicola Bernardi como heredero de Mario Stefani su nombre y paradero circulaba entre los amigos de Stefani y un flujo constante de curiosos llenaba el comercio familiar para verle. Algunos sacaban fotografías fingiéndose turistas; otros entraban en la tienda y compraban un kilo de tomates. Comparaban informaciones. Bernardi era alto y poco agraciado. Era flaco, le clareaba el pelo, muy corto, y tenía una cara alargada, caballuna.

«Tiene los ojos pequeños —informó una amiga de Stefani—, y los mueve muy rápido, como un lagarto. En mi opinión, sonríe con demasiado entusiasmo. Es una sonrisa forzada, como la que ves en los niños de la calle en Marruecos, México o India al pedir dinero. Abren la boca de repente. Los niños ricos sonríen más contentos. Ríen menos, solo cuando les sale natural.»

Una periodista coreana recordó que en el pasado Stefani había insistido en diversas ocasiones para que le acompañara a la frutería de Bernardi. «Sentía una atracción irresistible por ese lugar —decía la mujer—, pero le daba miedo ir solo. Cuando llegábamos a la tienda, Mario fingía que habíamos pasado por casualidad por el barrio. A mí me sorprendía el trato que recibía. No era demasiado amistoso y me incomodaba. Apenas le hablaban. No había comunicación, ni siquiera una risa o una sonrisa. El joven, Nicola, seguía a lo suyo y fingía no conocerle. Como mucho, parecía que la presencia de Mario le molestaba.»

Nicola Bernardi vivía con su mujer e hija en un bajo de una sola habitación cerca de Frari. El piso era pequeño, de cuarenta metros cuadrados a lo sumo; la puerta principal daba directamente al salón. Lo visité al año de la muerte de Mario Stefani por mediación de Cristina Belloni. Me senté en el sofá de cara a Nicola, que llevaba vaqueros y zapatillas deportivas. Francesca tenía el pelo caoba, una tez luminosa y una mirada fría y serena. Estaba ayudando a Anna a ponerse un suéter rosa. Anna era rubia y ya había cumplido dos años.

—Conocimos a Mario porque venía mucho a la tienda a comprar fruta y verduras y a visitar a mis padres, mi hermano y a mí. Tenía el banco cerca. Era tan buen cliente que le ofrecimos hacerle descuento, pero nunca aceptó. Siempre decía que, *mamma mia*, con todo el trabajo que teníamos y lo temprano que nos levantábamos no podía aceptarlo.

Este recuerdo cálido y amistoso rodeado de frutas y verduras no encajaba con la versión de la periodista coreana de una indiferencia rayana en la hostilidad. Pero ¿qué versión era la buena? También Francesca, como Nicola, recordaba a Mario casi como a un miembro más de la familia.

—Mario vino a visitarme al hospital cuando nació Anna —dijo la mujer—. También asistió al bautizo. Le habíamos invitado a la primera fiesta de cumpleaños de la niña y dijo que intentaría ir, pero se mató antes.

—¿Estuvo aquí alguna vez?

—Llamaba para decir que estaba por los alrededores y que tenía un regalo para Anna o una batería de cocina para nosotros —contestó Nicola—. Si no estábamos en casa, dejaba los regalos en el alféizar y cerraba los postigos. La verdad es que al final tuvimos que pedirle que parara. Le dijimos que no podía seguir regalándonos tantas cosas, que no necesitábamos nada.

Habíamos acordado que me reuniría con los Bernardi en su casa y desde allí saldríamos hacia el piso de Mario. Francesca sentó a Anna en el carrito y le dio un osito de peluche.

—Anna —le dijo—, ¿quién te regaló este osito? ¿Te acuerdas? El tío… el tío… ¿qué tío? ¡El tío Mario! Seguro que te acuerdas del tío Mario. —Anna no respondió.

De camino a casa de Stefani, Anna se bajó de la sillita para cruzar a pie los cuatro puentes. Nicola y yo nos adelantamos.

—Ya ha pasado un año —comenté—. ¿Cómo han cambiado sus vidas desde la herencia?

—Ya no tenemos problemas de dinero —contestó Nicola—. Si llega el recibo de la luz, no nos preocupamos. Ahora, si queremos tener encendido el aire acondicionado todo el verano, pues lo tenemos. Pero el trabajo es igual. Sigo levantándome a las cuatro y media y cogiendo la barca para ir a por las frutas y las verduras para la tienda. La única diferencia es que mis padres ya no tienen que pagarme.

—¿Trabaja sin cobrar?

—Nadie me obliga. En realidad no tengo necesidad de trabajar, pero siento que tengo la obligación moral para con mis padres y mi hermano. Lo correcto es que sigamos trabajando juntos.

Bernardi hablaba en tono despreocupado, sin malicia aparente. Irradiaba cierto encanto relajado y muy de vez en cuando lucía una sonrisa que desarmaba a cualquiera, todo lo cual me parelió muy notable dadas las circunstancias. Al fin y al cabo le habían acusado de mantener una relación secreta con Mario y haber participado de alguna manera en su muerte. Y allí estábamos los dos, camino de la supuesta escena del crimen. Nicola estaba en todo su derecho de sentirse inquieto, fueran ciertas o inventadas las acusaciones. Pero se le veía absolutamente despreocupado.

—¿La gente les pide préstamos?

—No, pero ahora Francesca y yo tenemos para ofrecer. Y en cuanto podamos, arreglaremos el piso de Mario y nos mudaremos. Aunque todavía no hemos empezado. Sigue igual que cuando vivía Mario, menos por los libros y los papeles, que se los han llevado para ordenarlos.

—¿Habían estado en casa de Mario antes de su muerte?

—Ni siquiera sabíamos dónde vivía. La primera vez fui con Cristina y la policía. La puerta estaba cerrada con cadenas. Tuvo que abrirnos un agente. Encontramos un regalo para Anna y algo de dinero, pero el piso estaba hecho un asco. Lleno de libros por todas partes y cosas apiladas y esparcidas por ahí. Me afectó bastante.

—¿Ha leído la poesía de Mario?

—Nunca he sido un gran lector. De niño, de camino a la escuela, solía pasar junto al santo de la *calle* Bembo y dejarle una moneda para no suspender. Pero sí que he leído el poema sobre Anna. Cosa seria. También grababa algunos de los programas de tele de Mario.

—¿Qué opina de las especulaciones sobre el suicidio de Mario, el testamento y su participación en el asunto?

—En su momento me enfadé mucho. La gente decía que le había obligado a escribir el testamento y que tenía una aventura con él. Me dolió mucho. Quería defenderme, pero todo el mundo me aconsejaba que callara porque hablar solo serviría para seguir saliendo en el *Gazzettino*.

—Claro.

—¿Y quiénes son esa gente? Se supone que eran buenos amigos de Mario. Pero se dedican a decir cosas terribles de Mario en público, como que pagaba por acostarse con chicos y que le gustaban los juegos sexuales peligrosos. Al final lo que he descubierto de Mario es que era amigo de todos y de nadie.

—¿Y las amenazas escritas en rotulador azul en el escaparate de Albert Gardin?

—¿Por qué iba yo a hacer una locura semejante? Si hasta apareció una amenaza de esas una vez que yo estaba en las montañas.

Al llegar a *campo* San Giacomo esperamos a Francesca y Anna. Luego los cuatro juntos subimos al piso de Stefani. En lo alto de un tramo de escalones de piedra, un par de pesadas puertas de madera daban paso a un espacio de húmeda penumbra. El piso tenía techos altos, grandes ventanas y pesados muebles de roble, pero el papel de las paredes estaba manchado y a medio despegar. Varios cuadros enmarcados, entre ellos diversos retratos a plumilla de Stefani, colgaban de las paredes sin orden ni concierto. Fuimos pasando de una habitación a otra.

—¡Mira, Anna! —exclamó Francesca—. ¿De quién es este piso? ¡Si lo sabes…! ¡Del tío Mario!

Se me ocurrió que tanta evocación del tío Mario podía ir tan dirigida a mí como a Anna. Nicola era un frutero con suerte, eso estaba claro. Pero la lluvia millonaria se había cobrado un precio: la sospecha permanente de que la había ganado gracias a algún trato secreto y nefando que él y su familia jamás lograrían desmentir.

En la cocina, me volví a mirar el estrecho tramo de escaleras que conducía al ático y la barandilla de madera donde Stefani había atado la cuerda que le asfixiaría. Un póster en mitad de las escaleras mostraba a dos jóvenes y desenvueltos soldados besándose con el lema: «Haz el amor y no la guerra».

—Todavía no hemos empezado a arreglar el piso —se excusó Nicola—. Nunca lo venderemos. Era de Mario.

Entramos en el comedor. En un aparador descubrí una escultura de cristal que al principio me pareció que tenía forma de planta pero que, vista más de cerca, resultó ser un falo. A su lado había otro objeto fálico, este de mármol. En el suelo había una caja llena de penes más cercanos a la broma de mal gusto que a la pornografía: velas fálicas de cuya punta salían varias mechas, penes de arcilla en forma de pipa, saleros fálicos, penes de cerámica apoyados en ceniceros de cerámica, aldabas con forma de falo.

—Supongo que estos objetos no se conservarán en los archivos permanentes de Mario —le dije a Nicola.

Respondió con una risa ligera, fácil y, en mi opinión, sincera.

Al cabo de un año se inauguró la Colección Mario Stefani en la Querini Stampalia, una fundación compuesta por biblioteca y museo ubicada en un exquisito palacio del siglo XVI. Se había recuperado del sórdido caos de su casa la obra completa de Stefani para instalarla en un lugar que garantizara su conservación para futuros estudios. La colección abarcaba escritos, cuadros, retratos, objetos de interés y la correspondencia del poeta con gentes como Alberto Moravia, Giorgio de Chirico o Pier Paolo Pasolini. Sin embargo, resultaba extraño que no incluyera poemas inéditos. Dicha ausencia vino a exacerbar los temores de los amigos de Stefani de que Bernardi hubiera tomado por basura los apuntes del poeta y los hubiera tirado antes de que se suscitara la controversia sobre la herencia y le obligara a contratar a expertos que seleccionaran el material con criterio profesional.

No obstante, los bibliotecarios de la Querini Stampalia estaban muy satisfechos con la adquisición de los seis mil ochocientos libros de la colección privada de Stefani, muchos de ellos obras de poetas locales poco conocidos. Era la mayor colección en su género. En cuanto a la poesía de Stefani, la bibliotecaria Neda Furlan opinaba que todavía era difícil valorar su prestigio puesto que no había sido objeto de estudios académicos. «Stefani era muy conocido a nivel local y nacional y algunos de sus poemas son realmente bellos, pero en vida jamás se le consideró un poeta excepcional. Quizá sea todavía demasiado pronto para juzgarlo. Se necesita la distancia que da el tiempo para interpretar su obra con objetividad.»

Entretanto el heredero de Stefani, después de dos años, seguía trabajando gratis para sus padres en la tienda de frutas y verduras, seguía levantándose a las cuatro y media y seguía viviendo en el mismo apartamento de una habitación que antes, pero ahora con esposa y dos hijos. Todavía no habían empezado las obras de remodelación del piso de Mario.

«Nicola va ocupándose de las cosas poco a poco –me contó Cristina Belloni–. Contrató a los expertos que han trabajado en el inventario y gracias a cuyos hallazgos hemos podido reconstruir la figura de Mario como poeta, escritor, crítico y uno de los primeros homosexuales con el valor de admitir abiertamente su opción sexual. Se ha reconstruido incluso su colección de poesía erótica.»

Al poco de ser nombrado heredero legal de Mario Stefani, Nicola Bernardi encargó una lápida para el nicho del poeta en el cementerio de la isla de San Michele. Luego pidió a los cataloguistas de la obra de Stefani que buscaran una cita adecuada como epitafio. Eligieron una frase de un discurso de Stefani, y Nicola la mandó esculpir en la lápida: «Más que como poeta, quisiera ser recordado como un hombre que amaba al prójimo».

Las protestas y acusaciones de Albert Gardin en relación con el triste final de Mario Stefani fueron quedando reducidas a rumores. Para 2003 Gardin estaba ocupado en un vociferante debate público en torno a una estatua de Napoleón de dos metros y medio donada a la ciudad por el Comité Francés para la Salvaguarda de Venecia. Un bando de la polémica defendía que se aceptara la estatua argumentando que, para bien o para mal, Napoleón formaba parte de la historia de Venecia. El otro bando, en el que Albert Gardin ejercía de portavoz destacado, se oponía con vehemencia a aceptar el regalo y llamaba a Napoleón terrorista, saqueador, traidor, bárbaro y vándalo. El bando antinapoleónico se preparaba para llevar a juicio póstumo a Napoleón ante un tribunal especial, al estilo de los juicios de Nuremberg.

Paseaba yo por la *calle* del Scaleter cuando se me ocurrió pasar a visitar a Gardin para charlar un rato sobre la polémica en torno a Napoleón. Mientras me acercaba a la tienda de ropa de su mujer divisé, como de costumbre, la coronilla de Gardin asomando por detrás de una pila de sombreros y cajas. Pero al asir el picaporte vi algo que me dejó helado. Alguien había escrito en el cristal del escaparate, a la derecha de la puerta: «Ropa Antigua, Descuentos en Sombreros y Chales»... con rotulador azul.

14

RETORNO AL INFIERNO

Laura Migliori contemplaba las paredes ennegrecidas por el hollín de pie en uno de los salones de La Fenice. Era enero de 2000, cuatro años después del incendio, y La Fenice seguía sin techo. El vestíbulo del teatro era un hoyo embarrado. La señorita Migliori sabía que bajo la suciedad de las paredes de aquel salón –el Salón Dante– subyacían los restos de un fresco donde, de todas las cosas posibles, se describía el *Inferno*. Migliori, conservadora de arte, había sido contratada para restaurar lo que quedara de los seis frescos del salón, todos ellos escenas de la *Divina comedia*.

–Los daños no fueron causados solo por las llamas y el humo –me explicó Migliori–. Los bomberos tuvieron que apagar el fuego con aguas poco profundas, de la marea baja, y en consecuencia los frescos fueron atacados durante horas con aguas turbias y saladas. Por otro lado, a falta de un techo, nada ha protegido las paredes de las lluvias de estos años.

–¿Por dónde piensa empezar? –pregunté.

Una película grasienta cubría las paredes ennegrecidas.

–Lo primero que tenemos que hacer, incluso antes de limpiar la mugre, es asegurar el fresco. En algunos sitios está soltándose de la pared; hay casi un hueco de un centímetro entre algunas partes del fresco y el muro de detrás. Así que primero lo cubriremos con fino papel japonés para evitar que se desprendan fragmentos. Luego inyectaremos cantidades mínimas de yeso para rellenar el hueco y unir el fresco a la pared. En cuanto esté hecho, retiraremos el papel y sacaremos muestras de color. Luego iniciaremos el proceso de limpieza dándole suaves toquecitos con algodones empapados en agua destilada mezclada con diversas sustancias. Nadie sabe lo que podemos encontrarnos porque los frescos llevaban veinticinco años cubiertos por los óleos de Virgilio Guidi, que se colocaron encima. Nadie los ha visto en todo este tiempo y las únicas fotografías que hemos encontrado de referencia están viejas y borrosas.

Laura Migliori no podía comenzar la restauración de inmediato. Las obras de La Fenice se habían parado del todo en febrero de 1998, cuando el juzgado canceló el contrato ganado por la Impregilo de Fiat a los ocho meses de iniciada la reconstrucción. El contrato se concedió entonces al segundo clasificado en el concurso, Holzmann-Romagnoli, pero la compra de los apartamentos privados, la aprobación de los planos y las complejas negociaciones contractuales retrasaron la reanudación de las obras. La reconstrucción no se reanudó hasta al cabo de dieciséis meses y fue mal desde el primer día.

Surgieron desacuerdos sobre el dinero, la planificación y los cambios en el plano estructural autorizado por la ciudad. Luego, en noviembre de 1999, apenas cinco meses después de reanudarse las obras, Holzmann, la mitad alemana del consorcio Holzmann-Romagnoli, anunció que se encontraba al borde de la bancarrota.

Philipp Holzmann AG era una de las empresas constructoras más grandes de Europa y la noticia de su próxima insolvencia hundió un noventa por ciento la cotización de sus acciones en la Bolsa alemana. El pánico se apoderó de Venecia. El canciller Gerhard Schroeder convocó de urgencia al Parlamento alemán y aprobó cincuenta millones de dólares para rescatar a Holzmann. Este dinero calmó los nervios de los venecianos, pero solo un poco. Las obras continuaban por detrás de lo previsto. Se retrasó la fecha final; volvió a retrasarse. Los descubrimientos arqueológicos bajo La Fenice –dos pozos, un arco y un pilar– conllevaron nuevos retrasos. Holzmann-Romagnoli exigió más dinero y una nueva fecha de finalización, pero la Comuna se negó.

En mayo de 2000, con las obras paradas otra vez por problemas con la instalación de una nueva grúa, el alcalde Cacciari decidió no presentarse a la reelección. Venecia votó a un nuevo alcalde: Paolo Costa, un economista de talla nacional que había ejercido de ministro de Obras Públicas y rector de la Universidad Ca' Foscari. De pelo blanco, con gafas y apariencia engañosamente anodina, el alcalde Costa atacó la ciénaga de La Fenice sin miramientos. Su primer movimiento, algo sin precedentes, consistió en pedir que le pusieran a cargo de la reconstrucción, es decir, que le nombraran responsable del éxito o el fracaso del proyecto. Costa apostó su trabajo y su reputación y pronto descubrió que las apuestas no le eran favorables. Al poco de lograr la alcaldía, realizó una visita sorpresa de inspección por La Fenice y descubrió que no había un solo trabajador en su puesto.

Costa llevaba seis meses de mandato cuando un contingente de dos docenas de empleados de La Fenice abordó una gran barcaza de transporte y se manifestó por el Gran Canal. Era el 29 de enero de 2001, quinto aniversario del incendio. Los manifestantes cantaban, coreaban y agitaban una pancarta en la que se leía COM'ERA, DOV'ERA, IN QUALE ERA? Amarraron frente al consistorio municipal, Ca' Farsetti, donde se les sumaron un centenar más de manifestantes con silbatos, bocinas, campanas y una reproducción en cartón de La Fenice con efectos especiales que simulaban humo. Unos altavoces emitían ópera a todo volumen. La multitud entonaba el aria «Di quella pira», de *Il Trovatore* de Verdi, en la que el tenor canta: «Las horribles llamas de la pira me consumen. Apagadla, cobardes, o la extinguiré con mi sangre. […] ¡A las armas! ¡A las armas!».

Costa examinó el estado de La Fenice: había transcurrido el sesenta por ciento del tiempo asignado para la reconstrucción y solo se había concluido el cinco por ciento de las obras. Todavía no se habían terminado los cimientos y Holzmann-Romagnoli seguía pidiendo más tiempo y dinero. El alcalde estaba convencido de que, a menos que pasara a la acción, dentro de cinco años seguiría discutiendo sobre plazos y dinero. Informó a Holzmann-Romagnoli de que daba por terminado su contrato. Estaban despedidos. Tenían treinta días para retirar el equipo o la ciudad lo embargaría.

El alcalde Costa intentó convencer a un público incrédulo de que, por absurdo que pudiera parecerles, aquel era el modo más rápido de que les hicieran el trabajo. Lo decía como ex ministro de Obras Públicas. Decía: Confiad en mí. Había que comenzar todo el proceso desde cero con un nuevo concurso público. El gesto más audaz de Costa consistió en declarar que el diseño arquitectónico de Aldo Rossi pertenecía a Venecia y no a Holzmann-Romagnoli y que la ciudad iba a levantarlo con los socios milaneses del arquitecto en lugar de con Holzmann-Romagnoli. Costa confiaba en ganar la batalla legal.

Holzmann-Romagnoli se quejó, insultó y se negó a abandonar las obras hasta que Costa mandó a la policía a echarlos del solar. El 27 de abril de 2001 Venecia recuperó la custodia de La Fenice, pero las obras se pararon. Solo una empresa siguió adelante trabajando en los cimientos mientras Costa buscaba un nuevo contratista.

Ocho empresas constructoras respondieron al nuevo concurso público. Por carta llegó un noveno proyecto, aunque quince minutos después del plazo, y Costa lo rechazó. No estaba de humor para tolerar retrasos.

De todas las empresas a concurso, Costa seleccionó a la veneciana Sacaim, acostumbrada a trabajar en el difícil entorno de la ciudad. Sacaim había trabajado en un gran número de edificios importantes de Venecia como el *palazzo* Grassi y el teatro Malibran. Tampoco era ajena a La Fenice: Sacaim era la constructora principal a cargo de las reformas del teatro la noche del incendio.

A principios de marzo de 2002, tras un paréntesis de once meses, el alcalde Costa instaló un inmenso reloj digital frente a La Fenice para mantener informados a los trabajadores y la ciudadanía en general de los días que faltaban para el 30 de noviembre de 2003, fecha en que Sacaim debía concluir las obras. Cuando Sacaim tomó posesión de La Fenice el 11 de marzo, el reloj anunciaba que faltaban 630 días.

La cuenta atrás iba por 614 el día que me puse un casco y acompañé a Laura Migliori al Salón Dante. Habían transcurrido dos años desde que le echó un primer vistazo a las paredes ennegrecidas pero solo dos semanas desde que por fin había podido ponerse manos a la obra. Migliori y sus ayudantes ya habían retirado la capa de barro y hollín que cubría los frescos. Ahora se disponían a borrar parte de las manchas más profundas y sacar a la luz los verdaderos colores de la pintura. En cinco de los seis paneles solo quedaban fragmentos de los frescos originales. No obstante, habían sobrevivido dos tercios del panel del *Inferno*. Tres figuras ocupaban el primer plano. Una de ellas, un hombre de toga roja, seguía intacta, pero de las otras dos solo quedaban las mitades inferiores.

«Estoy casi segura que el de rojo es Dante –dijo Laura–, y creemos que uno de los otros es Virgilio. Confiamos en averiguar cuál mediante la prueba de color. Buscaremos restos de verde, porque Virgilio llevaba una corona de laureles.»

Gran parte del trabajo de La Fenice se llevaría a cabo fuera del teatro y luego se instalaría en él. Guerrino Lovato, dueño de la tienda de máscaras Mondonovo, se encargaría de realizar los modelos para todos los ornamentos tridimensionales del vestíbulo. Alquiló un *magazzino* en la acera de enfrente de su tienda como estudio para esculpir los modelos en arcilla de sátiros, ninfas, sílfides, cariátides, ángeles, animales, flores, enredaderas, hojas, enrejados, conchas, astas, volutas, soles, lunas, máscaras, guirnaldas y espirales que decorarían los parapetos de los palcos y las paredes y el techo del teatro. A partir de sus originales en arcilla sus ayudantes obtendrían los moldes negativos en yeso con los que los artesanos de Mogliano sacarían los ornamentos cubriéndolos primero con papel maché y rellenándolos luego de yeso; después realizarían moldes en positivo para que los talladores de Vicenza los copiaran en madera. Para asegurarse de que los adornos se ajustaran a los contornos todavía inexistentes del teatro, Lovato contrastaba su obra en una maqueta de la mitad del teatro que se había construido a tamaño natural en un almacén de Marghera.

Laura Migliori y sus dos ayudantes tendrían que restaurar los frescos del *Inferno* donde se encontraban, rodeados de obreros que estarían colocando grandes elementos estructurales, instalando cables eléctricos y conductos del aire acondicionado y realizando otras muchas tareas como pintar, enyesar, soldar, aplicar pan de oro y montar suelos de terrazo o parquet. En otras palabras, trabajarían en mitad del caos… y contentos.

«Estamos todos eufóricos», me contó. Sus esfuerzos, como los de todos los demás, formaban parte de un intento de recrear La Fenice tal como se diseñó tras el incendio de 1836 para que, como expuso en la época el arquitecto Giambattista Meduna, «ninguna parte desmerezca en vistosidad [y] quienes la vean digan que la magnificencia de los ornamentos de Versalles no es más espléndida».

En cuanto a si podría recuperarse la antigua opulencia, magnificencia y vistosidad del teatro, Laura Migliori se limitaba a contestar: «Hemos empezado. Ya le hemos quitado el barro».

La ópera a todo volumen que emitían los altavoces de los manifestantes del quinto aniversario del incendio de La Fenice cruzó el Gran Canal hasta el palacio de Justicia, donde, por casualidad, el fiscal Felice Casson remataba sus conclusiones finales del juicio por incendio provocado contra Enrico Carella y Massimiliano Marchetti. El cargo de intento de asesinato había sido retirado en una sesión anterior.

Casson estaba sentado solo en una mesa de la sala de altos techos de cara a los tres jueces del tribunal y vestido con una toga negra por encima de una camisa sin cuello. Habló durante cinco horas, detallando el caso contra los dos electricistas. Los acusados y sus defensores ocupaban unas mesas detrás de él. Enrico Carella lucía traje oscuro, corbata de seda y relucientes zapatos negros; Massimiliano Marchetti llevaba una chaqueta sport, pantalones de pana, corbata sencilla y zapatos de trabajo. Ambos parecían alicaídos. Carella se removía nervioso en la silla.

Casson relató la historia del fuego de forma meticulosa y cautivadora: los trabajadores saliendo del teatro al finalizar la jornada, Carella vertiendo el disolvente sobre una pila de maderos en el *ridotto* como preparación para iniciar después el incendio, Carella y Marchetti escondiéndose mientras se marchaban los últimos empleados, Carella provocando el fuego con un soplete mientras Marchetti hacía guardia y el fuego avanzando primero lentamente y luego con gran fuerza por todo el teatro. Casson acompañó la narración con una reconstrucción tridimensional por ordenador de los hechos que mostró en cuatro monitores de televisión dispuestos alrededor de la sala.

En el curso de la exposición, el fiscal dejó claro que había sometido a los dos jóvenes electricistas a una vigilancia constante, casi obsesiva.

Se escuchó una conversación entre Carella y Marchetti, que se habían subido al coche tras un largo interrogatorio en la comisaría de policía sin saber que les habían puesto un micro. Casson consideraba muy significativo el modo en que se habían comportado:

«Subieron al coche y uno esperaría que, como cualquier persona inocente después de lo que acababan de pasar, hubieran estallado con quejas del tipo "¡Están locos! ¡Esto es una locura! ¿Qué tenemos nosotros que ver con La Fenice?". En cambio Carella dice en la grabación: "Será mejor que la historia de Mauro concuerde". Les preocupaba un tal Mauro. Ocultaban su identidad. Después Massimiliano le cuenta a Enrico que no ha mencionado el apellido de Mauro a la policía y Enrico le contesta: "Bien, ¡perfecto!"».

La grabación fue la primera ocasión en que Casson oyó mencionar a Mauro Galletta, un pescadero que vivía cerca de La Fenice. En opinión del fiscal, Carella y Marchetti querían mantener en secreto su existencia por dos razones. La primera, pocas horas antes del incendio Galletta había acudido a La Fenice a petición de Carella para fotografiar los trabajos eléctricos que estaba realizando por entonces la empresa de Carella. Tales fotografías, al salir a la luz, demostraron que la empresa de Carella iba muy retrasada y por tanto se enfrentaba a una penalización por muchas veces que este lo hubiera negado. La perspectiva de la penalización resultaba crucial en la explicación que Casson daba del presunto móvil, tan importante como era para la defensa de Carella demostrar que no le esperaba ninguna multa. La segunda, al salir de La Fenice, Carella y Marchetti no habían ido directamente al Lido como decían, sino que habían ido a casa de su amigo Mauro Galletta a fumar marihuana y comer pizza. Según Galletta, llegaron a su casa poco después de las nueve. Lo cual hacía imposible que hubieran estado en el Lido a las nueve y cuarto tal como habían declarado.

Casson calculaba pues que hasta las diez Carella y Marchetti no habían partido hacia el Lido, donde Carella aseguraba haber recibido la llamada que le puso al corriente del incendio.

Según Casson, «Para cuando cruzaron la laguna camino del Lido, el cielo entero estaba iluminado. ¿Cómo podían no haberse enterado del incendio?». El fiscal consideraba absurda la explicación ofrecida por Carella: se habían sentado de espaldas a Venecia.

La vigilancia policial captó dos situaciones en las que Carella y Marchetti prácticamente confesaban su culpa. Un agente de incógnito sentado detrás de ellos en un *vaporetto* escuchó a Marchetti decirle a Carella: «No te preocupes, no te delataré».

Con posterioridad, durante una conversación grabada tras un interrogatorio policial particularmente extenuante, se oyó comentar a Marchetti: «Van a encerrarnos a los dos», a lo que Carella replicó: «Nos tienen. Nos han pillado». Casson leyó ambas citas al tribunal, añadiendo con sequedad que en ambos casos había omitido las blasfemias.

Uno de los golpes más dañinos para la credibilidad de Carella llegó de una fuente inesperada: su padre, Renato Carella. Cuando se preguntó a Renato Carella cómo se había enterado del incendio, el señor Carella declaró que su hijo se lo había contado por teléfono a las diez y diez de la noche. Es decir, veinte minutos antes de que la televisión emitiera la noticia, a pesar de que Enrico Carella aseguraba que a él se lo había contado alguien que lo había visto por la tele. ¿Estaba seguro Renato Carella de la hora? Sí, dijo que estaba seguro.

De hecho, Renato Carella había terminado por convertirse en el hombre misterioso del caso. Había montado la empresa de su hijo con el único propósito de obtener la subcontrata eléctrica de la romana Argenti. Después Argenti contrató a Renato Carella como enlace con La Fenice. Cuando Casson dio a conocer su lista original de sospechosos en 1998, esta no incluía a Renato Carella. Pero el fiscal había citado a tres posibles sospechosos que seguían siendo investigados. Dos eran jefes de la mafia de Palermo. El otro era Renato Carella. Desde entonces los jefes mafiosos habían dejado de ser sospechosos pero pese al tiempo transcurrido Carella permanecía en el punto de mira de Casson, que no tenía la menor intención de quitarle el ojo de encima.

—A mí también me gustaría saber algo más sobre Renato Carella —me confió Giovanni Seno, el abogado de Massimiliano Marchetti, durante un receso de una hora en la exposición de las conclusiones de Casson.

Yo había bajado a dar un paseo por el mercado de Rialto y me había encontrado con Seno. Nos pusimos a charlar. Seno conservaba su aire de gallito confiado, pero saltaba a la vista que estaba preocupado. Casson había construido un caso fuerte y Seno ya no argumentaba que la negligencia hubiera causado el incendio. Ahora argüía que el desventurado Marchetti no tenía idea «de lo que había ocurrido aquella noche». No opinaba lo mismo de Enrico Carella y admitía que sospechaba de Renato Carella. Mientras hablábamos no paraba de mirar alrededor como para asegurarse de que nadie nos oyera.

—Mire —me dijo—, le voy a contar algunas cosas que tal vez preferiría ignorar. Acerca de cómo funcionan los contratos y las subcontratas en Italia. Detrás de estos grandes contratos (y que quede entre nosotros) casi siempre se esconden favoritismos, cuestiones políticas y alguna que otra corruptela. No estoy afirmando que este sea el caso, solo que sería raro que no lo fuera. La cosa funciona así: una compañía importante como Argenti consigue un contrato y luego pasa el encargo a subcontratas que hacen el trabajo lo más barato posible. La empresa grande no realiza ningún trabajo. No envía trabajadores. Consigue el contrato por, digamos, setecientos cincuenta millones de liras y luego da media vuelta y contrata a las subcontratas por unos seiscientos millones. La empresa obtiene beneficios sin mover un dedo. Ocurre constantemente y no es ilegal. Pues bien, en este caso, ciertas personas sospechan que tal vez, y solo tal vez, Renato Carella, el humilde capataz, fuera quien le consiguió en secreto el contrato a Argenti.

—¿Cómo?

—Quizá tuviera información privilegiada. Quizá conocía los costes o lo que ofrecía la competencia, pero como no estaba dado de alta como contratista no podía aspirar al trabajo. De modo que pasa la información a Argenti. Argenti ajusta su proyecto a la información de Renato y consigue el contrato. Como muestra de gratitud, Argenti manda algo de dinero a Renato mediante la subcontratación para parte del trabajo de una empresa que Renato crea para su hijo, una empresa que, no lo olvide, antes no existía y de la que no se tenía noticia. Después Argenti contrata a Renato como capataz. ¿Me he explicado?

Seno se acercó un poco más.

—Tal como yo lo veo, Renato Carella, el tío de mi cliente, controlaba la operación, ejercía el poder. No tengo clara la manera exacta. Carezco de datos específicos, pero ese tío es un vivales. Justo después del incendio y a pesar de ser sospechoso de haberlo provocado, consiguió otra gran subcontrata pública, esta en el Arsenal. También enchufó a Enrico en la obra.

—Pero ¿esto qué tiene que ver con el incendio de La Fenice?

—Le estoy poniendo en situación. Renato Carella es un hombre con contactos en muchas empresas. No solo con Argenti.

—Comprendo.

—Pero dentro de la composición de lugar destacan algunos detalles curiosos. Sabemos, por ejemplo, que en el momento del incendio el hijo debía ciento cincuenta millones de liras. Siete meses después del incendio, Renato Carella, misteriosamente, le da dinero para que salde sus deudas. Hay pruebas al respecto. ¿Cómo puede permitirse algo así un capataz? ¿De dónde sacó el dinero?

—De modo que usted cree que el dinero podría proceder de quienquiera que pagara a Carella para provocar el incendio, si es que alguien lo hizo.

—¡No, no! —Seno alzó la mano derecha como en un juramento—. No me malinterprete. ¡Yo no digo eso! ¡Nunca lo he dicho! Saque usted mismo sus propias conclusiones. —Volvió a mirar alrededor—. Pero fíjese qué curioso: Renato Carella contrató a uno de los abogados más caros de Italia, un tipo que trabaja para el primer ministro Berlusconi.

—No fastidie.

—Eso para su propia defensa.

—¿Y para su hijo?

—Nada.

—¿Y para el sobrino?

—Todavía menos.

Terminadas las conclusiones, Casson pidió al tribunal una sentencia inculpatoria para Carella y Marchetti por incendio provocado y siete años de prisión. En cuanto a la posibilidad de que el incendio hubiera sido ordenado por terceros a cambio de dinero, la investigación seguía su curso y tal vez condujera a un juicio posterior.

Antes de que los jueces dictaran su veredicto, faltaba una segunda fase: ver los cargos contra los ocho acusados de negligencia en el cumplimiento del deber.

Casson empezó argumentando que las condenas por incendio provocado no excluían automáticamente el delito de negligencia.

«Por desgracia, en el panorama italiano no son extraños los ataques a las obras de arte, en especial teatros. Desde octubre de mil novecientos noventa y uno, cuando ardió la ópera Petruzzelli de Bari, se han sucedido una docena de casos de incendios provocados contra teatros o galerías de arte. Por consiguiente, en mil novecientos noventa y seis, el incendio de La Fenice entraba dentro de lo posible y los responsables de su seguridad deberían haber sido conscientes de ello. Pero a nadie le importó.»

Leyó los nombres de los acusados y las penas de prisión que pedía para cada uno. Encabezaba la lista el ex alcalde Massimo Cacciari: nueve meses de prisión. No obstante, una sentencia de esa duración era puramente simbólica, puesto que las penas de prisión inferiores a los dos años no se cumplían. El único de los siete acusados restantes con una petición de sentencia inferior a los dos años era el vigilante de La Fenice, Gilberto Paggiaro. Casson consideraba la ausencia de Paggiaro de su puesto la noche del incendio una negligencia menos grave porque no había contribuido a las peligrosas condiciones en que se hallaba el teatro antes del incendio. Casson pidió para Paggiaro, que desde el siniestro había sufrido depresión y dos ataques al corazón, una pena de dieciocho meses de cárcel.

Los otros seis fueron acusados de una larga lista de negligencias y faltas, desde no controlar la manipulación y el almacenamiento de materiales inflamables a permitir que se desmantelara el sistema antiincendios viejo antes de instalar el nuevo.

En opinión de Casson, el delito más grave correspondía al ingeniero jefe de la Comuna de Venecia, máximo responsable de la remodelación del teatro. Para él pidió cuatro años de prisión; para sus dos ayudantes, dos años; y para los gestores de La Fenice, el administrador general y el secretario general, tres años.

Los argumentos de la defensa tenían todos un tema en común: negaban la responsabilidad. Los altos cargos apuntaron abajo y a los lados. Los cargos inferiores, arriba.

La defensa más novedosa corrió a cargo del abogado de Gianfranco Pontel, administrador general de La Fenice. El defensor de Pontel argumentó largo y tendido, y muy en serio, que su cliente era responsable de la seguridad del teatro de La Fenice y que, cuando no había ninguna producción en cartel, La Fenice dejaba de ser un teatro para convertirse en un complejo de edificios para con el cual su cliente no tenía ninguna obligación legal. Al menos en lo referente a Gianfranco Pontel, el teatro se había desvanecido y solo reaparecería cuando volvieran a representarse funciones en su escenario. El alegato del abogado provocó las risas del público y habría encajado sin problemas en *Alicia en el país de las maravillas* o cualquier número musical de Gilbert y Sullivan. Gianfranco Pontel había sido un nombramiento político para un cargo para el que siempre había parecido una elección extraña dados su falta de bagaje musical y el hecho de que pasaba la mayor parte del tiempo en Roma. En cualquier caso, desde el incendio Pontel había pasado a convertirse en el secretario general de la Bienal de Venecia.

En cuanto concluyó la segunda fase del juicio, el jurado se retiró a evaluar las pruebas. A finales de mes, el presidente del jurado leyó los veredictos ante una sala atestada:

Enrico Carella: culpable de incendio provocado, siete años de prisión. Massimiliano Marchetti: culpable de incendio provocado, seis años de prisión. Los ocho acusados de negligencia: inocentes. El origen del incendio había sido exclusivamente provocado.

Giovanni Seno estaba fuera de sí. «¡El veredicto se escribió el primer día del juicio!», se quejó a los periodistas. Carella, que no había estado presente durante la lectura del veredicto, proclamó su inocencia en el *Gazzettino*. Marchetti no dijo nada. Los dos permanecerían en libertad, pendientes de las apelaciones.

Al cabo de dos meses los jueces expusieron la *motivazione* o explicación de cómo habían llegado al veredicto. El informe revelaba un dato estremecedor: «Carella y Marchetti no actuaron solos. Actuaron en nombre de otros que han permanecido en la sombra, personas con intereses financieros de tal magnitud que, en comparación, el sacrificio del teatro parece una nimiedad».

El centro de la atención recayó en Renato Carella. Pero al cabo de tres meses, Carella moría de cáncer de pulmón. Llamé al despacho de Casson en los juzgados para preguntarle qué consecuencias podía tener su muerte para la investigación.

—Se acabó —contestó simple y llanamente—. Renato Carella ocupaba el centro de nuestras investigaciones. Le considerábamos el enlace entre los chicos y el dinero. Tenía contactos con muchas empresas de fuera de Venecia. Le estábamos investigando a él y a todos los contratistas y subcontratistas a los que pagó para trabajar en La Fenice, pero no conseguimos reunir pruebas concretas. Y ahora, con su muerte, hemos perdido el rastro.

—¿Y los chicos? —pregunté—. ¿Han dado muestras de estar dispuestos a hablar?

—Nos han dicho en varias ocasiones que nos darían más información sobre Renato Carella, pero siempre se echan atrás. Y por desgracia son muchísimos los casos que demandan nuestra atención. Hasta que no se produzca alguna novedad, como una confesión por parte de Carella o Marchetti, no reabriremos el caso. Sencillamente, no tenemos tiempo.

—El padre muere, el juicio se enfría y el misterio persiste —resumió Ludovico de Luigi, entre risas—. Cuestión de dinero, como siempre. No de amor, sino de dinero. El final perfecto para Venecia.

De Luigi estaba sentado en su estudio frente a un cuadro inacabado de un vestido bordado con joyas flotando sobre un paisaje yermo, como si lo llevara una mujer invisible.

—Estoy pintando el retrato de la autoestima de Peggy Guggenheim. Es el vestido de noche dorado que lucía en la famosa fotografía que le sacó Man Ray en los años veinte. El vestido es de Poiret.

La fotografía había aparecido en la sobrecubierta de la autobiografía de Peggy Guggenheim *Una vida para el arte*, que De Luigi tenía pegada en el lateral del caballete.

—¿Por qué el final perfecto? Quedan asuntos pendientes.

—Sí, pero esta es la clase de final con el que Venecia puede vivir eternamente y feliz. —Aplicó pintura dorada en el lienzo—. Piensa en lo que nos ofrece esta historia: un gran incendio, una calamidad cultural, el espectáculo de los funcionarios públicos acusándose unos a otros, la satisfacción de un juicio con veredictos de culpabilidad y sentencias de prisión, el orgullo del renacer de La Fenice y —alzó el pincel y la vista— un misterio sin resolver. Dinero que cambia de manos en secreto. Culpables no identificados entre las sombras. Estimula la imaginación, le da a la gente libertad para inventar la explicación que quiera. ¿Qué más se puede pedir?

El reloj digital de La Fenice marcaba 537 días cuando Laura Migliori halló restos de pintura verde justo donde pensaba encontrarlos, lo cual significaba que, después de todo, la figura truncada del primer plano era Virgilio. A la una en punto del mismo día, un tribunal de apelación de Mestre confirmó los veredictos de culpabilidad de Enrico Carella y Massimiliano Marchetti. Los abogados de los dos jóvenes anunciaron que elevarían sus casos a un tribunal superior, el tribunal de *cassazione* de Roma, para una segunda y definitiva apelación.

Al cabo de un año, a mediados del verano de 2003, el teatro parecía una maqueta de sí mismo levantada en contrachapado a tamaño real: techos, paredes y cinco gradas de palcos, todo desnudo. Parecía imposible terminar La Fenice en cinco meses, pero los directores de obra aseguraron a la prensa que la reconstrucción avanzaba según lo previsto. Poco después del mediodía del día 140 llegó noticia de Roma de que el tribunal de *cassazione* había rechazado la apelación final de Carella y Marchetti. Irían a prisión.

La policía se personó en casa de Marchetti a las cuatro en punto de la tarde y lo condujeron esposado a cumplir su pena de seis años de cárcel.

—En serio que lo del tribunal de *cassazione* me ha hinchado las pelotas —me dijo Giovanni Seno, abogado de Marchetti, cuando le telefoneé a la semana siguiente—. Normalmente te conceden un par de días para que pongas los asuntos en orden antes de ultimar la sentencia y encerrarte. ¡Tocapelotas! El año pasado representé a un chaval al que le cayeron nueve años por tráfico de drogas y le dieron un mes antes de arrestarlo. Y eso no es nada. Mi socio tiene una defendida drogadicta, ladrona y prostituta que sigue en libertad después de año y medio porque no encuentran el papeleo del tribunal de apelaciones y no pueden ultimar la sentencia. ¡Y a Marchetti lo cazan en un par de horas! A ver, ¿adónde iba a escaparse con una mujer y un recién nacido? ¡Pero Carella, ja!

Enrico Carella no estaba en casa cuando la policía fue a por él, tampoco apareció a lo largo de ese día, ni al día siguiente. En una entrevista que había concedido dos meses antes al periodista del *Gazzettino* Gianluca Amadori, Carella había asegurado que si rechazaban la apelación, cumpliría la sentencia. El abogado defensor de Carella dijo poco después de rechazada la apelación que ya había hablado con su cliente y que pronto entraría en prisión. Al tercer día, las autoridades venecianas declararon a Carella «en paradero desconocido», pero no «en busca y captura». Al final de la semana, le declararon fugitivo.

—¿Quién pierde entonces el dinero de la fianza? —le pregunté a Seno—. ¿A cuánto asciende?

—¿Qué fianza? En Italia no usamos el sistema de las fianzas. Lo hicimos durante dos o tres años, pero no teníamos avaladores como hay en Estados Unidos, así que solo los acusados ricos se libraban de la cárcel. Se convirtió en un tema de debate social.

—¿Cree que la policía todavía le busca?

—Sé que lo buscan porque para ellos es una humillación. No cazaron al que deberían. En mi opinión, Carella se comportaba como alguien que pensaba escaparse. Se preparaba para huir. Incluso la entrevista que concedió al *Gazzettino* asegurando que cumpliría la pena si el tribunal de *cassazione* fallaba en su contra formaba parte del plan.

»Esto todavía no ha terminado. Llevo treinta años en este oficio y no estoy acostumbrado a perder. No he archivado el caso. Lo tengo todo en el ordenador. Y le prometo que si ocurre algo le avisaré. No se lo he contado todo, la verdad. No se lo he contado todo.

Fuera lo que fuese lo que Giovanni Seno me ocultaba, de poco podía servirle a Massimiliano Marchetti, que cumplía su pena en la cárcel de Padua, la misma prisión de la que años atrás se había fugado el viejo cliente mafioso de Seno, Felice «Cara de Ángel» Maniero.

Fui a Solzano a visitar a los Marchetti. Nos sentamos en la cocina a beber Coca-Cola de una botella de litro como en mi primera visita.

—Ahora, por culpa de los Cara de Ángel Maniero de este mundo tienen a los presos todo el día encerrados en las celdas —se lamentó el padre de Marchetti.

Aunque se les veía agobiados y deprimidos, me dio la impresión de que en parte les aliviaba que hubiera empezado la cuenta atrás para la conclusión de la pesadilla. Con buen comportamiento, Massimiliano podía salir dentro de dos años y ocho meses.

—Pero siguen encontrando maneras de torturarlo —dijo su madre—. La semana pasada le enviaron una carta oficial informándole de que habían calculado mal la sentencia y que debía añadirle catorce días.

—Luego le mandaron la factura de las costas judiciales —añadió el padre—. Dos mil quinientos ochenta y dos euros.

La señora Marchetti sacudió la cabeza.

—¿Han tenido noticias de su sobrino Enrico Carella?

—No —contestó la señora Marchetti.

—¿Qué le ha comentado su hermana de la desaparición?

—No he hablado con ella.

—¿De veras? ¿Desde cuándo?

—Desde hace tres meses, desde que encerraron a Massimiliano. Dejó de hablarme. No me ha llamado.

—¿Y usted tampoco la ha telefoneado?

—No. Es ella la que debería llamar.

—¿Porque le parece que Enrico es responsable de todos sus problemas?

—Sencillamente pensamos que ojalá nunca le hubiera ofrecido el trabajo a Massimiliano —repuso su marido.

Cuando regresé a Venecia me dirigí a Giudecca a ver a la madre de Enrico, Lucia Carella. No había tenido noticias de su hijo desde el día de la desaparición.

—Prefiero no saber nada —me dijo—, porque si tengo noticias será porque le ha pasado algo. Si no me llegan noticias es que está bien. Quizá. Todo lo bien que pueda estar un fugitivo.

—¿Da por sentado que le han pinchado el teléfono?

—Los teléfonos fijos, los móviles, los de sus ex novias, los de todo el mundo. Confían en que me llame. Oigo ruidos extraños cada vez que hablo por teléfono.

—En la entrevista del *Gazzettino* Enrico contó que creía que los padres de Massimiliano lo culpabilizaban de todo. ¿Por qué lo pensaba?

—Por el modo en que actuaban.

—¿Le dijeron algo a Enrico?

—No, nada de nada.

—Su hermana me ha contado que hace tres meses que no se hablan.

—Me llamó el día que arrestaron a Massimiliano, pero no he sabido nada más desde entonces. Mi madre vive conmigo, o sea que tampoco ha hablado con su madre. Y dado que yo soy ocho años mayor y mi madre tiene ya ochenta, creo que es ella la que debería llamarnos, o al menos a su madre.

—Así están las cosas, ¿no?

—Siempre ha sido la pequeña y la más mimada. Cree que yo soy la única con la obligación de telefonear y yo creo que debería llamar ella. Es una situación estúpida, pero cuanto más se prolonga, más empeora.

—Una pena.

—Sí, es una pena. Pero quizá un día me dé por llamarla sin más. Yo soy así.

—Es posible que su hermana esté algo afectada en estos momentos.

—Sin duda, seguro que está afectada, pero yo más. Al menos ella sabe dónde está su hijo. Yo no.

15

CASA ABIERTA

El estrecho canal que separaba el hotel Gritti del *palazzo* Contarini era la única ruta por la que las barcas podían transportar los materiales desde el Gran Canal hasta La Fenice. Las primeras cargas habían consistido en grúas y andamios desmontados, luego habían llegado ladrillos, vigas y tablas, los componentes básicos del teatro. Ahora, tras veinte mil descargas, le tocaba el turno a las delicadezas: ornamentos dorados, lienzos pintados, apliques o butacas forradas de terciopelo rosa. El contador de días situado frente a La Fenice había alcanzado los dos dígitos y la reconstrucción, día arriba, día abajo, avanzaba según lo previsto.

Cuando por fin La Fenice se despojó de andamios y barreras de madera la oscuridad abandonó *campo* San Fantin. El Ristorante Antico Martini emergió de entre las sombras y se deleitó en el resplandor de la fachada recién lavada de La Fenice. «Hemos dejado algunas vetas descoloridas aquí y allá para que no parezca demasiado nueva —me contó el ingeniero jefe de la obra, Franco Bajo—. Será la queja más habitual, que La Fenice no parece lo bastante antigua.»

Dentro del teatro el auditorio volvía a convertirse en un claro de un bosque arcadio. Enredaderas, flores, animales de los bosques y criaturas míticas trepaban por las paredes y parapetos hacia el techo, donde ninfas de pechos desnudos se bañaban en los remolinos dorados de una corriente nemorosa.

Al final resultó que ninguna de las miles de fotografías en color del interior del teatro había servido gran cosa para determinar el colorido real. Las pantallas de seda de los apliques del vestíbulo habían proyectado un reflejo amarillo que distorsionaba los tonos. Solo cabía confiar en una única fuente: la escena inicial de *Senso* de Luchino Visconti, estrenada en 1954 y primer largometraje italiano filmado en color. Visconti había reflejado con suma meticulosidad la Italia de 1866. Incluso retiró las pantallas de La Fenice para que el teatro pareciera iluminado por lámparas de gas, con lo cual consiguió casi una reproducción perfecta del color.

Se decidió que La Fenice reabriría sus puertas con una semana de conciertos en lugar de una ópera a gran escala; el personal todavía no tenía experiencia en el uso de escenografías controladas por ordenador. Las óperas empezarían al año siguiente. Riccardo Muti dirigiría el coro y la orquesta de La Fenice la gran noche de la inauguración.

Para gestionar la demanda de localidades, La Fenice organizó una subasta por internet con precios que al principio oscilaban entre los setecientos cincuenta y los dos mil quinientos dólares y que fueron bajando a medida que pasaban los días y se vendían las entradas. Era un juego de taquilla: cuanto más esperabas, más barato comprabas pero más limitada era la selección. Si esperabas demasiado, quizá no quedaran asientos.

Aunque la historia no terminaba ahí. No era ningún secreto que se estaban regalando cientos de localidades inaugurales a famosos y personalidades influyentes. Solo los tontos y los desesperados comprarían una entrada. Sin embargo, como me sentía obligado a presenciar la celebración, el último día de subasta apreté los dientes y compré una localidad en la tercera grada por seiscientos dólares.

El alcalde Costa se había esforzado por publicitar la velada como un acontecimiento de talla mundial y salpicado de estrellas. Su personal filtró los nombres de posibles asistentes como los actores Al Pacino, Jeremy Irons y Joseph Fiennes, enfrascados los tres en el rodaje de *El mercader de Venecia*… aunque ninguno estuviera en Venecia. La película se rodaba en Luxemburgo con bajo presupuesto. El alcalde Costa, al que solo le faltó arrodillarse, les prometió que si acudían al estreno les fletaría un vuelo privado de vuelta a Luxemburgo justo después del concierto para que llegaran a tiempo al rodaje de la mañana siguiente.

Con la llegada paulatina de dignatarios durante los dos días previos al concierto, las medidas de seguridad empezaron a endurecerse. Se cortaron algunas calles. Se veían más policías y bomberos que nunca, si bien por razones distintas. La policía debía proteger a las personalidades de los terroristas y los bomberos se manifestaban ruidosamente por cuestiones contractuales con la esperanza de avergonzar al alcalde.

Cuando el presidente y la primera dama de Italia, Carlo y Franca Ciampi, llegaron de Roma, la prensa local y nacional informaron de cada uno de sus movimientos. El *Corriere della Sera* nos contó que los Ciampi habían prescindido de un almuerzo de alta sociedad organizado en su honor por Larry Lovett para deleitarse con una sentimental comida en la Taverna La Fenice, donde habían cenado juntos hacía cincuenta años durante su luna de miel. Según el *Gazzettino*, los Ciampi comieron gambitas y polenta, bacalao a la crema, pasta con alcachofas y langostinos, lubina escalopada y pastelería veneciana acompañado todo por *prosecco* y Tokay.

A medida que se acercaba la hora de la inauguración, recordé las explicaciones del fabricante de máscaras Guerrino Lovato sobre la experiencia de ir a la ópera como un ritual que empieza en casa con la elección de la indumentaria. De acuerdo con dicha teoría mi noche en la ópera empezó alrededor de las nueve, mientras me colocaba los gemelos de la camisa con una mano y con la otra sostenía el auricular del teléfono y escuchaba a Ludovico de Luigi calificar la velada de farsa innoble.

«Será un ejercicio de vanidad, vulgaridad y autosuficiencia —me decía—. Costa ha ido alardeando por ahí de que la inauguración de La Fenice significa que "Venecia sigue en la brecha". En absoluto. Es triste, pero Venecia ha muerto. Aquí todo gira en torno a la explotación de su cadáver, es la explotación descarada de un cadáver.» De Luigi no asistiría a la inauguración. La tentación de arrancarse por otro *scherzo* sería demasiado grande y la policía ya estaba bastante nerviosa con la manifestación de los bomberos complicándoles la seguridad. Esa noche no tolerarían la más mínima expresión artística espontánea. De todos modos, no le habían invitado y no tenía la menor intención de pagar por la entrada.

Seguí con mi ritual de noche de estreno subiéndome al *vaporetto* número 1 para descender por el Gran Canal. Unos días atrás había corrido la voz de que se había visto a Enrico Carella a bordo de un *vaporetto*. Hablé con Felice Casson.

«Dudo mucho que la policía le busque —me dijo Casson—. Si fuera un terrorista o un jefe mafioso de cierta importancia, montarían grupos especiales de búsqueda, ya fueran de *carabinieri* o de policías, y la captura sería cuestión de tiempo. Cuentan con métodos muy eficaces. Pero probablemente no consideran que Carella merezca el esfuerzo. O si no, le habrán dado prioridad a casos más peligrosos.»

Se me pasó por la cabeza transmitir la información a Lucia Carella, que con toda probabilidad la recibiría como una buena noticia. Pero me estaría entrometiendo y además Casson era demasiado listo. Si repetía lo que me había contado, tal vez la señora Carella bajara la guardia y cayera en la trampa del fiscal. No era asunto mío. En cualquier caso, Enrico Carella no viajaba a bordo del *vaporetto* número 1 la noche en que La Fenice volvía a abrir sus puertas.

Los focos blancos de la televisión iluminaban *campo* San Fantin y la alfombra roja que cubría la escalera de La Fenice. Delante de mí, el presidente Ciampi entró en el teatro, prácticamente escondido tras una falange de guardias pretorianos ataviados con yelmos ceremoniales coronados por altas colas de caballo que dibujaban un arco y caían como fuentes de pelo blanco.

Subí directamente al Salón Dante, convertido ahora en bar, movido por la curiosidad de ver cómo había quedado el fresco del *Inferno*. Laura Migliori y su equipo habían resucitado los colores de los segmentos supervivientes y bosquejado las figuras que faltaban sobre un fondo liso. Estaba contemplando el bosquejo de Virgilio con su corona de laurel cuando me tiraron del codo.

Me volví y descubrí a un hombre de rostro rubicundo y vagamente familiar que sonreía como si me conociera. Era Massimo Donadon: el Hombre Rata de Treviso. No le había vuelto a ver desde el baile de Carnaval de 1996.

—¡Señor Donadon! ¿Qué tal el negocio de los raticidas?

—Acabo de volver de Holanda. Tengo clientes nuevos.

—¿Cuál es su ingrediente secreto para las ratas holandesas?

—Salmón y queso.

—¿Nada de chocolate holandés?

—Un poquito, no mucho.

De repente Donadon se puso serio.

—En Italia está ocurriendo algo muy raro —dijo. Me condujo a un rincón del salón, donde pudiéramos oírnos mejor—. He notado que desde hace unos años a las ratas italianas empieza a gustarles más el plástico que el parmesano.

—¡No!

—Como sin duda recordará mi negocio se basa en la idea de que las ratas comen lo mismo que las personas.

—Sí, claro que lo recuerdo.

—¡Pero la gente no come plástico! Pensé: «¡Dios mío, estoy arruinado! ¿Qué voy a hacer? ¡Las ratas están empezando a comer distinto que las personas! ¡No puede ser!».

Entonces, con idéntica rapidez, volvió a animarse.

—¡Al final se me ocurrió! El plástico no es comida, ¿verdad?

—Claro —contesté.

—Y lo entendí: la gente también come cosas que no son comida.

—¿Ah, sí?

—¡Sí! ¡Comida rápida! ¡La comida rápida no es comida! ¡El plástico es el equivalente de la comida rápida para las ratas! Así que no pasa nada: las ratas siguen imitando los hábitos alimentarios de la gente y, como la gente, están perdiendo su gusto por la comida natural. Prefieren la comida basura.

—¿Y qué va a hacer usted?

—¡Ya lo he hecho! —repuso Donadon en tono triunfante—. ¡He incluido plástico granulado en el raticida italiano!

—¿Funciona?

—De ensueño.

Felicité a Donadon por su nuevo éxito y me abrí paso hacia el auditorio y la escalera que llevaba al tercer nivel. En las escaleras me topé con Bea Guthrie. Había volado desde Nueva York para asistir a la inauguración acompañada por el nuevo director general de Save Venice, Beatrice Rossi-Landi. Save Venice había sido uno de los principales benefactores de La Fenice, para cuya cubierta había donado trescientos mil dólares.

Me senté y observé las cinco gradas de palcos dorados. El espectáculo era deslumbrante, pero los colores se veían mucho más brillantes y frescos que en el antiguo teatro. De hecho, el dorado parecía nuevo. Supuse no obstante que cuando se apagaran las luces para el concierto el tono bajaría un poco. Pero de momento la potente iluminación permitía estudiar mejor los detalles y las personas.

No había ni habría ninguna estrella de cine a la vista. La niebla había retenido a Pacino, Irons y Fiennes en Luxemburgo.

Abajo, en platea, la princesa de Kent, alta y rubia, lucía una centelleante corona en el cabello mientras conversaba de pie en el pasillo central con la bailarina Carla Fracci. La anfitriona de la princesa, la marquesa Barbara Berlingieri, pululaba a su alrededor, girándose cuando la princesa se giraba y deteniéndose cuando la princesa se detenía. Larry Lovett se acercó a saludar. Su nueva organización Venetian Heritage había obtenido un gran éxito. En cierto modo había delimitado un protectorado distinto al de Save Venice al financiar restauraciones no solo en Venecia, sino en toda la ex República Veneciana —Croacia, Turquía y demás territorios—. Aunque Venetian Heritage no había colaborado en la reconstrucción de La Fenice, a Lovett le habían obsequiado con dos localidades de platea junto al pasillo. Supuse que eso explicaba la cara de contrariedad de Bea Guthrie mientras subía hacia la localidad de su invitación, acercándose cada vez más al techo patrocinado por Save Venice. Ya fuera resultado del consenso de la jerarquía de La Fenice u obra de un solo antagonista, el insulto no podía haber sido más evidente. Quedaba claro que Larry Lovett seguía siendo el favorito entre los venecianos más poderosos.

Un murmullo recorrió el público cuando los miembros de la orquesta de La Fenice ocuparon sus puestos y empezaron a afinar; el coro se colocó detrás de los músicos. Eché un vistazo alrededor y reconocí a un hombre sentado enfrente de mí. Como inspeccionaba la muchedumbre con unos gemelos se me ocurrió que tal vez estuviera buscando a Jane Rylands. Hacía poco que la señora Rylands nos había sorprendido a todos con la publicación de un libro de relatos sobre Venecia. Algunos de sus personajes parecían basados en personas reales, al menos en aspectos concretos, o en combinaciones de distintas personas. El hombre de los gemelos había descubierto varias similitudes molestas entre su persona y un personaje blanco de una sátira particularmente despiadada del libro. Jane insistía en que todos los personajes eran inventados. Sin embargo, en una recepción reciente en el Guggenheim, Philip Rylands había entablado conversación con el hombre y en cierto momento había aludido despreocupadamente a un detalle inofensivo de su abolengo sin darse cuenta de que Jane había inventado dicho detalle como parte del tenue disfraz de su personaje.

El hombre atravesó a Philip con la mirada.

—Pero es cierto, ¿no? —preguntó Philip, refiriéndose al detalle genealógico.

—¡Solo en el libro de tu mujer! —replicó el hombre.

Jane Rylands, muy astuta, había prescindido de cualquier personaje o argumento que pudiera recordar a Olga Rudge o la Fundación Ezra Pound. Pero una de sus caricaturas más denigrantes guardaba un retorcido parecido con una de las mujeres que más la habían criticado en la época en que se produjo el embrollo de la Fundación Ezra Pound. Ese y otros retratos igualmente desfavorables creaban la impresión de que Jane Rylands había utilizado los relatos como instrumento para ajustar cuentas.

En cuanto a la extinta Fundación Ezra Pound, en la actualidad uno de sus activos potenciales, el Nido Escondido de Ezra Pound y Olga Rudge, estaba generando sustanciales ingresos por alquileres a la hija de la pareja, Mary de Rachewiltz. Los objetos relacionados con el poeta se habían revalorizado. En 1999 Mary de Rachewiltz había puesto a la venta a través de Glenn Horo-

witz Bookseller, en Nueva York, ciento treinta y nueve libros de
su padre que llevaban años almacenados en el castillo de Brunnenburg. El lote incluía algunas primeras ediciones firmadas de
los *Cantos* y libros de otros autores, muchos de ellos con anotaciones al margen de Pound y Rudge. El precio fijado por Horo-
witz superaba el millón de dólares, cifra que dio que pensar a la
gente sobre cuánto valdrían ahora en el mercado las doscientas
ocho cajas con los papeles de Olga Rudge que la Fundación Ezra
Pound había obtenido por siete mil dólares en 1987 y vendido
después a Yale por una suma desconocida.

Riccardo Muti salió a escena con el pelo negro y brillante ta-
pándole los ojos. Hizo una reverencia, alzó la batuta y dirigió a la
orquesta en la interpretación del himno nacional italiano. El
público, en pie, se volvió hacia el palco real y saludó a la pareja
presidencial con una larga ovación. En el palco de los Ciampi estaban el patriarca de Venecia, el cardenal Angelo Scola, el alcalde y
Maura Costa y el ex primer ministro Lamberto Dini, cuya esposa
Donatella había informado del incendio de La Fenice en el baile de Save Venice de hacía ocho años en Nueva York.

Paseé la vista hasta el león de San Marcos, encaramado en lo
alto del palco real cual bruñida diadema en el lugar exacto que
otrora ocuparan las insignias de Francia y Austria. Me recordó lo
que el conde Ranieri da Mosto había comentado sobre el palco
real: «Ya no es el palco real de Napoleón ni de los Austria. Es
nuestro».

La aceptación o no de la estatua de Napoleón de dos metros
y medio había despertado un encendido y emocionado debate.
La escultura la habían encargado en 1811 los mercaderes venecianos agradecidos a Napoleón porque había vuelto a convertir
la ciudad en puerto franco. Había permanecido dos años en San
Marcos, hasta que Venecia cayó en manos de los Austria en 1814.
Después estuvo perdida durante doscientos años y solo en fecha
reciente había vuelto a aparecer en una subasta en el Sotheby's de
Nueva York, donde el Comité Francés para la Salvaguarda de Venecia la había adquirido por trescientos cincuenta mil dólares
con la intención de ofrecer un regalo que esperaban sería bien
recibido por la ciudad.

Los moderados, como el alcalde Costa y el director de los museos municipales Giandomenico Romanelli, argumentaban que Napoleón y la estatua formaban parte de la historia de Venecia y por tanto valía la pena exponer la obra. Los antibonapartistas, en cuyas filas se contaban el conde Girolamo Marcello, el conde Da Mosto y la mayoría del centroderecha, replicaban que por la misma regla de tres podía exigirse que se expusiera también el busto de bronce de Mussolini que se almacenaba en el Museo Correr.

La polémica se cuajó de interminables recitados de los robos, profanaciones y demás atrocidades cometidas por Napoleón en Venecia. Prácticamente todo el mundo tomó partido. Peter y Rose Lauritzen era antibonapartistas vociferantes. Un día me pasé por una conferencia que Peter daba en la Accademia ante un grupo de estudiantes ingleses. Las primeras palabras que le escuché pronunciar fueron: «Napoleón dictó la supresión de cuarenta parroquias y la destrucción —¡hasta los mismísimos cimientos!— de ciento setenta y seis edificios religiosos y más de ochenta palacios, todos ellos decorados con pinturas y otras obras de arte. Asimismo los agentes de Napoleón se encargaron de la confiscación de doce mil cuadros, muchos de los cuales fueron enviados a París a enriquecer las colecciones del llamado Musée Napoleon. Confío en que todos aquellos que hayan estado en París habrán visitado el Museo Napoleón. Hoy es más conocido con el nombre del Louvre y, desde luego, ¡es el mayor monumento al robo organizado de la historia del arte!».

Una encuesta realizada por el *Gazzettino* concluyó que la opinión del público estaba doce a uno en contra de la estatua. No obstante, el alcalde Costa aceptó la estatua y la trasladó a escondidas al Museo Correr a altas horas de la noche, donde fue instalada en una hornacina tras una pantalla protectora de plexiglás. Meses después los antibonapartistas juzgaron a Napoleón en un tribunal tipo Nuremberg y lo hallaron culpable de todos los cargos.

En el punto álgido de la controversia, los líderes de la coalición antiestatua mandaron dos misivas amenazadoras a Jérôme Zieseniss, director del comité francés, aconsejándole que se marchara de la ciudad. Zieseniss manifestó su indignación y las autoridades municipales se apresuraron a condenar las amenazas. Aunque desde entonces los ánimos se habían atemperado, en gran medida seguía considerándose el regalo de la estatua como un insulto a Venecia. Pese a todo lo cual a Zieseniss le regalaron dos localidades excelentes para la inauguración de La Fenice. Estaba sentado en platea junto a Marilyn Perry, presidenta de World Monuments Fund.

El concierto abrió con la «Consagración del teatro» de Beethoven, una pieza, claro está, de lo más apropiada. Me recordó el comentario que en 1890 hizo Robert Browning a su hijo Pen al enterarse de que este y su rica esposa americana habían comprado el enorme *palazzo* Rezzonico del Gran Canal: «No seas un hombre pequeño en una gran casa». Henry James, de visita a los Curtis en el *palazzo* Barbaro situado un poco más abajo en el Gran Canal, escribió a su hermana para contarle la noticia: «[El *palazzo* Rezzonico] es majestuoso e imperial, pero Pen no es regio y falta ver el *train de vie*. Por muchas amistades que los gondoleros transporten desde las pensiones, no lo llenarán». A los tres años escribió a Ariana Curtis: «Pobre y grotesco Pen, y pobre y sufrida señora de Pen. Parece que solo existe un modo de mantenerse cuerdo en este extraño mundo, ¡y muchos de perder la cabeza! Y una locura palaciega es casi tan alarmante y convulsiva como un terremoto, al que desde luego se parece en lo esencial». Pen Browning no había llenado el *palazzo* Rezzonico de ninguna manera memorable. De hecho, fue el propio Robert Browning quien, irónicamente, robó los honores a su hijo al morir en la casa y ser recordado con una placa en la fachada.

Los Curtis habían «llenado» admirablemente el *palazzo* Barbaro durante más de un siglo. Y, ahora que el Barbaro había pasado a manos de Ivano Beggio, propietario de la fábrica de motocicletas Aprilia, Venecia observaba con atención cómo lo harían los Beggio. Beggio no había perdido el tiempo a la hora de limpiar la doble fachada del Barbaro. Retiró varios cuadros importantes del *piano nobile* para limpiarlos y restaurarlos.

Y después… nada. Pasaron meses y años. Las ventanas del *piano nobile* permanecieron cerradas. Los Beggio rara vez se dejaban ver por Venecia. Los especialistas contratados para la restauración no salían de su asombro. Se especulaba que los Beggio habían confiado en que la adquisición del Barbaro les abriría las puertas de la sociedad veneciana y al ver que no había sido así se habían llevado un desengaño.

Luego se supo la verdad. ¡Ivano Beggio estaba arruinado! La exitosa empresa de motos Aprilia se enfrentaba a la bancarrota. El *palazzo* Barbaro volvía a estar en venta, pero no por los seis millones de dólares que les había costado a los Beggio. Se decía que el nuevo precio de venta ascendía a catorce millones de dólares. Todavía no había ofertas y por desgracia nadie acudiría al rescate del joven e idealista Daniel Curtis, el único de las cinco generaciones de Curtis por cuyas venas corría sangre veneciana. Daniel había fallecido repentinamente a causa de un aneurisma a la edad de cuarenta y siete años. Durante toda la semana posterior al deceso el *Gazzettino* había publicado despedidas en su honor. Una en particular resumía el espíritu de todas las demás: «DANIEL. Amigo para siempre y gran veneciano».

La iluminación de La Fenice no se atenuó al empezar la música porque la velada estaba siendo televisada y por tanto el barroco interior luciría tan brillante como un estudio de televisión durante toda la noche. Cerré los ojos y escuché la música. Tras Beethoven llegaron Igor Stravinsky (enterrado en Venecia), Antonio Caldara (nacido en Venecia) y Richard Wagner (muerto en Venecia). Me concentré en el sonido. ¿La acústica era igual de buena que antes? Los expertos decían que sí. Pero, por supuesto, para los espectadores de los palcos, en especial los de atrás, la calidad del sonido jamás sería tan buena como para los de platea.

Sin embargo, los sonidos más característicos de Venecia no se escuchaban en el interior de La Fenice. Jürgen Reinhold, el ingeniero de sonido de La Fenice, había metido el dedo en la llaga al admitir su sorpresa cuando descubrió que el nivel del sonido ambiental de la ciudad por las noches era tan solo de treinta y dos decibelios. La mayoría de las ciudades alcanzaban los cuarenta y cinco. La ausencia de tráfico rodado explicaba la diferencia. «Esta calma veneciana me tiene embrujado —admitió Reinhold—.

Cuando volví a mi casa de Munich no podía soportar tanto ruido. Aunque solo era el sonido habitual del tráfico.»

También a mí me había embrujado la paz de Venecia y otras muchas cosas de la ciudad. Lo que había empezado en gran medida como una atracción hacia la belleza de Venecia había evolucionado con el paso del tiempo hacia el embeleso generalizado. Desde el principio había tenido presente la advertencia del conde Marcello: «En Venecia todo el mundo actúa. […] Los venecianos nunca decimos la verdad. Queremos decir exactamente lo contrario de lo que decimos».

Sabía que en Venecia me habían contado verdades, medias verdades y mentiras flagrantes y nunca estaba seguro de cuál era qué. Pero a menudo el tiempo aclara las cosas. Solo unos días antes de la reapertura de La Fenice, por ejemplo, había descubierto una información reveladora mientras caminaba por la arcada del palacio Ducal. Encontré una placa con la inscripción «Loredan». Pensé inmediatamente en el conde Alvise Loredan, a quien había conocido en el baile de Carnaval y el mismo que había levantado tres dedos mientras me recordaba, más de una vez, que en su familia había habido tres dux.

Eso parecía verdad.

El conde Loredan también me contó que un antepasado suyo del siglo xv derrotó a los turcos y evitó que cruzaran el Adriático y arrasaran la cristiandad. Ciertamente existía un conocido Pietro Loredan que había derrotado a los turcos en el siglo xv. Pero la placa de San Marcos recordaba a un Loredan del siglo xvii llamado Girolamo, un cobarde desterrado con deshonor de Venecia por haber abandonado a los turcos la fortaleza de Tenedos «para gran detrimento de la cristiandad y su país».

Alvise Loredan no tenía ninguna obligación de lavar los trapos sucios de la familia delante de mí. Su engaño era inofensivo y lo acepté como parte de la actuación, parte del mito y el misterio perpetuos de Venecia.

Al final del concierto salí a *campo* San Fantin y me fijé en un hombre con dos bufandas —una de seda blanca y otra de lana roja— situado justo en el centro de una nube de flashes. Se trataba de Vittorio Sgarbi, el crítico de arte declarado *persona non grata* para el Courtauld Institute londinense por haber salido de la biblioteca con dos rarezas bibliográficas en la cartera. Sgarbi posaba para los fotógrafos con un brazo alrededor de la señora Ciampi y el otro asido a la cintura de una mujer con tocado de perlas. Sgarbi no había sido nombrado ministro italiano de Cultura pese a los rumores en sentido contrario; había sido nombrado subsecretario de Estado de Cultura, un cargo inferior pero importante y, dadas las circunstancias, una elección sorprendente.

En el límite del *campo* una docena de hombres con medias de seda, capa negra y tricornio esperaban para escoltar a los mil cien espectadores hasta las barcas que partían rumbo al Arsenal y el gran banquete de celebración. Diversos equipos organizadores de fiestas habían trabajado durante semanas en la decoración. El *Gazzettino* había sacado una edición temprana del periódico del día siguiente —15 de diciembre de 2003— con objeto de que, al tomar asiento para el banquete, los invitados fueran recibidos por la espléndida fotografía de La Fenice a todo color en primera plana. Sin embargo, ese día habían ocurrido acontecimientos de alcance mundial y al sentarse los invitados verían en portada a un mugriento y perplejo Saddam Hussein, capturado unas horas antes en Irak. Pero daba igual.

Cenar con mil personas más no me apetecía demasiado y además tenía otros planes. Salí de *campo* San Fantin y caminé por la *calle* della Fenice hacia la parte posterior del teatro, luego crucé un puentecillo hacia la casa de la *calle* Caotorta, donde pasé a visitar a la señora Seguso, ahora viuda de Archimede Seguso, el Mago del Fuego.

Nos detuvimos junto a la ventana desde la que la señora Seguso había olido el humo que se elevó de La Fenice hacía ocho años y desde la que su marido había contemplado el incendio toda la noche. La señora Seguso me contó que ya no se molestaba en mirar por la ventana de La Fenice porque, a pesar del tan traído «*Com'era, dov'era*», La Fenice no era igual que antes del incendio, al menos, no desde su ventana. El ala norte de La Fenice, a unos diez metros de distancia en la orilla opuesta del canal, había sido reconstruida varios metros más alta que antes y en la cubierta habían instalado todo un despliegue de conductos metálicos, cañerías y vallas por culpa de los cuales la vista recordaba más al paisaje industrial de Marghera que a la encantadora postal de tejados de terracota de la que solían disfrutar antes los Seguso.

No quedaba rastro del incendio, ningún manchón, ninguna marca ni señal excepto las espirales de color incrustadas en el alto jarrón negro que ocupaba la mesilla de noche de la señora Seguso. Aquel jarrón había sido la primera del más de centenar de piezas sobre La Fenice que Archimede Seguso había creado para dar su versión única y directa del incendio. Esta en concreto se la había traído de regalo a su mujer.

¿Y dónde estaban las otras?

La señora Seguso suspiró. Hacía diez años que no se hablaba con su hijo menor, Giampaolo. La herencia de su marido seguía sujeta a una dura batalla legal cuatro años después de fallecido el maestro y los cuencos y jarrones «Fenice» constituían el centro de la disputa. Hasta que un jurado no decidiera su destino, aquellas creaciones de amor y fuego seguirían encerradas en un almacén de la fundición, escondidas, acumulando polvo.

PERSONAS, ORGANIZACIONES Y EMPRESAS

Argenti: empresa constructora romana que subcontrató a Viet para los trabajos eléctricos de la remodelación del teatro lírico de La Fenice.

Aulenti, Gae: arquitecta asociada con el consorcio Impregilo y el también arquitecto Antonio (Tonci) Foscari para presentar un proyecto de reconstrucción de La Fenice.

Berlingieri, marquesa Barbara: vicepresidenta de Save Venice.

Bernardi, Nicola: comerciante de frutas y verduras. Amigo del poeta Mario Stefani.

Cacciari, Massimo: alcalde de Venecia, filósofo y catedrático.

Carella, Enrico: propietario de Viet, una pequeña empresa de trabajos eléctricos contratada para la renovación de La Fenice.

Carella, Lucia: madre de Enrico Carella, gobernanta del hotel Cipriani.

Carella, Renato: padre de Enrico Carella, capataz de las obras de su hijo en La Fenice.

Casson, Felice: fiscal.

Cicogna, condesa Anna Maria: miembro de la junta de Save Venice; hija de Giuseppe Volpi, ministro de economía de Mussolini y fundador del Festival de Cine de Venecia; hermanastra de Giovanni Volpi.

Cipriani, Arrigo: dueño del Harry's Bar.

Corriere della Sera: diario milanés.

Costa, Paolo: alcalde de Venecia después de Massimo Cacciari, ex rector de la Universidad Ca' Foscari y ex ministro italiano de Obras Públicas.

Curtis, familia (estadounidenses): propietarios y residentes del *palazzo* Barbaro desde 1885. La primera generación llegó procedente de Boston: Daniel y su esposa Ariana; la segunda generación la componen Ralph y su esposa Lisa; la tercera, Ralph y su esposa Nina; la cuarta, Patricia, Ralph y Lisa; y la quinta, Daniel, hijo de Patricia.

Da Mosto, conde Francesco: arquitecto asociado con el consorcio Holzmann-Romagnoli y el también arquitecto Aldo Rossi para presentar un proyecto de reconstrucción de La Fenice. Casado con una inglesa llamada Jane.

Da Mosto, conde Ranieri: patricio, padre de Francesco.

De Luigi, Ludovico: artista, surrealista, provocador.

De Rachewiltz, Mary: hija de Ezra Pound y Olga Rudge. Su hijo se llama Walter.

Donadon, Massimo: el Hombre Rata de Treviso.

FitzGerald, Joan: escultora estadounidense amiga de Ezra Pound y Olga Rudge.

Foscari, conde Antonio (Tonci): arquitecto, asociado con el consorcio Impregilo y la también arquitecta Gae Aulenti para presentar un proyecto de reconstrucción de La Fenice. Catedrático. Vive en el *palazzo* Barbaro con su mujer Barbara, arquitecta.

Gardin, Albert: editor de la poesía de Mario Stefani.

Guggenheim, Peggy (estadounidense, 1898-1979): coleccionista de arte moderno; vivió en un palacio del Gran Canal convertido hoy en museo con el nombre de Colección Peggy Guggenheim.

Guthrie, Bea (estadounidense): directora ejecutiva de Save Venice, casada con Bob Guthrie.

Guthrie, doctor Randolph (Bob) (estadounidense): director general de Save Venice, cirujano plástico, marido de Bea Guthrie.

Holzmann-Romagnoli: consorcio italogermano que, asociado con el arquitecto Aldo Rossi, participa en el concurso público para la reconstrucción de la ópera Fenice.

Il Gazzettino: diario veneciano. Es común referirse a él como el *Gazzettino*.

Impregilo: consorcio encabezado por Fiat Engineering que, asociado con la arquitecta Gae Aulenti, participa en el concurso público para reconstruir la ópera de La Fenice.

Lauritzen, Peter (estadounidense): autor de libros sobre arte, arquitectura, historia y cultura venecianas; marido de Rose.

Lauritzen, Rose (inglesa): propietaria del apartamento donde me instalé; esposa de Peter.

Lovato, Guerrino: artista, escultor, maestro fabricante de máscaras, propietario de la tienda de máscaras Mondonovo.

Lovett, Lawrence (Larry) (estadounidense): presidente de Save Venice, ex presidente del Metropolitan Opera Guild, heredero de una cadena de establecimientos de alimentación y una naviera. Vive en el Gran Canal.

Marcello, conde Girolamo: miembro de la junta de Save Venice, casado con Lesa.

Marcello, condesa Lesa: directora de la sede veneciana de Save Venice, casada con Girolamo.

Marchetti, Massimiliano: electricista, trabajó en La Fenice para la empresa eléctrica Viet propiedad de su primo Enrico Carella.

Meduna, Giovanni Battista y Tommaso: hermanos que diseñaron la reconstrucción de La Fenice tras el incendio de 1837.

Migliori, Laura: restauradora de arte encargada de recuperar los frescos de La Fenice que describen varias escenas de la *Divina comedia* de Dante.

Moro, Mario: soldado, navegante, marino, bombero, policía, aviador, conductor de *vaporetto*, electricista y residente en Giudecca.

Pound, Ezra (estadounidense, 1885-1972): poeta, crítico, expatriado; vivió en Venecia con Olga Rudge, su compañera durante cincuenta años, en una casita apodada por Pound como el Nido Escondido.

Rossi, Aldo (1931-1997): arquitecto asociado con el consorcio Holzmann-Romagnoli y el también arquitecto Francesco da Mosto en el concurso público para la reconstrucción de La Fenice.

Rudge, Olga (estadounidense, 1895-1996): compañera del poeta Ezra Pound durante cincuenta años, violinista, especialista en Vivaldi.

Rylands, Jane (estadounidense): vicepresidenta de la Fundación Ezra Pound, esposa de Philip.

Rylands, Philip (inglés): director de la Colección Peggy Guggenheim, marido de Jane.

Sacaim: constructora veneciana que reconstruyó La Fenice.

Save Venice: organización norteamericana dedicada a recaudar fondos para la restauración del arte y la arquitectura venecianos.

Seguso, Archimede: maestro artesano del vidrio soplado, fundador de la cristalería Vetreria Artistica Archimede Seguso.

Seguso, Giampaolo: hijo de Archimede, dueño de Seguso Viro.

Seguso, Gino: hijo de Archimede y director general de la empresa familiar Vetreria Artistica Archimede Seguso.

Seno, Giovanni: abogado defensor de Massimiliano Marchetti.

Sherwood, James (estadounidense): propietario del hotel Cipriani de Venecia y el Orient-Express, miembro de la junta de Save Venice y del consejo de administración de la Fundación Guggenheim.

Stefani, Mario: poeta.

Viet: empresa eléctrica subcontratada por Argenti para la renovación de la ópera de La Fenice. Propiedad de Enrico Carella.

Volpi, conde Giovanni: hijo del conde Giuseppe Volpi di Misurata, quien fundó el Festival de Cine de Venecia, creó el puerto de Marghera y ejerció de ministro de Economía bajo el gobierno de Mussolini. Además, hermanastro de la condesa Anna Maria Volpi Cigogna.

NOMBRES DE EDIFICIOS Y LUGARES

Accademia, puente de la: uno de los puentes que cruzan el Gran Canal.

Apolonias, salas: salones de recepción del ala neoclásica de la entrada del teatro lírico de La Fenice.

Ateneo Veneto: ornado palacio neoclásico ubicado en *campo* San Fantin frente al teatro de La Fenice. En la actualidad, sala de reuniones de la academia intelectual homónima.

Ca' Farsetti: palacio del Gran Canal, sede del ayuntamiento de Venecia. *Ca'* es la abreviatura de *casa*.

Campo San Fantin: pequeña placita situada frente a La Fenice.

Cannaregio: uno de los seis *sestieri* o barrios de Venecia. En el extremo occidental.

Cipriani, hotel: hotel de lujo ubicado en la isla de Giudecca y propiedad de James Sherwood.

Ducal, palacio: palacio gótico del siglo XIV situado en la plaza San Marcos y sede del gobierno de la antigua República Veneciana, además de residencia del jefe de Estado o dux.

Dorsoduro: uno de los seis *sestieri* o barrios de Venecia.

Anglicana, iglesia: iglesia de Saint George situada en *campo* San Vio.

Fenice: Gran Teatro de La Fenice, teatro de la ópera.

Frari: iglesia de Santa Maria Gloriosa dei Frari.

Giudecca: isla alargada y estrecha que forma parte de la ciudad de Venecia. Sus habitantes se llaman *guidecchini*.

Gritti, hotel: palazzo Gritti reconvertido en establecimiento hotelero de lujo.

Guggenheim, museo: véase: *Peggy Guggenheim, Colección.*

Harry's Bar: bar restaurante próximo a San Marcos y propiedad de Arrigo Cipriani.

Nido Escondido: apodo con el que Ezra Pound bautizó la casita del número 252 de la *calle* Querini donde vivió con Olga Rudge de forma intermitente desde finales de los años veinte hasta su muerte en 1972.

Lido: isla que separa la laguna veneciana del mar Adriático.

Malibran, teatro: teatro del siglo XVII restaurado por los arquitectos Antonio y Barbara Foscari.

Marghera: puerto costero donde termina el puente que une Venecia al continente; pertenece al municipio de Venecia.

Miracoli, iglesia dei: véase: *Santa Maria dei Miracoli.*

Mestre: ciudad de la zona continental del municipio de Venecia.

Monaco: alude al hotel Mónaco y Gran Canal, ubicado a orillas del Gran Canal, cerca de San Marcos.

Murano: isla de la laguna veneciana situada al norte de Venecia y sede de varias fábricas de cristal soplado.

Padua: ciudad universitaria situada cuarenta kilómetros al oeste de Venecia.

Palazzo Barbaro: palacio doble a orillas del Gran Canal construido en los siglos XV y XVII y propiedad desde 1885 de la familia Curtis, oriunda de Boston.

Palazzo Pisani-Moretta: palacio del siglo XV a orillas del Gran Canal, se alquila para fiestas. A menudo iluminado exclusivamente por la luz de las velas.

Peggy Guggenheim, Colección: cuadros y esculturas reunidos por la coleccionista estadounidense de arte moderno Peggy Guggenheim (1898-1979) y expuestas en la que había sido su casa, un palacio inacabado del Gran Canal.

Piazzale Roma: gran zona de aparcamiento y terminal de autobuses de la zona oeste de Venecia situada a los pies del puente que conecta la ciudad con el continente.

Rialto: área en torno al puente Rialto, uno de los tres puentes que cruzan el Gran Canal. Su nombre deriva de Riva Alta, es decir, ribera alta.

Saint George, iglesia de: iglesia anglicana situada en *campo* San Vio.

San Marcos: alude tanto a la plaza San Marcos (*piazza* San Marco) como a la basílica de San Marcos. San Marcos es también el nombre de uno de los seis *sestieri* o barrios de Venecia.

Salute, iglesia della: véase: *Santa Maria della Salute.*

Santa Maria dei Miracoli: iglesia del siglo xv restaurada por Save Venice.

Santa Maria della Salute: iglesia barroca del Gran Canal en el barrio de Dorsoduro, frente a San Marcos. Dado que sus cúpulas se divisan desde grandes distancias, sirve de punto de referencia para orientarse.

Strada Nuova: principal vía pública del distrito veneciano de Canareggio.

AGRADECIMIENTOS

A mi brillante editora, Ann Godoff, le diré simplemente que cuando dejó la editorial que publicó mi primer libro y se unió a la que ha publicado este, la seguí sin dudarlo un solo instante y volvería a hacerlo. Mi agente literaria, Suzanne Gluck, también ha ido pasando de una agencia a otra y yo con ella, con la misma presteza y muchas veces por idénticas razones.

Además de aquellos cuya colaboración queda patente en estas páginas, recibí una gran ayuda de otras muchas personas. En Venecia destacó sobre todo la inestimable y alegre colaboración de Pamela Santini, ya fuera guiándome en mis dificultades con el italiano, saltándose los impedimentos burocráticos o cooperando en las tareas de investigación.

Entre los venecianos, mi más cariñoso agradecimiento al difunto Alessandro Albrizzi, quien a principios de la década de los setenta y siempre con un humor espléndido fue el primero en franquearme la puerta invisible que en Venecia separa el mundo público del privado.

También querría darles las gracias por diversas razones a Robert Beard, William Blacker, Atalanta Bouboulis, Carla Ferrara, Joan FitzGerald, Fiora Gandolfi, Geoffrey Humphries, Antonio Leonardi, Jim Mathes, William McNaughton, Randy Mikelson, Aurelio Montanari, Eva Morgan, Robert Morgan, Sergio Perosa, Pete Peters, Tim Redman, Stefano Rosso-Mazzinghi, Jeremy Scott, Toni Sepeda, Holly Snapp y Hiram Williams. Por sus generosos esfuerzos en The Penguin Press, mis más sinceros agradecimientos a Liza Darnton, Tracy Locke, Sarah Hutson, Darren Haggar, Claire Vaccaro y Kate Griggs.

Estoy en deuda por sus valiosos comentarios sobre el manuscrito con Carol Deschere, John y Ginger Duncan, Annie Flanders, Sue Fletcher, Linda Hyman, Rhoda Koenig, Deborah Mintz, Joan Kramer y Marilyn Perry. A lo largo del proceso de investigación y redacción del libro he encontrado en Sean Strub una fuente de apoyo y ánimo, así como a un oyente perspicaz y muy apreciado.

En el curso de la investigación consulté un gran número de publicaciones. Entre ellas, me resultó particularmente útil el seguimiento del incendio de La Fenice y sus posteriores complicaciones realizado por Gianluca Amadori para *Il Gazzettino*. Sus artículos aparecen reunidos en su excelente libro *Per Quattro Soldi* (Editori Riuniti, Roma, 2003).

El espléndido catálogo de la exposición organizada por el Museo Isabella Stewart Gardner de Boston en abril de 2004, *Gondola Days: Isabella Stewart Gardner and the Palazzo Barbaro Circle*, me sirvió para adentrarme en el tema de los Curtis de Boston, el *palazzo* Barbaro y Henry James, así como los interesantes comentarios de Rosella Mamoli Zorzi en *Letters from the Palazzo Barbaro* (Pushkin Press, Londres, 1998).

De igual modo, mi agradecimiento a la Biblioteca Marciana por poner a mi disposición el diario de Daniel Sargent Curtis (1825-1908), a la Biblioteca Beinecke de manuscritos y libros raros de Yale por facilitarme el acceso a los papeles de Olga Rudge y a los autores del indispensable *Calli, Campielli e Canali* (Edizioni Helvetia) por ayudarme a encontrar los lugares más recónditos, imposibles y apartados de Venecia.